Le voyage de Cilka

DU MÊME AUTEUR

Le tatoueur d'Auschwitz, n° 13006

HEATHER MORRIS

Le voyage de Cilka

ROMAN

Traduit de l'anglais (Australie)
par Géraldine d'Amico
et Laurence Videloup

J'AI LU

TITRE ORIGINAL
Cilka's Journey

ÉDITEUR ORIGINAL
Zaffre, une marque de Bonnier Books UK Limited

Design de la carte : Sophie McDonnell

À mes petits-enfants
Henry, Nathan, Jack, Rachel et Ashton.
N'oubliez jamais le courage, l'amour, l'espoir
que nous ont donnés ceux qui ont survécu
comme ceux qui ont succombé.

Ce livre est un roman, fondé sur ce que j'ai appris du témoignage direct de Lale Sokolov, le tatoueur d'Auschwitz, sur Cecilia « Cilka » Klein, qu'il avait connue à Auschwitz-Birkenau, des témoignages d'autres personnes qui l'ont rencontrée, ainsi que le fruit de mes propres recherches. Bien qu'il mêle les faits et le reportage aux expériences des femmes qui ont survécu à l'Holocauste et celles envoyées dans le système soviétique du Goulag à la fin de la Seconde Guerre mondiale, il ne représente pas l'intégralité des événements de la vie de Cilka. En outre, des personnages sont en partie inspirés de personnes ayant réellement existé, empruntant parfois à plus d'un individu, d'autres en revanche sont inventés. Il existe un très grand nombre de récits factuels qui retracent ces terribles moments de notre histoire et j'incite le lecteur qui voudrait en savoir plus à s'y référer.

Pour plus d'informations sur Cecilia Klein et sa famille, sur les goulags, je vous invite à lire la postface de ce roman. J'espère que d'autres détails sur Cilka et ceux qui l'ont jadis connue continueront à émerger après la parution de ce livre.

Heather Morris, octobre 2019

Chapitre 1

Camp de concentration d'Auschwitz,
27 janvier 1945

Cilka ne quitte pas des yeux le soldat qui se tient devant elle. Il fait partie de l'armée qui est entrée dans le camp. Il dit quelque chose en russe, puis en allemand. L'homme domine la jeune fille de toute sa taille.

— *Du bist frei.*

Tu es libre. Elle ne sait pas si elle a réellement entendu ces mots. Les seuls Russes qu'elle a vus avant, dans le camp, étaient des prisonniers de guerre aux visages émaciés qui mouraient de faim.

Se pourrait-il que la liberté existe ? Se pourrait-il que le cauchemar soit terminé ?

Voyant qu'elle ne répond pas, il se penche et pose ses mains sur ses épaules. Elle frémit, il les retire aussitôt.

— Désolé, je ne voulais pas te faire peur, lui dit-il dans un allemand hésitant.

Il secoue la tête et semble conclure qu'elle ne le comprend pas. Il fait un grand geste, répète lentement les mêmes mots.

— Tu es libre. Tu es en sécurité. Nous sommes l'armée soviétique et nous sommes ici pour t'aider.

— Je comprends, murmure Cilka en serrant sur elle le manteau qui dissimule sa frêle silhouette.

— Tu comprends le russe ?

Elle acquiesce. Elle a grandi en parlant un dialecte slave de l'Est, le rusyn.

— Comment t'appelles-tu ? demande-t-il d'une voix douce.

Cilka regarde le soldat dans les yeux et répond distinctement :

— Je m'appelle Cecilia Klein, mais mes amis m'appellent Cilka.

— C'est un beau nom.

Il est si étrange de regarder cet homme en si bonne santé qui n'est pas un des gardes du camp. Ses yeux clairs, ses joues rebondies, ses cheveux blonds qui s'échappent de sa casquette.

— D'où viens-tu, Cilka Klein ?

Les souvenirs de son passé se sont effacés, sont devenus flous. Se rappeler cette vie avec les siens à Bardejov était devenu à un certain moment trop douloureux.

— Je viens de Tchécoslovaquie, répond-elle d'une voix cassée par l'émotion.

Camp de concentration d'Auschwitz, février 1945

Cilka est assise dans le dortoir, aussi près que possible de l'unique poêle qui émet de la chaleur. Elle sait qu'elle a déjà attiré l'attention. Les autres femmes valides, dont ses amies, ont été emmenées hors du camp en marche forcée par les SS des semaines plus tôt. Les prisonniers qui restent sont des squelettes, perclus de maladies, ou des enfants. Et puis il y a Cilka. Ils auraient tous dû être fusillés, mais dans leur hâte, les nazis les ont abandonnés là à leur destin.

Les soldats ont été rejoints par d'autres personnages importants – des agents du contre-espionnage, mais Cilka ne sait pas trop ce que cela signifie – venus régler une situation qui dépasse totalement le soldat moyen. L'agence soviétique a pour tâche de maintenir l'ordre, et surtout de protéger l'État de toute menace. Les soldats lui ont expliqué que leur rôle est d'interroger chaque prisonnier pour déterminer son statut dans le camp, et comprendre en particulier s'il a collaboré ou travaillé avec les nazis. L'armée allemande qui bat en retraite est considérée ennemie de l'Union soviétique. À ce titre, quiconque aurait entretenu des liens avec elle sera par défaut également ennemi de l'État.

Un soldat entre dans le bâtiment.

— Viens avec moi, lui ordonne-t-il en la montrant du doigt.

En même temps, une main agrippe son bras droit et la force à se lever. Plusieurs semaines sont passées et voir d'autres personnes être emmenées pour se faire interroger fait désormais partie de la routine. Cilka se dit que c'est juste « son tour ». Elle a dix-huit ans et espère seulement qu'ils verront qu'elle n'avait pas d'autre choix pour survivre. Soit elle faisait ce qu'on lui disait, soit elle mourait. Elle n'a qu'un seul espoir : pouvoir bientôt rentrer chez elle en Tchécoslovaquie, aller de l'avant.

Alors qu'on la fait entrer dans le bâtiment que l'armée soviétique utilise comme QG, Cilka tente de sourire aux quatre hommes assis face à elle, au fond de la pièce. Ils ne sont pas là pour la punir elle, mais bien ceux, sans cœur, qui l'ont tant fait souffrir. Les temps ont changé pour le mieux ; c'en est fini des morts. Personne ne lui rend son sourire. Elle remarque que leurs uniformes sont légèrement différents de ceux des soldats dehors. Ils portent des épaulettes bleues, et leurs casquettes, posées sur la table devant eux, ont un ruban du même bleu avec une rayure rouge.

L'un d'entre eux finit par lui sourire et s'adresse à elle d'une voix douce.

— Peux-tu nous dire ton nom ?

— Cecilia Klein.

— D'où viens-tu, Cecilia ? Ton pays et la ville.

— Je suis de Bardejov, en Tchécoslovaquie.

— Quelle est ta date de naissance ?

— Le 17 mars 1926.

— Tu es ici depuis combien de temps ?

— Je suis arrivée ici le 23 avril 1942. Je venais d'avoir seize ans.

L'agent se tait et la regarde avec attention.

— C'était il y a longtemps.

— Une éternité, ici.

— Qu'est-ce que tu as fait ici depuis avril 1942 ?

— Je suis restée en vie.

— Certes, mais comment y es-tu parvenue ? lui demande-t-il en penchant la tête vers elle. Tu n'as pas l'air mal nourrie.

Cilka ne répond pas, mais sa main touche machinalement ses cheveux qu'elle s'est coupés toute seule à grands coups de ciseaux il y a des semaines, quand ses amies ont été emmenées de force hors du camp.

— Tu travaillais ?

— Je travaillais à rester en vie.

Les quatre hommes échangent des regards. L'un d'eux prend une feuille de papier et fait semblant de la lire avant de jeter :

— Nous avons un rapport sur toi, Cecilia Klein. Il dit que tu es restée en vie en te prostituant à l'ennemi.

Cilka ne dit rien, déglutit avec difficulté, regarde un homme après l'autre, essaie de comprendre ce qu'on lui raconte, ce qu'ils attendent d'elle comme réponse.

Un autre reprend :

— C'est une question simple. Est-ce que tu as couché avec les nazis ?

— C'étaient mes ennemis. J'étais prisonnière ici.

— Mais est-ce que tu as couché avec les nazis ? On nous dit que oui.

— Comme beaucoup d'autres. J'étais obligée de faire ce que voulaient ceux qui m'emprisonnaient.

Le premier agent se lève.

— Cecilia Klein, nous t'envoyons à Cracovie et c'est là que nous déciderons de ton destin.

Il refuse maintenant de croiser son regard.

— Non, s'écrie Cilka en se levant. C'est impossible. Vous ne pouvez pas me faire ça ! J'ai toujours été prisonnière ici !

L'un des hommes qui était resté silencieux jusque-là lui demande doucement :

— Est-ce que tu parles allemand ?

— Oui, un peu. Je suis là depuis trois ans.

— Il paraît que tu parles bien d'autres langues alors que tu es tchèque.

Cilka ne proteste pas, fronce les sourcils, ne comprend pas ce qu'il insinue. Elle a appris des langues à l'école et d'autres pendant sa captivité.

— Le fait que tu parles d'autres langues nous donne à penser que tu es une espionne, prête à vendre tes informations à qui voudra les acheter. Une enquête sera menée à Cracovie.

— Tu peux t'attendre à une longue peine de travaux forcés, reprend le premier officier.

Il faut un moment à Cilka pour réagir, puis le soldat qui l'avait amenée lui agrippe de nouveau le bras pour la traîner dehors pendant qu'elle clame son innocence.

— On m'a forcée, on m'a violée ! Non ! Je vous en prie !

Mais les soldats ne réagissent pas. Ils ne semblent pas l'entendre. Ils passent déjà au suivant.

Prison de Montelupich, Cracovie, juillet 1945

Cilka est tapie dans le coin d'une cellule humide et puante. Elle a perdu la notion du temps qui passe. Combien de jours, de semaines, de mois sont passés ?

Elle ne communique pas avec les femmes qui l'entourent. Chaque fois que les gardes surprennent une conversation, ils emmènent la prisonnière et la ramènent couverte de bleus et les vêtements déchirés. *Reste tranquille, fais-toi toute petite,* se dit-elle, *jusqu'à ce que tu comprennes ce qui se passe et ce qu'il faut faire ou ne pas faire.* Elle a déchiré un morceau de sa robe pour s'en couvrir la bouche et le nez et tenter ainsi de minimiser la puanteur des excréments, de l'humidité et de la pourriture.

Un jour, ils la font sortir de la cellule. Affaiblie par la faim et épuisée par ses efforts pour rester aux aguets, tout lui paraît immatériel, comme dans un rêve, les silhouettes des gardes, le mur et le sol… Elle rejoint dans le couloir une longue queue de prisonniers qui avance lentement vers une porte. Elle s'appuie un instant contre le mur chaud et sec. Ils chauffent les couloirs pour les gardes mais pas les cellules. Et bien que la température extérieure soit désormais devenue plus clémente, la prison semble retenir le froid de la nuit et le conserver toute la journée.

Arrive le tour de Cilka. Elle entre dans une pièce où un officier est assis derrière un bureau, le visage baigné d'une lumière verdâtre diffusée par une unique lampe. Les officiers à la porte lui font signe d'approcher.

L'homme regarde une feuille de papier sous ses yeux.

— Cecilia Klein ?

Elle jette un coup d'œil autour d'elle. Elle est seule dans la pièce avec trois hommes costauds.

— Oui ?

Il baisse de nouveau la tête et lit ce qui est écrit.

— Tu es reconnue coupable d'avoir travaillé pour l'ennemi comme prostituée et aussi comme espionne. Tu es condamnée à quinze ans de travaux forcés. (Il paraphe la feuille.) Signe pour indiquer que tu as compris.

Cilka a compris tous les mots de l'officier. Il lui a parlé allemand plutôt que russe. Elle se demande si c'est un piège. Les yeux des hommes à la porte sont rivés sur elle. Il lui faut agir. Elle sait qu'elle doit faire quelque chose. A-t-elle un autre choix qu'obéir ?

Il lui indique une ligne en pointillé avec des mots en cyrillique au-dessus, du russe. Une fois de plus, comme elle l'a vécu tant de fois au cours de sa jeune vie, elle se trouve confrontée à deux options : soit la voie étroite qui s'ouvre devant elle, soit la mort.

L'officier lui tend son stylo, de l'air de quelqu'un qui s'ennuie et fait juste son boulot, puis jette un regard vers la porte où attend le détenu suivant.

D'une main tremblante, Cilka signe la feuille.

Lorsqu'on la fait sortir de la prison pour la pousser dans un camion, elle se rend soudain compte que l'hiver est fini, qu'il n'y a jamais eu de printemps et que c'est maintenant l'été. Bien que la chaleur du soleil réconforte son corps glacé encore vivant, elle est aveuglée par son éclat. Avant qu'elle ait le temps de s'y habituer, le camion pile net. Là, devant elle, il y a un wagon dans un train à bestiaux peint en rouge.

Chapitre 2

Un train en route vers le goulag de Vorkouta, Sibérie, 160 km au nord du cercle arctique, juillet 1945

Le sol du wagon fermé est recouvert de paille et chaque prisonnière essaie de trouver une petite place où s'asseoir. Des femmes âgées gémissent, des bébés pleurnichent. Ce bruit de femmes qui souffrent, Cilka avait espéré ne plus jamais l'entendre. Le train reste des heures arrêté en gare, la chaleur transforme l'intérieur du wagon en four. L'unique seau d'eau qu'on leur a laissé est vite vide. Les cris des nourrissons se font pitoyables et âpres ; les vieilles femmes en sont réduites à se balancer, dans un état second. Cilka s'est placée près d'une paroi et tire un peu de réconfort des petites bouffées d'air qui passent entre les interstices. Une femme s'appuie sur elle d'un côté et un dos repose de tout son poids sur ses genoux repliés. Elle laisse faire. Inutile de se battre pour de l'espace inexistant.

D'après Cilka, la nuit est tombée quand le train s'ébranle enfin, sa locomotive emportant péniblement un nombre inconnu de wagons loin de

Cracovie, repoussant encore, semble-t-il, tout espoir de rentrer chez elle.

Elle qui s'était autorisé un moment d'espérance, assise dans le bloc, *là-bas*, à attendre. Elle n'aurait pas dû oser. Son destin est d'être punie. C'est peut-être ce qu'elle mérite. Alors que le train prend de la vitesse, elle se promet de ne plus jamais, au grand jamais, se retrouver dans un endroit comme le Bloc 25.

Il doit y avoir d'autres moyens de rester en vie que d'être témoin de tant de morts.

Saura-t-elle jamais si ses amies que les nazis avaient fait sortir du camp en marche forcée ont pu sauver leur peau ? Il le faut. Elle ne supporte pas de penser qu'il puisse en être autrement.

Alors que le rythme du train berce les enfants et les bébés qui s'endorment, le silence est rompu par le hurlement d'une jeune femme qui tient un nourrisson amaigri dans ses bras. Le petit vient de mourir.

Cilka se demande ce qu'ont fait les autres femmes pour finir ici. Sont-elles également juives ? La plupart de ses compagnes de prison ne l'étaient pas, comme elle l'avait deviné aux quelques conversations entendues. Elle se demande où elles vont. Par miracle, elle s'assoupit.

Un coup de frein soudain projette les passagères ici et là. Des têtes se heurtent, des membres se tordent et les détenues crient de douleur. Cilka se retient en s'agrippant à la femme qui a passé la nuit appuyée contre elle.

— Nous sommes arrivées, dit quelqu'un. Mais où ?

Cilka entend les portes du train s'ouvrir bruyamment plus loin, mais personne ne quitte le compartiment.

La porte de leur wagon est soudain tirée. De nouveau, un soleil éclatant blesse les yeux de Cilka.

Deux hommes sont debout, dehors. L'un d'eux tend un seau d'eau aux mains qui l'agrippent aussitôt. Le second soldat jette plusieurs morceaux de pain avant de claquer la porte. La pénombre les enveloppe à nouveau. Une bagarre éclate entre les détenues qui se battent pour un quignon. Scène bien trop familière à Cilka. Les cris s'amplifient jusqu'à ce qu'enfin une femme plus âgée se dresse, mains levées, sans prononcer un mot. Même dans la quasi-obscurité, son geste emplit l'espace de sa puissance. Tout le monde se tait.

— Nous partageons, dit-elle d'une voix autoritaire. Combien de pains avons-nous ?

Cinq mains se lèvent, indiquant le nombre de pains.

— Donnez-en d'abord aux enfants, nous nous répartirons le reste. Celles qui n'en auront pas cette fois seront les premières à manger la prochaine fois. D'accord ?

Les femmes commencent à couper le pain en petits morceaux qu'elles distribuent aux mères. Cilka n'en reçoit pas. Elle est contrariée. Donner la nourriture aux enfants n'est peut-être pas une si bonne idée si l'endroit où elles vont ressemble à celui d'où elle vient. Un gâchis. C'est une pensée horrible, elle le sait.

Pendant plusieurs heures, le train reste à l'arrêt. Les femmes et les enfants se taisent à nouveau.

Le silence est rompu par les cris d'une jeune fille. Celles qui l'entourent essaient de la calmer pour comprendre ce qui ne va pas. Elle sanglote et lève une main ensanglantée. Cilka la voit dans la lumière vacillante qui filtre par les interstices.

— Je meurs.

La femme la plus proche baisse les yeux sur le sang qui tache sa robe.

— Elle a ses règles. Tout va bien, elle n'est pas en train de mourir.

La fille continue quand même à pleurer.

L'inconnue assise contre les jambes de Cilka, un peu plus jeune et habillée d'une robe d'été comme elle, se lève :

— Comment t'appelles-tu ?

— Ana, pleurniche la fille.

— Ana, je m'appelle Josie. Nous nous occuperons de toi, n'est-ce pas ? demande-t-elle en regardant autour d'elle.

Les femmes murmurent et hochent la tête.

L'une d'elles prend le visage d'Ana entre ses mains et le rapproche du sien.

— Tu n'avais encore jamais eu tes règles ?

Ana secoue la tête. La femme plus âgée la serre contre sa poitrine, la berce pour la calmer. Cilka éprouve une étrange pointe d'envie.

— Tu n'es pas en train de mourir ; tu es en train de devenir une femme.

Certaines déchirent déjà des pans de leurs vêtements, de leurs robes pour les passer à la femme qui s'occupe de l'adolescente.

Le train se met soudain en mouvement, faisant tomber Josie par terre. Un petit rire lui échappe. Cilka ne peut s'empêcher de rire à son tour. Leurs yeux se croisent. Josie ressemble un peu à son amie Gita. Des sourcils et des cils noirs, une jolie petite bouche.

Bien des heures plus tard, le train stoppe à nouveau. On leur jette de l'eau et du pain. Cette fois, l'arrêt s'accompagne d'une inspection et la jeune mère est obligée de remettre son bébé mort aux soldats. Il faut l'empêcher de quitter le train avec son enfant. Quand la porte claque, elle se tait enfin et on l'aide à s'asseoir dans un coin pour pleurer son petit.

Cilka voit comme Josie observe toute la scène, une main sur sa bouche.

— Josie, c'est ça ? demande Cilka à la fille restée appuyée sur elle depuis qu'elles sont montées dans le train.

Elle lui parle en polonais, la langue dans laquelle elle s'est exprimée.

— Oui.

Josie se tourne lentement pour qu'elles se retrouvent genou contre genou.

— Cilka.

Leur échange semble donner du courage aux autres femmes. Cilka en entend qui demandent à leurs voisines comment elles s'appellent. Bientôt le compartiment se remplit de chuchotements. On reconnaît des langues et on se déplace pour laisser celles de même nationalité se regrouper. On partage des histoires. Une femme a été accusée d'aider les nazis parce qu'elle leur avait permis d'acheter du pain dans sa boulangerie en Pologne. Une autre a été arrêtée pour avoir traduit de la propagande allemande. Une troisième, capturée par les nazis, avait été accusée d'espionner pour leur compte, puisqu'elle se trouvait en leur compagnie. Étonnamment, des éclats de rire se mêlent aux larmes alors que chaque femme raconte comment elle s'est retrouvée dans cette terrible situation. Certaines confirment que le train les emmène à un camp de travail, mais où, elles l'ignorent.

Josie confie à Cilka qu'elle vient de Cracovie, elle a seize ans. Cilka ouvre la bouche, pour lui dire son âge et son lieu de naissance quand une femme toute proche déclare d'une voix forte :

— Je sais pourquoi elle est ici.

— Laisse-la tranquille, ordonne la femme qui a suggéré de partager le pain.

— Mais je l'ai vue, en manteau de fourrure au milieu de l'hiver pendant que nous mourions de froid.

Cilka se tait. Elle sent sa nuque la brûler. Elle lève la tête et fixe l'accusatrice. L'autre ne peut pas soutenir son regard. Elle la reconnaît vaguement. N'est-elle pas elle aussi une ancienne de Birkenau ? N'avait-elle pas également profité d'un emploi au chaud dans un bâtiment de l'administration ?

— Et toi, toi qui la dénonces, reprend la doyenne, qu'est-ce que tu fais ici, dans ce wagon de luxe avec nous, en route pour des vacances d'été ?

— Rien, je n'ai rien fait, gémit-elle.

— Aucune d'entre nous n'a rien fait, assène Josie pour défendre sa nouvelle amie.

Les mâchoires serrées, Cilka tourne le dos à celle qui l'a interpellée.

Elle sent le regard doux et rassurant de Josie sur son visage.

Cilka lui adresse un sourire voilé avant de tourner la tête contre le mur et de fermer les yeux.. Elle essaie d'occulter le souvenir qui lui revient soudain de Schwarzhuber, l'officier responsable de Birkenau. Debout au-dessus d'elle dans la petite pièce, il est en train de défaire son ceinturon, tandis que des femmes pleurent de l'autre côté du mur.

*
* *

À l'arrêt suivant, Cilka obtient sa ration de pain. Instinctivement, elle en mange la moitié et cache le reste sous sa robe. Elle regarde autour d'elle, de peur que quelqu'un l'ait vue et essaie de le lui voler. Elle se retourne contre le mur, ferme les yeux.

Elle ne sait pas trop comment, mais elle s'endort.

Alors qu'elle émerge lentement, elle est surprise par la présence de Josie juste devant elle. La jeune fille tend la main et effleure les cheveux coupés court de Cilka. Elle se retient de la repousser.

— J'adore tes cheveux, dit sa voix triste et fatiguée.

Cilka se détend et à son tour touche ce qui reste de la chevelure mal coupée de la jeune fille.

— J'aime aussi les tiens.

On l'avait rasée de près et traitée contre les poux en prison. Rien d'inhabituel pour Cilka. Tant de fois elle l'a vu faire sur les prisonnières. C'est sans doute nouveau pour Josie.

— Tu es ici avec quelqu'un ? lui demande-t-elle, cherchant désespérément à changer de sujet.

— Oui, ma grand-mère.

Cilka suit les yeux de Josie qui se posent sur la dame énergique qui avait pris la parole plus tôt et qui tient toujours Ana dans ses bras. La grand-mère les regarde avec attention. Elles échangent un signe de tête.

— Tu veux peut-être te rapprocher d'elle ? suggère Cilka.

Elle risque de ne pas survivre longtemps, là où elles vont.

— Je devrais. Elle a peut-être peur.

— Tu as raison. Moi aussi j'ai peur, avoue Cilka.

— Vraiment ? Tu n'en as pas l'air.

— Oh, si. Si tu veux de nouveau parler, je serai là.

Josie contourne avec soin les autres femmes. Cilka la suit des yeux à travers les rais de lumière qui filtrent. Un petit sourire se dessine sur ses lèvres quand elle voit et devine qu'on se déplace pour permettre à sa nouvelle amie de se faufiler jusqu'à sa grand-mère.

*

* *

— Ça fait neuf jours, je crois. J'ai compté. Encore combien de temps ? murmure Josie sans s'adresser à qui que ce soit en particulier.

Il y a plus de place dans le compartiment, désormais. Cilka a tenu le compte de celles qui sont mortes, de maladie, de faim ou meurtries par les interrogatoires. Leurs corps sont retirés quand le train s'arrête pour les distributions de pain et d'eau. Onze adultes, quatre bébés. Il arrive qu'on leur jette des fruits avec les quignons de pain sec que Cilka a vu des mères ramollir dans leur bouche avant de les donner à leurs enfants.

Josie est maintenant couchée à côté de Cilka, la tête posée sur ses genoux. Son sommeil est agité. Cilka connaît les images qui doivent défiler dans sa tête. Il y a quelques jours, sa grand-mère est morte, elle qui avait semblé si forte et courageuse. Elle s'était mise à tousser, puis sa toux avait empiré. Elle avait commencé à trembler et à refuser sa ration de nourriture. Puis la toux avait cessé.

Cilka avait regardé Josie, immobile à la porte du compartiment tandis que le corps de sa grand-mère était descendu sans ménagement et passé aux gardes dehors. Cilka avait éprouvé une douleur physique si intense qu'elle s'était pliée en deux, le souffle coupé. Mais pas un son, pas une larme n'étaient venus.

Auschwitz, 1942

Des centaines de filles sont forcées d'aller à pied d'Auschwitz à Birkenau par une chaude journée d'été. Quatre kilomètres. Une marche lente et douloureuse pour beaucoup qui ont des chaussures qui ne leur vont pas ou pire, sont pieds nus. Alors qu'elles passent sous la vaste arche en briques à l'entrée, elle voit des bâtiments en construction. Les ouvriers s'arrêtent pour regarder, horrifiés, les nouvelles arrivantes. Cilka et sa sœur Magda sont à Auschwitz depuis environ trois mois et travaillent avec d'autres filles slovaques.

On leur fait quitter la route principale qui traverse le camp puis entrer dans une zone clôturée où plusieurs bâtiments sont achevés et d'autres, encore en travaux. Elles doivent maintenant rester immobiles, debout, alignées sous un soleil brûlant pendant ce qui leur semble des heures.

Elles entendent du brouhaha qui vient de derrière. Cilka se retourne vers l'entrée du camp. Un officier gradé, suivi de soldats, s'avance pour passer les femmes en revue. La plupart baissent la tête. Pas Cilka. Elle veut voir qui mérite une telle protection face à elles, inoffensives et sans armes.

— Obersturmführer *Schwarzhuber, dit un garde en accueillant l'officier. Est-ce vous qui procéderez à la sélection aujourd'hui ?*

— *Oui.*

L'officier Schwarzhuber marque un arrêt devant Cilka et Magda. Quand il arrive au bout de la rangée, il fait demi-tour et revient. Cette fois, les visages sont baissés. Il lui arrive d'utiliser sa cravache pour la placer sous un menton et relever une tête.

Il s'arrête à côté de Cilka et de Magda. Il lève sa badine. Cilka se redresse, le regarde droit dans les yeux. Si elle attire son attention, il ignorera sa sœur. Il tend une main et soulève son bras gauche, semble regarder les chiffres qui s'effacent sur sa peau. Cilka entend Magda hoqueter. Schwarzhuber laisse tomber son bras, repasse devant elles. Il parle à l'officier qui l'accompagne.

*
* *

On les a de nouveau triées. Gauche, droite ; cœurs battants, corps raidis par la peur. On a choisi de laisser Cilka et Magda vivre un jour de plus. Elles font maintenant la queue pour être de nouveau cruellement marquées, pour réencrer leur tatouage afin qu'il ne s'efface jamais. Elles sont tout près l'une de l'autre mais ne se touchent pas, même si elles ont désespérément envie de se réconforter. Elles chuchotent en attendant, se consolent, s'interrogent.

Cilka compte le nombre de filles devant elle. Cinq. Ce sera bientôt son tour puis celui de Magda. Il lui faudra encore tendre son bras gauche pour que les chiffres bleus effacés soient à nouveau imprimés sur sa peau. Elle avait déjà été marquée une première fois trois mois plus tôt, à son arrivée à Auschwitz. Voilà que cela recommence, après avoir été resélectionnée pour le nouveau camp, Auschwitz II : Birkenau. Elle commence à frissonner. C'est l'été, le soleil frappe mais elle redoute la souffrance qu'elle va bientôt éprouver. La première fois, le choc l'avait fait crier. Cette fois-ci, elle se jure de garder le silence. Elle a beau n'avoir que seize ans, elle ne peut plus se comporter en enfant.

Elle entrevoit le Tätowierer à travers la file de prisonnières et l'observe. Il fixe la fille dont il tient le bras droit. Elle le voit poser un doigt sur ses lèvres, chhhhut, et lui sourire. Il baisse la tête quand la fille s'éloigne puis la relève pour la suivre des yeux. Il saisit le bras de la suivante et ne remarque pas que la précédente s'est retournée pour le contempler.

Quatre. Trois. Deux. Une. C'est maintenant son tour. Elle jette un rapide coup d'œil derrière elle à Magda pour la rassurer, puis s'avance. Elle se tient devant le Tätowierer, le bras gauche le long du corps. Il tend la main et le soulève avec douceur. Elle le retire, tente de se libérer, une réaction presque instinctive qui la surprend elle-même. L'homme la regarde, droit dans les yeux, et elle sait qu'il peut y lire sa colère, son dégoût de devoir être souillée, une fois de plus.

— Je suis désolé, je suis si désolé, lui chuchote-t-il doucement. Je t'en prie, donne-moi ton bras.

De longues secondes passent. Il ne bouge pas. Elle finit par s'exécuter.

— Merci, dit-il du bout des lèvres. Ce sera vite fini.

Le sang coule sur son poignet, mais pas autant que la dernière fois.

— Soyez gentil avec ma sœur, murmure-t-elle.

Elle s'éloigne aussi lentement que possible pour que Magda puisse la rattraper. Elle cherche celle qui l'avait précédée. Elle se retourne vers le Tätowierer. Il ne l'a pas suivie du regard. Elle retrouve la jeune femme debout devant le Bloc 29 et la rejoint, elle, et les autres qui attendent qu'on les laisse entrer dans leur « maison ». Elle examine l'inconnue. Même la tête rasée, vêtue d'une robe informe qui dissimule sa silhouette amaigrie, elle est belle. Ses grands yeux sombres ne trahissent pas le désespoir que Cilka a vu chez tant d'autres. Elle veut connaître cette fille qui a capté le regard du Tätowierer. Magda la rejoint bientôt, grimaçant de douleur. Elles sont momentanément cachées des gardes, et Cilka serre la main de sa sœur.

Ce soir-là, celles du Bloc 29 se répartissent à plusieurs par matelas les lits superposés et se posent des questions timides.

— D'où es-tu ?

Cilka apprend que l'inconnue s'appelle Gita. Elle vient d'un village de Slovaquie, pas trop loin de Bardejov, la ville de Cilka et Magda. Gita les présente à ses amies, Dana et Ivanka.

Le lendemain, après l'appel, elles sont envoyées à l'endroit où elles vont travailler. Toutes, sauf Cilka. On ne l'expédie pas comme les autres au Kanada, où l'on fait le tri des affaires, des bijoux et des objets précieux apportés à Auschwitz par les prisonniers pour en envoyer la plus grande partie en Allemagne. On lui dit qu'elle doit, par requête spéciale, se rendre au bâtiment de l'administration où elle officiera.

Chapitre 3

Goulag de Vorkouta, Sibérie

La température baisse. Pas d'un coup, il s'agit plutôt d'un changement graduel qui se remarque la nuit quand Cilka et les autres se retrouvent lovées les unes contre les autres. Elles portent toutes des robes d'été. Cilka ne sait pas quel mois elles sont, août ou septembre peut-être. Elle ignore où elles vont, bien qu'elle n'entende plus que parler russe à chaque pause dans le voyage.

Les jours s'enchaînent, inexorables. La maladie se répand dans le wagon. Des toux pitoyables privent les femmes du peu d'énergie qui leur reste. Les conversations se font rares et de plus en plus brèves. Aux derniers arrêts, des hommes avaient eu pitié de leur chargement et ôté leurs *kal'sony,* comme ils les appellent, pour les leur jeter. Cilka et Josie avaient enfilé les sous-vêtements trop grands, encore chauds, sur leurs jambes hérissées par la chair de poule, avec un petit geste de remerciement.

Leur arrêt précédent remonte à trois jours quand soudain le train s'immobilise dans un grand crissement de freins. Les lourdes portes sont ouvertes d'un coup. Un vaste paysage désert de terre poussiéreuse et d'herbe jaunâtre s'étend devant elles.

Cette fois, ce ne sont pas un ou deux gardes qui les accueillent. Des douzaines d'hommes en uniforme, fusil à la main, sont alignées tout le long du train.

— *Na vykhod !* hurlent-ils. Sortez !

Alors que les femmes se lèvent péniblement et que beaucoup retombent, leurs jambes incapables désormais de les soutenir, les cris continuent.

Cilka et Josie rejoignent les autres, elles sont dehors pour la première fois depuis des semaines. Elles prennent le bras de deux femmes plus âgées qui ont du mal à tenir debout. Nul besoin qu'on leur dise quoi faire ; une ligne s'est formée devant elles et leur indique de quel côté se diriger. Elles aperçoivent des bâtiments grossiers au loin, sur la vaste plaine plate. *Un autre camp,* pense Cilka, *entouré de néant.* Mais le ciel ici est différent, d'un gris bleu impossible qui s'étend à l'infini. Elles rejoignent d'un pas lourd le flot de prisonniers qui avance vers les lointains bâtiments. Cilka essaie de compter les wagons qui vomissent pour certains des hommes, d'autres des femmes et des enfants ; des gens de tous les âges, dans des états plus ou moins avancés de maladie et de détresse. Certains se trouvaient dans le train depuis le départ, d'autres sont montés en chemin.

Le temps s'arrête pour Cilka qui se souvient de la longue colonne pour entrer *là-bas* et qui avait conduit à une existence sans date de sortie. Cette fois, elle la connaît, si tant est qu'elle survive assez longtemps pour l'atteindre. Quinze ans. Est-ce que le fait de le savoir rendra les travaux forcés plus supportables ? Peut-on même croire à une fin de peine ?

Peu après, Cilka se retrouve devant une grande femme vêtue d'un épais uniforme kaki. Sa robe d'été est bien trop légère pour la température. Elles doivent être loin au nord. Elle sent à peine ses mains et ses pieds.

— *Imya, familya ?* aboie la femme en examinant une liste accrochée à une tablette. Nom.

— Cecilia Klein.

Une fois son nom coché, Cilka suit la file jusqu'à un vaste bunker en béton. Elle lève aussitôt les yeux à la recherche des signes révélateurs des douches. Est-ce que ce sera de l'eau ou du gaz ? Elle ressent un immense soulagement à ne rien voir de menaçant et s'agrippe à Josie pour ne pas défaillir.

— Ça va ? demande la jeune fille.

— Oui, oui, ça va. J'ai craint que nous ayons une douche.

— J'adorerais en prendre une, on en a bien besoin !

Cilka se force à lui sourire. Inutile de lui expliquer ce qu'elle redoutait. Quand elle voit la sidération sur les visages qui l'entourent, elle se rend compte que peu d'entre elles ont vécu une expérience pareille. Seules les survivantes de *là-bas*, ou celles qui viennent d'autres camps, portent le fardeau de savoir ce qui les attend peut-être.

Alors que la pièce se remplit, plusieurs gardes hommes entrent.

— Déshabillez-vous. Maintenant.

Les femmes se regardent, interdites. Les mots sont murmurés dans plusieurs langues ; et elles

les comprennent puisque plusieurs se déshabillent lentement.

— Tu dois enlever tes vêtements, chuchote Cilka à Josie.

— Non, Cilka, je ne peux pas, pas devant des hommes.

Visiblement, Josie n'a subi que la tonte de ses cheveux en prison, pas l'épreuve totale. Cilka, elle, sait que leurs corps seront entièrement rasés.

— Écoute-moi. Tu dois faire ce qu'on te dit.

Cilka déboutonne la robe de Josie qui repousse sa main, perdue. Elle regarde autour d'elle les autres femmes plus ou moins dévêtues. Celles qui sont nues couvrent leur pubis ou leurs seins de leurs mains. Josie s'exécute, elle aussi.

— Dépêche-toi, la presse Cilka. Laisse tes vêtements là où ils sont.

Cilka lève les yeux vers les hommes devant les portes qui hurlent leurs instructions. Les voir ricaner et se donner des coups de coude la rend malade. Elle regarde ses habits à ses pieds. Elle sait qu'elle ne les reverra pas.

Les hommes s'écartent pour laisser le passage à quatre autres gardes qui traînent chacun un gros tuyau. Le jet d'eau glacé frappe les femmes et les fait se cogner. Elles crient, hurlent, tombent à terre, repoussées les unes contre les autres par la puissance de l'eau. L'odeur de chlore les asphyxie et les protestations se transforment en quintes de toux.

Projetée contre le mur de carrelage craquelé, Cilka s'écorche le bras en glissant au sol. Les gardes visent avec sadisme les femmes plus âgées et plus frêles qui essaient de leur résister en tentant de rester debout. Elles se battent jusqu'au bout mais finissent par tomber. Cilka se recroqueville en position fœtale et attend, immobile, que les tuyaux s'éteignent et que les gardes hilares s'en aillent.

*

* *

Les femmes se relèvent et avancent en traînant les pieds vers la porte. Certaines ramassent un vêtement dégoulinant pour s'en couvrir. Quand elles sortent du bâtiment, on leur donne une fine serviette grise dont elles tentent de s'envelopper. Pieds nus sur le sol glacial couvert de gravier, elles se dirigent vers le bâtiment en béton d'à côté, identique à celui qu'elles viennent de quitter.

Cilka voit Josie devant elle et se hâte de la rejoindre.

— Est-ce qu'on va nous donner de nouveaux vêtements maintenant ? demande Josie.

Cilka regarde le visage tiré et désespéré de son amie. Elle se dit que bien pire les attend. Elle peut peut-être lui offrir un instant de réconfort.

— J'espère bien. Le gris ne me va pas.

Cilka est contente de voir Josie étouffer un gloussement.

On les répartit brutalement en quatre files et, alors qu'elles attendent pour entrer, des cris de protestation leur parviennent de l'intérieur. Plusieurs femmes terrorisées quittent leur place, effrayées par les hurlements. Les gardes se font une joie de leur tirer dessus. Ils les ratent, mais les coups de feu ramènent aussitôt les fuyardes dans le rang. Source de divertissement.

Cilka sent Josie trembler à côté d'elle.

Elles entrent dans le bâtiment et voient ce qui arrive aux femmes devant elles. Quatre hommes sont postés devant quatre chaises. Plusieurs grandes femmes massives, elles aussi vêtues d'uniformes kaki, se tiennent à proximité.

La détenue qui précède Cilka s'approche de la chaise sur laquelle on la force à s'asseoir. Un homme lui empoigne sans ménagement les cheveux et les coupe vite et ras avec une grosse paire de ciseaux. Il les échange aussitôt contre une lame de rasoir qu'il passe sur tout le crâne. Le sang dégouline sur son visage et dans son dos. On fait brutalement se lever une autre prisonnière tout près, on la force à se retourner et poser un pied sur la chaise. Josie et Cilka regardent, horrifiées, l'homme, sans émotion ni attention, lui raser le pubis. Il hoche la tête pour indiquer qu'il a fini, la garde pousse la détenue dehors et fait signe à Josie de s'approcher.

Cilka passe vite dans la file voisine pour être la prochaine. Elle pourra ainsi rester aux côtés de Josie pendant qu'elle subira cette humiliation ; elle, elle l'a déjà vécue. Elles s'approchent ensemble de leur chaise. Sans qu'on leur ordonne, elles s'assoient. Cilka tente autant que possible de garder les yeux sur Josie, de lui offrir silencieusement du réconfort. Son cœur souffre quand elle voit les larmes d'impuissance couler sur les joues de son amie. C'est sans doute la première fois que la jeune fille est soumise à un traitement aussi brutal.

La tête rasée, Josie met du temps à se lever et une garde la gifle du revers de la main pour qu'elle se presse. Cilka pose le pied sur la chaise et fixe l'homme avec un regard noir. À son mince rictus édenté, elle comprend qu'elle a fait une erreur.

Le sang coule le long de la cuisse de Cilka, sa punition pour avoir osé se montrer courageuse, alors qu'elles s'éloignent, simplement recouvertes de leurs serviettes grises. Prise de haut-le-cœur, Josie vomit, mais ne peut rendre que de la bile et un liquide aqueux.

Elles suivent les autres le long d'un couloir.

— Et maintenant ? sanglote Josie.

— Je ne sais pas. Quoi qu'il arrive, ne discute pas, ne résiste pas. Essaie de te rendre invisible et obéis.

— C'est ce que tu me conseilles ? Tout accepter, juste accepter ?

Sa voix s'élève, la colère remplaçant la honte.

— Josie. Je suis déjà passée par là, fais-moi confiance, soupire Cilka.

Mais elle se sent soulagée que Josie se rebelle. Il lui faudra cette force et ce feu pour survivre dans un tel endroit.

— Est-ce que ça a quelque chose à voir avec les chiffres sur ton bras ? demande Josie.

Cilka regarde son bras gauche qui retient la serviette autour de son corps, le tatouage bien visible aux yeux de tous.

— Oui, mais ne me pose plus jamais de questions à ce sujet.

— D'accord, répond Josie. Je te fais confiance. Au moins personne ne crie devant nous maintenant, donc la suite ne peut pas être si horrible que ça, non ?

— Espérons qu'on nous donnera des vêtements chauds. Je suis gelée. Je ne sens plus mes pieds.

Cilka essaie d'adopter un ton léger.

Alors qu'elles s'approchent d'une pièce au bout du couloir, elles aperçoivent des piles de serviettes grises abandonnées à l'entrée. Des gardes femmes, impassibles, sont postées à proximité. On entend des voix d'hommes.

— *Ty moya !*

« Tu m'appartiens » crie un garde à l'une des détenues qui les précède. Celle qui la suit, plus âgée, s'avance. C'est bientôt le tour de Cilka et Josie.

— Dégage, vieille sorcière, crie le garde à la prisonnière.

Le cœur de Cilka bat à tout rompre. Que se passe-t-il ?

— Eh, Boris, qu'est-ce que tu attends ?

— Je le saurai quand je la verrai.

La détenue devant Cilka se retourne vers les jeunes filles et chuchote avec pitié :

— Ces salauds choisissent celles qu'ils veulent baiser. (Elle examine Cilka et Josie de la tête aux pieds.) Vous n'aurez aucun problème.

— Qu'est-ce qu'elle veut dire, nous serons choisies ? demande Josie.

Cilka secoue la tête, incrédule. Est-ce que ça peut recommencer ?

Elle se tourne vers Josie, la regarde dans les yeux.

— Écoute-moi, Josie. Si l'un de ces hommes te choisit, va avec lui.

— Pourquoi ? Qu'est-ce qu'il veut ?

— Ton corps.

Elle espère qu'elle pourra expliquer à Josie plus tard qu'il peut seulement s'emparer de son corps ; il ne peut pas lui prendre son esprit, son cœur, son âme.

— Non, non, je n'ai jamais été avec un garçon. Cilka, je t'en prie, ne me force pas. Plutôt mourir.

— Non. Tu dois vivre. Nous devons vivre. Tu m'entends ? Tu comprends ?

— Non, je ne comprends pas. Je n'ai rien fait. Je ne devrais pas être ici.

— La plupart d'entre nous n'ont rien à faire ici, mais pourtant nous y sommes. Si tu es choisie, et que tu appartiens à un seul homme, les autres te laisseront tranquille. Tu saisis maintenant ?

Le visage de Josie est crispé, elle paraît interloquée.

— Je... je crois que oui. Oh, Cilka, ça t'est déjà arrivé, c'est ça ?

— Relève la tête. Ne montre pas ta peur.

— Il y a une minute, tu me disais de me rendre invisible.

— C'était avant, maintenant c'est différent. Ça te montre à quelle vitesse les choses peuvent changer.

Cilka se redresse, et regarde les hommes.

Bâtiment de l'administration de Birkenau, 1942

Cilka est assise à côté de Gita, chacune travaille diligemment. Elles échangent de rapides coups d'œil et de petits sourires. Cilka a été sélectionnée pour ce travail plutôt que pour le Kanada. Quelle chance que Gita travaille ici ! Elle espère aussi faire entrer Magda au chaud, d'une façon ou d'une autre. Les cheveux de Gita sont toujours coupés très court, mais pour une raison qu'elle ignore, Cilka, elle, a pu laisser repousser les siens. Ils forment comme un duvet autour de son cou et ses oreilles.

Elle ne voit pas les deux officiers SS qui s'approchent d'elle et l'attrapent par le bras sans crier gare, l'obligeant à se lever. Tandis qu'on l'emmène de force, elle jette un coup d'œil implorant à Gita. Chaque séparation pourrait être leur dernière fois. Un officier s'approche de Gita et lui donne une grande claque sur la tête.

Cilka résiste en vain quand on la traîne dehors, puis à travers le camp des femmes. Les deux hommes sont bien plus forts qu'elle. Le calme règne dans le camp, les détenues sont toutes parties travailler. Ils dépassent les bâtiments où elles habitent puis arrivent devant une bâtisse identique mais ceinte d'un mur de briques. Cilka sent la bile lui monter à la gorge. Elle a entendu dire que c'est là qu'on envoie celles qui vont mourir.

— Non… Je vous en prie… Que se passe-t-il ?

Une voiture étincelante est garée sur la route non goudronnée. Les officiers ouvrent la barrière et entrent dans la cour. L'un des officiers frappe à grands coups sur la porte du côté gauche du bâtiment. Quand elle s'ouvre, il jette Cilka à l'intérieur avant de la refermer violemment derrière elle. La jeune fille est allongée sur le sol de terre battue, et debout, devant des rangées de lits superposés vides en bois grossier, se trouve l'homme qu'elle a vu lors de la sélection, l'officier supérieur Schwarzhuber.

C'est un homme imposant qu'on aperçoit rarement dans le camp. Il tapote sa haute botte de cuir de sa badine, regardant d'un air impassible un point au-dessus de la tête de Cilka. Elle recule contre la porte, cherche à tâtons la poignée. D'un seul coup, la cravache vole à travers les airs et lui frappe la main. Elle pousse un cri de douleur et s'effondre par terre.

Schwarzhuber va jusqu'à elle et ramasse sa cravache. Dressé au-dessus d'elle, il l'écrase de toute sa taille. Il respire bruyamment et la foudroie du regard.

— Désormais, tu habites ici. Lève-toi.

Elle se redresse.

— Suis-moi.

Il l'emmène derrière un mur dans une petite pièce où se trouve un lit pour une personne avec un sommier à lattes, recouvert d'un matelas.

— Tu sais que chaque bâtiment a son chef ?

— Oui.

— Eh bien, tu seras la cheffe du Bloc 25.

Cilka reste sans voix, le souffle coupé. Comment peut-on croire qu'elle ou quiconque puisse diriger ce bâtiment ? C'est celui où les femmes passent leurs dernières heures avant d'être envoyées aux chambres à gaz. Et reverra-t-elle jamais Madga, Gita ? C'est le moment le plus terrifiant de sa vie.

— Tu as beaucoup de chance, dit Schwarzhuber.

Il enlève sa casquette et la jette en travers de la pièce. De l'autre main, il continue à donner de petits coups réguliers de sa cravache contre sa jambe. À chaque coup, Cilka frémit, s'attendant à ce qu'il l'abatte sur elle, mais il l'utilise pour lui soulever la chemise. Oh, *se dit Cilka.* C'est donc pour ça. *Les mains tremblantes, elle défait les deux premiers boutons. Toujours avec sa cravache, il lui relève le menton. Ses yeux ne semblent rien voir. C'est un homme dont l'âme est morte et dont le corps attend juste de la rejoindre.*

Il tend les deux bras et Cilka comprend ce geste comme une invitation à le déshabiller. Elle se rapproche d'un pas, mais reste à distance pour défaire les nombreux boutons de sa tunique. Il lui donne un coup de cravache dans le dos pour qu'elle se hâte, mais doit bien la lâcher pour qu'elle puisse lui retirer sa veste. Il lui arrache le vêtement des mains, le jette à côté de sa casquette puis enlève lui-même son maillot de corps. Lentement, Cilka commence à dénouer son ceinturon et à ouvrir les boutons de sa braguette. Elle s'agenouille et tire ses bottes de sous sa culotte.

Alors qu'elle retire la seconde, elle perd l'équilibre et tombe de tout son poids sur le lit où il finit de la renverser. Il se met à califourchon sur elle et déchire sa chemise. Terrifiée, Cilka essaie de se couvrir. Il la gifle du revers de la main. Elle ferme les yeux et cède à l'inévitable.

*

* *

— Ce sont des privilégiés, chuchote un garde, une cigarette entre les dents.

La voix ramène Cilka au moment présent.

— Quoi ?

— Les hommes devant lesquels on va vous faire parader. Ce sont des détenus privilégiés. Ils occupent des positions élevées dans le camp.

— Oh, pas des soldats donc ?

— Non, des prisonniers, comme vous, enfermés ici depuis longtemps. Ils font des boulots qualifiés, travaillent avec les administrateurs. Mais ce sont aussi des membres de la classe criminelle. Ils ont leur propre réseau de pouvoir.

Cilka comprend. Une hiérarchie entre les anciens et les nouveaux.

Elle pénètre dans la pièce, Josie derrière elle, toutes les deux nues et tremblantes de froid. Elle s'arrête pour regarder les rangées d'hommes entre lesquelles elles doivent marcher. Des douzaines d'yeux la fixent.

Le premier homme à sa droite avance d'un pas. Elle se tourne pour lui faire face et le jauge crânement. Aucun doute, il a tout du chef de gang, d'où qu'il vienne. Il n'est guère plus grand qu'elle, il est costaud, visiblement, il ne meurt pas de faim. Il doit approcher des trente ans, ou les a peut-être juste dépassés. Elle examine son visage, au-delà de ses airs de dur, ses yeux tristes le trahissent. Elle ne sait pas pourquoi, mais il ne lui fait pas peur.

— Enfin ! crie l'un des hommes, sans qu'on l'identifie.

— C'est pas trop tôt, Boris.

L'homme tend la main vers Cilka. Elle ne la prend pas, mais se rapproche de lui. Elle se retourne et encourage Josie à avancer.

— Viens par ici, petite, appelle un autre.

Cilka regarde celui qui reluque Josie. Une grosse brute, la silhouette voûtée. Ses grimaces obscènes révèlent des dents jaunies et cassées. Il dégage plus d'énergie sauvage que Boris.

Et Josie est choisie.

Cilka regarde l'homme nommé Boris.

— Comment t'appelles-tu ? lui demande-t-il.

— Cilka.

— Va te chercher des vêtements. Je te trouverai quand j'aurai besoin de toi.

Cilka passe devant la rangée d'hommes. Ils lui sourient tous, font divers commentaires sur sa peau, son corps. Elle rejoint Josie et elles se retrouvent à nouveau dehors avant qu'on les fasse entrer dans un autre bunker en béton.

On leur jette enfin de quoi s'habiller. Une chemise à laquelle il manque des boutons, des pantalons dans le tissu le plus rêche qu'elle ait jamais senti sur sa peau, un manteau épais et un chapeau. Tout est gris. Les bottes lui arrivent au genou, elles sont trop grandes de quelques pointures, mais s'avéreront bien pratiques lorsqu'elle se sera enveloppé les pieds dans les bouts de tissu qu'elle trouvera pour lutter contre le froid.

Habillées, elles quittent le bunker. Cilka abrite ses yeux de l'éclat aveuglant du soleil. Elle prend la mesure du camp qui ressemble à une ville. Il y a clairement des baraquements-dortoirs, mais ils ne sont pas alignés avec soin comme ceux de Birkenau. Ils n'ont pas la même taille ni la même forme. Elle voit, au-delà du périmètre, une petite colline surmontée d'une grosse machine qui ressemble à une grue. Les miradors, dispersés çà et là le long de la clôture qui entoure le camp, sont loin d'être aussi menaçants que ceux qu'elle a déjà connus. Cilka ne voit pas les isolants caractéristiques des barrières électrifiées. Quand elle regarde au-delà de l'enclos, il y a ce terrain nu et désolé qui s'étend à perte de vue, et elle en conçoit l'inutilité. Impossible de survivre dans cette vaste étendue.

Alors qu'elles avancent d'un pas lourd vers le bâtiment qui deviendra leur maison, suivant la personne devant elles, sans savoir qui les mène ou les dirige, une femme au visage large et buriné s'approche d'elles. Le soleil peut bien tenter de briller, le vent mord tout centimètre de peau exposé. Elles sont si loin au nord que même en cette fin d'été il y a déjà de la neige par terre. La femme porte plusieurs manteaux les uns sur les autres, des bottes qui ont l'air résistantes, un chapeau tiré le plus bas possible sur son visage et attaché sous le menton. Elle regarde méchamment Cilka et Josie.

— Eh bien, si vous êtes pas des veinardes ! J'ai entendu dire que vous vous êtes trouvé des hommes pour vous protéger.

Cilka baisse la tête, ne voulant pas engager la conversation ni l'encourager. Elle ne voit pas la jambe tendue devant elle pour la faire tomber si bien que, les mains dans les poches, elle se retrouve face contre terre.

Josie essaie de l'aider à se relever quand un coup dans le dos l'envoie valser. Les deux filles se retrouvent étendues côte à côte sur le sol humide et glacé.

— Votre beauté ne vous servira à rien avec moi. Maintenant, dépêchez-vous.

Cilka se lève la première. Josie reste immobile un instant, puis finit par prendre la main de son amie pour se redresser.

Cilka risque un coup d'œil autour d'elle. Parmi les centaines de femmes, toutes habillées pareil, têtes rasées, visage enfoncé dans le col de leur manteau, il est impossible de reconnaître celles qui sont venues en train avec elles. La femme hargneuse les compte au fur et à mesure qu'elles entrent dans le baraquement. Elle ne porte pas d'uniforme et quand elle passe devant elle, Cilka remarque le numéro cousu sur son manteau et son chapeau. *Ce doit être une sorte de cheffe de baraquement*, se dit Cilka.

Des lits simples occupent tout un côté de la pièce ; dans l'espace au milieu, un poêle émet une faible chaleur. Les femmes qui les précédaient se sont précipitées, elles se bousculent pour s'en approcher, mains tendues.

— Je suis votre cheffe de brigade et vous m'appartenez. Je m'appelle Antonina Karpovna. An-to-ni-na-Kar-pov-na, répète-t-elle lentement en se montrant du doigt pour que personne ne puisse se tromper sur ce qu'elle annonce. Très bien, les *zekchas*, espèce de veinardes. J'espère que vous vous rendez compte que vous avez une des meilleures baraques du camp. (Cilka se dit qu'elle a probablement raison : pas de lits superposés, de vrais matelas, une couverture chacune.) Je vous laisse vous installer, ajoute-t-elle avec un sourire narquois avant de sortir.

— C'est quoi une *zekcha* ? chuchote Josie.

— Je ne sais pas, mais je doute que ce soit un compliment, répond Cilka en haussant les épaules. Ça doit signifier « prisonnier » ou un truc de ce genre.

Autour d'elle, aucun des lits n'a encore été pris ; les femmes se sont toutes précipitées vers le poêle. Elle tire Josie par le bras et l'entraîne au bout du dortoir.

— Attends, choisissons vite nos lits. Assieds-toi sur celui-là.

Cilka s'attribue celui du fond et pousse Josie sur la couche voisine.

Elles examinent toutes les deux sur quoi elles se sont assises. Une fine couverture grise et un drap blanc délavé recouvrent un matelas rempli de sciure.

Les autres femmes les ont vues et se disputent elles aussi les lits, se bousculant pour s'approprier l'endroit où elles dormiront ce soir et toutes les nuits suivantes tant qu'elles survivront.

Il est vite évident qu'il y aura assez de lits pour tout le monde. Les détenues enlèvent leurs chapeaux et les posent là où se trouverait un oreiller si on leur en avait donné un.

Cilka jette un coup d'œil au bout de leurs lits.

Deux seaux vides la contemplent. Les toilettes. Elle soupire. Aussi longtemps qu'elle restera dans cette baraque, ils lui rappelleront l'âpreté avec laquelle elle avait voulu s'approprier ce qu'elle croyait être le meilleur endroit pour dormir. Elle pensait avoir un peu d'intimité : un mur d'un côté, Josie de l'autre. Il y a toujours un prix à payer pour une meilleure position ou du confort. Elle devrait déjà le savoir.

Une fois qu'elles se sont installées, Cilka donne un petit coup de coude à Josie et elles se rapprochent du poêle, mains tendues. Cilka sent qu'elle s'est déjà fait des ennemies, dès son premier jour.

Une grande femme, l'air coriace, sans âge, pousse violemment Josie dans le dos. La jeune fille s'étale de tout son long, le visage contre le sol en bois dur. Elle saigne du nez.

Cilka aide Josie à se relever et remonte un pan de sa chemise pour qu'elle s'en couvre le nez et étanche le sang.

— Pourquoi t'as fait ça ? intervient une fille.

— Fais gaffe, salope, ou j'te ferai pareil, répond la brute en se plantant devant l'inconnue.

Les autres les contemplent en silence.

Cilka voudrait défendre Josie, mais elle doit d'abord mieux comprendre comment fonctionne cet endroit, qui sont ces femmes, s'il est possible qu'elles s'entendent.

— Ça va, bredouille Josie en s'adressant à celle qui a pris sa défense, une jeune femme mince aux yeux bleus et à la peau de blonde. Merci.

— Tu es sûre ? insiste-t-elle en polonais avec un fort accent russe.

Elle touche sans arrêt son crâne rasé.

— Ça ira, répond Cilka.

La fille examine le visage de Josie, inquiète.

— Je m'appelle Natalya.

Josie et Cilka se présentent à leur tour.

— Tu es russe ? demande Josie.

— Oui, mais ma famille vit en Pologne. Depuis des décennies. Maintenant, ils ont décidé que c'était un crime. (Elle baisse un instant la tête.) Et toi ?

Josie se crispe.

— Ils voulaient savoir où étaient mes frères. Et ils ont refusé de me croire quand je leur ai répondu que je ne savais pas.

Cilka tente de réconforter Josie.

— Je suis désolée, dit Natalya. Il vaut peut-être mieux que nous ne parlions pas de ça maintenant.

— Ni jamais, rétorque la brute depuis son lit en leur tournant le dos. Ce sont juste des variations de la même histoire pour faire pleurer dans les chaumières. Coupables ou non, on nous a jugées ennemies de l'État et condamnées aux travaux forcés pour nous rééduquer.

Elle leur tourne toujours le dos. Soupire.

Le feu crépite dans le poêle.

— Et maintenant ? demande quelqu'un.

Personne n'ose répondre. Certaines femmes retournent au lit qu'elles se sont choisi et se couchent en chien de fusil pour s'enfoncer en silence dans leurs pensées.

Cilka entraîne Josie par le bras jusqu'à son lit. Elle retire la couverture, encourage la jeune fille à enlever ses bottes et s'allonger. Son nez ne saigne plus. Cilka retourne au poêle. Natalya prend des morceaux de charbon dans un seau voisin et les place soigneusement dans la cavité rougeoyante, utilisant le bout de son manteau pour ne pas se brûler en ouvrant la porte.

Cilka regarde la pile de charbon.

— Il n'y en aura pas assez pour toute la nuit, dit-elle en s'adressant autant à elle-même qu'à Natalya.

— Je vais en redemander, chuchote cette dernière.

Ses joues sont roses et ses membres délicats, mais elle semble forte. Dans ses yeux, Cilka lit qu'elle croit que tout ira bien. Cilka sait aussi à quelle vitesse ce sentiment peut disparaître.

— Voyons comment ça se passe. Mieux vaut ne rien demander pour l'instant. On risque moins d'être battues.

— Ils ne vont quand même pas nous laisser mourir de froid, rétorque Natalya qui ne chuchote plus, les mains sur les hanches.

Certaines se redressent et, appuyées sur un coude, écoutent la conversation.

Cilka prend un moment pour observer tous les visages maintenant braqués vers elle. Quel âge ont ces femmes, elle l'ignore, mais elle sait que Josie et elle font partie des plus jeunes. Elle se souvient de ce qu'elle lui avait conseillé quelques heures plus tôt. Ne te fais pas remarquer, sois invisible.

— Eh bien ? lui jette la brute depuis l'autre bout du baraquement.

— Je ne sais rien de plus que vous. Je ne fais que deviner. Mais je pense que nous devrions rationner le charbon qui nous reste au cas où on ne nous en redonnerait pas aujourd'hui.

— Ça a du sens, remarque une autre femme qui s'allonge de nouveau et détourne la tête.

Cilka retourne lentement au bout du baraquement jusqu'à son lit. Il fait légèrement plus froid à mesure qu'elle avance vers le fond. Elle repense à son choix : sacrifier la chaleur pour un peu d'intimité. Avant de s'étendre, elle se penche vers Josie qui paraît endormie.

La lumière du soleil ne baisse pas. Cilka n'a pas la moindre idée de l'heure. Elle regarde Natalya qui jette une petite poignée de charbon dans le poêle refroidi. C'est drôle comme les gens trouvent naturellement leur rôle. Elle finit par s'endormir. Fait-il encore nuit ou déjà jour… elle ne sait pas.

Cilka est réveillée en sursaut par un grand bruit métallique au-dehors. La porte du baraquement s'ouvre sur la cheffe de brigade, Antonina Karpovna.

— Debout et dehors, *zekchas*.

Elle leur fait signe de la tête, les mains solidement enfoncées dans les poches de sa veste.

Cilka connaît la routine.

Elle est la première levée mais ne bouge pas, espérant que celles à l'autre bout du baraquement sortiront avant. Elle sait que se tenir vers le milieu est le plus sûr. Josie a l'air hébétée. Elle l'aide à se lever avant de tirer les couvertures sur leurs lits.

Tenant Josie par la main, Cilka sort du baraquement.

D'autres comme elles sortent des bâtiments alentour.

Où étaient-elles quand nous sommes arrivées ? Les détenues du dortoir de Cilka s'agglutinent dehors, avant de voir les rangs ordonnés des femmes autour d'elles. Elles les imitent et forment deux rangées de dix.

Une fois le baraquement vide, elles avancent péniblement dans la boue épaisse vers un bâtiment plus grand. Le tissu rêche de ses nouveaux vêtements irrite la peau de Cilka. Les moustiques piquent son cou dénudé.

Elle remarque les regards, à la fois tristes et menaçants. Elle comprend. Un baraquement de plus rempli de prisonnières. Encore des bouches à nourrir. Encore des gens contre lesquels se battre pour obtenir le meilleur travail. Les nouvelles auront du mal à s'habituer et à trouver leur place dans la hiérarchie, jusqu'à ce qu'elles ne soient plus les dernières arrivées. Elle avait fait partie des anciennes *là-bas*, elle et les autres Slovaques survivantes. Elles avaient tout vu. Elles étaient restées en vie. Peut-elle trouver un moyen d'améliorer son sort et celui de Josie, sans attirer l'attention ? À moins que ce ne soit justement ce genre d'idées qui l'ait entraînée ici. Peut-être bien qu'elle mérite les travaux forcés.

Elles entrent dans le bâtiment qui sert de réfectoire, se plient aux règles bien établies : faire la queue, accepter ce qu'on vous donne, trouver un banc où s'asseoir. *Yeux baissés, ne pas se faire remarquer.*

On lui tend une tasse en fer-blanc. Elle regarde Josie. Son nez est gonflé, des bleus commencent à apparaître. Elles avancent lentement. Un liquide qui ressemble à de la soupe, où flottent de petits morceaux blancs impossibles à identifier, est versé à la va-vite dans la tasse et on lui jette un bout de pain rassis. Josie, dont les mains tremblent, renverse la moitié de sa nourriture en essayant de l'attraper. La soupe et le pain sont par terre. Josie se penche lentement pour ramasser le pain. Cilka a une envie horrible de lui crier dessus. Ces petites portions sont si précieuses !

Il n'y a pas assez de tables et de bancs pour tout le monde. Beaucoup de femmes se tiennent contre les murs en attendant que quelqu'un finisse et laisse sa place. Certaines mangent debout, trop affamées pour se soucier des bonnes manières.

Une des femmes du baraquement de Cilka voit une place qui se libère et s'en approche avec empressement. La personne assise à côté de la place qu'elle convoite la gifle du revers de la main et envoie valser la tasse. Le contenu se répand au sol et sur les femmes qui mangent tout près.

— Attends ton tour, *novichok* ! T'as pas gagné le droit de t'asseoir avec nous.

La hiérarchie est bien visible : les nouvelles n'ont plus qu'à observer et apprendre. Comme à Birkenau, à chaque arrivage massif de prisonnières. Des milliers de filles slovaques comme Gita et elle, peu avaient survécu. Elles avaient perdu tous leurs amis et leurs familles. Et les nouvelles ne comprenaient pas, ne pouvaient pas comprendre ce que leurs corps et leurs esprits avaient traversé, ce qu'elles avaient fait pour survivre.

— Mange ta soupe, puis ton pain, ou garde-le pour plus tard, conseille Cilka à Josie. Parfois, il vaut mieux le mettre de côté, comme nous avons fait dans le train, tant que nous ne savons pas quand et quelle quantité de nourriture nous aurons.

Aux visages creusés autour d'elle, elle pressent que ce ne sera ni souvent ni abondant.

Les deux filles sirotent doucement le liquide brun. Au moins, il est chaud. Quelques-unes à table ont des cuillères et mangent ce qui ressemble à des bouts de pommes de terre ou peut-être de poisson.

— On ne nous a pas donné de cuillère, observe Josie.

— Nous devrons peut-être nous en procurer par nos propres moyens, quand et comme nous pourrons, répond Cilka en voyant les ustensiles en mauvais état qu'utilisent les anciennes.

Cilka et celles de son groupe sont bientôt rassemblées par leur cheffe de brigade, Antonina Karpovna, pour être ramenées à leur baraquement.

Alors que la dernière pénètre dans le dortoir, Antonina les regarde aller vers leurs couches, ou près du poêle pour se mettre à l'aise.

— À l'avenir, quand j'entrerai dans la pièce, vous vous lèverez immédiatement et vous vous tiendrez au pied de votre lit. C'est compris ?

Les femmes se lèvent d'un bond ou courent à leur lit : toutes se mettent au garde-à-vous.

— Vous devrez aussi me faire face. Je ne donnerai mes instructions qu'une seule fois et je veux vous regarder dans les yeux et être sûre que vous avez tout compris. Qui comprend ce que je dis ?

Plusieurs mains se lèvent timidement, dont celle de Cilka. Les autres avaient vraisemblablement juste imité les premières.

— Que celles qui ont compris l'expliquent aux autres, vite.

Quelques-unes traduisent ce qui vient d'être demandé, pour la plupart dans d'autres langues slaves.

— Ce sont les règles que vous devrez suivre tant que vous vivez ici. Nous avons déjà déterminé quand et comment vous travaillerez, recevrez à manger et combien de temps vous dormirez. Extinction des feux à neuf heures du soir, même si en été vous ne le remarquerez pas vraiment... Vous utiliserez votre temps libre pour nettoyer par terre, restocker le charbon pour le lendemain, pelleter la neige devant l'entrée, raccommoder vos vêtements, tout ce qui vous sera nécessaire pour vivre ici. Je n'accepterai pas que cet endroit ait l'air d'une porcherie, je veux un sol si propre que je pourrais manger dessus. Compris ? Le matin vous entendrez la sonnerie du réveil. Impossible de continuer à dormir avec ce boucan. Deux d'entre vous videront les seaux des toilettes. Qui, je m'en moque, je veux juste que ce soit fait. Personne ne mangera avant cela.

Pas une femme ne dit mot, toutes acquiescent.

— Si vous n'obéissez pas – et surtout si vous ne faites pas votre part de travail –, toute ma brigade en souffrira et vous serez alors envoyée au trou. (Elle renifle.) Le trou est une cellule d'isolement dans le *lagpunkt*. C'est un cachot humide, moisi, où vous ne pouvez tenir ni assise, ni debout, ni couchée. Il n'y a pas de chauffage et la neige entre par la fenêtre à barreaux. Avec un peu de chance, vous aurez un seau pour vos besoins parce qu'il y a déjà un trou puant dans le sol. En guise de nourriture, ce sera un tiers de votre ration, à savoir un morceau de pain noir rassis. Vous comprenez ?

Les femmes hochent de nouveau la tête. Un frisson parcourt la colonne vertébrale de Cilka.

Antonina sort d'un sac qu'elle porte en bandoulière des bouts de chiffon et un morceau de papier froissé de sa poche.

— Quand j'appelle votre nom, venez chercher votre numéro. Vous en avez deux : vous devez en coudre un sur votre chapeau, l'autre sur le vêtement que vous portez par-dessus tous les autres, quel qu'il soit. On ne doit jamais vous voir dehors sans votre numéro bien en vue sur au moins un de vos vêtements.

Au fur et à mesure de l'appel, les détenues répondent. Elles prennent les deux bouts de tissu qui leur sont tendus et examinent le chiffre grossièrement peint.

Un nouveau chiffre. Sans s'en rendre compte, Cilka frotte son bras gauche ; dissimulée sous ses vêtements se trouve son identité de *là-bas*. Combien de fois peut-on réduire, effacer une personne ?

À son tour, elle prend le tissu et découvre sa nouvelle identité. 1-B494. Josie lui montre la sienne : 1-B490.

— Cousez ces chiffres sur vos vêtements dès ce soir, toutes. Je veux les voir demain matin. (Elle marque une pause, attend que les traductions soient faites, observe les regards interloqués.) Ce travail de couture sera très intéressant, il m'apprendra beaucoup sur vous, ricane-t-elle.

— Qu'est-ce qu'on utilise comme fil et comme aiguille ? questionne une voix courageuse.

La cheffe sort de son sac un petit morceau de tissu traversé par deux aiguilles. On dirait qu'elles ont été faites avec du fil de fer et aiguisées pour les rendre pointues. Elle les tend à la prisonnière la plus proche.

— Allez, mettez-vous-y. Je reviens demain matin. Vous allez commencer à travailler. Réveil à six heures.

— Excusez-moi, demande Natalya, où est-ce qu'on trouve du charbon ?

— Débrouille-toi.

La porte claque derrière elle et on se rassemble autour du poêle. Cilka est soulagée que personne n'ait été battu pour avoir posé une question.

— Si nous sortons, suggère Josie, nous verrons peut-être où les autres trouvent leur charbon ; alors nous saurons où aller.

— Couchez-vous, intervient la brute, Elena, en s'allongeant sur son lit. C'est peut-être notre dernier jour de vacances.

— Je viens avec toi, dit Cilka.

— Moi aussi, affirme Natalya. Les autres n'ont qu'à commencer à coudre.

— Oui, cheffe, répond froidement Elena.

Josie a posé les quelques morceaux de charbon qui restent à côté du poêle et soulève le seau vide.

Elles quittent toutes les trois prudemment le dortoir. Il fait sombre dehors et des projecteurs illuminent la cour. Il fait froid. Des prisonniers se précipitent ici et là entre les bâtiments. Un groupe de jeunes femmes marche d'un pas vif vers le baraquement voisin du leur, avec des seaux qui débordent de charbon.

— Venez, dit Cilka.

Natalya s'avance vers elles.

— Où est le charbon, s'il vous plaît ?

— Vous avez qu'à trouver toutes seules !

Natalya roule des yeux.

— Elles arrivaient d'ici, indique Josie en montrant un bâtiment. Quelque part derrière. Allons voir.

Elles reviennent au dortoir en portant le seau lourd à tour de rôle. Natalya s'apprête à le déposer mais l'anse échappe à ses mains douces et le charbon se répand à terre. Elle s'excuse aussitôt.

— Ce n'est pas grave, je vais balayer, propose Josie.

Deux femmes sont en train de coudre leurs numéros sur leurs chapeaux et leurs manteaux à toute allure.

— Où avez-vous trouvé le fil ? demande Natalya avant Cilka.

— Dans nos draps, explique la femme plus âgée dans une langue slave hésitante qui ressemble à du slovaque avant de répéter en russe.

C'est peut-être la plus vieille du baraquement, toute une vie de dur labeur et de privations évidentes s'entend dans ses mots abrupts. Elle leur confie qu'elle s'appelle Olga.

D'autres prisonnières sont en train de tirer soigneusement le fil de leurs draps.

— Dépêche-toi. Pourquoi tu mets tant de temps à enfiler une aiguille, Olga ? demande Elena en se dressant au-dessus d'elle.

— J'essaie de le faire correctement. Si tu le fais tout de suite bien, tu n'auras pas à le refaire.

— Donne-moi immédiatement cette aiguille, pauvre idiote. Ce n'est pas le moment d'essayer de nous impressionner avec tes talents de brodeuse !

Elena tend la main, bouillant d'impatience.

— J'ai presque fini, répond calmement Olga.

Cilka admire son sang-froid face à la fureur d'Elena. Elle comprend aussi le besoin de cette dernière d'exploser quand tout ne va pas comme prévu. Ce doit être son premier camp. Olga se met à coudre plus vite et coupe le fil d'un coup de dents avant de tendre l'aiguille.

— Tiens, *tuk krava*.

Cilka se retient de sourire. D'une voix caressante, Olga vient de traiter Elena de grosse vache en slovaque. Elle fait un clin d'œil à Cilka.

— Mon père était slovaque.

Elena lui arrache l'aiguille, sourcils froncés.

Cilka s'assoit sur son lit. Josie tripote d'un air mélancolique les bouts de tissu numérotés. Elle semble changer d'humeur d'un instant à l'autre, l'énergie laissant la place au découragement.

— Donne.

Josie la regarde tristement.

— Un jour à la fois, poursuit Cilka. D'accord ?

Josie acquiesce en silence.

Cilka commence à défaire des fils de son drap. Quand on lui tend une aiguille, elle coud vite les chiffres sur ses vêtements et sur ceux de Josie.

Chaque fois que l'aiguille traverse le tissu, c'est comme si elle transperçait à nouveau son bras gauche. La même douleur. Un autre numéro. Un autre camp. Elle grimace.

Avoir tout perdu. Avoir dû endurer ce qu'elle a enduré et être punie pour ça. L'aiguille lui semble soudain aussi lourde qu'une brique. Comment continuer ? Comment travailler pour un nouvel ennemi ? Comment accepter de voir les femmes qui l'entourent s'épuiser, s'étioler, mourir de faim, disparaître ? Mais elle, elle vivra. Elle ne sait pas pourquoi elle en a toujours été convaincue. Elle sait qu'elle peut s'accrocher – prendre cette aiguille qu'elle trouve si lourde, continuer à coudre, à faire ce qu'elle doit faire. Elle en a la force. La colère monte en elle. Elle est furieuse et l'aiguille redevient légère. Légère et rapide. Ce feu en elle lui permet de persévérer. Mais c'est aussi une malédiction. Grâce à lui, on la remarque. Elle doit le contenir, le contrôler, le diriger.

Pour survivre.

Chapitre 4

Le bruit terrifiant d'un marteau qui frappe du métal réveille les nouvelles arrivées au goulag de Vorkouta à six heures du matin. Antonina avait raison, c'est un fracas à réveiller les morts. Les femmes se sont relayées la nuit entière pour remettre juste assez de charbon dans le poêle afin qu'il ne s'éteigne pas. Bien que le soleil ne se couche quasiment pas, le sol était couvert de givre quand elles sont rentrées à leur baraquement après leur maigre souper au réfectoire. Elles ont dormi tout habillées dans les vêtements qu'on leur a donnés à leur arrivée.

La porte s'ouvre et une bouffée d'air glacé s'engouffre. Antonina Karpovna la garde ouverte, regarde les femmes courir au pied de leur lit, les yeux tournés vers elle. Elle acquiesce, satisfaite.

Elle s'avance ensuite et inspecte les chiffres cousus sur les vêtements. Elle s'arrête devant Elena et aboie :

— Tu le refais ce soir. C'est le pire travail de couture que j'aie jamais vu.

De retour à la porte, elle se tourne vers les deux filles les plus proches.

— Attrapez les seaux, je vais vous montrer où les vider. Demain l'une d'entre vous amènera une autre *zekcha*, lui montrera où aller et ainsi de suite, compris ?

Les deux détenues filent prendre les seaux au fond de la chambrée, juste en face du lit de Cilka, et sortent avec Antonina.

Pendant leur absence, personne ne bouge. Quand elles reviennent, livides, Antonina les envoie toutes au réfectoire pour le petit déjeuner. Elles doivent être revenues avant sept heures pour l'appel.

Dehors, les deux filles qui ont vidé les seaux se baissent et se frottent les mains sur le givre pour tenter de faire disparaître la puanteur et l'urine.

Si à la fin de l'été, pense Cilka en se dirigeant avec Josie vers le réfectoire, *il y a déjà une fine couche de neige par terre et que l'air est glacial, alors aucune d'entre elles n'est prête à ce qui les attend.* Travailler dehors va être insupportable.

Le petit déjeuner est une épaisse bouillie insipide. Josie se souvient de placer son précieux morceau de pain dans sa manche. Comme la veille, il n'y a pas une place vide aux tables. Cette fois, les nouvelles s'appuient d'emblée contre les murs.

Sans cuillère, elles ne peuvent pas boire la bouillie. Certaines se servent de leurs doigts. Il faudra s'en contenter pour l'instant.

*

* *

L'appel. Cilka connaît bien. Elle espère qu'avec vingt femmes ce sera vite fait. Elle espère aussi que personne ne manque. Elle se rappelle une nuit passée debout dans le froid – une nuit entière

– jusqu'à ce qu'une détenue soit retrouvée. La douleur dans ses genoux, dans les os de ses chevilles. Et ce n'était même pas la pire nuit qu'elle avait passée *là-bas*. Loin de là ! Antonina Karpovna commence à les appeler. Des noms. Leurs noms. *Je ne suis pas un numéro. Et pourtant j'en ai un.* Cilka regarde son bras gauche couvert, puis le numéro maintenant cousu sur son manteau brun rêche. *J'ai un nom.* Elle répond d'une voix forte « Oui » quand elle entend le sien. On leur dit de former quatre rangées de cinq.

Des groupes passent devant elles, chacun mené par une cheffe de brigade. Les hommes arrivent aussi de l'autre côté du camp. Cilka et sa chambrée les rejoignent et tous se dirigent vers les portes qui mènent hors du camp. Il n'y a qu'une entrée et une sortie, avait remarqué Cilka à son arrivée. Une simple barrière de barbelés définit le périmètre. D'autres hommes et femmes affluent.

Elles ralentissent puis s'arrêtent quand elles approchent de la sortie. Pour la première fois, elles assistent au rituel quotidien du travail. Quand c'est le tour d'Antonina, elle s'approche d'un garde ou d'un administrateur pour lui montrer la liste de noms. Antonina ordonne à la première rangée de femmes de s'approcher. Les gardes passent devant elles, les comptent, les fouillent grossièrement avant de les pousser en avant et ainsi de suite avec les trois rangs suivants. Signe de tête à Antonina, et la troupe se remet à avancer. Elles longent une ligne de chemin de fer, trébuchent parfois sur les rails, pensant qu'il sera plus facile de marcher dessus plutôt que d'arracher leurs pieds à la boue qui les aspire et les vide de l'énergie nécessaire pour leur journée de travail.

Les gardes font les cent pas le long des files d'hommes et de femmes qui s'approchent péniblement de l'énorme mine dressée devant eux. On dirait une montagne noire avec une ouverture qui donne sur l'enfer. Des piles de charbon s'élèvent à côté de petites bicoques. En haut de la bouche de la mine, une roue tire le charbon des entrailles de la terre. De plus près, on voit des wagons ouverts alignés sur la voie.

Quand elles atteignent la mine, les premières du groupe se répartissent les zones qu'elles connaissent déjà. Antonina confie les nouvelles à un garde avant de s'occuper d'autres baraquements qui font aussi partie de sa brigade.

Le garde passe entre elles, en pousse plusieurs sur le côté, les sépare.

— Eh, Alexeï, appelle-t-il, viens chercher ce groupe. Elles ont l'air capables de manier une pioche.

Son collègue indique aux quinze femmes de le suivre. Cilka, Josie et Natalya restent en plan pendant que le garde les examine.

— Hum, vous seriez même pas capables de soulever une putain de pioche en vous y mettant toutes ensemble. Suivez-moi.

Elles se dirigent vers une des montagnes de charbon et y arrivent juste au moment où la grue laisse tomber son chargement. Elles sont toutes aspergées de poussière et de débris de charbon durs et coupants.

— Attrapez chacune un seau et commencez à le remplir. Quand il est plein, apportez-le à un des wagons et versez-le dedans, leur ordonne-t-il en leur montrant les wagons qui attendent sur les rails.

Des détenues sont déjà au travail – il semble à nouveau qu'il suffise de les imiter.

Chacune charge son seau de morceaux de charbon.

— Vous avez intérêt à accélérer ou vous aurez des ennuis, leur conseille une femme. Regardez-moi.

Elle prend son seau vide et l'utilise comme une pelle, le remplissant à moitié. Le posant ensuite sur le sol, elle utilise ses deux mains pour le combler. Les nouvelles venues l'imitent avec plus ou moins de succès. Aucune n'arrive à soulever son seau : ils sont trop lourds.

— Videz-en une partie et n'y mettez que ce que vous réussissez à porter. Vous deviendrez plus fortes avec le temps.

Les seaux de Cilka et de Josie ne sont qu'à moitié pleins, ce qui n'échappe pas au garde à côté du wagon.

— Vous serez privées de pause, leur annonce-t-il. Faut que vous compensiez d'être de telles mauviettes. Allez, remuez-vous.

À différents moments, Cilka voit Antonina écrire dans un petit carnet, discuter avec les gardes, répondre de la productivité de sa brigade.

*

* *

Le travail est si épuisant que Cilka, Josie et Natalya commencent à maugréer. Elles regardent avec envie les autres déposer leurs outils et se reposer pendant dix minutes. Les muscles des épaules, du cou, du dos de Cilka la brûlent. Quand la cloche retentit de nouveau plusieurs heures plus tard, les seaux, les pioches et autres outils tombent aussitôt. Les hommes et les femmes repartent d'un pas lourd vers les rails, se regroupent par brigades, avec ceux avec lesquels ils partagent un baraquement ou ceux des baraquements voisins. Ils se tiennent immobiles, attendent d'être conduits par leurs brigadiers au signal de départ.

Une fois qu'on les y autorise, les femmes marchent en silence le long des rails et s'arrêtent devant les grilles du camp. Antonina Karpovna tend sa feuille de papier au garde de l'administration qui les compte. Elles suivent Antonina dans leur baraquement, marchent avec peine, percluses de douleurs. Quelques braises luisent sans donner de chaleur. Natalya jette un peu de charbon dans le poêle pour le rallumer. Cilka est sidérée : où trouve-t-elle la force ne serait-ce que de regarder le charbon, et d'en soulever un seau ? Elles s'écroulent sur leurs lits, tirent les couvertures pardessus leurs têtes. Personne ne dit un mot.

Ce qui fait office de dîner ne risque pas de leur donner des forces. De retour dans le baraquement, beaucoup se recouchent aussitôt, quelques-unes traînent près du poêle.

— Qu'est-ce que tu regardes ?

Cilka, étendue sur son lit, reconnaît la voix. Elena.

— Pas ton affreux visage, riposte Natalya.

Cilka se redresse sur un coude pour voir jusqu'où ira l'échange.

— Je vais te démolir, salope, si tu ne restes pas hors de ma vue.

— Laisse-moi tranquille, espèce de brute. Laisse-nous toutes tranquilles, répond aussi sec Natalya en se levant de son lit.

— Natalya, assieds-toi. Elle n'en vaut pas la peine, dit Olga.

Elena siffle, furieuse.

Cilka est terrassée de fatigue. Elle comprend la colère, la violence. Quand on ne peut pas diriger sa rage contre ses gardiens, de peur de mourir, on trouve d'autres exutoires. Elle se demande quel âge a Elena, ce qui lui est arrivé. Peut-être pas grand-chose, jusqu'à ce qu'elle se retrouve ici. Comme Cilka, avant *là-bas*. Elle n'avait jamais manqué de rien : ni amour, ni nourriture, ni vêtements, ni confort. Quand on vous prive de tout, du jour au lendemain… Impossible de savoir comment on réagira.

Ne pas repenser au passé. Demain… Demain sera une répétition d'aujourd'hui et du lendemain et de la semaine suivante pendant les quinze prochaines années.

Le désespoir submerge Cilka.

Auschwitz-Birkenau, 1943

Enveloppée dans un long manteau chaud, Cilka se tient dans la neige devant le Bloc 25. Comme elle l'avait craint, on envoie dans ce baraquement les femmes qui passent leurs derniers jours sur terre, souvent trop malades pour bouger, la vie déjà éteinte dans leurs yeux. C'est désormais le monde de Cilka et elle n'y existe que pour survivre. Des kapos habillées à l'identique s'approchent d'elle, suivies de femmes et de filles émaciées, spectrales, qui se retiennent les unes aux autres. Chaque kapo dit aux femmes qu'elle a escortées que Cilka est leur cheffe et qu'elles doivent lui obéir. On leur ordonne d'attendre dehors dans le froid que l'officier SS vienne faire l'appel.

Cilka se sent aussi inanimée que la neige. Ses yeux se troublent devant les corps courbés, décharnés, mais elle ne ressent plus rien. Cela a débuté quand Schwarzhuber l'a mise dans cette minuscule pièce à l'entrée du baraquement et que ses visites régulières ont commencé. Elle a découvert qu'elle pouvait se réduire à quelques membres, de l'os, du muscle et de la peau. Elle ne l'a pas voulu, c'est arrivé malgré elle. C'est peut-être la même chose que lorsqu'elle était enfant et qu'elle s'écorchait le genou : elle avait beau voir le sang, son esprit mettait longtemps à ressentir la douleur.

Cilka reste immobile, ne prononce pas un mot, attend qu'on dise que toutes les femmes qui passeront la nuit au Bloc 25 sont bien là. Demain, à moins que ce ne soit le surlendemain, si les nazis décident qu'ils ont mieux à faire, on les emmènera à la chambre à gaz qui ressemble à une petite maison blanche. Et elles seront tuées.

Un officier SS approche du dernier groupe de dix femmes. Il les frappe au hasard, sa cravache cingle des détenues qui ne s'y attendent pas. Quelque chose rompt l'état catatonique de Cilka qui s'empresse de les rejoindre.

— Dépêchez-vous, espèces de sales flemmardes bonnes à rien ! Je les ai, dit-elle à l'officier alors qu'il s'apprête à abattre sa cravache sur la tête d'une prisonnière. Cilka la pousse brutalement et l'envoie s'étaler dans la neige.

— Lève-toi et rejoins les autres, lui hurle-t-elle.

L'officier fait un signe de tête à Cilka et s'éloigne. Il ne la voit pas se pencher pour passer un bras sous l'aisselle de la fille pour la relever.

— Vite, rejoins les autres, lui dit-elle d'une voix plus douce.

Quand l'officier se retourne, Cilka se remet à crier.

— Allez, entrez ! Je me gèle ici parce que vous lambinez, bande de paresseuses. Allez, allez !

Elle adresse un grand sourire à l'officier, puis suit les femmes dans le baraquement et referme la porte derrière elle.

Les détenues ont trouvé où s'asseoir ou s'allonger malgré le manque de place. Parfois, elles sont entassées comme des bêtes dans la cour. Des visages hâves sont tournés vers Cilka, terrorisés et impuissants. Elle meurt d'envie de leur expliquer que si elle leur crie dessus, les SS n'entreront pas.

Les mots refusent de venir.

Elle a seize ans. Peut-être est-ce la plus jeune d'entre elles. Et elle vivra plus longtemps qu'elles toutes.

Elle voit une croûte de vomi sur la joue d'une femme.

Ce moment de compassion refoulé, elle se durcit à nouveau. Son visage est aussi lisse et vide que la neige, que les murs. Les lamentations, les pleurs, le bruit des paumes frappées contre les murs, les prières, les noms des êtres aimés et perdus s'élèvent autour d'elle. Cilka se dirige à l'entrée du baraquement, dans sa chambre, et s'étend sur son lit.

*
* *

Les journées sont longues, difficiles et douloureuses. Cilka doit puiser dans des réserves de force physique qu'elle ne se connaissait pas. Josie et elle ont essayé différentes méthodes de rationnement de leur pain pour faire durer leur énergie au mieux. La nuit, les femmes parlent souvent de nourriture. Quand elles abordent les sujets qui touchent à la famille, leur maison, elles se cantonnent souvent aux repas partagés. Le chou aigre et les champignons, le fromage blanc, les saucisses, les *pierogi*, les fruits frais. Cilka doit remonter à des années pour se le rappeler. Elle combat un sentiment d'envie : ces souvenirs sont bien plus proches pour ces femmes que pour elle.

Aucune ne semble prête à évoquer son arrestation, les événements récents, l'endroit où se trouve sa famille. À moins que ce ne soit parce qu'elles ne sont pas encore sûres de pouvoir se faire confiance. Bien qu'elles s'interrogent tout haut sur les disparus. Margarethe, en particulier, une jeune Russe au visage rond avec des fossettes, que Cilka aime instinctivement, s'inquiète sans arrêt pour son mari. Josie pense à ses frères ; et Olga, bien qu'elle sache où se trouvent ses enfants, se demande s'ils vont bien en l'absence de nouvelles. Cilka pense à tous ceux qu'elle a perdus, mais ne peut même pas envisager de l'exprimer.

— Klein..., dit Olga à Cilka une nuit, c'est un nom juif assez courant, non ?

— Sans doute, acquiesce Cilka en se levant. Je vais chercher du charbon.

*
* *

Cela fait une semaine que les femmes sont arrivées. Alors qu'elles rentrent du travail, Elena, emmitouflée dans son manteau, annonce pour le deuxième soir de suite que Natalya doit vider les seaux. Il neige abondamment dehors.

— Je m'en charge, propose Josie. Ça fait longtemps que je n'y suis pas allée.

— C'est moi qui décide, coupe Elena en se levant. C'est moi qui dis qui fera quoi.

— Non, pas du tout, rétorque Josie. Personne ne t'a donné cette responsabilité. Nous partagerons les tâches.

À la grande surprise de Cilka, Elena se rassied sans un mot, les yeux plissés, calfeutrée dans son manteau.

Les femmes sont debout autour du poêle et laissent la chaleur reposer leurs muscles douloureux en attendant le bruit métallique qui donnera le signal du départ pour le réfectoire.

Josie est violemment poussée dans le dos.

Par réflexe, elle essaie de se retenir à quelque chose – n'importe quoi – mais bascule sur le tuyau de poêle. Son hurlement résonne contre les murs.

Josie garde son bras tendu devant elle, comme si elle voulait s'en débarrasser. Mille pensées traversent l'esprit de Cilka, des images de femmes malades ou blessées se mêlent à ce qui arrive. Non, pas Josie. Cilka l'attrape, la pousse hors du bâtiment et enfonce sa main droite brûlée dans la neige. Josie siffle entre ses dents et se met à sangloter.

— Chut, calme-toi, lui dit Cilka un peu plus brutalement qu'elle ne l'aurait voulu.

Au bout de quelques minutes, elle retire la main de Josie de la neige et l'examine. La paume et quatre doigts sont d'un rouge criard, seul son pouce est épargné.

Cilka lui enfonce de nouveau la main dans la neige et tourne le visage de Josie vers elle. Il est d'une pâleur extrême, aussi blanc que le sol.

— Reste ici, je reviens tout de suite.

Cilka se précipite à l'intérieur et s'arrête devant celles qui sont assemblées autour du poêle.

— Comment va-t-elle ? demande une voix plaintive à laquelle on ne répond pas.

— Qui a fait ça ? Qui l'a poussée ?

Cilka n'a vu que le mouvement vif de Josie éjectée du groupe et sa chute. Elle n'en a pas moins des soupçons.

Toutes détournent les yeux. Cilka remarque le coup d'œil de Natalya en direction de la coupable.

Cilka se dirige vers Elena, confortablement assise sur son lit.

— Je pourrais te briser en deux, crache Elena à Cilka.

Cilka devine que sa menace est sans fondement – c'est une bravade issue de l'impuissance – plutôt qu'une véritable intention de blesser.

— Des gens bien plus effrayants que toi ont essayé de me briser, rétorque Cilka.

— Et je me suis battue contre des hommes dix fois plus forts que toi, jette Elena.

Les femmes autour d'elles s'éloignent pour leur faire de la place, certaines qu'une bagarre va démarrer.

— Lève-toi, exige Cilka.

Elena continue à la défier. Cilka sent un feu monter en elle.

— Pour la dernière fois, lève-toi.

Elles se dévisagent encore quelques instants avant qu'Elena n'obéisse avec une petite moue enfantine.

— Elena, je vais enlever ta couverture, espérer que le drap en dessous n'est pas trop infesté de poux et en déchirer un bout. Tu ne vas pas essayer de m'en empêcher. Tu comprends ?

Elena grogne, mais acquiesce lentement. Les autres se sont de nouveau rapprochées et se tiennent derrière Cilka maintenant que le rapport de force est en sa faveur.

L'œil fixé sur Elena, Cilka tire la couverture, retire le drap du dessous et en déchire un morceau avec ses dents pour en confectionner un genre de bande.

— Merci, Elena. Tu peux refaire ton lit.

Cilka s'empresse vers la porte, mais Antonina Karpovna est là, le bras appuyé au linteau pour lui barrer le passage.

— Tu vas me causer des ennuis ?

— *Nyet*, répond Cilka en russe.

Antonina retire son bras. Dehors, Josie est assise dans la neige, le corps secoué par le froid et la douleur. Cilka nettoie la main blessée et l'enveloppe dans le morceau de drap. Elle relève Josie, la soutient pour la ramener à l'intérieur. Il lui paraît étrange d'être si proche de quelqu'un d'autre que Gita, la dernière personne vers laquelle elle est allée, la dernière qu'elle ait touchée. On leur fait de la place autour du poêle quand elles entrent.

La cloche du dîner sonne. Josie refuse de quitter son lit. Un sursaut de frustration et de colère pointe chez Cilka. Si Josie ne mange pas, elle perdra des forces et la situation empirera.

— Allez, Josie, l'encourage-t-elle, venant à nouveau à son secours.

Dans le réfectoire, Cilka donne sa tasse de soupe à Josie qui la prend dans sa main gauche. On lui jette un bout de pain rassis, qu'elle ne peut saisir.

Une garde observe la scène : elle attend de voir ce que fera Cilka derrière elle. Si elle l'aide, elle sera punie. Si elle ne fait rien, Josie s'affaiblira sans nourriture. Josie se penche, en tenant fort sa tasse, un regard implorant vers Cilka qui place son morceau de pain entre ses dents et le garde ainsi, comme si elle donnait une instruction silencieuse à sa camarade. Josie pose sa tasse par terre avec soin, ramasse le quignon et fait de même, avant de reprendre sa tasse.

Une fois qu'elles trouvent un endroit tranquille loin des yeux de la garde, Cilka reprend le morceau de pain dans la bouche de Josie et l'aide à le cacher dans la manche de son manteau.

*

*   *

De retour au dortoir, les femmes, la mine sombre, demandent des nouvelles à Josie. Elle leur dit courageusement que ça ira. Cilka est contente que manger lui ait rendu un peu d'espoir.

Assise sur son lit, Cilka regarde la neige fondre le long de la fenêtre, telles des larmes qui coulent sur le carreau. Elle demande à Josie de lui montrer sa main, défait précautionneusement le bandage de fortune qui s'est attaché à la peau cloquée. Josie met l'autre poing dans sa bouche pour ne pas crier de douleur.

— Ça a l'air d'aller déjà mieux, dit-elle pour rassurer Josie sans y croire elle-même, mais sachant à quel point il est important de ne pas abandonner.

Natalya vient s'asseoir à côté de Cilka et regarde la blessure.

— Je demanderai demain à Antonina s'il y a un hôpital ou une infirmerie ici. Si oui, ils pourront lui mettre un vrai pansement.

Quiconque sera soupçonné de vouloir échapper au travail sera mal vu, Cilka le sait. Mais si la main de Josie ne guérit pas, les choses ne feront qu'empirer. Alors elle acquiesce.

— Merci, Natalya.

Tout le monde se couche. La nuit les enveloppe, mais l'aube arrive quand même trop tôt. Cilka se réveille en sursaut, le cœur battant, avant que le silence et le calme ne la replongent dans le sommeil.

*

* *

Antonina arrive le matin, l'air fatiguée. Elle leur fait signe sans un mot de s'activer. Natalya s'apprête à lui parler de Josie, mais Cilka lui fait non de la tête.

— Laisse-la d'abord prendre son petit déjeuner, lui murmure-t-elle alors qu'elles se dirigent vers le réfectoire. Sinon, elle risque de ne rien manger.

Cilka est aussi très consciente de l'humeur d'Antonina. Elle a appris à lire sur le visage des geôliers, des gardes, de ceux qui détiennent le pouvoir.

Après l'appel, Natalya jette un coup d'œil à Cilka. Josie et elle ont mangé leur bouillie et toutes deux ont caché du pain dans leurs manches. Le visage d'Antonina a lui aussi repris des couleurs. Cilka hoche la tête vers Natalya : elle peut y aller.

— Excusez-moi, Antonina Karpovna, dit Natalya.

Cilka note l'utilisation formelle du prénom et du patronyme.

La cheffe de brigade écoute Natalya avec attention.

— Comme vous l'avez peut-être remarqué hier lors de votre passage dans la soirée, Josie s'est blessée à la main droite. Y a-t-il une infirmerie où elle peut aller ?

— Comment c'est arrivé ? demande Antonina.

Natalya ne révèle pas le nom de la coupable. Malgré la méchanceté de l'acte, elles ne veulent envoyer personne au trou, la cellule de punition. On peut y mourir de faim, de maladie ou de folie. Bien que Cilka soit en colère contre Elena – et surtout contre sa lâcheté –, elle lui laisse une autre chance.

Il semblerait que Josie pense comme elle.

— J'ai trébuché à côté du poêle, explique Josie, et j'ai voulu me retenir pour ne pas tomber.

Antonina fait signe à Josie de s'approcher, menton levé.

Josie s'avance, sa main bandée tendue.

— Qu'est-ce qui me dit que tu n'essaies pas simplement d'échapper au travail ?

Josie comprend. Elle commence à défaire le bandage. Des larmes de douleur coulent malgré elle quand elle enlève la dernière couche et révèle sa main à vif, couverte de cloques.

Cilka vient à côté de Josie. Elle souhaite montrer un soutien discret à son amie. Antonina les regarde toutes les deux, les évalue.

— Vous pesez pas bien lourd ni l'une ni l'autre, *zekchas*, hein ? (Elle regarde Cilka.) Ramène-la. Je reviendrai vous chercher.

Cilka est surprise. Inquiète. Mais elle obéit. Elles se dépêchent de rentrer au dortoir. Les autres partent d'un pas lourd au travail. La neige tourbillonne, les enveloppe et les dissimule à sa vue. Qu'a-t-elle encore fait ?

Cilka et Josie se serrent contre le poêle, des couvertures autour de leurs corps qui frissonnent. Cilka veut croire qu'elles finiront par s'habituer. L'hiver n'est même pas encore arrivé. Un vent glacé les gifle et les sort de leur contemplation. Antonina se tient sur le pas de la porte.

Cilka donne un coup de coude à Josie. Elles rejoignent Antonina. Avant de sortir, Cilka vérifie que la porte est bien fermée derrière elles.

Elle a souvent vu Antonina avec une autre cheffe avec laquelle elle partage une baraque. Sans doute doivent-elles se répartir la responsabilité des femmes, à moins qu'elle n'assiste Antonina. Cilka se dit que c'est elle qui doit surveiller la brigade au travail pendant qu'Antonina s'occupe d'elles.

Bien que l'infirmerie et l'hôpital ne soient pas loin, la tempête rend le trajet difficile et douloureux. La neige est si profonde qu'elles sont obligées d'y enfoncer les jambes puis de la pousser. Cilka essaie de mesurer la taille du camp au nombre de baraquements. Des bâtiments plus grands un peu à l'écart doivent servir de magasin ou accueillir l'administration, mais rien ne l'indique clairement. Quand Antonina leur indique l'hôpital, rien ne le distingue non plus.

Un garde se tient devant la porte. Antonina, dont on voit à peine les yeux, est obligée d'enlever l'écharpe enroulée autour de son visage et de hurler pour se faire entendre. Qu'a-t-il bien pu faire pour être ainsi puni et affecté à cet endroit ?

Son sort ne semble guère meilleur que celui d'un prisonnier bien qu'il soit sans doute mieux logé et mieux nourri. À contrecœur, il ouvre la porte et les pousse à l'intérieur sans cérémonie. Ne pas laisser entrer la neige doit être une des consignes.

La chaleur qui règne les frappe immédiatement pendant qu'elles défont leurs écharpes.

— Attendez ici, leur ordonne Antonina.

Elles s'immobilisent sur le pas de la porte et regardent autour d'elles.

Il s'agit d'une sorte de salle d'attente. Des prisonniers – hommes et femmes – sont assis sur les rares chaises libres, certains à même le sol, ils se tiennent voûtés, le visage contracté par la douleur. D'autres encore sont recroquevillés, endormis, inconscients, morts, impossible à dire. Plusieurs gémissent doucement, un son éprouvant, bien trop familier pour Cilka. Pour ne plus les voir, elle contemple le portrait de Staline accroché au mur au-dessus d'elles.

À l'entrée, Antonina parle tranquillement à la femme assise derrière le comptoir, qui semble être une infirmière. Après un signe de tête, elle revient auprès de Josie et Cilka.

— Vous êtes le numéro 509.

Elle répète lentement les chiffres en russe : « *Pyat'sot devyat.* »

Antonina quitte la pièce, laissant s'engouffrer une couche de neige fraîche vite transformée en flaque d'eau.

Cilka prend Josie par le bras et la pousse vers un petit bout de mur nu contre lequel elles peuvent s'appuyer. Alors qu'elles glissent vers le sol, Cilka remarque que plusieurs têtes se lèvent, des yeux inquiets évaluent les nouvelles venues. Y a-t-il une hiérarchie, ici aussi ? Cilka soutient leurs regards qui finissent par se détourner.

*
* *

Cilka entend leur numéro accompagné de quelques cris.

Elle qui somnolait s'éveille en sursaut.

— Dernière chance ! dit la femme avec laquelle discutait Antonina.

Josie est endormie, la tête posée sur les jambes allongées de Cilka.

— Nous sommes là ! Nous arrivons ! crie Cilka aussi fort qu'elle le peut.

Elle secoue Josie et elles se hâtent vers le comptoir derrière lequel la femme aux sourcils froncés se tient.

D'un geste brusque, elle tend un bloc à Josie avant de se diriger vers une porte tout au fond, suivie par Cilka et Josie.

La femme les conduit entre deux rangées de lits de chaque côté d'une salle. Un service hospitalier. Cilka jette de rapides coups d'œil. Les draps sont blancs. Les couvertures sont grises, mais semblent plus épaisses que celles du baraquement. Il y a aussi des oreillers sous la tête des patients.

Elles pénètrent dans une partie de la pièce réservée aux consultations, séparée du reste par un paravent. L'odeur de désinfectant attaque leurs narines.

Josie est poussée sur une chaise à côté d'une table couverte de bouteilles, de bandages et d'instruments.

La femme montre le bloc que tient Josie et tend un stylo à Cilka. Elles doivent remplir le questionnaire. Elle tourne ensuite les talons, s'en va.

— Je ne peux pas, murmure Josie. Je suis droitière.

— Je vais le faire, dit Cilka.

Le questionnaire est en alphabet cyrillique. Les lettres sont comme des tunnels et des grilles avec des courbes et des fioritures étonnantes. Cela fait longtemps qu'elle ne l'a pas lu. L'écrire sera difficile.

— Bon. La première chose qu'on demande est toujours le nom. Quel est ton nom de famille, Josie ?

— Kotecka, Jozefína Kotecka.

Cilka écrit le nom du mieux qu'elle peut, en espérant que les médecins réussiront à le lire.

— Voyons, je crois que c'est ta date de naissance.

— 25 novembre 1930.

— Et là, ton adresse.

— Je n'en ai plus. Mon père travaillait dans la forêt. Il a été arrêté quand il a manqué un jour. Il était parti à la recherche de mes frères qui avaient disparu depuis trois jours. Ensuite ils ont arrêté ma mère. Ma grand-mère et moi, nous avions si peur, toutes seules chez nous. Et puis ils sont arrivés et nous ont arrêtées nous aussi. (Josie a l'air triste.) Aucun membre de ma famille n'y habite plus.

— Je sais, Josie.

Cilka pose une main sur l'épaule de son amie. Elle avait le même âge quand, à elle aussi, on avait enlevé sa famille.

— Ils m'ont mise en prison. (Josie commence à pleurer.) Ils m'ont battue, Cilka. Ils m'ont battue pour savoir où étaient mes frères. Je leur ai dit que je ne le savais pas, mais ils ont refusé de me croire.

Cilka acquiesce pour lui montrer qu'elle écoute. Le moment et la façon dont le passé se révèle sont bien étranges. Elle n'est pas si étonnée, pourtant, elle ne trouverait pas les mots pour en témoigner.

— Et puis un jour, ils nous ont embarquées, ma grand-mère et moi, dans un camion et nous ont emmenées à la gare, c'est là que je t'ai rencontrée.

— Je suis désolée de t'avoir rappelé tout ça, Josie. Nous n'avons qu'à...

Elle baisse les yeux sur le formulaire.

— Non, ça va, dit Josie en levant les yeux vers Cilka. Tu veux bien me raconter pourquoi tu es là ? Tout ce que je sais, c'est que tu es slovaque. Et cette femme dans le train a dit qu'elle avait été quelque part avec toi... Est-ce que ta famille aussi a été arrêtée ?

Cilka a un nœud au ventre.

— Peut-être une autre fois.

— Et tu savais quoi faire quand nous sommes arrivées ici.

Josie fronce les sourcils, perplexe.

Cilka fait semblant d'étudier à nouveau le formulaire.

Quelqu'un arrive derrière elles : une belle femme, grande et mince, en blouse blanche, un stéthoscope autour du cou. Des tresses blond doré couronnent sa tête et ses yeux bleus sourient.

Elle les regarde un instant et s'adresse aussitôt à elles en polonais, langue qu'elles comprennent toutes les deux.

— Comment puis-je vous aider ?

Cilka ne reconnaît pas son accent.

Josie veut se lever.

— Non, reste assise. C'est toi la malade ?

Josie acquiesce.

— Et toi ?

— Je suis son amie. J'ai demandé à rester avec elle.

— Tu as du mal à remplir le formulaire ?

— Nous étions en train de le faire, répond Cilka, mais elle ne peut s'empêcher de l'interroger : Comment avez-vous su dans quelle langue vous adresser à nous ?

— Cela fait longtemps que j'exerce dans les camps et j'ai appris à deviner.

Le médecin adresse un sourire chaleureux à Cilka. C'est le premier visage ouvert, confiant, qu'elle voit depuis son arrivée.

— Voyons, dit-elle en prenant le bloc des mains de Cilka. C'est du bon travail.

Cilka rougit.

— Pourquoi ne finis-tu pas de le remplir ? Je te lirai les questions.

— En russe ?

— Tu parles russe ?

— Je peux le parler, mais j'ai un peu plus de mal à l'écrire.

— Dans ce cas, oui, je pense que nous devrions continuer en russe. Plus vite tu l'apprendras, mieux ce sera pour toi ici. Quelles autres langues connais-tu ?

— Le slovaque, le tchèque, le polonais, le hongrois et l'allemand.

La doctoresse incline la tête.

— Je suis impressionnée, dit-elle tout bas. La question suivante sur le formulaire est : quel est le but de votre visite à l'hôpital ? demande-t-elle en russe.

Cilka se met à écrire.

Le médecin regarde par-dessus son épaule.

— Hum, presque. Pose la question à la patiente et essaie d'écrire ce qu'elle dit.

Cilka se sent paniquée. Et si le médecin était en train de jouer avec elle ? Pourquoi faut-il qu'elle se fasse encore et toujours remarquer ? Elle questionne Josie en russe et celle-ci la regarde, étonnée.

Cilka essaie d'écrire « main brûlée » en cyrillique.

— Pas mal, dit le médecin. Ça suffit pour le moment. Je m'occupe du reste. Il vaut mieux que j'examine la malade.

Josie tend la main. La doctoresse tire une chaise devant elle et commence à défaire doucement le bandage.

— Qui t'a bandé la main ?

— C'est Cilka.

La doctoresse se tourne vers elle.

— Je suppose que tu es Cilka.

— D'abord, je lui ai fait mettre la main dans la neige pendant un moment, puis j'ai pris un bout de drap, j'ai enveloppé du mieux que j'ai pu.

— Bravo, Cilka. Maintenant, voyons les dégâts.

Le bandage enlevé, la doctoresse retourne la main de Josie et l'examine soigneusement.

— Agite les doigts.

Les doigts de Josie sont trop gonflés et trop douloureux pour qu'elle puisse les bouger beaucoup.

— Tu as eu beaucoup de chance d'avoir eu quelqu'un avec toi qui savait qu'il fallait tout de suite mettre ta main dans le froid. Cela t'a évité le pire. Mais tu as quand même ce qui me semble être une brûlure au premier degré sur cinquante pour cent de ta main, quatre-vingts pour cent de tes quatre doigts. Ton pouce semble intact. (Elle regarde Josie dans les yeux.) Il faudra qu'on te change le pansement tous les jours pendant deux semaines et tu ne devras pas travailler, ni dehors ni dedans. Passe-moi ce tube, demande-t-elle à Cilka. Celui qui dit *maz ot ozhogov*. Crème pour les brûlures.

Cilka le lui tend en dévissant le bouchon.

La doctoresse étale doucement la crème sur la brûlure.

— Maintenant, regarde sur l'étagère derrière toi et trouve-moi un grand bandage.

Cilka s'exécute.

La doctoresse l'enroule de façon experte autour de la main de Josie, en déchire un petit morceau entre ses dents et attache les deux bouts pour maintenir le bandage.

— Donne-moi ce bloc et ce stylo qui sont sur la table. Il vaut mieux que j'écrive un mot.

Une fois la note écrite, elle la donne à Josie.

— Il y est mentionné l'interdiction de travailler, ni dedans ni dehors. Tu dois venir ici tous les jours pendant au moins deux semaines pour qu'on te change le pansement. Nous verrons comment tu cicatrises pendant ce temps. Cilka, poursuit le médecin, je suis impressionnée par la façon dont tu as aidé ton amie et tu n'écris pas aussi mal que tu le crois. Tu es douée pour les langues. Nous manquons de personnel ici à l'hôpital avec tous ces nouveaux arrivants. Est-ce que tu aimerais travailler ici ?

Cilka mesure l'opportunité. Dans un camp, il y a le travail dangereux – en extérieur, dur, physique – et le bon travail. *Là-bas*, un « bon » travail était synonyme de plus de nourriture, de chaleur. Dans le cas de Cilka, cela signifiait aussi être utilisée impitoyablement et sans fin. Sans compter qu'elle était témoin du pire au camp. Son rôle en tant que cheffe du Bloc 25 était une punition, mais elle sent encore le besoin de se repentir. Pour avoir survécu. Pour avoir échangé de la nourriture contre des cigarettes, contre des vêtements chauds. Pendant que les femmes entraient et sortaient puis mouraient. Entraient, sortaient, entraient, sortaient, à l'infini.

Elle est sonnée. Encore une fois, elle a attiré l'attention. Elle regarde Josie. Si elle accepte, elle trahira son amie. Elle trahira toutes les femmes de son dortoir.

— Bien sûr qu'elle accepte, dit Josie avant de l'encourager d'un signe de tête.

— Je...

Sera-t-elle jetée au trou si elle refuse ? Au moins, avec ce travail, elle rapportera en douce de la nourriture, ou l'échangera contre des cigarettes, des bottes ou des manteaux pour les autres.

La doctoresse a l'air interloquée. Personne ne refuserait une telle proposition.

— Je ne pense pas pouvoir.

— Pardon ? dit le médecin. Nous devons tous travailler.

— Je suis contente à la mine.

Sa voix sonne faux, même à ses propres oreilles. Jadis, elle avait pensé qu'elle méritait plus ou mieux, mais il y a toujours un prix fort à payer, elle le sait aussi.

— Bien. Et si pendant ces deux semaines où Josie viendra, tu m'aidais ? Ensuite tu pourras décider.

Josie hausse les sourcils vers Cilka qui acquiesce lentement.

— Oui, merci, docteur. Et Josie ?

— On s'en préoccupera dans deux semaines. Nous réussirons sûrement à lui trouver un emploi qui lui convient ici. En attendant, je t'écris un mot pour ta cheffe de brigade. Tu dois venir tous les jours avec Josie ; elle retournera à votre baraquement une fois son pansement changé, mais toi, tu resteras travailler.

La doctoresse griffonne, puis tend la feuille à Cilka.

— Maintenant, retournez à votre dortoir et reposez-vous.

— Excusez-moi, demande Cilka, mais comment devons-nous vous appeler ?

— Je suis le Dr Kaldani, Yelena Georgiyevna. L'un ou l'autre me va.

— Merci, Yelena Georgiyevna, disent-elles en chœur.

Elles retraversent le service à sa suite. Les gémissements et les cris des patients font se hérisser les poils sur la nuque de Cilka.

Elle fera ce qu'on lui a dit.

Une fois dehors dans le froid, elles reprennent le rude chemin vers leur baraquement.

Chapitre 5

— Josie, je sais que tu as froid, mais il faudrait que nous économisions le charbon jusqu'à ce qu'elles reviennent, dit Cilka, je vais juste en ajouter assez pour conserver la chaleur.

Essaie-t-elle déjà de compenser le fait qu'elle aura plus chaud que les autres femmes pendant les deux semaines à venir ?

Cilka installe Josie dans son lit, lui conseille de s'enrouler étroitement dans la couverture. Une fois le charbon remis dans le poêle, Cilka s'allonge, elle regarde son amie par-delà le petit espace qui les sépare. Elle étudie le visage de la jeune fille : le froid, la peur, la douleur et la confusion lui déforment les traits.

— Pousse-toi, demande-t-elle, avant de s'allonger à son côté, pour la réconforter ainsi de sa présence.

Très vite, toutes deux s'endorment.

Une bourrasque d'air glacé et les gémissements des femmes qui rentrent les réveillent. Elles se bousculent pour s'approcher du poêle devant lequel, une fois leurs bottes trempées retirées, elles agitent les orteils.

— Hé, regardez-moi donc qui a passé la journée au lit, fait remarquer Elena.

Tous les regards se tournent dans leur direction, les visages sont couverts de suie. Cilka devine leur colère, leur fatigue, leur jalousie.

— Comment va-t-elle ? demande Natalya qui s'est approchée.

Cilka quitte le lit. Attrapant la main de Josie sous la couverture, elle la montre à Natalya.

— Il faudra changer le pansement chaque jour pendant deux semaines, a dit le docteur.

— Alors elle ne doit pas travailler ? s'enquiert Hannah, depuis le groupe agglutiné autour du poêle.

C'est une nouvelle venue, une femme mince et nerveuse qui ne quitte pas Elena.

— Bien sûr, s'exclame Cilka, elle ne peut même pas se nourrir seule. Comment veux-tu qu'elle fasse ?

— Ouais, en tout cas, *toi*, t'as pas d'excuse, rétorque Hannah. Demain, c'est retour à la mine. T'adores te coltiner des seaux de charbon, pas vrai ?

— Je suis tellement fatiguée, avoue alors Elena, que je veux simplement m'endormir et ne jamais me réveiller.

La porte s'ouvre sur Antonina avant que Cilka puisse réagir.

Les détenues se précipitent au pied de leur lit de camp. Josie se lève péniblement et prend sa place.

Antonina parcourt la rangée et s'arrête devant les lits de Josie et de Cilka.

— Eh bien ?

— Excusez-moi, Antonina Karpovna, demande Cilka, puis-je prendre les documents sous mon oreiller ?

Hochement de tête affirmatif.

Cilka lui tend les papiers. Antonina lit d'abord la première note qui décrit la blessure de Josie, le besoin d'un pansement quotidien, son impossibilité de travailler. Elle marque une pause et, sourcils froncés, examine la main de Josie. Nouveau signe affirmatif. Puis elle lit le second document, regarde Cilka et relit une fois encore.

— Vous venez de vous assurer les meilleures places de la chambrée, félicitations, conclut-elle en lui rendant les notes, la perplexité peinte sur son large visage. Allez, toutes dehors, en rangs.

Les prisonnières lui obéissent aussitôt. Une fois dehors, deux files parfaites se forment avant de se diriger vers le réfectoire où le dîner les attend. La neige a cessé mais couvre le sol d'une épaisse couche. Leur avancée est pénible. Cilka garde la tête baissée et son chapeau bien enfoncé sur son visage. Elena et Hannah la rattrapent.

— Il va falloir nous raconter ce que disait cette note, siffle Elena à travers son écharpe.

Cilka ne répond pas.

Natalya ajoute d'un ton plus amène :

— On est curieuses, Cilka…

— Eh bien, je n'ai pas encore accepté, mais on manque de personnel à l'hôpital : ils m'ont demandé d'y travailler.

— Quelle chance, la salope ! s'exclame Elena.

Hannah lance un regard noir à Cilka.

— Elle a refusé, précise Josie, mais la doctoresse insiste pour un essai.

— Pourquoi tu n'as pas accepté ? demande Natalya.

— Peur des aiguilles ? plaisante Cilka pour faire retomber la tension.

Olga qui, depuis le début, observe la scène à distance, pouffe.

— Elle ne voulait pas avoir une position plus élevée que nous – c'est vrai, affirme Josie, elle a refusé, je l'ai entendue.

— Tu es folle, déclare Natalya, n'importe laquelle d'entre nous dirait oui.

Elles ont presque atteint le réfectoire.

Dorénavant, elle mangera mieux qu'elles, elle sera au chaud et pourra se procurer toutes sortes de choses, se disent ses compagnes. Cilka devine leurs pensées. De nouveau, elle se retrouve malgré elle mieux lotie, avantagée par rapport aux autres détenues.

— J'essaierai de récupérer les pansements de Josie, comme ça, vous pourrez vous protéger les pieds et la tête à la mine.

— T'as intérêt, conclut Elena.

Au réfectoire, la file se constitue pour manger la soupe trop diluée et le pain rassis. Elena ne cesse de la regarder tout en chuchotant avec Hannah, remarque Cilka.

— Ça va aller, Cilka, peut-être qu'on décrochera toutes un bon poste, dit Josie, le regard perdu dans le vague, s'imaginant sans doute un avenir plus rose.

Cilka est contente qu'elle retrouve son optimisme. Il faut qu'elle garde des forces.

*

* *

Neuf heures du soir, extinction des feux. Les femmes sont déjà au lit.

Le faisceau du projecteur extérieur pénètre dans le baraquement. La porte s'ouvre en grand et la neige s'engouffre. Plusieurs prisonnières relèvent la tête. Que se passe-t-il ? Des hommes, jeunes, vieux, se bousculent pour entrer. De nombreuses femmes crient et se cachent sous leur couverture. *Si tu ne me vois pas et si je ne te vois pas, alors je ne suis pas là.*

— On s'est dit qu'on vous laisserait un peu de temps pour vous installer.

Cilka reconnaît l'homme qui vient de parler : Boris, celui qui l'a choisie.

— Mais y fait un putain de froid et on a besoin de se réchauffer. Où es-tu ? Où est ma mignonne ? J'attends de tirer mon coup depuis ce matin. Allez, où tu es, qu'on commence.

Il marche vers Cilka, découvrant les femmes à mesure qu'il s'approche.

— Je suis ici, répond Cilka.

— Mais qu'est-ce que tu fais ? s'exclame Josie. Cilka, que se passe-t-il ? J'ai peur.

Boris se tient au-dessus de Cilka, lui sourit.

— Cilka ! hurle Josie.

— La ferme, espèce de garce, ou je te fais taire.

— Ça va, Josie, ça va, la rassure Cilka toute tremblante.

— Hé, Vadim, v'là la tienne, à côté de la mienne. Viens la prendre.

Josie essaie de s'échapper de son lit, en criant.

Boris la repousse brutalement et la maintient tandis que Vadim s'approche.

Puis, titubant, Boris se laisse tomber sur le bord du lit de Cilka et commence à enlever ses bottes. Il empeste la vodka. Josie sanglote maintenant sans bruit. Ses sanglots déchirent le cœur de Cilka. Elle pose la main sur la poitrine de Boris.

— Si tu me laisses juste lui parler un peu, j'arriverai à la calmer, lui dit-elle d'un ton morne.

Toutes hurlent et crient des insultes, alors qu'on les cloue sur leur couche à force de gifles, mais c'est de Josie que Cilka se sent responsable. Elle était présente quand on l'a choisie. Elle doit la protéger.

Boris hausse les épaules, l'air indifférent. Cilka en déduit qu'elle peut essayer d'apaiser son amie. Vadim, une main sur la bouche de Josie, lui arrache ses vêtements.

— Attends une minute, lui ordonne Cilka d'un ton ferme.

Il s'arrête, saisi.

— Josie, écoute-moi. Écoute, répète-t-elle, se penchant à l'oreille de la jeune fille. (Elle lui parle d'un ton calme.) Je suis désolée... il n'y a rien que nous puissions faire pour arrêter ça. Ni toi ni moi. Ou s'il y a un moyen, alors je ne l'ai pas encore trouvé.

Elle cligne des yeux lentement. Le temps se déforme. Comme lorsqu'elle devient vide d'elle-même. Elle n'est plus qu'un paquet de membres.

— Cilka, non, on peut pas les laisser...

— Je les tuerais tous si je le pouvais, lui chuchote-t-elle.

Elle se tourne vers Vadim.

— S'il te plaît, elle a une main blessée, fais attention.

Puis elle se tourne de nouveau vers Josie.

— Je suis là, la rassure-t-elle, alors qu'elle sait que ce n'est pas vraiment le cas. Je suis tellement désolée...

Elle tente d'amadouer Boris :

— Ce n'est qu'une enfant, il ne peut pas la laisser tranquille ?

— Pas à moi de décider. Et puis, de toute façon, Vadim les aime jeunes. Moi aussi. D'ailleurs, t'es guère plus âgée qu'elle, hein ?

— Non.

Cilka déboutonne sa chemise. Elle sait quoi faire. Les cris des femmes et ceux des hommes décidés à obtenir satisfaction sont assourdissants.

Un instant, Cilka se demande si ce vacarme va alerter des gardes, des sauveteurs. Personne n'arrive. Ils sont sans doute en train de faire la même chose.

Comme Boris explore son corps de ses mains calleuses et s'excite à force de grossièretés, Cilka regarde Josie. Dans la lumière vacillante du poêle, elle voit son visage tourné vers elle. Dans ses yeux, la peur a atteint un nouveau degré. Cilka ouvre sa paume vers elle. Une main entourée d'un gros pansement se pose sur la sienne. Josie sanglote sans bruit ; elles ne se quittent pas une seconde du regard et survivent ainsi à leur épreuve.

Tout en remettant son pantalon et ses bottes, Boris chuchote à Cilka :

— Personne d'autre ne te touchera, et je peux me débrouiller pour que seul Vadim touche à ton amie.

— Alors, fais-le.

— Allez, les gars, si vous n'avez pas encore réussi à baiser, vous ne banderez pas ce soir. Ouste, dehors, on laisse ces dames à leur dodo réparateur.

Les grognements des hommes frustrés se mêlent aux ricanements et aux rires des conquérants, auxquels succèdent les sanglots des femmes meurtries et bouleversées. Personne ne parle. La puanteur de ces corps d'hommes sales, imbibés de vodka, est tout ce qui flotte dans l'air.

*

* *

Alors que dehors le tintamarre du réveil fait entrer les prisonniers dans un jour nouveau, les femmes se lèvent lentement. Têtes baissées. Les regards ne se croisent pas. Pas de bavardage. Cilka se risque à jeter un bref coup d'œil à Josie. Sa joue et le contour de l'œil, gonflés et marqués, indiquent clairement comment Vadim l'a immobilisée. Elle a envie de lui dire quelque chose, de voir de plus près les bleus sur son visage, de lui demander si elle a d'autres blessures. Josie lui tourne le dos. Cilka comprend le message.

Au réfectoire, le petit déjeuner se déroule en silence. Les anciennes décochent de brefs regards aux nouvelles. Elles voient les blessures, en connaissent la cause et se murent dans leur honte, redevables à ces jeunes corps d'être moins souvent violentées.

Alors que les autres partent travailler, Cilka et Josie attendent dans le baraquement. Antonina va revenir et les escortera jusqu'à l'hôpital. Josie se recouche, roulée en boule, le visage enfoui dans la couverture.

De la glace se forme aux carreaux à mesure que le poêle se refroidit. Heureusement, elles ne restent pas seules longtemps. La tension qu'il y a entre elles, Cilka ne la supporte pas.

Une fois parvenues dans la salle d'attente de l'hôpital, Antonina les conduit à la réception.

— Celle-ci est là pour travailler, déclare-t-elle, désignant du doigt Cilka qui comprend l'essentiel. L'autre devra rester ici toute la journée, je ne vais pas revenir juste pour elle.

La femme lit les documents qu'on lui a tendus.

— Venez avec moi.

Elles la suivent, traversent la salle pour pénétrer dans la zone des soins. Josie s'assied sur la chaise qu'on lui a indiquée et Cilka se poste derrière elle.

Il y a environ une douzaine de lits, tous occupés. Plusieurs chaises sont disponibles pour ceux qui sont en état de s'asseoir. Certains patients laissent échapper des gémissements de douleur. Il y a essentiellement des hommes, mais aussi quelques femmes. Cilka se force à les examiner de loin. Où sont-ils blessés ? Qu'est-ce qui ne va pas ? Pour nombre d'entre eux, la réponse est facile. Des blessures sont visibles, du sang suinte à travers des lambeaux de tissu censés faire office de pansements ou de garrots. Un vide froid comme la neige enveloppe Cilka.

— Ah, vous voilà.

Yelena Georgiyevna s'approche. Josie lève les yeux un bref instant, avant de fixer de nouveau le sol.

— Comment ça va aujourd'hui ? Le niveau de douleur ?

Josie hausse les épaules.

La doctoresse regarde Josie, puis Cilka qui se détourne. Yelena passe doucement ses doigts sous le menton de Josie et la force à relever la tête. La lésion à son visage, rougi par la marche dans l'air glacé, paraît plus grave. Yelena effleure la zone endommagée. Josie grimace, elle a mal.

— Que s'est-il passé ?

Josie baisse à nouveau la tête.

— C'est sa faute, crache la jeune fille, elle m'a forcée, forcée à accepter. Elle dit qu'elle est mon amie, mais elle n'a rien fait pour m'aider, elle les a laissés...

— Des hommes sont venus dans notre baraquement, chuchote Cilka.

— Ah, je vois, soupire Yelena. Josie, as-tu d'autres blessures ?

Josie fait non de la tête.

— Et toi, Cilka ?

— Non.

— Bien sûr qu'elle n'a rien, elle s'est laissé faire, sans résister, elle n'a pas refusé.

La doctoresse se redresse.

— Restez ici. Je vais essayer de trouver un endroit tranquille. Je veux vous examiner.

Cilka et Josie attendent en silence. Cilka s'interroge sur cette femme médecin. Les gens sont-ils affectés au travail dans les camps ? Ou est-ce qu'ils choisissent d'y venir ? Elle a du mal à imaginer que quiconque soit désireux d'être là. Yelena est de retour. Elle les fait entrer dans une pièce voisine. L'occupant, qu'on a délogé, soutient qu'il devrait être dans une chambre individuelle. En tant qu'officier supérieur, il n'a pas à être traité comme un prisonnier.

Les draps froissés et la couverture empestent la sueur, l'alcool et le tabac froid. Yelena fait asseoir les deux jeunes femmes côte à côte sur le lit.

— C'est un endroit cruel…, commence-t-elle.

— Je sais, chuchote Cilka qui se tourne vers Josie, je suis désolée, j'aurais dû te prévenir, te dire à quoi t'attendre, t'aider à comprendre…

— Tu t'es contentée de rester allongée. Tu… tu m'as regardée. Cilka, comment tu as pu ?

Cilka ne ressent rien. Mais malgré elle, elle s'est mise à trembler, ses genoux cognent contre le lit. Elle les enserre pour les immobiliser.

— Je suis certaine qu'elle n'a pas eu le choix, intervient Yelena.

— Elle aurait pu essayer, une amie aurait essayé, insiste Josie d'une voix qui s'éteint lentement.

Elle aurait dû faire ceci, ou cela, selon celui-ci ou celle-là. Que c'est dur ce reproche dans la bouche d'une personne qu'elle a laissée l'approcher, dont elle a essayé de s'approcher, elle aussi.

— J'espérais simplement que ça ne se produirait pas. Même si j'étais persuadée que si, sans savoir quand. J'espérais juste que ça n'arriverait pas.

Cilka est profondément désolée. Qu'aurait-elle dû, ou pu, faire d'autre ?

On dirait que la doctoresse perçoit cette tension.

— Pour l'instant, je veux examiner Josie, lui changer son pansement. J'ai besoin de te mettre au travail, Cilka.

— J'attends dehors ? demande Cilka en se levant du lit.

Yelena regarde Josie.

— Tu peux rester, répond celle-ci d'une voix toujours froide.

Cilka détourne le regard. Mains jointes, elle essaie de contenir ses tremblements pendant que Yelena examine Josie.

Bardejov, Tchécoslovaquie, 1940

Par une matinée pleine d'odeurs printanières, Cilka et sa sœur Magda marchent dans une rue de leur ville, Bardejov. Magda sourit aux deux garçons qui s'avancent à leur rencontre. Elle a deux ans de plus que Cilka qui admire la façon dont marche son aînée. Les hanches qui se balancent délicatement, les poignets élégants, et la montre qui renvoie la lumière du soleil.

— Ils t'aiment bien, tous les deux. Lequel préfères-tu ? lui demande Cilka.

— Ce ne sont que des garçons.

Ces derniers se plantent devant Cilka et Magda. Elles sont obligées de s'arrêter, ou de les contourner. Magda s'immobilise, Cilka aussi.

— Hé, qui est cette mignonne avec toi ? s'enquiert Lazlo, toisant Cilka.

— Ma sœur, ma petite sœur. Cesse de la dévisager, réplique Magda d'un ton froid.

— Elle va pourtant s'attirer tous les regards, ricane Lazlo.

Cilka se sent étrangement remuée. Elle baisse les yeux.

— Allez, Cilka, on y va, ordonne Magda qui l'attrape par la main et l'emmène.

— Hé, Cilka, laisse tomber ta sœur et viens me retrouver ! s'écrie Lazlo.

Magda serre le bras de sa cadette.

— Aïe, arrête, fiche-moi la paix. C'est quoi ton problème ? s'exclame Cilka qui se libère de son étreinte.

— Tu n'as que quatorze ans, lui rétorque Magda sèchement.

— Je le sais, réplique-t-elle, du défi dans la voix. Il est assez beau, tu le connais bien ?

Magda s'arrête net, et approche son visage de celui de Cilka.

— Ne sois pas stupide. Tu n'es qu'une enfant, et lui, eh bien, il n'est pas encore un homme mais plus tout à fait un garçon. Tu dois être prudente.

Cilka croise les bras sur sa poitrine.

— Alors je n'ai pas le droit de parler à un garçon, c'est ça que tu es en train de me dire ?

— Non, ce n'est pas ça. Un jour tu grandiras, et tu sauras...

— Quoi ? Qu'est-ce que tu en sais, toi ? Je ne t'ai jamais vue avec un garçon.

Magda détourne son regard, un nuage noir voile son beau visage. C'est la première fois que Cilka voit cette expression chez elle, ces ombres au fond de ses yeux.

— Magda, ça va ?

— Viens, faisons nos courses et rentrons avant le couvre-feu.

— Non ! Pourquoi n'a-t-on pas le droit de rester dehors ? Je refuse d'obéir à cette règle stupide. On n'a rien fait de mal.

— Ce que tu peux faire l'enfant. Tu veux que Papa ait des ennuis parce que tu n'obéis pas ? C'est bien toi, ça, à toujours agir comme tu l'entends. Cette fois, petite sœur, tu fais ce que j'ai dit et on rentre avant le couvre-feu.

— Sinon ? Qu'est-ce qu'ils nous feront ?

Cilka reste immobile dans la rue chaude et parfumée. Que pourrait-il bien leur arriver par une si douce journée de printemps ?

— Les Allemands ? Vaut mieux que tu ne saches pas.

— Est-ce que la situation va empirer ?

— Oh Cilka, s'il te plaît, pour une fois crois-moi, il faut qu'on fasse comme Papa nous l'a demandé.

*
*   *

Cilka et Josie suivent Yelena Georgiyevna jusqu'au bout de la salle. Elle les présente à deux infirmières russes, Raisa Fyodorovna et Lyuba Lukyanovna. Cilka apprendra avec elles à classer les fiches des patients, noter les remarques et aller chercher les médicaments. Raisa est une grande femme au teint étonnamment pâle et aux grandes lèvres charnues. Lyuba, plus petite, a les yeux en amande et des pommettes bien marquées. Elles portent les cheveux longs, ce qui signifie qu'elles ne sont pas des prisonnières. *Ont-elles choisi d'être là ou ont-elles été affectées ici ?* se demande une fois de plus Cilka. Les cheveux de Cilka et de Josie repoussent doucement, ils commencent à frisotter dans l'air humide. Raisa et Lyuba parlent elles aussi plusieurs langues. Elles seront les responsables de Cilka pendant les deux semaines à venir. Josie devra rester assise dans un coin et attendre la fin de la journée.

Cilka est présentée à deux autres docteurs qui apprennent qu'elle est en formation. Elle prendra également en note leurs observations pendant qu'ils examineront les patients et évalueront leurs cas. Les regards admiratifs qu'ils lui lancent mettent Cilka mal à l'aise. Cet endroit est-il aussi dangereux que le Bloc 29 ? Seul le temps le dira.

Josie s'est assise par terre à l'arrière d'un grand plan de travail avec quatre chaises. L'une des infirmières lui propose un siège, mais elle refuse.

Recroquevillée sur elle-même, elle s'endort très vite. Épuisée. Traumatisée. En état de choc. Ou les trois à la fois.

Cilka apprend rapidement. Elle adopte le rythme du travail et celui des prises de notes soignées pour chaque patient.

Dans une petite salle à l'arrière du service, on lui montre les médicaments dont elle devra écrire correctement le nom ou qu'elle devra rapporter. Elle étudie leurs noms, leur orthographe, en déduit leurs diverses vertus.

Lorsque Raisa vient la chercher au dispensaire pour l'emmener au réfectoire, Cilka lui soumet ce qu'elle a appris toute seule. Raisa est très impressionnée, en particulier par sa prononciation.

Entre une autre infirmière qui exige d'une voix courroucée de connaître le motif de leur présence. Sans attendre de réponse, elle leur ordonne de quitter les lieux.

Cilka ne comprend pas encore comment fonctionne la hiérarchie dans ce lieu. Mais, comme partout, il lui faudra apprendre en qui elle peut avoir confiance et qui elle doit éviter.

Après qu'elle s'est installée, on lui tend une assiette en fer avec un petit pain au lait, un morceau de pomme de terre et une petite portion de haricots verts séchés.

— C'est pour moi ?

— Oui, mange, répond Raisa. On nous donne ce que les patients ne mangent pas. Beaucoup sont trop malades pour se nourrir.

— Mais ne faut-il pas qu'ils s'alimentent pour guérir ?

— Certains n'iront jamais mieux et on ne peut pas les forcer. Si on renvoie la nourriture en cuisine, alors ces porcs s'empiffreraient ou la vendraient, explique-t-elle, les lèvres pincées par le dégoût.

L'estomac de Cilka se serre. Ce n'est pas la première fois qu'elle prend le repas d'un mort.

— Je peux partager avec mon amie ?

— Si tu veux, dit Raisa avec un haussement d'épaules.

L'assiette à la main, Cilka va s'asseoir à côté de Josie qui se repose, appuyée contre le mur. Elle la réveille en la secouant doucement. Josie se redresse, désorientée, où est-elle ?

— Tiens.

— Je ne veux pas de ta nourriture, je ne veux rien de toi, s'écrie-t-elle avant de se rallonger, les yeux fermés.

Cilka rompt le pain en deux, en pose un morceau par terre devant Josie.

Lyuba, l'autre infirmière, vient s'installer près de Cilka.

— C'est rudement bien d'avoir de l'aide, se réjouit-elle.

— Oh, je ne sais pas si je vous sers vraiment à grand-chose.

— Tu y arriveras. Tu apprends vite d'après Raisa, et tu prononces les noms des médicaments mieux qu'elle.

— Je suis bonne en langues.

— Excellent. Quand tu commenceras à rédiger tes propres rapports, il faudra que ton orthographe soit parfaite. Ça ne compte pas vraiment en fait, mais de temps à autre on a des contrôles. S'ils trouvent des fautes ou des oublis, tout le monde a des problèmes.

— Je ne veux attirer d'ennuis à personne. Pourrais-je vous montrer ce que j'ai écrit avant la mise en fiche ?

— Bien sûr, c'est ce que je propose. Raisa et moi, nous allons te chapeauter. Je crois que Yelena Georgiyevna t'apprécie, tout ira bien. Bon, dit-elle après un coup d'œil à l'horloge, il est l'heure !

Cilka regarde Josie et le morceau de pain auquel elle n'a pas touché. *C'est bien*, pense-t-elle, *que Josie n'accepte pas son sort. C'est une force.* Mais son cœur se serre de la sentir si loin d'elle.

*

* *

Cet après-midi-là, à leur retour au baraquement avant que les autres ne rentrent, elles trouvent une pagaille totale. Plus aucun drap ni aucune couverture sur les lits. Beaucoup ont été renversés ou sont sur la tranche. Les maigres possessions des femmes sont en tas, par terre.

Dans l'embrasure de la porte, Josie, Cilka et Antonina contemplent le spectacle.

— Hum, on dirait que Klavdiya Arsenyevna est passée par là, constate Antonina.

— On peut ranger ? s'enquiert Cilka une fois dans le baraquement.

— Tu peux refaire ton lit.

Antonina se tient les mains sur les hanches. Cilka remarque sa force malgré sa petite silhouette. Ses muscles – bras, poitrine, cuisses – saillent aux articulations.

— Et les autres ? On peut s'en occuper en attendant que vous les rameniez au dortoir ?

— Il vaut sans doute mieux qu'elles voient elles-mêmes ce qui se passe.

— Pourquoi ? Mais pourquoi quelqu'un a fait ça ?

— C'est Klavdiya Arsenyevna, la cheffe de ce baraquement et de toute la brigade. Elle cherche des choses que vous ne devriez pas avoir.

— On nous a tout pris. Comment pourrions-nous avoir des choses que nous ne sommes pas censées posséder ? s'offusque Josie.

— Elle le sait. C'est sa façon de vous mettre en garde. Il est possible aussi qu'elle ait appris pour ton travail, Cilka. Tu as accès maintenant à des trucs auxquels les autres n'ont pas droit. Si elle trouve quelque chose qui ne lui plaît pas, tu peux être envoyée au trou.

Sur ces paroles, Antonina sort. L'air glacé souffle aussitôt à l'intérieur. Josie se précipite pour refermer la porte qu'Antonina a laissée ouverte. *Qu'est-ce que Klavdiya ne veut pas trouver ?* se demande Cilka. Elles ont pourtant, semble-t-il, le droit d'avoir quelques affaires. Les règles changent d'un jour à l'autre. Bien que ce camp ait une fonction différente – les faire trimer pour l'Union soviétique plutôt que de les exterminer parce qu'elles sont juives –, avec la menace constante du viol, de la brutalité, et du trou, elle est juste passée d'un endroit inhumain à un autre, constate-t-elle.

Pour ranimer le feu, Cilka place dans le poêle de petites quantités de cendre sur les braises qui meurent. Que faire de tout ce désordre ?

— Je crois qu'elle a raison, dit-elle à Josie. On ne devrait toucher à rien. Il faut que les autres voient. On leur racontera ce qu'a expliqué Antonina.

Josie ne lui prête nulle attention. Elle essaie péniblement de redresser son matelas d'une main.

— Laisse-moi t'aider.
— Je n'ai pas besoin de ton aide.
— Bien, répond durement Cilka qui se détourne.
Elle finit par pivoter vers Josie. Elle est dans son lit, dos tourné, enfouie sous la couverture.

*
* *

Le jour est devenu nuit. Le poêle dégage autant de chaleur que possible. Soudain la porte s'ouvre, les autres femmes entrent en titubant. L'unique ampoule jette des ombres étranges sur le chaos, si bien qu'elles ne voient pas tout de suite l'étendue du désastre. Lentement, comme chacune se dirige vers son lit, le désordre devient évident. Certaines se tournent vers Cilka, debout près du poêle.

— Putain, mais qu'est-ce que t'as fait ? crie Elena.

Josie et elle vont porter le chapeau, pense soudain Cilka.

— Non, non, on n'a rien à voir avec ça.

Elle résiste au besoin de lui hurler : « Hé regarde, c'est pareil pour mon lit. »

— On a trouvé l'endroit comme ça.
— Alors c'est qui ? réplique Hannah.
— Une garde, une garde du nom de Klavdiya Arsenyevna. Antonina nous a parlé d'elle.
— Et pourquoi ?

Cilka donne de rapides explications.

— Oh, non !

Hannah a pâli.

— Qu'est-ce qu'il y a ? lui demande Elena.

Hannah retourne drap, couverture et matelas.

Elena la gifle, durement et soudainement.

— Ce n'est qu'une croûte, Hannah !

— Je l'avais gardée pour toi.

Les autres prisonnières détournent les yeux. Elles remettent en état leur lit, puis attendent l'heure du dîner.

*

* *

Plus tard, de retour au baraquement, les femmes n'ont pas envie de se coucher. Elles s'attardent, même à des tâches peu agréables. À la lumière plus crue du réfectoire, Cilka a vu sur certains visages d'autres blessures de la veille. L'une d'elles, tenant son bras droit, soulageait un poignet douloureux.

Josie continue d'éviter Cilka. Elle préfère parler à Natalya. Cette fêlure dans leurs relations doit être visible, mais personne ne fait de commentaires.

— Vous croyez qu'ils reviendront ? chuchote Olga.

Elle passe une aiguille et du fil dans un petit morceau de tissu, les doigts déformés par le froid et pour avoir trop travaillé. Elle défait ses points puis les refait, améliorant ainsi son ouvrage plusieurs fois avant de se coucher.

Elle n'obtient aucune réponse à sa question.

Une fois la lumière éteinte, les feux du projecteur extérieur jettent une ombre diffuse qui danse dans la pièce. La neige qui tombe joue dans les faisceaux. Lentement, les prisonnières regagnent leur couche. Il leur faut être aussi reposées que possible pour affronter le labeur du lendemain, elles ont appris la leçon, désormais.

Chapitre 6

Les deux semaines de traitement pour la main de Josie passent très vite et, avec les soins prodigués par Yelena Georgiyevna, la blessure a vite guéri. Josie aurait déjà dû reprendre le travail. Le froid continue de s'intensifier, les nuits se font plus longues. Les femmes du Bloc 29 se connaissent maintenant ou, du moins, se sont habituées les unes aux autres. Des amitiés se sont formées, modifiées et reformées. Des bagarres ont eu lieu. Josie demeure distante et Cilka laisse faire. Son rôle à l'hôpital peut l'éloigner de façon permanente de ses camarades. Elle pense cependant qu'elle devrait accepter ce travail. Et survivre. Il lui faudra accepter leurs réactions. Certaines, comme Olga et Margarethe, ont manifesté leur reconnaissance pour les petits suppléments de nourriture, les pansements et tissus qui les protègent un peu du froid. Jusqu'à présent, il n'y a qu'Elena à avoir ouvertement exprimé son hostilité. Bien qu'elle ait vociféré et pesté contre Cilka, elle n'a pas porté la main sur elle. Les hommes viennent toujours la nuit. Les femmes sont violées, maltraitées et blessées. D'autres humiliations se sont ajoutées.

Deux prisonnières ont été envoyées au trou pour mauvais comportement, dont Hannah, la fidèle d'Elena, pour avoir simplement regardé de travers Klavdiya Arsenyevna, la garde. À son retour, au bout de plusieurs jours, elle ne pouvait même plus parler.

*

* *

Yelena fait pénétrer la crème sur la main de Josie avant de la reposer sur ses genoux. La jeune fille garde les yeux baissés.

— Désolée, Josie, la brûlure a bien guéri et je ne peux plus la bander. Ce serait en fait dommageable ; il faut maintenant que la peau respire.

Le regard de Josie se promène dans la pièce. Il s'arrête sur Cilka, debout à côté de la doctoresse.

— Josie, si je pouvais te trouver du travail ici, je le ferais. On ne nous permet hélas qu'un certain nombre de prisonniers, lui explique Yelena, l'air peinée.

Cilka s'est rendu compte au bout de ces deux semaines que Yelena est une bonne personne, mais qu'elle doit aussi prendre des décisions difficiles. Par exemple, ne pas se montrer trop aimable avec les prisonniers malades devant les autres médecins. Ce serait considéré comme un soutien aux contre-révolutionnaires, et autres espions et criminels. En ce qui concerne Cilka, on peut toujours penser que Yelena, Raisa et Lyuba la forment. Mais elles lui parlent souvent à voix basse pour ne pas être entendues, remarque Cilka.

Au sein du service, on s'adresse aux autres infirmières et aides-soignantes, la plupart du temps, de façon polie, professionnelle et directe.

— Je te promets d'avertir Antonina Karpovna s'il y a une occasion.

— S'il vous plaît, Yelena Georgiyevna, plaide Cilka, n'y a-t-il pas un moyen de la faire rester ?

— Nous devons être très prudentes, répond Yelena, tout en regardant autour d'elle. Les autorités ne voient pas d'un bon œil les prétendus tire-au-flanc qui veulent échapper au travail.

— Je suis désolée, regrette Cilka qui s'est tournée vers Josie.

— Allez-vous cesser de me répéter tous la même chose, se fâche Josie, maintenant que je peux utiliser ma main ? C'est ridicule. On devrait se réjouir.

Des larmes roulent sur son visage.

Étonnée par le ton de sa voix, Lyuba s'approche.

— Ça va ?

Josie lui montre sa main.

— Ah, je vois, c'est bien guéri.

Josie laisse échapper un petit rire.

— Eh oui, Lyuba, ça va bien, et je vais désormais être heureuse de pouvoir utiliser mes deux mains.

Elle se lève, serre les pans de son manteau, les yeux vers la sortie.

— Je suis prête à partir.

Alors que Cilka ouvre la porte, un homme grand entre avec précipitation, un document à la main. Il lui heurte légèrement l'épaule.

— Excusez-moi, déclare-t-il à Cilka, la mine confuse.

Ses yeux marron foncé ressortent sur un visage pâle et élégant. Cilka n'a pas l'habitude qu'un homme soit poli avec elle. Elle ne répond rien mais elle le suit du regard jusqu'à ce qu'il se tourne vers la réception. Il est en tenue de prisonnier. Alors que Josie et elle sont sur le pas de la porte, Cilka jette un dernier coup d'œil à l'homme qui lui tourne le dos.

*
* *

Ce soir-là, à la vue de la main sans pansement de Josie, les femmes réagissent de façon contrastée. Joie. Indifférence. Certaines apprécient qu'une personne de plus aide à charrier les seaux de charbon de la mine aux wagonnets qui les emportent jusqu'aux camions, puis plus loin encore.

Dans l'obscurité. Et la neige.

Au dîner, Josie montre fièrement comment elle tient un morceau de pain dans une main et sa tasse en fer-blanc dans l'autre. Elle se propose pour aller chercher le charbon. Attrapant un seau, elle s'apprête à sortir quand Natalya l'arrête, lui recommande d'attendre quelques jours. Il ne s'agit pas de risquer de renverser leur précieuse source de chaleur.

Quand les hommes envahissent le baraquement ce soir-là, Vadim remarque l'absence de pansement. Il interroge Josie. Caresse doucement sa main. L'embrasse. Cilka entend ces démonstrations de tendresse. *Ces hommes,* pense-t-elle, *ne vous traitent gentiment que pour polir leur image afin d'être mieux accueillis. C'est un acte égoïste, une ruse avant tout.*

Chapitre 7

Il fait encore nuit le lendemain matin quand Cilka va d'un pas lourd jusqu'à l'hôpital sous les projecteurs. Une fois de plus, elle dira à Yelena combien elle lui est reconnaissante de cette chance, mais qu'elle voudrait retourner travailler à la mine, dans une carrière ou sur un chantier de construction. N'importe quoi pourvu que ce soit aussi difficile que les tâches de ses camarades.

Le matin même, elle a regardé Josie s'éloigner du camp, son corps frôlant celui de Natalya. Les deux jeunes femmes sont devenues de grandes amies. Cilka a ressenti un pincement de jalousie. La veille, l'attitude de Josie, moins froide lorsqu'elle lui a montré sa main, lui avait donné l'espoir qu'elles pourraient peut-être renouer avec leur ancienne proximité.

Il faut dire que le travail à l'hôpital s'est avéré difficile et épuisant, même si le fait d'être au chaud est un privilège. Elle communique non seulement en russe et doit maîtriser l'alphabet cyrillique, apprendre à démêler les règles et les relations hiérarchiques, mais il lui faut surtout composer avec les réactions bizarres de son corps et de son esprit face aux malades et aux mourants. Elle espère avoir réussi à cacher ce qui se passe. Bien que Raisa se soit étonnée que Cilka puisse supporter sans ciller la vue du sang, des os et des matières. Raisa, qu'on avait envoyée à Vorkouta à peine diplômée, avait appris Cilka, avait mis des mois à s'habituer à ces corps atteints à divers degrés de maladies, de blessures ou de malnutrition. Cilka avait détesté le mélange d'horreur et de fascination qui s'était peint sur le visage de Raisa. Elle avait haussé les épaules et, tournant les talons, avait dit d'une voix monocorde : « Certains sont comme ça, c'est tout. »

Le travail la distrait également de ses soucis. Il y a toujours un problème à résoudre, une chose à apprendre. Si elle continuait à l'hôpital, elle aurait presque le sentiment de vivre une vraie vie. Ce serait un moyen de tenir à distance les souvenirs du passé et l'horreur de sa situation actuelle.

Yelena est occupée quand elle arrive. Lyuba et Raisa ont compris les états d'âme de Cilka. Elles se débrouillent pour qu'elle ait beaucoup à faire et ne pense plus à Josie. Elle leur en est reconnaissante.

— Viens avec moi.

Lyuba fait signe à Cilka de la suivre jusqu'au chevet d'un malade où se tient un médecin. Elle a déjà vu cet homme travailler dans le service. Elle lui a été présentée. Elle connaît son nom et son patronyme : Yury Petrovich.

Le patient est inconscient, ses blessures sont évidentes, le pansement autour de sa tête est trempé de sang. Cilka se tient derrière le docteur et l'infirmière. Elle se contorsionne pour observer le déroulement de l'examen sans dire un mot.

Au pied du lit, la couverture est tirée. Une aiguille est enfoncée fermement dans le talon d'un de ses pieds, pâle et sans vie. Du sang en gicle, recouvrant le drap. L'homme n'a pas de mouvement réflexe. Le docteur se tourne vers Cilka et lui tend un bloc-notes. Lyuba encourage Cilka d'un signe de tête, en se plaçant à côté d'elle.

« Aucun mouvement du pied à la piqûre d'une aiguille », écrit Cilka après avoir jeté un coup d'œil à l'horloge au fond de la salle pour inscrire précisément l'heure de sa notation. Lyuba lui chuchote à l'oreille chaque fois qu'elle hésite.

Le pied qui saigne est recouvert et le médecin avance vers la tête du lit. D'une main brusque, il soulève la paupière de l'œil droit du patient, puis lui couvre le visage.

« Pupilles fixes et dilatées », note ensuite Cilka.

« Pouls faible et irrégulier. » De nouveau, c'est noté.

Se tournant vers elle, Yury Petrovich lui demande doucement :

— Vous savez prendre le pouls au cou ?

— Oui, répond-elle avec assurance.

— Bien, montrez-moi.

Elle dégage la couverture du visage de l'homme et reproduit ce qu'elle a vu, plaçant deux doigts sous la courbe de la mâchoire, puis appuyant fermement. Elle sent le battement d'un pouls faible.

— Vérifiez son état tous les quarts d'heure. Quand vous ne sentirez plus rien, vous le déclarerez mort et vous en informerez le portier. N'oubliez pas de bien noter l'heure sur la fiche.

— Oui, Yury Petrovich.

— Hum, elle apprend vite, autant l'utiliser. On ne nous alloue pas assez d'infirmières pour les laisser au chevet de patients qui mettent trop longtemps à mourir. Validez bien sa fiche lorsqu'elle sera complète.

Après un signe de tête vers les deux femmes, il s'en va vers une autre partie du service.

— Je dois voir un patient, ça va aller, la rassure Lyuba, en s'éloignant elle aussi.

Cilka regarde l'horloge et calcule quand les quinze minutes se seront écoulées depuis qu'elle a noté « pouls faible, irrégulier ». Elle n'a toujours pas bougé quand Yelena vient aux nouvelles. La doctoresse lui adresse un sourire encourageant en entendant ses explications.

— Inutile d'attendre près du lit, tu peux vaquer à d'autres occupations. Reviens voir de temps en temps et pas de souci si c'est un peu plus ou un peu moins de quinze minutes, d'accord ?

— Oh ? merci... Je... J'ai cru qu'il fallait que je reste jusqu'à ce qu'il meure.

— Tu n'as vraiment pas peur de la mort, toi.

Cilka baisse la tête. La vision d'un tas de corps décharnés lui traverse l'esprit. Leurs derniers râles désespérés. Les odeurs.

— Non, je l'ai assez côtoyée.

Les mots sont sortis tout seuls.

— Désolée de l'apprendre. (Yelena marque une pause.) Redis-moi ton âge.

— Dix-neuf ans.

Son front se plisse.

— Le jour où tu t'en sentiras le courage, sache que tu pourras m'en parler.

Sans attendre sa réponse, Yelena s'en va.

La troisième fois qu'elle passe voir le mourant, un prisonnier victime d'un grave accident au travail, elle note l'heure et écrit « pas de pouls ». Un temps d'arrêt. Elle se force à regarder les traits de l'homme dont elle vient de noter le décès. Elle feuillette le dossier à la recherche de son nom.

Comme elle se penche sur lui pour lui recouvrir le visage, elle chuchote : « Ivan Détochkin, *alav ha-shalom.* » Que la paix soit sur toi. Cela fait bien longtemps qu'elle n'a pas prononcé ces mots.

Auschwitz-Birkenau, été 1943

— Qu'est-ce qu'il t'a dit ? On veut connaître chaque mot, et est-ce qu'il t'a regardée pendant qu'il te parlait ? Raconte-nous, Gita, on a besoin de savoir.

Cilka s'assied sur l'herbe le long du Bloc 25 avec Gita et Dana, ses amies. Magda se repose à l'intérieur. C'est un dimanche après-midi d'été, sans vent pour souffler dans leur direction les cendres que crache le crématorium voisin. En tant que cheffe du bloc, Cilka jouit d'une certaine liberté de mouvement. Lale est le seul prisonnier qu'elles ont vu à l'intérieur de ce camp de femmes. Ce matin-là, il était apparu. Les filles savaient très bien quoi faire. Elles avaient encerclé Gita et Lale en leur laissant juste assez d'intimité pour une conversation à voix basse. Cilka avait tendu l'oreille et saisi quelques bribes ; elle voulait maintenant les détails.

— Il m'a posé des questions sur ma famille, répond Gita.

— Et qu'as-tu dit ? s'enquiert Cilka.

— Je n'ai pas voulu en parler. Je crois qu'il a compris et il m'a parlé de la sienne.

— Et ? Il a des frères et des sœurs ? demande Dana.

— Un frère plus âgé, qui s'appelle Max.

— J'aime ce nom, Max, s'amuse Cilka qui prend une voix de fille exubérante.

— Désolée, Max est marié et a deux petits garçons.

— Oh, bon, c'est pas grave. Et qu'est-ce qu'il a dit d'autre ?

— Il a une sœur. Goldie. Elle est couturière. J'ai bien senti qu'il aime vraiment sa maman et sa sœur, c'est bien, non ?

— Très bien, Gita. C'est important d'aimer quelqu'un qui se comporte bien avec les autres femmes de sa vie, commente Dana, plus mûre que son âge.

— Qui a parlé d'amour ? réplique Gita.

— Gita aime Lale... Gita aime Lale..., chantonne Cilka, permettant au soleil et à leur amitié d'interrompre momentanément l'horreur qui les entoure.

— Arrêtez, ordonne Gita, mais en même temps elle sourit.

Épuisées par un espoir fou, les trois jeunes filles s'allongent sur l'herbe et, les yeux clos, elles laissent la chaleur du soleil les transporter loin, loin de là où elles se trouvent.

*
* *

Cet après-midi-là, alors que Cilka enfile son manteau et se prépare à quitter la chaleur de l'hôpital pour affronter le froid polaire dehors, elle voit la doctoresse.

— Yelena Georgiyevna, il faut que je vous parle...

— Cilka ! Oui, bien sûr. Je te cherchais justement.

Avant que Cilka puisse prononcer un mot, Yelena continue :

— Tu impressionnes mes collègues. Elles m'ont demandé si tu avais de l'expérience des soins infirmiers.

— Non, je vous l'ai dit… Je n'ai jamais été infirmière.

— C'est ce que je leur ai expliqué. On a parlé de toi et on se demandait si cela t'intéresserait de le devenir.

Tout allait trop vite.

— Je… Comment ? Ici, je suis prisonnière.

— Quelle meilleure façon d'apprendre les soins qu'en soignant ? Je serai ton professeur, et je suis certaine que les autres infirmières t'aideront. Elles seront bien contentes d'avoir des bras en plus. Qu'en penses-tu ?

— Je ne sais pas… Yelena Georgiyevna. Je ne sais pas si c'est ma place ici.

Yelena pose la main sur l'épaule de Cilka qui, devant l'intimité de ce geste, retient un mouvement de recul.

— Je ne te connais pas bien, mais tu es douée et ton aide serait précieuse. Tu y réfléchiras ?

Yelena sourit avec chaleur, comme une sœur. Cilka déglutit difficilement ; elle a du mal à supporter cette situation tant le sentiment de culpabilité l'écrase. Elle pense à ses camarades qui rentrent au baraquement et se serrent les unes contre les autres autour du poêle, enlevant en gémissant de leurs pieds gelés des chiffons mouillés. Elle pense aussi au visage d'Olga quand elle lui tend une tasse de vrai thé qu'elle vient juste de préparer sur le poêle. C'est une décision terrible et elle ne sait pas pourquoi, une fois de plus, elle a été choisie.

— Puis-je vous demander pourquoi vous êtes ici ?

— Tu veux dire ce que j'ai fait pour avoir ce poste ici à Vorkouta ?

Cilka hoche lentement la tête.

— Crois-le ou non, Cilka, je me suis portée volontaire. (Elle baisse la voix.) Ma famille a toujours cru en... un intérêt supérieur.

Geste du menton vers le ciel. Parler de religion est interdit, mais Cilka comprend sa pensée.

— Mes parents ont consacré leur vie à aider les autres. En fait, mon père est mort ainsi, en luttant contre un incendie. J'essaie d'honorer leur souvenir en continuant leur mission.

— C'est très généreux.

Cilka se sent bouleversée.

— Bon, ajoute Yelena, le front plissé, je dois admettre que j'ai cru dans les grandes lignes au projet de l'Union soviétique, en la mère patrie qui appelle, et tout ça, mais c'est bien différent une fois ici.

Elle regarde les patients allongés dans les lits derrière elles.

— Il vaudrait mieux que j'arrête de bavarder maintenant, plaisante-t-elle en souriant.

— Merci, Yelena Georgiyevna, de m'avoir confié cela. J'espère seulement que les femmes de mon baraquement pourront elles aussi trouver un meilleur travail, et vite.

— Je comprends, je l'espère aussi. À demain.

Yelena, retirant sa main de l'épaule de Cilka, s'apprête à partir. Mais Cilka ne bouge pas.

— Il y a quelque chose d'autre ?

— Josie... est-ce que Josie pourrait faire mon travail administratif ?

Yelena réfléchit un moment.

— Pas tout de suite. Si on peut t'employer comme infirmière à plein temps, alors peut-être on fera venir Josie ici. Mais sera-t-elle capable d'apprendre ?

— Je l'aiderai, ça ira.

C'est un risque, pense Cilka. Si Josie n'assimile pas les tâches, ne parle pas russe aussi vite que Cilka, sera-t-elle punie ? Un châtiment plus grand encore que de retourner trimer dehors ?

— On verra, conclut Yelena avant de s'éloigner.

Chapitre 8

Longues journées et longues nuits d'obscurité. La température chute bien en dessous de tout ce qu'a pu connaître Cilka qui poursuit son travail à l'hôpital. La culpabilité n'est jamais loin ; elle essaie de l'atténuer en faisant passer en douce de la nourriture. Pain, légumes, margarine. Du vrai thé. Juste assez pour être aussitôt consommé de peur qu'il n'y ait une autre descente menée par Klavdiya Arsenyevna. Et chaque soir, Antonina reçoit une part plus importante que celle des camarades de Cilka.

À l'hôpital, les mois suivants, Cilka absorbe comme une éponge tout ce qu'on lui explique. Elle maîtrise si bien l'art des piqûres que les patients commencent à la réclamer. Souvent, ils préfèrent attendre qu'elle soit disponible. Cette faculté qu'elle a de minimiser la douleur, plutôt que de l'exacerber, ne cesse de l'émerveiller. Alors que le service est engorgé par le nombre de patients atteints de gelures, elle essaie de se rappeler qu'elle fait déjà tout son possible. Souvent, encore, son esprit se vide et fonctionne en mode automatique, comme un moteur.

Yelena lui conseille alors de prendre une pause. Si elle pouvait rester à l'hôpital jour et nuit, elle le ferait...

Son retour au baraquement chaque soir lui apporte des émotions contraires : elle ne veut pas quitter « ses » patients, mais ressent aussi le besoin de voir Josie et ses compagnes, de savoir qu'elles sont parvenues à survivre à une nouvelle journée de labeur – à porter, empiler, soulever, ramasser... Les larmes causées par le froid coulent sur les tissus dont elles s'enveloppent le visage. Le matin, elle part plus tôt que les prisonnières et revient plus tard. Ainsi, elle ne reste pas oisive, tandis que les autres essaient tant bien que mal de s'emmitoufler de la tête aux pieds.

Et puis la nuit, fréquemment, il y a les visites des hommes. En plus grand nombre qu'elles, ils ne les laissent guère en paix. Le statut de Cilka et de Josie, « épouses » de Boris et de Vadim, leur évite d'être brutalisées par d'autres, mais ne les protège pas des cris de leurs compagnes. Un soir, Josie se plaint auprès de Cilka de ne pas voir Vadim. Elle se sent malheureuse et jalouse car il lui en préfère d'autres. Un discours que Cilka supporte mal, mais elle se tait. Elle sait comment ces abus sexuels peuvent affecter de façons diverses et imprévues une femme, une toute jeune fille en l'occurrence. Elle lui glisse tout de même qu'à sa place elle serait soulagée.

Après cinq jours d'absence, Boris et Vadim se présentent. Josie bondit de sa couche et crie après Vadim, l'accusant d'infidélité. Il la gifle durement au visage avant de la pousser sur le lit. Cilka est choquée : Josie est-elle en train de perdre la tête ? Elle n'a pas envie qu'elle meure sous des coups, et elle frapperait bien Vadim elle-même. Son feu intérieur la consume de nouveau. Au lieu de cela, elle met simplement Josie en garde : « Sois prudente. » *Ce n'est pas une bonne stratégie,* songe-t-elle, *mais que faire ?* Les jours suivants, la jeune fille lui bat de nouveau froid. Elle ironise auprès des autres sur la vie facile de Cilka à l'hôpital. Leurs relations, qui s'étaient détendues, se sont une nouvelle fois crispées. Un soir, Elena tance Josie haut et fort : il est temps de grandir – elles profitent toutes de cette nourriture supplémentaire apportée en douce par Cilka, de ces repas que les patients ne mangent pas et qu'elle sait dorénavant si bien cacher dans ses vêtements.

Chaque soir, à son retour, elle vide ses poches sur le rebord du lit et prépare vite des portions de sorte que personne d'autre n'ait à le faire et ne soit accusé de mal partager. Puis elle détourne les yeux des femmes qui se jettent sur la nourriture. Si Antonina n'est pas là, elle remet sa part dans sa poche. Pas de tentation devant des yeux affamés.

C'est si difficile de supporter la vue de ces doigts nus et osseux, de ces bouches aux lèvres gercées et pleines de croûtes qui s'ouvrent, de ces paupières toutes veinées qui se ferment quand elles goûtent et mastiquent la nourriture, faisant durer aussi longtemps que possible ce moment.

Cilka adresse à Elena un petit sourire, étonnée qu'elle ait pris sa défense. Cependant, les mots de Josie la blessent. Oui, Cilka est étrangement chanceuse, mais elle est aussi maudite. Si elles savaient où elle était toutes ces années tandis qu'elles avaient nourriture, boissons et chaleur. Tandis qu'elles avaient encore leur famille et leur foyer...

Pour Cilka, Elena demeure un personnage étrange. Une femme en colère, souvent insensible, hurlant contre la terre entière et tous ceux qui la peuplent ; et pourtant aussi capable de compassion et de tendresse lorsqu'elle baisse la garde. *Elle survit, c'est tout,* songe souvent Cilka. Il y a plusieurs façons de survivre.

Hannah, l'amie d'Elena, qui depuis qu'elle s'est remise de sa période au trou a retrouvé la parole, reste plus hostile. Les deux femmes sont proches parce qu'elles ont combattu ensemble dans la Résistance polonaise – l'Armée de l'intérieur –, a appris Cilka. Elles ont combattu les nazis et les Soviets ; leur courage l'intimide. Et lui donne encore moins envie de partager son passé.

*
* *

Le lendemain, Josie tend à Cilka deux petites fleurs de printemps qu'elle a réussi à cueillir en revenant de la mine. Pétales d'un violet brillant avec un cœur rouge et noir. De fines feuilles vertes entourent la fleur délicate. Cilka en a vu poindre à travers la glace près de l'hôpital, signe que le printemps arrive. Ne plus devoir constamment supporter ce froid polaire, ce vent mordant et la neige, procure un sentiment d'espoir : la vie deviendra peut-être un peu plus facile pour tous.

Cilka essaie de ne pas accorder trop d'importance au geste de Josie. En vérité, pour la première fois dans ce camp, elle sent sa gorge se nouer comme si elle allait pleurer. Elle déglutit. Les fleurs sont mises dans une tasse ébréchée, la fierté de chacune dans le baraquement. Les prisonnières ont toutes appris l'art de chaparder ce qui n'est pas cloué : tasses du réfectoire passées en douce, petite table abandonnée dans une baraque d'officiers, un pied cassé soutenu par des morceaux de bois aléatoires ; une bouilloire cabossée où bout constamment de l'eau sur le poêle. Antonina, qui profite des extras de nourriture rapportés par Cilka, a choisi de fermer les yeux. Quelle que soit la contrebande recherchée par Klavdiya, il ne semble pas que ce soient ces choses-là. Le baraquement gagne en confort. Olga, la brodeuse, qui s'est débrouillée le premier soir pour ne pas rendre les aiguilles, a enseigné son art aux autres. Des fils pris au bout des draps sont devenus de jolis napperons accrochés aux murs. Cilka a continué à se servir des pansements jetés et à les donner au groupe de broderie une fois lavés à l'eau bouillante. Les écharpes dont les femmes se couvrent la tête ont pour beaucoup des bords délicatement ouvragés.

Lorsque, une fois par mois, les prisonnières se rendent à la cabane des bains, elles donnent ces écharpes et leurs vêtements à épouiller. Elles se passent rapidement sur le corps un petit morceau de savon et se rincent à un baquet d'eau, heureusement chaude. Après le premier jour, leurs poils pubiens n'ont plus été rasés et on leur a accordé le droit de laisser repousser leurs cheveux, sauf s'ils sont infestés de poux. La plupart des prisonnières les coupent court pendant les séances de bain, mais Cilka laisse les siens pousser. Leurs habits reviennent chauds et raides, pendus à un bâton, elles les saisissent très vite avant qu'on ne les laisse tomber par terre sans ménagement. Parfois les femmes plus costaudes jouent des coudes pour s'emparer d'une nouvelle écharpe ou d'un manteau plus chaud, de sorte que l'ornementation en broderie commence à se répandre dans toute la brigade.

*

* *

Le printemps est doux mais trop court. La neige qui n'a presque jamais cessé de recouvrir le sol depuis l'arrivée de Cilka fond vite à mesure que dans la journée le thermomètre grimpe. Désormais, un vif soleil se réfléchit sur les collines voisines.

Au début de l'été, l'obscurité se réduit jusqu'à ce qu'il n'y ait plus de nuit du tout. Plus besoin de projecteur dans le camp à moins que le ciel ne soit très couvert. Certaines femmes, originaires du sud de l'Europe, réagissent avec panique à ce phénomène qui semble être contre nature. Quand les hommes viennent au baraquement, les femmes les voient maintenant très bien. Plusieurs n'ont pas peur de les traiter d'affreux porcs. Elles sont punies pour avoir osé s'exprimer.

Pour certaines, même si elles s'efforcent de bien fermer les yeux, la lumière reste aussi vive que dans la journée. Trouver le sommeil devient difficile. Les esprits s'échauffent et l'harmonie du dortoir est rompue par des bagarres aussi bien verbales que physiques. Lorsque, un jour, Yelena surprend Cilka qui pique du nez, elle lui demande comment elle réagit aux nuits blanches.

— Les quoi ?

— Les nuits blanches. Pendant un certain temps, il fera jour vingt-quatre heures sur vingt-quatre, et chacun s'adapte différemment.

— Je n'arrive pas à dormir et quand je m'endors, c'est juste pour un bref moment.

— Et les autres ?

— Certaines font face, la plupart non. Des disputes éclatent à propos de rien. Comment vous faites ?

Cilka imagine que, dans les appartements du personnel, il y a sans doute des rideaux adéquats.

— Le premier été sera le pire, enfin, pour beaucoup c'est comme ça. D'autres ne s'adaptent jamais et souffrent chaque année. Il y a même des cas de folie. Les gens ne parviennent pas à vivre avec le manque de sommeil et ce changement dans leur rythme interne leur monte à la tête.

Yelena semble en parler avec désinvolture, se dit Cilka.

— Ça pourrait m'arriver ?

— Non, tu verras, ça ira.

Cilka ne s'est pas encore habituée à cette foi tenace qu'a Yelena en elle.

— Fabrique-toi un bandeau pour les yeux et donne à ton corps le temps de s'adapter. Que les autres fassent pareil. Si tu regardes dans la lingerie, tu trouveras sans doute des vieilles couvertures. Prends une pause, coupe des bandes en assez grand nombre et donne-les aux femmes. C'est tout ce que je peux te proposer.

Cilka n'a pas besoin qu'on le lui dise deux fois. À la lingerie, elle fait des essais avec des couvertures et d'autres tissus jusqu'à ce qu'elle soit satisfaite du degré de confort. Il ne faut pas que ça gratte ni que ça sente trop mauvais. Elle découpe ainsi vingt bandes qu'elle cache dans ses vêtements. Elle n'en revient pas d'avoir pu utiliser des ciseaux ! Au baraquement, les femmes coupent parfois du tissu en frottant une allumette tout juste éteinte.

Ce soir-là, un dimanche, après juste une demi-journée de travail, Cilka distribue les bandeaux. Les femmes commencent à s'installer dans leur lit, la baraque est toujours éclairée par la lumière extérieure. On entend des voix au-dehors. Elles attendent l'arrivée des hommes, mais la porte ne s'ouvre pas. Les discussions continuent. Plusieurs femmes se lèvent et passent prudemment la tête à l'extérieur. Elena ouvre la porte en grand, les conversations sont plus présentes.

— Qu'est-ce qui se passe ? demande Cilka.

— Des gens se promènent et bavardent ; on dirait une fête !

Toutes sautent du lit et se précipitent vers la porte et les fenêtres. Elles se bousculent même pour voir, puis timidement, se hasardent à l'extérieur.

— Qu'est-ce qu'il y a ? demande Elena à un groupe de femmes qui passe en bavardant.

— Rien. Que veux-tu dire ?

— Pourquoi êtes-vous dehors au milieu de la nuit ?

— Ce n'est pas encore le milieu de la nuit et on est dehors parce qu'on a le droit. C'est votre premier été ? s'enquiert l'une des femmes.

— La plupart d'entre nous sommes arrivées à la fin de l'été dernier.

— Si vous en avez la force, mieux vaut en profiter, et passer un peu de temps dehors sans avoir quelqu'un sur le dos qui vous oblige à trimer.

— J'aurais pas cru que c'était permis.

— Foutaises. On reste à l'intérieur l'hiver parce qu'il fait trop froid, trop noir. Je pourrais lire un livre ici, enfin si j'en avais un, alors pourquoi ne pas se faire plaisir ? Ça ne durera pas longtemps.

Les femmes s'éloignent.

— Je pensais…, bredouille Josie.

— Tiens, encore quelque chose que notre Antonina Karpovna bien-aimée ne nous a pas dit, ironise Elena. Allez, on va faire un tour, histoire de voir à quoi ressemble vraiment notre prison.

Pour la première fois depuis bien longtemps, Cilka aperçoit des sourires sur les visages. Malgré leur épuisement après la semaine de travail, elles sont dehors et se promènent, bras dessus bras dessous pour certaines. Cette permission ne leur sera sans doute accordée que le dimanche, quand la demi-journée de labeur les exténue un peu moins. Les prisonniers regardent le ciel, voient les montagnes de charbon qui obscurcissent l'horizon. Ils respirent l'air frais, leur ennemi, l'hiver, quand il leur racle la gorge et leur brûle les poumons. Pour la première fois, des hommes se pressent autour de la zone centrale où se rejoignent le camp des femmes et le leur, sans qu'ils soient pour elles une menace. Certaines prisonnières répondent à leurs sourires par des rires enfantins. Un sentiment de liberté s'empare d'elles.

— Accompagne-moi, Cilka, suggère Josie avec excitation, d'une voix haut perchée, il faut qu'on les retrouve.

— Qui ?

À sa surprise, le premier visage qui lui vient à l'esprit est celui du messager croisé de temps à autre à l'hôpital, cet homme aux yeux bruns, si poli quand il l'avait accidentellement bousculée. Ils ne se sont pas parlé, mais il l'a saluée d'un geste de la tête quelques fois.

— Vadim et Boris. Allons nous promener avec eux. Ça sera agréable de simplement marcher et se parler, pour mieux les connaître et pas seulement…

— Je n'en ai pas envie. On ne peut pas juste rester toutes les deux ? Josie, on n'a pas besoin d'eux.

Cilka a bien tenté de se montrer compréhensive, d'accepter la naïveté de Josie et son besoin de croire qu'il existe de vrais liens entre eux, mais elle en est aussi très troublée.

— Mais je *veux* voir Vadim. Tu viens ou j'y vais seule ? insiste une Josie pétulante.

— Non, ça ne m'intéresse pas, lui répond-elle avec froideur.

— Bon, si c'est comme ça que tu le sens…

Sur ces mots, Josie s'éloigne d'un pas vigoureux. Cilka la regarde un temps avant de partir de son côté.

Elle ne sait pas bien quoi faire de cette liberté, c'est si nouveau. Son regard est constamment attiré vers l'enceinte et les tours de garde, à la recherche de soldats qui pourraient les faucher en un instant. C'est comme ça qu'ils étaient, *là-bas*, sans cesse à cran. Ici, elle ne connaît pas encore les règles. Elle est la première qui part retrouver ce qui, pour elle, est la sécurité du Bloc 29. Avant de s'endormir, elle veut être bien sûre que toutes ses compagnes sont rentrées. Elle attend avec patience leur retour, surtout celui de Josie qu'elle regrette d'avoir laissée seule. Puis elle attache son bandeau. Des murmures heureux se font encore entendre tandis que chacune s'installe ; cette petite liberté leur a assuré un moment de plaisir.

*

* *

Pendant huit semaines, le soleil ne quitte jamais le ciel. Cilka commence à se détendre. Elle se mêle maintenant aux balades du dimanche soir dans le camp. Avec d'autres femmes de son baraquement, elle explore le lieu. Chaque centimètre de leur peau est bien couvert, elles s'entourent le visage d'écharpes pour se protéger des moustiques. Elle s'efforce de convaincre Josie qu'elle n'a pas besoin de retrouver Vadim, que son avenir, ce n'est pas lui.

Un soir, Hannah lui emboîte le pas. Elle la détache de Josie en l'empoignant fermement juste au-dessus du coude. De près, Cilka sent l'odeur rance de sueur qui imprègne ses vêtements et celle de ses cheveux gras.

— Que veux-tu ?

— Tu sais, pendant la guerre, des gens comme moi et Elena ont œuvré pour résister à tous les oppresseurs, que ce soient les nazis ou les Soviets...

— Je sais. Tu es une héroïne.

— Tandis que d'autres se sont juste couchées et données à ces monstres, tirant même parti de ces *accouplements* et regardant les autres mourir autour d'elles.

Son étreinte se resserre. Cilka a la nausée. Hannah continue de marcher, la forçant à avancer, un pied devant l'autre.

— Je ne sais pas de quoi tu parles, répond-elle d'une voix monocorde.

— Je ne vais pas révéler mes sources... mais c'est un vilain petit secret que tu nous as caché.

Cilka déglutit, elle ressent de la peur, de la rage. Ce doit être cette femme dans le train qui avait, elle aussi, été *là-bas*.

— Alors, c'est vrai ce qu'elle a raconté ? Elle paraissait sacrément désireuse de se confier. Plus vraiment faite pour ce monde.

— Je n'ai rien à te dire.

Cilka songe un instant à cette femme qui, comme elle, a survécu à la vie *là-bas* pour finalement se retrouver dans ce camp. Pire, elle n'en partira peut-être jamais.

— Alors, c'est vrai. Tu n'es qu'une pute de bas étage qui obtient ce qu'elle veut en couchant avec la lie de l'humanité. Hé bé, hé bé...

— Tu ne peux pas m'atteindre, Hannah. N'essaie même pas, lui rétorque Cilka les yeux plantés dans les siens.

— Je parie que t'as pas envie que tes amies l'apprennent. Veux-tu que je garde ton secret ?

— Va te faire foutre, c'est ça que je veux. Je me fous de ce que tu peux bien dire ou faire.

Cilka bluffe afin de rendre son secret moins excitant, mais elle sait que, sous la pression de sa main, Hannah doit sentir combien elle tremble.

— Je peux garder ton secret, mais ça a un prix...

— Combien de fois les hommes viennent-ils au dortoir et te violent ? Hein, Hannah ?

Hannah fronce toujours les sourcils et respire bruyamment.

— Je ne t'ai pas entendue, reprend Cilka un ton plus haut. Un homme, plusieurs... par combien d'hommes différents as-tu été violée depuis que tu es arrivée ?

— C'est ainsi que ça se passe ici.

— Oui. Et c'est comme ça aussi que ça se passait *là-bas*. On me cachait pour que les officiers ne soient pas vus en train de se *polluer*. Tu sais ce que ça signifie ? Toi, ta famille, tes amis, ton peuple, traités comme des animaux prêts pour l'abattoir ?

Hannah détourne le regard, garde un visage impassible.

— Et cette personne qui prétend savoir tant de choses à mon sujet, elle a dit pourquoi *elle* était *là-bas* ?

— Oui, je lui ai tiré les vers du nez : les Russes n'aiment pas les gens qui mouchardent sans qu'on le leur demande, alors ils l'ont envoyée ici aussi. Vous étiez finalement une bande de faibles, à vous dénoncer les uns les autres.

— Personne ne peut nous juger, réplique Cilka, les dents serrées. Tu ne peux pas imaginer comment c'était. On n'avait que deux options : survivre ou mourir.

Hannah glousse tranquillement. Cilka bout de colère. Pourtant elle devrait être habituée maintenant : les gens créent des hiérarchies dans le bien et le mal et décident de la place des uns et des autres.

— Mais ce n'est pas tout, n'est-ce pas ? poursuit Hannah.

Cilka la regarde.

— Tu voudrais vraiment que je raconte aux autres, à Josie, Natalya, Olga, Elena, ton rôle au bloc de la mort ?

Cilka se décompose malgré elle.

— C'est bien ce que je pensais. Je dirai ce qu'il me faut et tu me le procureras.

Sur ces mots, elle s'éloigne, traversant l'herbe clairsemée et la terre.

Cilka jette un coup d'œil aux femmes qui, debout en cercle, partagent un rare moment de détente. Josie se tourne et lui sourit. Elle s'efforce de lui rendre son sourire. Elle ne veut pas retourner mentalement *là-bas*. Elle veut vivre chaque jour qui passe du mieux qu'elle peut, avec ses nouvelles amies. Impossible d'accepter que Hannah puisse tout détruire. Son estomac se retourne.

*
* *

Un jour, bien trop tôt, les femmes voient à leur réveil le gel sur le sol. L'air épais et humide leur emplit la gorge. Cela fait un an que Cilka est dans ce camp. Les écharpes sont remisées, les chapeaux et les lourds manteaux tirés de sous les matelas où ils ont passé les deux derniers mois.

Hannah ne semble pas avoir encore décidé quel sera le « prix » de son silence. Souvent, d'un geste ou d'un regard, elle rappelle à Cilka ce qu'elle sait. La plupart du temps, Cilka s'efforce de chasser de son esprit la peur qu'elle ressent à l'idée qu'on découvre son secret.

La transition de l'automne à l'hiver est rapide. Des pluies de saison détrempent le sol et alourdissent l'atmosphère. Fini les balades du soir dans le camp. Les femmes se réhabituent tant bien que mal à n'être qu'entre elles.

La pluie devient neige fondue, puis neige. L'obscurité est constante.

À cause de ce que sait Hannah, le baraquement paraît petit et étroit à Cilka.

Chapitre 9

Une journée pour échafauder des projets. Une journée pour se projeter dans l'avenir. Ce que la plupart des gens font, mais pas Cilka.

Pour la première fois aujourd'hui, elle écrit dans le dossier d'un patient : « 1er janvier 1947. Le patient se rétablit bien. Sortie prévue demain. »

Elle écoute les paroles du médecin, les transcrit et se force à sourire lorsqu'elle regarde l'homme allongé devant elle, les yeux emplis de larmes.

— S'il vous plaît, juste un peu plus de temps. Puis-je rester un peu plus longtemps ? Deux ou trois jours de plus. Je suis encore faible.

Le docteur lui lance un regard dénué de compassion. Il se tourne vers Cilka.

— Qu'est-ce que tu en penses, Cilka ? Est-ce qu'on va laisser ce malade imaginaire de merde occuper le lit que devrait avoir un de ses compagnons souffrants ? Ou est-ce qu'on lui botte le cul et on le sort d'ici demain ?

Cilka a appris ce jeu auquel aiment jouer certains médecins, en l'impliquant : c'est elle qui décide si un patient gagne vingt-quatre heures dans un lit d'hôpital au chaud et bien nourri. Elle sait aussi lesquels pourraient accepter ce qu'elle suggère et lesquels feraient exactement l'opposé.

Ce docteur est souvent d'accord avec Cilka. Elle accorde avec précaution des jours aux malades et aux infirmes. Jamais cela n'aurait été possible dans son ancienne vie. Bien sûr, dans tous ces camps, c'est toujours une personne à la place d'une autre. Le confort de l'un, la nourriture de l'autre. Rien n'est juste.

— C'est le premier jour de l'année nouvelle, peut-être que dans cet esprit… (elle jette un œil à la fiche avant de poursuivre), cela ferait du bien à Georgii Yaroslavovich de rester un jour de plus avec nous. Je modifie son dossier et inscris « sortie dans deux jours » ?

— Modifiez.

Et, sur ces mots, le médecin s'éloigne.

Cilka lève le nez vers l'affiche collée au mur au-dessus du lit. Un ouvrier tout sourire travaille dans un champ ensoleillé. *Libération par le labeur honnête.*

Elle modifie le dossier.

— Merci, Cilka Klein, merci, merci. Vous êtes un ange descendu du ciel.

Elle lui adresse un clin d'œil. Et cette fois son sourire est authentique.

— Allez, Georgii Yaroslavovich, vous savez bien que je prendrai soin de vous.

Alors qu'elle s'en va déposer son dossier sur le bureau et en prendre un autre, elle voit Yelena, qui a observé son petit manège.

— Cilka, j'ai de bonnes nouvelles pour toi.

Le sourire éclaire de nouveau son visage. Elle a presque trop peur de poser une question. Elle attend.

— J'ai parlé au directeur de l'hôpital et l'ai convaincu : tu as droit au titre d'infirmière.

— Vraiment ? C'est merveilleux.

Cilka la remercie, mais se sent comme anesthésiée. Son statut améliore un peu la vie de ses compagnes dans le baraquement. Pourtant, elle aimerait pouvoir faire plus. Derrière Yelena, derrière la fenêtre couverte de glace, tout n'est que ténèbres hurlantes.

— Je ne sais pas quoi dire d'autre.

— Tu n'as pas à me remercier. Tu as travaillé dur, tu mérites que tes efforts soient reconnus.

Au fond d'elle-même, quelque chose se noue. Quelque chose comme de la honte. Yelena réagirait-elle différemment si elle connaissait tout son passé ?

— Je ne vous décevrai pas.

— Bien sûr que non, je le sais. Et, Cilka, encore une chose.

Elle lui tend une note.

— Donne ça ce soir à Antonina Karpovna. Il s'agit de mes instructions. Josie commence à travailler ici en tant que secrétaire. Elle apprendra certaines de tes tâches et te libérera du temps pour ton travail d'infirmière.

Cilka prend la missive d'une main tremblante et se détourne pour se ressaisir. *Enfin*. Elle a souhaité ce moment depuis son premier jour à l'hôpital. Fourrant la note dans la poche de sa blouse et hochant la tête en guise de remerciements, elle attrape un dossier. D'un pas vif et déterminé, Cilka se dirige vers un autre patient.

Pour la première fois depuis bien longtemps, Cilka rentre au baraquement avant tout le monde. Elle fait les cent pas, le nez encore douloureux d'avoir marché dans le froid, et attend Josie, Antonina, afin de partager la nouvelle. Ce n'est pas le titre d'infirmière qui l'excite tant : son amie va cesser de travailler dehors, elle va profiter du confort et de la chaleur de l'hôpital. Elle connaît aussi la part d'égoïsme dans tout cela. Elle veut être plus près de Josie. Afin de pouvoir veiller sur elle.

Les femmes entrent dans le dortoir dans un état de peur panique. Aussitôt Cilka pense à Hannah, à ce qu'elle sait, ou croit savoir. Leur a-t-elle tout dit et vont-elles l'agresser ? Elle comprend vite que cela n'a rien à voir avec elle. Une femme sanglote et gémit en même temps. Deux autres prisonnières la soutiennent, chacune la tenant par le bras tandis qu'elle se plie en deux de douleur. Les autres sont en émoi, criant ce qu'il faut faire sans que personne n'écoute ni ne prenne la direction des opérations.

Cilka attrape Elena et l'extirpe du groupe. La femme qui gémit est Natalya, ses cheveux blonds collés sur son front de sueur et de suie.

— Qu'est-ce qui se passe ? Qu'est-ce qui ne va pas ?

Antonina est rentrée en dernier. Une fois Natalya allongée sur son lit, les femmes s'écartent et laissent la cheffe de brigade l'interroger.

— Depuis combien de temps ?

— Je ne sais pas, dit-elle, agitant la tête de douleur et de peur.

Ses mains gantées s'accrochent à son écharpe toujours enroulée autour de son cou.

— Des semaines ou des mois ?

— Des mois, cinq ou six, je ne sais pas ! Aidez-moi, s'il vous plaît, aidez-moi.

— Qu'est-ce qu'elle a ? demande à nouveau Cilka.

— Une hémorragie et elle est enceinte. On pense qu'elle est en train de faire une fausse couche.

Antonina lève le nez et voit Cilka qui se tient plus loin.

— Toi, viens là. Tu travailles à l'hôpital, occupe-toi d'elle. Les autres, préparez-vous pour aller manger.

Cilka ouvre la bouche, prête à objecter, mais change d'avis. Comment on met un enfant au monde, elle n'en sait rien, mais elle veut être là pour Natalya.

— Excusez-moi, Antonina Karpovna, Josie et Elena peuvent-elles rester pour m'aider ? J'ai un pli à vous remettre de la part de la doctoresse, Yelena Georgiyevna.

Elle déplie la feuille et la pose dans la main gantée d'Antonina. Cette dernière la parcourt, cherche Josie du regard et conclut d'une voix monocorde.

— Encore une qui a gagné le gros lot. Félicitations. D'accord, tes copines peuvent rester. Je vais vous faire envoyer des serviettes et des draps. Les autres, dehors.

Elle s'enveloppe le visage de son écharpe, seuls ses yeux sont visibles.

— Est-ce que l'une de vous ici a déjà eu un bébé ou assisté à un accouchement ? lance Cilka avant que les femmes ne partent pour le réfectoire.

La cheffe les regarde toutes, puis baisse son écharpe :

— Alors ?

— J'ai aidé plein de vaches à mettre bas mais des femmes, non, déclare Margarethe de façon détachée.

— Bon, tu peux rester toi aussi.

Les cris de Natalya les ramènent à la réalité. *Douce et belle Natalya,* pense Cilka. Josie, agenouillée à ses côtés, repousse ses cheveux blonds mouillés.

— As-tu perdu beaucoup de sang ? s'enquiert Cilka.

— Oui, beaucoup quand je suis allée aux latrines sur le chantier. Aide-moi, Cilka, s'il te plaît, sauve mon bébé.

Natalya veut cet enfant, songe Cilka. Elle aussi pourrait en partie s'accrocher à cette idée de la vie. Aucun risque cependant, son corps n'est sans doute pas capable d'enfanter.

Josie la regarde d'un air suppliant.

— Tu sais ce qu'il faut faire ?

— On va faire tout ce qu'on peut, Natalya, assure Cilka qui garde un visage impassible, grave. On te déshabille, pour voir, d'accord ?

Quinze femmes se sont attroupées près de la porte, emmitouflées, impatientes de sortir pour ne pas assister à la tragédie.

Cilka, Josie, Elena et Margarethe s'occupent de Natalya de leur mieux.

Un garde apporte deux serviettes et deux draps. Accueilli par les cris de la parturiente, il les jette dans la baraque sans un mot.

Tandis que les autres dînent, Natalya donne naissance à un garçon. Il ne crie pas, ne bouge pas. Avec l'une des serviettes, Cilka emmaillotte son petit corps et le dépose dans les bras de Natalya. Les quatre femmes l'entourent ; à force de pleurer, Natalya finit par s'endormir. Elle garde son fils serré contre sa poitrine durant leur seule et unique nuit ensemble. Josie ne quitte pas son chevet.

Le lendemain, Antonina demande à Elena et à Margarethe de rester avec Natalya. Cilka et Josie prendront le bébé et iront à l'hôpital. Josie a l'air affligée.

— On s'occupera d'elle, la rassure Elena.

Cilka enlève le bébé mort des bras de sa mère. C'est une des choses les plus difficiles qu'elle ait faite de sa vie, elle qui n'a que vingt ans.

*

* *

À l'hôpital, Josie met du temps à prendre le rythme. Cilka passe plus de temps à la guider et à accomplir ses tâches qu'à soigner les patients. Yelena fait mine de ne rien voir tandis que la jeune fille s'accroche et apprend à distinguer l'information utile à noter dans le dossier d'un malade de celle qui n'est qu'une remarque annexe qui ne doit pas être retranscrite. Elle parle bien russe désormais, mais a beaucoup de mal avec l'alphabet cyrillique, avec les noms et l'orthographe des médicaments. Timide avec le personnel médical, elle préfère interrompre Cilka pour qu'elle vole à son secours plutôt que demander qu'on lui répète les instructions.

Cilka, en revanche, excelle en tout. Elle est devenue experte en prises de sang. Ses points de suture, tout en n'étant pas à la hauteur des points de broderie d'Olga et des autres brodeuses, font l'admiration de ses collègues plus expérimentées. Elle sait prendre en charge sans effort les besoins émotionnels des patients autant que leurs soucis pratiques.

Josie, reconnaissante, se montre désormais plus chaleureuse à l'égard de Cilka. Les nuits où Boris et Vadim ne leur rendent pas visite, alors qu'elles sont couchées côte à côte, elle lui confie ses angoisses.

— Comment vais-je apprendre ? Comment vais-je garder le rythme ?

Parfois Cilka n'a pas assez d'énergie pour la rassurer. Pourtant, elle veut être bonne mais sait aussi que la situation peut empirer à tout moment. Il faut prendre chaque instant comme il vient.

Un jour au retour du travail, Natalya a disparu. Antonina Karpovna refuse de répondre à leurs questions. Cilka sait que c'est mauvais signe. D'habitude quand une prisonnière est envoyée au trou, on les met au courant car c'est une mise en garde. Cilka ne peut empêcher les images de *là-bas* de surgir : celles de ces femmes qui préféraient se jeter sur les barrières électriques pour en finir plutôt que de vivre cet enfer sur terre qu'était le camp, ou d'être envoyées à la chambre à gaz qui, elles le savaient, les attendait toutes. Le vide la submerge, froid et plat comme de la neige au sol. Elle n'a qu'une envie : s'allonger. Pour Josie, pour laquelle Natalya comptait tant, elle reste assise près d'elle, sa main dans la sienne jusqu'à ce qu'elle trouve le sommeil.

L'hiver frappe sans relâche, ses ténèbres glacées dévorent tout. Pourtant les semaines deviennent des mois, les saisons apportent leurs transformations dramatiques et, une fois de plus, des petites fleurs poussent vaillamment et percent la neige et la glace qui fondent. Plus besoin d'électricité dans le baraquement, le soleil est toujours haut dans le ciel.

Un deuxième été de nuits blanches s'annonce.

Il y a quelques changements dans le dortoir, outre le départ de Natalya. Deux occupantes des premiers jours se sont battues. Quand un garde a voulu les séparer, il a été frappé. Les femmes sont envoyées au trou. Elles ne reviennent pas. Trois jeunes Ukrainiennes les remplacent. Olga, Elena, Margarethe et Hannah restent.

Les murs de la pièce sont couverts des réalisations des prisonnières. Quand un ouvrage se détériore à cause de l'humidité, il est vite remplacé. De la dentelle orne le col des manteaux, des robes, le rebord des poches, les chapeaux et les écharpes. Une façon modeste de retrouver son identité, sa féminité. De montrer que son corps n'est pas qu'un objet qu'on fait travailler chaque jour.

*

* *

Pendant des mois, Cilka est parvenue à ne pas se retrouver seule à seule avec Hannah. Un soir, alors que toutes quittent le réfectoire pour rentrer au baraquement, Cilka ralentit. Elle avertit Josie qu'elle arrive dans un instant.

— Ça va ? lui demande Josie qui jette un regard un peu mauvais à Hannah qui se tient près de son amie.

— Oui, bien sûr, répond Cilka avec un sourire forcé.

Josie hausse les épaules, s'éloigne, laissant Cilka et Hannah seules.

Cilka prend une profonde inspiration.

À sa grande surprise, Hannah a l'air plus vulnérable que méchante. Elle passe sa langue sur ses lèvres sèches, ses yeux s'affolent.

— À l'hôpital..., finit-elle par dire, tu as des médicaments contre la douleur, n'est-ce pas ?

— Oui, mais en quantité limitée. On ne les utilise que lorsqu'il le faut vraiment.

— Eh bien tu vas m'en procurer, ordonne Hannah.

Ses yeux caves s'enflamment d'une lueur désespérée.

— Il n'y a pas assez...

— Tu connais le prix, gronde Hannah qui prend son bras en étau jusqu'à lui faire mal. Si tu ne m'approvisionnes pas de façon régulière, je dirai à tout le monde là-dedans (elle fait un geste de la tête en direction du bâtiment) que non seulement tu as baisé avec les nazis, mais que tu étais là comme un ange de la mort dans un manteau de fourrure à regarder sans réagir des milliers de gens comme toi se faire exterminer sous tes yeux.

Malgré le redoux, les entrailles de Cilka se muent en glace, elle commence à trembler. Elle veut expliquer à Hannah : *J'avais seize ans ! Je n'ai rien choisi de tout ça, rien. Je suis simplement restée en vie.* Mais les mots ne viennent pas. De toute façon, elle sait que ces explications désespérées sonneraient creux aux oreilles de ses compagnes. Qu'elles ne toléreraient plus sa présence. Qu'elle leur paraîtrait maudite, fausse. Elle ne veut pas voler de médicaments ; les malades en ont tellement besoin. Comment renoncer à ses amies, à sa seule consolation ? Et si Yelena apprenait des choses sur le bloc de la mort ? Et Raisa et Lyuba ? Elle pourrait les perdre, être privée de son statut. Finie la nourriture apportée à ses camarades, ce petit plus qui les aide à garder leurs forces et à accomplir leur travail éreintant. Tout s'écroulerait.

À l'expression de son visage, Hannah a deviné ses pensées.

— Je verrai ce que je peux faire, dit-elle d'une voix sans relief, d'un ton vaincu.

Elle veut rentrer au baraquement, s'allonger et ne plus penser à son dilemme, à ce qu'il fait ressurgir quand on l'appelle.

— Cilka, Cilka ! C'est Boris.

Le Russe au corps trapu et au visage rougeaud court vers elle. Comment se comporter avec lui maintenant ? Leur relation peu à peu a changé. Il lui répète qu'elle compte pour lui. Pour être protégée, elle se force à la même réponse, mais ne le pense jamais. Plusieurs fois lors de ses visites, il veut simplement qu'elle le prenne dans ses bras. Il lui raconte son enfance : il a été rejeté, n'a jamais connu l'amour ni la générosité de parents aimants. Elle éprouve de la pitié pour lui et s'interroge : ses sentiments envers les hommes ne seront-ils jamais qu'un mélange de peur et de pitié ? Son enfance à elle était remplie d'amour et d'attentions. Ses parents s'intéressaient toujours à ce qu'elle disait. Ils appréciaient cette fille têtue et volontaire. Demeure intact, quelque part, tout au fond d'elle, ce sentiment familial d'appartenance. Son père était un homme bon. D'autres hommes comme lui existent sûrement. Comme le Lale de Gita. L'amour dans des circonstances terribles et contraires est possible. Mais peut-être pas pour elle.

Elle repense au coursier vu à l'hôpital. À ses yeux sombres et gentils. Mais peut-on vraiment se fier aux apparences ? Elle ne connaît même pas son nom. Cela vaut mieux.

— Accompagne-moi, lui dit Boris avec fermeté.

Elle ne sait pas ce qui se passera si elle proteste, alors elle le suit. Il l'emmène dans un endroit du camp qu'elle et ses compagnes ont évité, une zone pleine d'hommes qui souvent se disputent et toujours se battent.

Boris souhaite lui faire rencontrer certains de ses amis. Il veut la montrer. Pour la première fois depuis son arrivée à Vorkouta, Cilka a réellement peur. Boris est un puissant chef de bande du camp, mais les commentaires infâmes à son passage, les tentatives pour l'attraper et la toucher lui font douter de sa capacité à la protéger. Un des gars est avec une jeune femme qu'il prend sauvagement devant ses copains. Des appels fusent pour que Boris prouve sa virilité de la même manière, Cilka s'enfuit. Boris la rattrape. Jamais il ne ferait une chose pareille, insiste-t-il. Il lui présente des excuses sincères qui confirment ce qu'elle avait soupçonné : il tient à elle. Mais comment est-ce possible ? Il ne la connaît pas. Il ne sait d'elle que son corps : visage, cheveux, membres.

Ils s'éloignent du groupe, les cris de la fille les poursuivent.

Cilka supplie Boris de la laisser rentrer au dortoir. À nouveau, elle se sent vide et engourdie. Il n'y est pour rien, lui assure-t-elle. Elle essaie de cacher la peur qui étrangle sa voix. Elle a besoin d'être seule.

Elle est recroquevillée sur son lit, face au mur, le sommeil ne vient pas, même avec son bandeau. Des images absurdes se forment et se déforment dans sa tête : un officier SS, le fusil décoré de dentelles ; Gita et Josie assises à côté d'une montagne de charbon pilé qui cherchent un trèfle à quatre feuilles dans l'herbe et rient, partageant un secret alors que Cilka observe la scène de loin… Ensuite Yelena emmène la mère de Cilka loin du camion où sont entassées d'autres femmes, presque des cadavres déjà, en route pour la mort… Puis, Boris, vêtu d'un uniforme de commandant SS, lui offre des fleurs fanées. Le désespoir la submerge et elle sanglote doucement en songeant à l'avenir. Elle pleure sur tous ceux qui n'en feront jamais partie.

Auschwitz-Birkenau, 1944

Cilka sort du Bloc 25. Quatre officiers SS se tiennent près du camion dont le moteur tourne. Ils attendent devant les portes de l'enceinte en briques pour emmener les résidentes de son bloc à leur lieu d'exécution. Les femmes se dirigent lentement vers le portail, silhouettes mortes vivantes. Cilka les bouscule pour se planter vers les deux officiers SS les plus proches.

— Deux sont mortes dans la nuit. Voulez-vous que je fasse apporter les corps pour la charrette ?

Un des officiers opine du chef.

Cilka stoppe les quatre détenues suivantes.

— Filez à l'intérieur et rapportez-moi les deux qui ont triché avec la chambre à gaz.

Les femmes repartent au bloc, suivies de Cilka qui tire la porte derrière elle sans toutefois la refermer.

— Je vais vous aider, propose-t-elle.

Les femmes se demandent si elle est train de leur jouer un sale tour. Cilka fronce les sourcils.

— Ils vous auraient frappé le ventre à coups de crosse et traînées jusqu'ici si je n'étais pas intervenue.

Elles acquiescent, elles ont compris. L'une des mortes repose sur le lit du haut. Cilka grimpe jusqu'à elle et aussi doucement que possible descend le corps vers les bras fins comme des brindilles de deux des détenues réquisitionnées. Le cadavre ne pèse presque rien. Cilka les aide à déposer le corps dans la charrette. Elle ajuste ses hardes pour rendre un peu de dignité à la morte.

Une fois le camion chargé avec le second corps, Cilka le regarde s'éloigner avec pour toute compagnie les couinements et les grattements des rats affamés. Un instant encore, et elle rentrera à l'intérieur. Elle passera ses bas en nylon propres, échangés contre du pain. Il aime la trouver impeccable quand il vient la voir. Elle a une faveur à lui demander pour son amie Gita, à propos de l'homme qu'elle aime. L'amour. Ce mot étrange – un mot qui fait des bonds dans son esprit mais qui ne se pose pas. Si Gita est capable d'en éprouver, alors Cilka l'aidera à préserver ce sentiment. Elle jette un regard en direction des chambres à gaz et des crématoriums. Au début, dans cet enfer sur terre, elle prononçait toujours une prière. Mais maintenant les mots se refusent.

*

* *

Depuis le dortoir, dans un effort désespéré pour chasser ces souvenirs, Cilka convoque encore le sommeil.

Encore treize ans.

Chapitre 10

Un petit enfant hurle dehors. Les malades et le personnel se tournent vers la porte du service qui s'ouvre à toute volée. Une femme entre en courant, une fillette dans les bras. La petite a le visage et la robe couverts de sang ; son bras gauche fait un angle impossible. Deux gardes la suivent et appellent le docteur à grands cris.

Yelena se précipite vers la femme vêtue d'un manteau épais et qui porte un chapeau. Ce n'est pas une prisonnière, elle est trop élégante. La doctoresse passe son bras autour de ses épaules, la pousse au bout de la salle.

— Viens, souffle-t-elle à Cilka qui leur emboîte le pas.

Une fois dans la salle de soins, Yelena prend avec douceur l'enfant qui hurle toujours pour la poser sur le lit. Son petit corps se détend. Ses cris se calment, remplacés par des gémissements.

— Aidez-la, aidez-la, implore la mère.

— Comment s'appelle-t-elle ? demande calmement Yelena.

— Katya.

— Et vous ?

— Je suis sa mère, Maria Danilovna.

— Ce sont la femme et la fille du commandant Alexeï Demyanovich Kukhtikov, intervient un des gardes. L'hôpital des officiers est bondé à cause des travaux en cours, alors nous vous l'avons amenée directement.

— Que s'est-il passé ? demande Yelena à la mère après avoir hoché la tête.

— Elle a suivi son frère aîné sur le toit de notre maison et elle est tombée.

— Va chercher des linges humides, dit Yelena à Cilka, et aide-moi à essuyer le sang pour que je puisse évaluer ses blessures.

Une petite pile de serviettes est posée sur une chaise près d'une bassine. Cilka en trempe deux dans l'eau. Pas le temps de la réchauffer. Elle en tend une à Yelena et, comme elle, essuie le sang du visage de la petite fille. Le linge froid et humide semble ranimer l'enfant, elle se remet à hurler.

— Je vous en prie, aidez ma *malyshka*, je vous en prie, sanglote Maria.

— Nous l'aidons, répond Yelena d'une voix douce. Il nous faut d'abord essuyer le sang pour bien voir ses blessures. Attention à son bras, Cilka, il est cassé. Il faudra réduire la fracture.

Cilka jette un coup d'œil au bras qui pend du côté du lit où elle se trouve. Elle se déplace pour éviter de le toucher. Penchée sur Katya, elle lui parle d'une voix apaisante. Elle ne va pas lui faire mal, elle nettoie simplement son visage. Les gémissements s'accompagnent maintenant de frissons qui secouent son petit corps.

— Va vite chercher une couverture. On doit la garder au chaud.

Cilka en attrape une au bout du lit. Elle la plie soigneusement en deux pour recouvrir Katya sans cesser de lui expliquer ses gestes.

— Je vois l'endroit où elle s'est blessée. Elle a une sacrée entaille à la tête.

Yelena enveloppe la tête de Katya d'une serviette qui lui retombe sur l'œil.

— Je vais chercher du matériel.

— Vous ne pouvez pas la laisser, intervient Maria en lui bloquant le passage. C'est vous le médecin. Envoyez-la, elle.

Le cœur de Cilka bat à tout rompre. Une fois par jour, elle se rend au dispensaire pour récupérer les médicaments et le matériel médical dont a besoin le service. Elle appréhende d'aller y exécuter son plan.

— Elle ne saura pas quoi prendre. Je reviens tout de suite. En attendant, Katya, et vous aussi, Maria Danilovna, vous pouvez avoir toute confiance en Cilka, dit Yelena avant de sortir.

— Vous pourriez lui tenir la main, glisse Cilka à Maria qui acquiesce.

Cilka parle toujours à la fillette au retour de Yelena.

— Katya, je m'appelle Cilka Klein. Le docteur Kaldani et moi allons te soigner. Tu comprends ?

La petite fille pousse un petit grognement.

— C'est bien, Katya. Nous savons que tu souffres à la tête et au bras. Mais y a-t-il d'autres endroits où tu as mal ?

— À... à ma jambe, balbutie l'enfant.

— C'est bien. Ailleurs ?

— J'ai mal à la tête. Maman, Maman !

— Je suis là, ma *malyshka*, je suis là. Tu es si courageuse ! Tout ira bien.

Yelena place le plateau qu'elle a apporté sur la table de chevet. Elle tire délicatement la couverture pour regarder les jambes de Katya qui sont recouvertes de bas épais.

— Cilka, aide-moi à lui enlever ses bas pour qu'on puisse l'examiner.

Yelena et Cilka lui retirent chacune une botte et une chaussette sans qu'elle proteste. La jambe droite commence à enfler et à se couvrir de bleus autour du genou. Yelena la manipule avec soin.

— Je pense qu'il n'y a rien de sérieux. Concentrons-nous sur sa tête.

— Et son bras ? demande Cilka.

— On va y arriver. Tu l'as bien interrogée, Cilka. Il est souvent difficile d'obtenir des réponses d'aussi jeunes enfants. Bon travail ! Excusez-moi, Maria Danilovna, quel âge a Katya ?

— Presque quatre ans.

— Un âge merveilleux, murmure Yelena.

Quand elle défait la serviette sur la tête de Katya, la blessure béante ne saigne plus. Cependant, la plaie à vif fait peur à voir. Maria retient un cri.

Yelena verse un peu d'antiseptique sur un bandage épais et le place doucement sur la plaie. De son côté, Cilka s'emploie à nettoyer le sang des cheveux de l'enfant.

— Tu as des cheveux magnifiques, Katya. Ils vont bien avec ton joli visage.

— Continue à lui parler, Cilka. Maria Danilovna, voici la marche à suivre. Je ne peux pas traiter les blessures tant qu'elle est éveillée. Je vais lui faire une piqûre pour l'endormir. Je l'emmènerai ensuite dans une salle plus stérile pour recoudre sa blessure et m'occuper de son bras. Il est cassé entre le coude et le poignet. Il faudra réduire la fracture avant de le plâtrer. Vous comprenez ?

— Je pense que oui. Vous êtes sûre qu'il vous faut l'endormir ? Et si elle ne se réveille pas ? J'ai entendu des histoires de patients qui ne se sont pas réveillés.

— Elle doit être anesthésiée, Maria Danilovna. Faites-moi confiance.

— D'où venez-vous ? Où avez-vous fait vos études ? interroge Maria.

Cilka sent l'anxiété sous la bravade.

— Je viens de Géorgie ; c'est là que j'ai fait mes études de médecine.

— Moi aussi je viens de Géorgie. On a de bons hôpitaux.

— Nous en reparlerons, mais plus tard, répond Yelena, puis à mi-voix elle ajoute : Vous lui annoncez que je vais lui administrer une piqûre et qu'elle va s'endormir ou vous préférez que je m'en charge ?

— Laissez-la faire, elle, indique Maria en se tournant vers Cilka. Elle semble capable de calmer Katya.

Cilka ne veut surtout pas effrayer la fillette. Elle lui caresse le visage tout en lui expliquant la procédure. Katya ne bronche pas quand Yelena lui injecte l'anesthésiant, puis ses paupières battent et se ferment.

Une fois que Katya dort profondément, Yelena retire la couverture. Elle découpe ses vêtements et jette les morceaux à terre. L'enfant n'a plus que son maillot de corps et sa culotte.

— Sortez, dit Cilka d'une voix ferme aux deux gardes dans la pièce qui s'exécutent sans un mot.

Alors que la porte se clôt derrière eux, on entend des beuglements.

— Où est-elle ? Où est ma *malyshka*, Katya ?

— Mon mari, chuchote Maria.

Le soulagement qu'elle a d'abord éprouvé en entendant la voix de son époux se mue en peur, remarque Cilka. Maria s'écarte du lit.

La porte s'ouvre brusquement. Le commandant Alexeï Demyanovich Kukhtikov entre dans la pièce, un médecin sur les talons qui répète :

— Alexeï Demyanovich, Alexeï Demyanovich, je m'en occupe.

Devant le lit, le commandant contemple le corps ensanglanté et brisé de sa fille. Il se tourne vers sa femme.

— Que s'est-il passé, Masha ?

— Alyosha…

Yelena vole au secours de Maria :

— Elle était en train de jouer, Alexeï Demyanovich, et elle est tombée. Ses blessures ont l'air plus graves qu'elles ne le sont. Je l'ai endormie pour pouvoir la soigner. Elle se remettra parfaitement, je vous l'assure.

Le commandant écoute ses explications quand le médecin qui l'a suivi intervient :

— Alexeï Demyanovich, je suis le chef du service. Je suis vraiment désolé, mais je ne savais pas que votre fille était ici. (Il s'adresse à Yelena en hurlant :) Je n'ai pas été averti de la présence de la fille du commandant. À partir de maintenant, c'est moi qui m'en occupe.

Maria s'approche précautionneusement de son mari.

— Ces deux anges se sont occupés de notre petite fille. Laisse-les finir ce qu'elles ont commencé.

— Et toi, ça va ? lui demande Alexeï.

— Excusez-moi, insiste le médecin. Je suis le plus expérimenté ici et il est de mon devoir de traiter votre fille, Alexeï Demyanovich.

— Si ma femme fait confiance à ces deux-là, alors ce sont elles qui le feront, avec mes remerciements, répond le commandant sans lui accorder un regard. Vous avez l'air d'être le médecin, déclare-t-il à Yelena.

— Oui, Alexeï Demyanovich. Yelena Georgiyevna ou Dr Kaldani.

— Et vous, l'infirmière, dit-il à Cilka.

— Elle n'est même pas infirmière, c'est..., interrompt le médecin.

— Une infirmière en formation, Alexeï Demyanovich, mais particulièrement douée, le coupe Yelena.

Le commandant essaie de passer les doigts dans les cheveux poisseux de sang de Katya. Il l'embrasse doucement sur la joue.

— Je retourne à mon bureau. Je vous la confie. Donnez-moi de ses nouvelles quand vous aurez fini. Je vous dirai où la faire transporter. (Il se tourne vers Maria.) Tu restes avec elle, ma chérie.

— Je n'ai jamais eu l'intention de m'en aller.

Cilka et Maria suivent le lit de Katya que Yelena pousse jusqu'à la salle d'opération. Cilka n'est encore jamais entrée dans cette partie de l'hôpital. La porte au bout du service lui avait toujours semblé un territoire interdit. Un couloir conduit à deux petites antichambres qui mènent à une pièce légèrement plus grande éclairée par un grand plafonnier. Cilka a entendu parler de salles comme celle-là à Auschwitz. Elle est prise de sueurs froides et sa respiration devient haletante.

— Ne t'inquiète pas, Cilka, la rassure Yelena. C'est notre bloc opératoire. Viens maintenant, j'ai besoin de ton aide.

Yelena recoud la plaie et bande la tête de Katya. Elle manipule son bras avant de le plâtrer. Des bleus sont apparus sur ses jambes et son petit corps. Aucun ne requiert de soins médicaux. Cilka patiente avec Maria. Quand celle-ci entend les os du bras de sa fillette être remis en place, elle enfonce la tête au creux de l'épaule de Cilka. La jeune fille inspire à fond, puis entoure de son bras la mère bouleversée.

Dans la salle de réveil, Cilka se tient debout à côté de la chaise où est assise Maria, la joue posée sur le lit, tout contre sa fille. Quand Katya se réveille en pleurant, sa mère la réconforte. Cilka court chercher Yelena.

Un examen rapide montre que la fillette a bien répondu à l'intervention. Katya observe Cilka, l'air interrogatif.

— Bonjour, Katya, je m'appelle Cilka.

L'enfant reconnaît sa voix. Un petit sourire effleure ses lèvres.

— Ce sont les deux anges qui se sont occupés de toi, explique Maria à sa fille.

Katya continue à fixer Cilka de son œil ouvert, l'autre étant en partie recouvert par le gros bandage qui entoure sa tête. Cette attention met Cilka mal à l'aise. Maintenant que tout est fini, elle prend vraiment conscience du jeune âge de l'enfant, de sa vulnérabilité... Tout aurait pu si mal tourner.

— Un camion vous attend pour ramener la petite à la maison, précise un garde sur le pas de la porte.

Cilka est soulagée de ne pas entendre le moteur qui tourne, ce bruit de ses cauchemars, ce son qu'elle entendait de sa chambre dans le Bloc 25 quand le transport de la mort venait chercher ses passagers. Le garde s'écarte : deux hommes entrent avec une civière où Yelena dépose l'enfant. Elle place soigneusement le bras cassé en travers de son corps délicat et frêle qu'elle recouvre de couvertures.

Maria se tourne vers Cilka depuis le seuil.

— S'il y a quoi que ce soit que je peux faire pour toi, dis-le-moi, je t'en prie. Je suis sincère.

— Merci, répond Cilka. (*Ma liberté*. Mais c'est une requête impossible, elle le sait.) Merci de m'avoir laissée m'occuper de Katya.

— Personne d'autre que moi, toi et Yelena Georgiyevna ne s'occupera de mes enfants, déclare-t-elle en souriant. Au revoir.

Cilka suit des yeux la femme élégante avec laquelle elle vient de passer ces dernières heures. Le col de dentelle délicat de sa robe, la chaîne et le médaillon en argent qui pendent à son cou. La ceinture colorée sur sa robe qui marque sa taille fine et les boucles brillantes de ses chaussures. De nombreuses années qu'elle n'avait pas vu une femme aussi bien habillée. Des images de sa mère vêtue ainsi lui reviennent. Un souvenir auquel s'accrocher, mais qui s'enchaîne avec sa fin. Insupportable.

Cilka doit attendre la dernière heure de sa présence à l'hôpital pour trouver une excuse pour aller au dispensaire. Elle prend un flacon de pilules, le glisse dans la poche cousue dans sa jupe où elle dissimule la nourriture qu'elle rapporte au dortoir. *Ce n'est qu'un seul flacon,* pense-t-elle. Elle ne peut pas perdre cette paix relative, cette position, ces amies.

Alors qu'elle quitte l'hôpital, elle jette un coup d'œil au bâtiment de l'administration. Le messager, cet homme poli aux yeux marron, traverse l'herbe éclairée. Il glisse une cigarette à ses lèvres, s'arrête un instant, yeux fermés, aspire une bouffée. Malgré les couches de vêtements, son écharpe et son manteau, ses bottes usées, il y a une élégance dans le petit plaisir qu'il prend, dans les volutes qui s'élèvent au-dessus de lui. Ses doigts gantés restent en suspens devant sa bouche. Cilka sent quelque chose vibrer en elle.

Elle continue à marcher.

Chapitre 11

Nom : Stepan Adamovich Skliar.

Date : 14 septembre 1947.

Heure du décès : 10 h 44.

Cilka recouvre la tête de Stepan de sa couverture avant de retourner au bureau dans l'aire de réception. Elle feuillette lentement le dossier. Deux entrées récentes attirent son attention. Elle continue sa lecture.

« Prisonnier ukrainien qui s'est présenté trois jours plus tôt avec des douleurs à l'estomac. L'examen n'a rien montré. Attendre et surveiller. Âge : 37 ans. »

Elle cherche le traitement adopté. Il n'y en a pas. Investigations : aucune. Analgésiques : occasionnels.

Un médecin est assis au bureau voisin. Elle lui tend le dossier.

— J'ai noté l'heure du décès de ce patient, Gleb Vitalyevich.

— Merci, tu n'as qu'à le poser là.

Il indique une pile voisine.

— Si vous voulez bien le signer, je peux le classer tout de suite.

Le médecin lui prend le dossier des mains, le feuillette rapidement. Il griffonne quelque chose sur la première page et le lui rend.

— Merci, je vais le ranger.

Dos tourné au médecin, Cilka regarde ce qu'il a écrit. Sa signature illisible à côté de l'heure du décès, puis les mots : « Cause de décès : inconnue. »

Cilka se retourne pour l'observer. Il n'écrit que peu de mots dans chaque dossier, ne lit pas ce qui y figure déjà. La pile de dossiers qui se trouvait devant lui à son arrivée se réduit maintenant à juste trois ou quatre cas.

Cilka sent la colère monter en elle. Yelena, qu'elle n'a pas vue s'approcher, s'arrête devant elle, lui barrant la route.

— Quelque chose qui ne va pas, Cilka ?

La jeune fille prend quelques instants pour réfléchir à sa réponse.

— Pourquoi vous donnez-vous un mal fou pour sauver certaines personnes et pas d'autres ? Comment décidez-vous qui doit vivre et qui doit mourir ?

— Nous essayons de sauver tout le monde, répond Yelena, sourcils froncés.

— Vous, oui, mais ce n'est pas le cas de tous les médecins ici.

Yelena feuillette le dossier que Cilka a en main.

— Hum, je vois ce que tu veux dire. Il se peut que des investigations aient été faites mais pas notées, tout simplement.

— Possible, mais j'en doute.

Yelena contemple Cilka d'un air grave.

— Il faut que tu fasses attention, Cilka. L'administration a besoin que tous les rouages tournent bien. Accuser quiconque d'empêcher délibérément les malades d'être soignés pour servir notre Mère Russie est une accusation bien plus sérieuse que tu ne le penses.

Cilka reprend le dossier de Stepan avec un peu plus de brusquerie qu'elle n'aurait dû.

Dans la petite pièce remplie de boîtes, elle le range dans celle qui est ouverte. Elle en sort les deux derniers dossiers et les parcourt rapidement. Les deux causes de décès lui paraissent valables. Elle gardera son avis pour elle et suivra le conseil de Yelena. Après tout, elle n'est pas sans reproche. Ne glisse-t-elle pas de temps en temps un flacon de comprimés dans sa poche ?

*

* *

— Es-tu croyante ? demande un jour Yelena à Cilka.

Elles sont aux côtés d'un patient inconscient que Gleb Vitalyevich vient d'examiner. Dehors, il fait sombre et il neige.

— Non, réplique Cilka sans détailler sa réponse. Pourquoi ?

— Eh bien... (La doctoresse parle à voix basse. Cilka se souvient qu'en Union soviétique on ne parle pas de religion. D'aucune religion.) En cette saison, certains célèbrent une fête sainte... J'ignorais si cela avait un sens pour toi.

— Non, pas pour moi. (Cilka baisse les yeux sur le malade. Aborder ce sujet signifie en aborder beaucoup d'autres. Parler de l'annihilation de son peuple. De la difficulté qu'il y a à garder la foi qu'elle avait eue jadis.) Et vous ?

— En Géorgie, c'était un moment de l'année où nous nous réunissions en famille. Nous mangions et jouions de la musique... (C'est la première fois que Cilka voit Yelena vraiment triste, rêveuse. Elle qui est toujours si directe, si pratique, ancrée dans le moment présent.) Est-ce que tu n'es pas... chrétienne ?

— Non, je ne le suis pas.

— Puis-je te demander si tu es d'une autre religion ?

Cilka marque un long silence.

— Ne t'en fais pas. Tu n'es pas obligée de répondre. Si tu veux me parler un jour d'où tu viens... Sache juste que je ne te jugerai pas.

— Il y a longtemps, révèle Cilka avec un sourire, ma famille célébrait une fête... à cette époque de l'année. Aussi avec de la nourriture, beaucoup de nourriture, des lumières, des bénédictions et des chansons... (Elle regarde autour d'elle, de peur qu'on l'entende.) Mais j'ai du mal à m'en souvenir.

Il arrive encore à Cilka, instinctivement, de chercher des prières au plus profond d'elle-même. Sa religion est liée à son enfance, sa famille, aux traditions et au confort. C'est une époque révolue. Elle fait partie de son identité. Mais sa foi a été mise à rude épreuve. Comment continuer à croire alors que ni récompense ni punition ne sont justement attribuées ? Quand les événements semblent plutôt aléatoires et la vie chaotique ?

— Je comprends, affirme Yelena avec chaleur.

— Je me demande si quelqu'un allume une bougie ce soir pour ce malheureux, dit Cilka en réorientant la conversation.

— Je l'espère, déclare Yelena. Pour tous ces malheureux. Mais tu ne m'as pas entendue prononcer ces mots.

— Si jamais je parlais de mon passé, j'aimerais le faire avec vous, s'entend dire Cilka.

Elle s'est surprise elle-même. Le risque est bien grand ; ce serait trop difficile. Et en admettant que Yelena – la personne la plus douée de compassion que Cilka ait jamais rencontrée – la comprenne, que se passerait-il si elle parlait aux autres ? Même les patients hospitalisés la rejetteraient. Elle qui a été témoin de tant de morts.

— Viens me trouver quand tu seras prête, conclut Yelena.

Chose rare, le service est calme pendant un moment. Par la fenêtre, la neige tourbillonne contre le ciel bleu nuit. Cilka ferme les yeux, revoit sa famille assise à table, son père chéri réciter les bénédictions, allumer la *menorah*, la joie pure d'être ensemble. Elle sent et goûte les *latkes* – les beignets de pommes de terre frits – qu'on mangera pendant les huit prochains jours. Elle se souvient de son excitation, petite fille, la première fois qu'on lui avait fait allumer une bougie. Comment elle avait harcelé son père pour qu'il la laisse allumer la première ! Elle n'avait jamais accepté que ce rôle revienne au maître de maison, ainsi qu'on le lui avait expliqué. Puis vient le souvenir de la fois où il avait cédé. Elle avait le courage et la détermination de n'importe quel garçon et tant que cela restait leur secret, elle pourrait allumer la première bougie, lui avait-il confié. Cela s'était passé la dernière fois qu'elle s'était assise avec sa famille pour accueillir et célébrer Hanouka.

— *Hanukkah sameach*, murmure-t-elle. Joyeux Hanouka, ma famille. *Ocko, Mamička. Magda.*

Bardejov, Tchécoslovaquie, 1942

— Bon anniversaire. Mets le nouveau manteau que Maman et Papa t'ont offert pour ton anniversaire, Cilka. Tu en auras peut-être besoin, chuchote Magda à sa sœur pendant qu'elles font chacune sa valise.

— Où allons-nous ?

— À Poprad. De là, nous devrons prendre le train pour Bratislava.

— Et Maman et Papa ?

— Ils nous amèneront à la gare et nous les reverrons quand nous reviendrons à la maison. Nous devons être courageuses, petite sœur, protéger Maman et Papa en allant travailler pour les Allemands.

— Je suis toujours courageuse, assure Cilka.

— Oui, je le sais, mais demain, quand nous dirons au revoir, il faudra que tu le sois particulièrement. Nous resterons ensemble et... tu pourras veiller sur moi.

Magda lui fait un clin d'œil.

Cilka continue à mettre ses plus belles robes dans la valise.

Elle fera honneur à sa famille.

*
* *

Cela fait si longtemps que Cilka refoule ces souvenirs. Elle ne sait pas trop si c'est l'obscurité, le calme ou le visage ouvert de Yelena, mais elle doit se précipiter à la lingerie, tout près. Elle ferme la porte, le cœur battant, et s'effondre à terre. Elle enfouit sa figure dans le linge sale pour que personne n'entende ses sanglots.

Depuis combien de temps est-elle là ? se demande-t-elle quand elle se relève péniblement. Elle lisse ses vêtements, passe ses doigts sous ses cils, s'assure qu'on ne voit pas qu'elle a pleuré. Il faut qu'elle retourne au travail.

Elle inspire un grand coup et ouvre la porte. Aussitôt, elle entend :

— Ah te voilà ! Je te cherchais.

Cilka se raidit. Le médecin qu'elle méprise pour son attitude et son manque complet de compassion pour ses patients – Gleb Vitalyevich – avance à grands pas vers elle. Elle s'est souvent demandé s'il serait possible de comparer le taux de survie de ses malades à celui des autres médecins. Le sien serait de loin le pire, elle le sait.

— Surveille le lit numéro 9 pour l'heure du décès. Je sors un moment. Je signerai son dossier demain.

Je sais ce que tu fais, pense-t-elle en le foudroyant du regard alors qu'il s'éloigne.

Le lit 9 est celui du malheureux inconscient près de la fenêtre. Cilka prend son pouls dans le cou, surprise de sentir un battement rapide, celui d'un homme vaillant. Elle soulève sa paupière droite et remarque la pupille de la taille d'une tête d'épingle, voit l'ombre d'un mouvement. Autour d'elle, Yelena et les deux autres infirmières sont occupées. Josie aussi, à l'accueil.

Le dossier de l'homme est posé au bout de son lit. Elle hésite et ôte la couverture du pied du malade qu'elle effleure de l'ongle ; il réagit. Quand elle ouvre le dossier, il n'y a qu'une seule ligne.

« Nom : Isaac Ivanovich Kuznetsov. 24 décembre 1947. Trouvé inconscient dans son lit, sans réaction. Ne pas traiter. »

Isaac. Un nom juif. Cilka tente de contrôler sa respiration. Non. Non. Pas aujourd'hui, pas cet homme. Elle refuse de le regarder mourir s'il y a un moyen de le sauver.

Cilka trouve au dispensaire le produit qu'elle a agité maintes fois sous le nez de patients inconscients afin d'essayer de les ranimer. Une substance nauséabonde qui, s'est-elle souvent dit, pourrait réveiller les morts. Elle donne de petites tapes à Isaac, l'appelle par son nom. Il pousse un petit gémissement. Elle tient le tissu imbibé de cette substance près de son nez, lui pince les narines une seconde ou deux avant de les relâcher. Le bref manque d'oxygène fait que les narines se dilatent et inspirent. Ses yeux s'ouvrent alors qu'il étouffe, cherche à reprendre sa respiration. Elle le tourne avec douceur sur le côté. Elle lui parle calmement à l'oreille. Son regard s'anime.

Josie se présente alors. Peut-elle l'aider ?

— Yelena Georgiyevna est-elle disponible ? lui demande Cilka.

Josie tend une main vers Cilka, l'air préoccupée.

— Cilka, ça va ?

Cilka a déjà oublié son trouble dans la lingerie, même si l'épuisement la gagne.

— Oui, Josie. Je dois secourir cet homme.

— Je vais la chercher, promet Josie.

Josie et elle sont redevenues proches, Cilka en est heureuse. Josie était longtemps restée silencieuse, sombre et renfermée après la disparition de Natalya. Elle a même pris goût à conspirer avec

Cilka pour rapporter de la nourriture en douce au dortoir, surtout à l'arrivée de l'hiver. Elles ont eu pas mal de chance de ce côté-là. Cilka doit souvent se rappeler d'être prudente. La plupart du temps, les femmes ne laissent pas une miette. Mais si la garde en chef, Klavdiya Arsenyevna, arrivait au mauvais moment, ce serait le trou, ou pire pour Cilka et Josie. Sans parler de Hannah, dont les comprimés passent de poche en poche. Elle doit les dissimuler la nuit, peut-être les cacher à l'abri dans son matelas, suppose Cilka.

Josie revient quelques instants plus tard avec Yelena.

Cilka explique qu'elle était censée surveiller le patient pour noter l'heure de son décès. Mais rien n'a été fait pour comprendre son état. Elle avait pris l'initiative d'effectuer quelques tests et découvert un pouls rapide et de bons réflexes. Elle avait alors utilisé la substance qui empeste et il avait repris conscience.

Yelena écoute avec intensité, elle lit la mention dans le maigre dossier.

Elle inspire profondément, dents serrées.

— Tu es intervenue, Cilka. Ça ne va pas plaire à Gleb Vitalyevich.

— Mais...

— Tu as fait ce qu'il fallait, selon moi. Je vais examiner ce patient, mais ce ne sera peut-être pas sans conséquences pour toi. Tu te souviens de mon conseil ? Allez-y toutes les deux. Je vous verrai demain.

— Cela ne vous causera pas d'ennuis ? demande Cilka.

— Non. Je vais me débrouiller pour qu'on pense qu'il s'est remis de lui-même.

Cilka réconforte l'homme étendu sur le lit.
— Tout ira bien, Isaac. À demain.

*
* *

Cilka ferme à peine l'œil de la nuit. Pourquoi sauver un homme est un problème ? Pourquoi est-elle toujours confrontée à la mort d'autrui ? Pourquoi, malgré ses efforts, ne peut-elle y remédier ? Pourquoi s'attacher ? À Josie ? À Yelena ? À quoi cela sert-il ? Elles sont toujours en danger.

*
* *

Quand Cilka arrive dans le service le lendemain matin, Gleb Vitalyevich et un prisonnier costaud aux allures de brute l'accueillent.
— Je ne veux plus qu'elle mette les pieds ici, hurle-t-il dès qu'il voit Cilka.
Le prisonnier s'avance vers elle.
— C'est une *zekcha* qui ne comprend rien ! Elle se mêle de ce qui ne la regarde pas. Elle serait bien mieux à travailler dans les mines.
Yelena et le reste du personnel assistent en silence à l'explosion de colère. Cilka implore la doctoresse des yeux. Celle-ci secoue la tête : elle est impuissante. Josie, soutien silencieux, reste tout près de Cilka.
La brute lui empoigne le bras au-dessus du coude et la pousse vers la porte.
— Ça ira, crie Cilka à Josie.

— Elle est virée, dit Gleb Vitalyevich. Maintenant, les autres, retournez au travail.

Cilka jette un coup d'œil au lit 9 : Isaac y est assis. Elle lui lance un sourire rapide tandis que la brute l'emmène de force.

Chapitre 12

Le lendemain à l'appel, Josie regarde tour à tour Cilka et Antonina Karpovna tandis que Klavdiya Arsenyevna aboie leurs noms. Elles sont enfoncées dans la neige jusqu'aux chevilles. Sous la dentelle qui orne son chapeau, Josie l'interroge à nouveau du regard. Quand Josie se retourne vers Antonina, le projecteur en découpe l'ombre sur sa joue pâle. Cilka sait ce que son amie se demande. Va-t-elle dire à Antonina qu'elle doit être réintégrée dans une équipe qui va à la mine ? Josie quitte le baraquement pour se rendre à l'hôpital, rejointe par Cilka.

Elle avait feint d'être souffrante la veille au soir afin de ne pas dévoiler le vrai motif de sa présence si tôt au dortoir.

— Qu'est-ce que tu fais, Cilka ? s'écrie-t-elle, inquiète. Tu ne peux pas revenir !

— Je vais me défendre. Je n'ai rien fait de mal. Mon poste doit m'être rendu.

À sa grande surprise, quelque chose lui est apparu clairement pendant la nuit : que la mort autour d'elle soit inévitable n'est plus acceptable.

— On va te jeter au trou ! Je t'en prie, Cilka, ne viens pas. Ne fais pas ça.

— Je te demande une seule chose. Va chercher Yelena Georgiyevna pendant que j'attendrai dehors. Tu lui demanderas simplement de sortir me parler. C'est tout. Je n'entrerai pas dans l'hôpital avec toi. Personne d'autre qu'elle ne saura que je suis là.

— Et si elle est absente ? Ou occupée ?

— Je patienterai. Si cela dure trop, je rentrerai au dortoir et réfléchirai à une autre solution.

Sa relation avec Antonina Karpovna est désormais assez bonne. Comme ses camarades de dortoir, elle a bien profité de ce que Cilka rapportait de l'hôpital. Un certain nombre de choses lui sont permises tant que rien ne déplaît à Klavdiya Arsenyevna.

Cilka laisse Josie prendre de l'avance. Quand son amie entre dans l'hôpital, Cilka s'adosse au bâtiment. Pour une fois, elle est reconnaissante aux tourbillons de neige qui la dissimulent.

La porte finit par s'ouvrir. Deux hommes s'éloignent sans lui prêter attention. Elle attend. Elle surveille. Le temps passe.

Personne.

De retour au dortoir, Cilka se jette sur son lit. Elle frappe le matelas, hurle contre le monde entier, furieuse de sa stupidité, d'avoir perdu un travail qui la protégeait et lui permettait de nourrir ses camarades. Elle s'endort à plat ventre, sans énergie ni émotion.

Une grande claque à l'arrière de la tête la ramène à la réalité.

Klavdiya Arsenyevna est debout à côté d'elle, prête à la frapper à nouveau.

— Qu'est-ce que tu fais ici ? Debout ! hurle-t-elle.

Cilka se lève péniblement. Tête baissée, elle fixe le pied qui bat une mesure menaçante contre le plancher.

— Je t'ai demandé ce que tu faisais ici au milieu de la journée ? Réponds-moi, *zekcha*.

— Je... je travaille à l'hôpital, mais ils n'avaient pas besoin de moi aujourd'hui, murmure Cilka pour gagner du temps.

— Tu pensais donc que tu pouvais te prélasser au lit ? Au chaud dans un dortoir pendant que tout le monde est au boulot ?

En fait, le poêle marche à peine : il ne fait pas tellement plus chaud à l'intérieur. Cilka porte toujours son manteau et son chapeau.

— Non, je ne savais pas quoi faire après avoir quitté l'hôpital ce matin, alors je suis revenue ici, c'est tout.

— Eh bien, je vais te mettre au boulot, moi !

— Oui, Klavdiya Arsenyevna.

Klavdiya arrache la couverture et le matelas du lit de Cilka, et les jette au milieu de la pièce.

— À ton tour.

— Je suis désolée, que voulez-vous que je fasse ?

— Tu vas défaire chaque lit et tout empiler. Ensuite, tu n'auras qu'à expliquer aux autres, quand elles reviendront, comment tu as démoli leur petite maison douillette. Tu en paieras ensuite les conséquences. Maintenant, active-toi.

Le lit de Josie, voisin de celui de Cilka, est balancé au milieu de la pièce. Puis le suivant, et ainsi de suite, jusqu'à ce que les matelas et les couvertures recouvrent le sol du baraquement. Klavdiya se place à côté du poêle, visiblement ravie de la scène.

Le dernier lit défait, Cilka regarde Klavdiya, attendant d'autres ordres.

Mais celle-ci retourne au fond du dortoir, et se met à donner des coups de pied dans la literie de Cilka, visiblement à la recherche de quelque chose de compromettant. Une lettre... À côté, un drap est tombé du lit de Josie. Klavdiya le pousse de sa botte avant de le ramasser : elle examine apparemment un autre morceau de tissu cousu dessus.

— Qu'est-ce que c'est que ça ? hurle-t-elle à Cilka.

La jeune femme s'approche vivement ; le morceau de tissu cousu est recouvert de mots écrits en cyrillique. Ce sont les noms de médicaments.

— Qui dort ici ? interroge Klavdiya en indiquant le lit de Josie.

Cilka ne répond pas.

Klavdiya la fixe.

— Tu resteras ici, assise dans ce foutoir, jusqu'à ce que les autres rentrent du travail. Moi aussi, je reviendrai. N'oublie pas de leur dire que c'est toi qui as fait ça, ajoute-t-elle en lui indiquant la pièce sens dessus dessous. Je n'aurais pas été capable d'un aussi bon boulot, ricane-t-elle. Rien ne bouge jusqu'à mon retour : pas question de ranger. Demande à Antonina Karpovna d'être présente elle aussi.

Atterrée par sa bêtise, Cilka se recroqueville sur le sommier en bois de son lit.

*

* *

Le coup de vent glacé prévient Cilka du retour des femmes. Elles entrent lentement, enjambent la literie jetée par terre, secouent la tête, écœurées par cette nouvelle violation de leur espace.

— Antonina Karpovna, appelle Cilka alors que la cheffe de brigade est sur le point de s'en aller. Je vous en prie, Antonina Karpovna, Klavdiya Arsenyevna a demandé que vous restiez là jusqu'à son retour.

— Est-ce que nous pouvons faire nos lits ? questionne une détenue.

— Non. Et je dois vous avouer quelque chose.

Les femmes se figent, observent Cilka.

— Ce n'est pas la garde qui a fait ça, c'est moi.

— Pourquoi donc ? s'enquiert Elena.

— Parce que Klavdiya l'a forcée, c'est évident, intervient tout de suite Josie pour défendre son amie.

— C'est vrai ? intervient Elena.

— Oui, mais je lui ai obéi, répond Cilka.

Elle jette un coup d'œil à Hannah devenue écarlate à force de fouiller les bords de son matelas, puis visiblement rassurée de retrouver ses comprimés.

Antonina traverse le dortoir jusqu'à Cilka.

— Qu'est-ce que c'est que cette histoire ? Pourquoi tu n'étais pas au travail ?

— Eh bien..., commence Cilka en faisant un grand effort pour empêcher sa voix de se briser.

Elle est sauvée par la porte qui s'ouvre. Klavdiya pénètre dans le baraquement, imposante dans son uniforme. Un méchant rictus sur le visage, elle regarde autour d'elle.

— Dépêchez-vous de me ranger tout ça, sales paresseuses. Viens avec moi, ordonne-t-elle à Antonina.

Elles se dirigent vers le fond du dortoir où Josie a remis son matelas en place et tiré son drap sur le lit. Elles s'arrêtent aux côtés de la jeune fille qui se fige.

— C'est ton lit ? demande Klavdiya à Josie.

— Oui, Klavdiya Arsenyevna.

Klavdiya arrache le drap du matelas, le retourne pour exhiber le morceau de tissu avec le texte cousu dessus. Elle le montre à Antonina :

— Qu'est-ce que c'est ?

— Je ne sais pas. Je n'ai pas..., bredouille cette dernière.

— Je suis désolée, Josie, tu as pris le mauvais drap. C'est le mien, prétend Cilka en tendant la main pour le récupérer. Ce sont les noms des médicaments que nous utilisons à l'hôpital. Je les ai écrits pour m'exercer à les épeler et ne pas me tromper dans les dossiers des patients.

— Cilka, non ! s'écrie son amie.

— Ne t'en fais pas, Josie. Je suis désolée que tu te sois trompée de drap. Je vous en prie, Klavdiya Arsenyevna, c'est moi que vous devez blâmer.

Klavdiya se tourne vers Antonina.

— Tu es responsable de ce dortoir. Qu'est-ce que tu as à dire pour ta défense ? À quand remonte ta dernière inspection ?

— À ce matin même, quand je suis rentrée, explique Cilka. Avant que vous arriviez. Et Antonina Karpovna a inspecté nos lits hier.

— C'est vrai ? dit Klavdiya en s'adressant à Antonina.

— Oui, en effet, confirme Antonina, un œil inquiet sur Cilka.

— Cilka, non..., gémit Josie.

— Ne t'en fais pas, Josie, refais ton lit. Tout ira bien.

On attrape Cilka par le bras, elle est emmenée sans ménagement hors du baraquement.

*

* *

Cilka est recroquevillée par terre sur le sol de pierre d'une petite cellule. Seulement vêtue de ses sous-vêtements, elle tremble tant que sa hanche et son épaule bleuissent. Devant son nez, le mur humide empeste le moisi. La fenêtre à barreaux à hauteur de son cou ne protège pas des intempéries.

Elle a perdu la notion du temps et se force à dormir pour plonger dans le néant. Elle se réveille en hurlant à cause des cauchemars, et, en se débattant, se cogne contre le sol et le mur, durs et froids. Elle frissonne encore, les bleus se multiplient sur son corps.

Le seau des toilettes dans un coin empeste ; il est rarement changé.

Quand elle émerge de ses mauvais rêves, Cilka tente de s'abîmer dans le néant. Mais elle n'y réussit pas toujours. Le silence est trop profond. Un cercle douloureux lui ceint la tête comme un étau. Faim, soif, douleur, froid.

L'image de sa mère lui revient sans cesse, sa main échappant à celle de Cilka, la charrette fatale qui l'emporte.

D'autres visages de femmes. Des têtes rasées, des joues creuses. Elles avaient toutes un nom. Elles avaient toutes un numéro.

Les images crépitent, brûlent. Les pleurs des femmes remplissent le silence. À moins que ce ne soient ses larmes à elle. Elle ne sait plus.

À un moment, un homme entre. Un visage trouble. Gleb Vitalyevich. Cilka est trop faible pour protester quand il prend son bras, cherche son pouls.

— Fort. Continuez, dit le médecin.

Non. Elle pousse un hurlement de colère sauvage. Elle se cabre en poussant des cris. Il ferme la porte. Elle griffe le moisi sur les murs de ses ongles. Continue à hurler.

C'est peut-être à ça que tout menait. Mais endurer ce qu'elle a vécu pour finir ici ? *Non*. Une partie d'elle-même veut se calmer, l'obliger à prendre ses distances. *Ne pas céder à la folie*.

Elle survivra, elle le sait. Elle peut survivre à n'importe quoi.

Le bruit métallique assourdissant de la porte qui s'ouvre.

— Debout, sors, lui ordonne un visage flou.

Incapable de marcher, elle quitte le trou à quatre pattes.

L'éclat faible du soleil se reflétant sur la neige l'aveugle. Elle ne peut pas voir qui l'injurie, mais elle reconnaît la voix. Klavdiya Arsenyevna lui donne un coup de pied dans le flanc. Elle se roule en boule, mais on la tire par les cheveux pour l'obliger à se lever. C'est ainsi, en trébuchant sans cesse, que Cilka est ramenée au dortoir alors que les autres reviennent du travail.

Les femmes du Bloc 29 baissent les yeux sur le frêle corps brisé de Cilka étendu à terre. Klavdiya les défie du regard : elle est prête à frapper quiconque aidera Cilka. La jeune femme rampe à travers le dortoir jusqu'à son lit au fond de la pièce. Le matelas lui semble presque insupportablement moelleux.

— Toutes celles qui possèdent des choses qu'elles ne devraient pas avoir passeront deux fois plus de temps au trou qu'elle.

Elle laisse la porte ouverte en sortant, et foudroie Antonina au passage.

Une fois qu'elle a refermé la porte, Antonina se précipite auprès de Cilka. Josie l'a déjà prise dans ses bras et la berce en larmes tout en murmurant :

— Je suis désolée, je suis désolée.

Cilka sent tous les endroits de son corps où les os touchent de la peau, du tissu, d'autres corps, le lit.

Les femmes se regroupent autour d'elle, curieuses de l'entendre. Cilka est la première à avoir été punie par un séjour au trou pour l'erreur d'une autre.

— Quelqu'un a de la nourriture pour elle ? demande Antonina. Elena, mets la bouilloire sur le feu et prépare du thé. Est-ce que tu peux te lever ? demande-t-elle à Cilka. Attends.

Cilka laisse Antonina l'aider à s'asseoir contre le mur. Josie lui donne un gros morceau de pain. Toutes sont reconnaissantes à Antonina d'avoir permis qu'elles aient de la nourriture dans le dortoir. Antonina l'échange souvent avec Klavdiya contre d'autres choses. Il y a un réseau et les règles ne sont pas claires. C'est la prérogative des gardes. En dessous d'eux, les brigadiers assouplissent les règles ou les font respecter, selon leur bon vouloir, selon la façon dont ils en profitent.

Cilka mordille le pain, puis on lui donne une tasse de thé fort.

— Tu as la force de venir jusqu'au réfectoire ? s'enquiert Antonina.

— Non, ça ira. Je veux juste dormir dans un lit.

— Je veillerai à ce que Josie te rapporte à manger. Les autres, allez dîner.

— Est-ce que je peux rester avec elle ? demande Josie.

— Il faut que tu ailles au réfectoire, que tu manges et que tu rapportes quelque chose de chaud à Cilka.

Les femmes se dirigent vers la porte en s'emmitouflant dans leurs vêtements. Hannah s'arrête à la porte, se retourne vers Cilka.

— Je sais ce que tu as fait.

— Tu ne sais rien, répond Cilka sèchement.

— Non, je veux dire pour Josie. (Elle soupire.) Mais ne crois pas que je te lâcherai pour autant. J'aurais pu tout leur raconter pendant ton absence.

Cilka se recouche sans dire un mot, essaie de ne plus entendre cette voix.

— Tu aurais pu devenir une paria. Tu aides les gens pour avoir bonne conscience, parce que tu t'es soumise au mal. (Elle se tait.) Tu as de la chance, j'ai trouvé un autre fournisseur... pour ce qu'il me faut. Pour l'instant. Mais tu continueras à m'obéir. Parce que sinon je leur dirai.

*

* *

Le lendemain matin, Cilka a du mal à se lever. Ses jambes la soutiennent à peine. Josie revient du réfectoire avec son petit déjeuner. Antonina la dispense d'aller à l'appel, elle la marquera présente.

Alors que les femmes partent pour le travail, Cilka sort du dortoir en boitant. Elle ne sait plus où aller.

— Josie, amène-la à l'hôpital avec toi. Je crois qu'elle a besoin de voir un médecin, dit Antonina.

Cilka se tait, mais une pensée l'a traversée. Le médecin qui l'a renvoyée, Gleb Vitalyevich, pourrait être lié à Klavdiya Arsenyevna. Et s'il l'avait avertie de la présence de Cilka dans le dortoir afin d'aggraver son cas ?

Se rendre à l'hôpital est dangereux. La dernière fois, Josie n'a pas pu parler seule à seule à Yelena pour la prévenir que Cilka l'attendait à l'extérieur. Impossible aussi de rester dans le dortoir sans être accusée de se défiler. Quant à aller travailler à la mine, elle n'en a pas la force. Il faudra qu'elle prenne le risque d'aller à l'hôpital. Et espérer que Josie et elle réussiront à attirer l'attention de Yelena et non celle de Gleb.

*

* *

Cette fois, Josie laisse Cilka dans la salle d'attente. Appuyée contre un mur. Cilka a rabattu son chapeau le plus possible pour dissimuler son visage. Plusieurs membres du personnel se précipitent bientôt pour la faire asseoir sur une chaise.

— Trouvez Yelena, ordonne Raisa à la cantonade.

— Me voici, dit la doctoresse en se frayant un chemin jusqu'à Cilka.

— Bonjour, la salue la jeune fille en se forçant à lui sourire.

— Viens avec moi, lui commande-t-elle en l'aidant à se lever. Gleb Vitalyevich n'est pas encore arrivé.

Elles s'en vont vers le dispensaire voisin. Yelena la fait asseoir sur la seule chaise disponible. Elle scrute rapidement le visage et les mains de Cilka, caressant tendrement sa figure sale.

— On va te nettoyer et ensuite je regarderai mieux. Comment te sens-tu ?

— Raide, percluse de douleurs, épuisée. J'ai mal à des muscles et des os dont j'ignorais même l'existence. Mais j'ai survécu.

Assise dans cette pièce, elle se sent coupable en se souvenant des médicaments volés.

— Je suis si désolée de ce qui t'est arrivé, Cilka. (La jeune fille lit le regret dans les yeux de la doctoresse.) Il nous menace tous, mais j'aimerais...

— Ce n'est pas grave.

— Qu'est-ce qu'on va faire de toi ? soupire Yelena.

— Pouvez-vous me rendre mon travail ? Vous savez que ce que j'ai fait était juste.

— Ce que je sais ne compte pas, je ne peux pas te reprendre ici, répond Yelena, visiblement peinée.

— Où puis-je travailler dans ce cas ? Je veux assister les autres. Et pour l'instant, je ne suis pas assez forte pour la mine.

Yelena détourne les yeux pour réfléchir. Cilka attend.

— J'ai un collègue qui travaille dans le service de maternité dans le bâtiment derrière le nôtre. Je ne sais pas s'ils ont besoin de quelqu'un, Cilka, et je ne veux pas te donner de faux espoirs...

Un service de maternité, ici ? *Bien sûr, c'est logique,* songe Cilka. Mais qu'arrive-t-il aux enfants après ? Il vaut peut-être mieux ne pas y penser pour l'instant.

— J'irai n'importe où tant que je peux aider.

— Je vais lui demander. Tu as déjà fait des accouchements ?

L'image revient aussitôt à Cilka, elle se rappelle la nuit où elle a tenu dans ses bras le bébé mort-né de Natalya. Comme elle s'était sentie inutile.

— Une fois, j'ai aidé à l'accouchement d'un bébé ici.

— Ah oui, je m'en souviens. Tu nous as apporté son corps. Je ne peux rien te promettre, mais je lui poserai la question.

— Merci, merci. Je ne vous décevrai pas.

— Impossible de te garder ici aujourd'hui. Il te faut retourner à ton dortoir. Même si cela ne suffira peut-être pas, je vais faire porter une note pour prévenir les intéressés. Avant cela, le messager te ramènera. Attends ici.

Groggy, Cilka appuie la tête contre une étagère. Il faut qu'elle obtienne ce poste à la maternité. Elle se sent pleine de reconnaissance pour Yelena qui se démène pour elle.

La porte s'ouvre et la doctoresse est là, accompagnée du messager. Cilka éprouve une autre sensation de vertige. C'est l'homme aux yeux bruns. Il lui sourit doucement tandis que Yelena lui donne ses consignes. Il acquiesce aux instructions de la doctoresse, puis prend Cilka par le coude pour l'aider à se lever.

Une fois qu'ils sont sortis de l'hôpital, il continue à la tenir fermement mais garde son corps à une distance respectable sur le trajet vers les baraquements sous la neige légère. D'où vient-il ? Pourquoi est-il ici ? Pourquoi veut-elle le savoir ?

— Tu t'appelles Cilka Klein ?
— Oui.
Elle tourne brièvement les yeux. Il regarde droit devant lui, la neige saupoudre son visage, ses cils. Elle reconnaît son accent.
— Tu es tchèque.
— Oui, dit-il en s'arrêtant cette fois.
— Comment t'appelles-tu ? lui demande-t-elle en tchèque.
Ses yeux s'illuminent, il rit de plaisir.
— Alexandr Petrik.
Il lâche le bras de Cilka, le temps d'allumer une cigarette. Alors qu'il ferme les paupières pour inhaler la fumée, elle étudie son visage, ses sourcils sombres, ses lèvres, sa mâchoire carrée au-dessus de son écharpe. Il ouvre de nouveau les yeux, et elle détourne vite les siens.
Quand il reprend son bras, elle marche un peu plus près de lui.
Bien que Cilka soit épuisée et qu'elle ait besoin de s'allonger, le temps lui semble être passé trop vite quand ils arrivent au baraquement.
Il lui ouvre la porte pour qu'elle entre.
— Je vais distribuer mes messages. Et je... j'espère bientôt te revoir, Cilka Klein, dit-il sur le seuil.
Une fois de plus, les mots restent coincés dans sa gorge. Cilka acquiesce en silence, la porte se referme sur lui.

*
* *

Le lendemain matin, Cilka se rend avec Josie à l'hôpital. Dès qu'elle entre, Yelena l'entraîne dehors.

— Viens avec moi.

Têtes baissées, elles luttent contre la tempête qui les ralentit. Les bouffées de neige blessent la peau à vif de Cilka aux endroits où elle est exposée au froid. Derrière la bâtisse principale de l'hôpital, on aperçoit de plus petits bâtiments. Yelena emmène Cilka dans l'un d'eux.

Un homme en blouse blanche, un stéthoscope autour du cou, les accueille.

— Cilka, je te présente le Dr Labadze, Petre Davitovich. Nous avons fait nos études ensemble en Géorgie. Il a eu la gentillesse de bien vouloir te prendre à l'essai. Merci, Petre Davitovich. Cilka apprend vite et les patients l'adorent.

— Si vous la recommandez, Yelena Georgiyevna, c'est qu'elle doit être capable.

Cilka se tait, de peur de commettre un impair.

— Fais attention à toi, Cilka, et suis les ordres, souligne Yelena. Pas d'initiatives personnelles.

Après un rapide clin d'œil, elle laisse Cilka avec Petre.

— Enlève ton manteau. Tu peux le suspendre au crochet derrière toi. Viens avec moi.

Une porte voisine conduit dans une petite salle. Cilka entend les cris des parturientes avant de les voir.

Il y a six lits de chaque côté de la pièce. Sept sont occupés. Dans l'un d'eux se trouvent une mère et son nouveau-né dont les cris délicats rivalisent avec les gémissements de douleur des femmes.

Deux infirmières s'affairent avec efficacité entre les patientes dont trois ont les jambes repliées, prêtes à accoucher.

— Bienvenue dans notre monde, déclare le médecin. Il y a des jours où nous n'avons qu'une ou deux femmes en travail. D'autres où tous les lits sont pris et certaines se retrouvent à même le sol. On ne peut pas prévoir.

— Ce sont toutes des prisonnières ? demande Cilka.

— Oui.

— Combien d'infirmières travaillent ici chaque jour ?

— Deux. Avec toi vous serez trois, mais l'une d'elles passera probablement de nuit. (Cilka se sent submergée de soulagement et de gratitude. On a clairement créé de la place pour elle.) Je ne sais pas pourquoi les bébés insistent pour naître pendant la nuit, mais ils insistent ! Est-ce que tu as déjà aidé à un accouchement ?

— Juste un, un mort-né dans notre dortoir.

Il acquiesce.

— Ce n'est pas grave, tu apprendras. Il n'y a vraiment pas grand-chose à faire, il s'agit juste d'attraper le bébé, plaisante-t-il. Les femmes doivent faire le travail toutes seules. J'ai besoin de toi pour repérer les problèmes : la tête est trop grosse, les choses n'avancent pas comme elles devraient – il faut dans ce cas m'alerter, moi, ou l'un des autres médecins.

— Vous êtes combien ?

— Juste deux, un de jour, un de nuit. À tour de rôle. Allons voir ce qui se passe dans le lit numéro 2.

Le visage trempé de sueur et de larmes, la femme dont les jambes nues sont repliées gémit doucement.

— C'est bien, tu y es presque. Il n'y en a plus pour longtemps maintenant.

Cilka se penche vers la patiente.

— Bonjour, je m'appelle Cilka Klein. (En l'absence de patronyme qu'utilisent les Russes pour se saluer, Cilka emploie souvent son nom et son prénom quand elle se présente. Elle espère ainsi mettre la personne à laquelle elle s'adresse à l'aise.) Comment vous appelez-vous ?

— Aaaaah…, grogne-t-elle. Niiiiina Romano… va.

— Est-ce que vous avez déjà eu un bébé, Nina Romanova ?

— Trois. Trois garçons.

— Docteur, docteur ! Venez vite, crie une voix de l'autre bout de la salle.

— Reste ici et aide Nina Romanova, elle connaît son travail. Appelle-moi quand le bébé sera sorti.

Sur ces mots, il s'éloigne rapidement vers l'infirmière qui a appelé. Celle-ci tient un bébé tête en bas, le nouveau-né semble inanimé. Le médecin prend l'enfant et lui donne une vive tape sur les fesses avant d'enfoncer un doigt dans sa bouche, jusque dans la gorge. Le petit crachote et la salle se remplit de cris énergiques.

— Merveilleux ! déclare Petre. Un citoyen de plus pour notre glorieux pays.

Le dit-il pour la galerie ou le pense-t-il vraiment ? *Impossible de trancher,* pense Cilka.

Puis elle se consacre à Nina en essuyant son visage avec un bout du drap, quand elle avise un lavabo près duquel est posée une pile de serviettes. Elle en mouille rapidement une et la passe avec douceur sur les joues, le front de Nina, repoussant ses cheveux humides et emmêlés.

— Il arrive, il arrive, hurle Nina.

Cilka se poste à l'autre bout du lit, elle regarde avec fascination la tête sortir d'un coup.

— Docteur ! Petre Davitovich ! crie-t-elle.

— Cilka, avertis-moi quand le bébé sera sorti. Je n'ai pas le temps.

— Tire-le ! hurle Nina.

Cilka regarde ses mains osseuses et sans force, puis le bébé dont une épaule et un bras sont apparus. Elle remonte ses manches et plonge une main pour se saisir du petit bras et, de l'autre, elle saisit délicatement la tête. Quand elle sent que Nina pousse, elle attrape doucement le bébé glissant. Une dernière poussée puissante éjecte complètement le nourrisson qui se retrouve entre les jambes de sa mère et sur les paumes de Cilka, dans une flaque de sang et de fluides.

— Il est sorti, il est sorti, s'affole Cilka.

La voix du médecin, calme et rassurante, lui parvient de l'autre bout de la salle.

— Soulève-le et tapote-le. Il faut faire pleurer le bébé, s'assurer qu'il respire.

Dès que Cilka s'empare du bébé, il se met à pleurer.

— Bravo ! C'est ce que nous voulons entendre. J'arrive dans une minute. Enveloppe le bébé et donne-le à Nina.

— Qu'est-ce que c'est ? implore Nina.

Cilka regarde le bébé, puis le médecin qui l'observe.

— Tu peux lui dire.

Cilka enveloppe le nourrisson dans une serviette préparée à cet effet. Elle le tend à Nina en lui annonçant :

— C'est une petite fille, une magnifique petite fille.

Nina sanglote quand elle accueille l'enfant dans ses bras. Cilka la contemple, luttant contre les larmes qui menacent, se mordant la lèvre, submergée par l'émotion. Après avoir étudié la figure de son bébé, Nina découvre ses seins et le pousse contre un téton. Au début, la petite le rejette, puis elle s'en saisit et Cilka s'émerveille de voir la minuscule mâchoire travailler fiévreusement.

Le docteur apparaît alors à ses côtés.

— Bravo. Si c'était le premier enfant de Nina, elle ne saurait pas qu'il faut lui offrir le sein aussi vite que possible. Dans ce cas, il te faudrait aider la maman. Tu comprends ?

— Oui.

— Va me chercher des serviettes. Nina n'en a pas encore fini. Il faut qu'elle se débarrasse du placenta. Le fait que le bébé tète hâtera le processus.

— Tant de choses à apprendre, murmure Cilka en allant chercher une poignée de serviettes.

Une fois le placenta expulsé, le médecin l'emporte dans une bassine qu'il a retirée de sous le lit.

— Nettoie-la, commande-t-il en s'éloignant.

Une infirmière montre à Cilka comment s'occuper d'une mère qui vient d'accoucher. Elle informe aussi Cilka qu'elle et sa collègue n'ont pas besoin d'aide. Qu'elle reste auprès de Nina et son bébé pour s'assurer qu'elles vont bien.

Cilka aide Nina à s'asseoir, puis examine son bébé scrupuleusement. Elles discutent de prénoms. Nina lui demande si elle a des idées.

Un nom lui vient aussitôt à l'esprit.

— Que diriez-vous de Gisela, avec Gita comme diminutif ?

La petite Gita est maintenant dans les bras de Cilka qui s'émerveille de tenir ce minuscule nourrisson, savoure son odeur. Elle s'apprête à la rendre à sa mère, mais Nina s'est profondément endormie. Épuisée.

— Prends une chaise et assieds-toi avec elle, lui suggère l'infirmière – Tatiana Filippovna de son nom. (Cilka est reconnaissante de sa proposition. Elle est encore percluse de douleurs.) Nous avons peu l'occasion de câliner les bébés parce que les mères leur sont très attachées. Du moins celles qui les ont désirés. Beaucoup ne sont que trop contentes que nous les emmenions et de ne jamais les revoir.

Cette idée brise le cœur de Cilka bien qu'elle comprenne cette position. Quelle mère pourrait supporter de penser à ce que serait la vie de son enfant ou la sienne dans un tel endroit ?

— Nina sera bientôt transférée à côté, dans le bâtiment qui sert de crèche, poursuit Tatiana.

Assise au chevet de Nina, Cilka câline la petite Gita tout en observant les deux autres infirmières et le médecin au travail. Toujours calmes, ils vont d'une patiente à l'autre, les réconfortent, leur distillent des mots d'encouragement.

Quand un garde apparaît pour emmener Nina et son bébé, Cilka est triste. Elle l'aide à enfiler son manteau, le bébé blotti à l'intérieur. La jeune maman se dirige d'un pas mal assuré vers la porte, et disparaît.

Jamais Cilka n'avait encore tenu un bébé en bonne santé dans ses bras.

Elle n'ose espérer avoir brisé sa malédiction.

Elle n'ose espérer aider de nouvelles vies à venir au monde plutôt que de superviser la mort.

— Et maintenant prépare le lit pour la prochaine, lui indique Tatiana. Allez, je vais te montrer où sont les seaux et l'eau afin que tu astiques.

Je ne peux pas garantir du linge propre pour tout le monde, mais on trouvera le moins sale.

— Il n'y a pas de femmes de ménage ? demande Cilka.

En temps normal, elle ne rechignerait pas mais elle n'a plus guère d'énergie.

— Si, toi, s'esclaffe Tatiana. C'est toi qui fais le ménage. À moins que tu penses que c'est le rôle du médecin ?

— Bien sûr que non, sourit Cilka, désireuse de montrer qu'elle est contente d'être là.

Elle serrera les dents et se montrera reconnaissante.

Cilka nettoie après l'accouchement de Nina, et celui de deux autres mamans. Tatiana et sa collègue, Svetlana Romonovna, se concentrent sur les autres patientes. Pour montrer son dévouement, Cilka range après elles, puisant dans une réserve d'énergie inespérée. Chaque patiente est ensuite emmenée avec son nouveau-né dans le mystérieux « bâtiment voisin ».

*

* *

— C'est qui, celle-là ? demandent deux nouvelles infirmières qui arrivent tout juste.

Cilka lève les yeux de sa serpillière et s'appuie dessus.

— Bonjour, je m'appelle Cilka Klein. C'est mon premier jour.

— Comme femme de ménage, je vois. Juste ce qu'il nous faut, répond l'une d'elles.

— Euh, non, je suis infirmière… (Elle essaie d'apaiser sa respiration.) J'aide Tatiana Filippovna, en fait.

— Eh, Tatiana, tu t'es trouvé une esclave.

— Va te faire voir, espèce d'infirmière de mes deux, réplique Tatiana.

Cilka essaie de comprendre si les femmes plaisantent ou sont sérieuses. Le geste grossier (le pouce passé entre l'index et le majeur) adressé à Tatiana répond à sa question.

— Eh bien, esclave, nous travaillerons de jour la semaine prochaine, et nous verrons à quel point tu nettoies bien.

Les deux infirmières gagnent ensuite l'entrée du service près de l'accueil. Elles tirent deux chaises et se détendent, elles discutent et plaisantent. Pas besoin d'un dessin pour deviner qu'elles parlent de Cilka. Leurs gestes et leurs cris de « remets-toi au travail » sont bien assez clairs. Cette journée surprenante, joyeuse, semble aussi porteuse d'un futur plus sombre.

Tatiana prend un moment pour la rassurer.

— Écoute, tu es prisonnière. Pas nous. Nous sommes qualifiées et devons travailler de jour comme de nuit. Je suis désolée, mais une semaine sur deux, tu devras travailler avec ces vaches. Ne les laisse pas trop te faire tourner en bourrique, tu es ici comme infirmière.

— Merci. J'attendrai avec impatience ma semaine avec vous.

— Nous avons fini, conclut Tatiana. Allez, attrape ton manteau et vas-y. À demain.

— Bonne nuit.

Une foule d'émotions diverses traversent Cilka, malgré tout soulagée d'en avoir fini pour la journée. Elle s'enveloppe dans son manteau et sort dans l'air glacé. Dans sa poche, il y a la note que

Petre a écrite pour prévenir Antonina de sa nouvelle fonction.

*
* *

Ce soir-là, Cilka raconte à Josie, Olga, Elena et toutes celles que ça intéresse sa journée et son nouveau rôle d'assistante à la maternité. Bien que Hannah soit couchée dans son lit, face contre mur, Cilka sent qu'elle écoute aussi. Elle les divertit avec des histoires exagérées de la naissance de la petite Gita qui avait giclé hors de sa mère et serait tombée par terre si Cilka ne l'avait pas rattrapée au vol. Elle se déclare désormais experte en accouchement et leur fait part du soutien des infirmières et du charmant médecin qui n'aurait pas pu être plus attentionné. Elle ne mentionne pas les deux infirmières de nuit avec qui elle devra passer la semaine suivante.

Les questions sur l'endroit où allaient les nouvelles mères, si elles pouvaient rester avec leurs bébés et pour combien de temps, sont écartées. Elle ne connaît pas encore la réponse. Et a peur de la découvrir.

D'après Elena, on retire les bébés aux mères et on les force à reprendre le travail.

— Je saurai bientôt, promet Cilka.

Le même repas qu'aux infirmières lui avait été distribué. Deux fois plus de pain que sa ration habituelle qu'elle a pu rapporter pour la partager. Elle est soulagée d'aider encore ainsi, sinon elle aurait été submergée par la culpabilité d'avoir obtenu un nouveau poste à l'abri.

Et le soulagement est double car elle sera si occupée qu'elle n'aura pas une seconde pour penser à Alexandr Petrik, le Tchèque qui travaille comme messager. Rien de bon ne pourrait en découler, de toute façon.

Alors que Cilka se couche, Josie vient se glisser contre elle.

— Cilka, sanglote-t-elle, je suis désolée pour le drap et que tu sois allée au trou.

— Je t'en prie Josie, cesse donc de me répéter ça. C'est fini. Est-ce que nous pouvons redevenir amies ?

— Tu es mon amie la plus chère, confie Josie.

— Eh bien, ma chère amie, sors de mon lit et va dormir.

Auschwitz-Birkenau, 1942

Cilka fixe une mouche sur le mur en ciment glacé de sa chambre dans le Bloc 25. Il n'est pas venu pour elle aujourd'hui.

Des femmes et des jeunes filles entrent en titubant dans le bâtiment à la recherche d'un endroit où se reposer une dernière fois. Elle soupire, se lève de son lit et ouvre la porte. Les bras serrés autour de son corps, elle regarde les spectres passer devant elle.

Une femme entre dans le dortoir, soutenue par deux autres, et se tourne vers Cilka. Elle a d'épaisses boucles brun-gris, des cernes profonds sous les yeux, des joues creuses. Il faut un moment à Cilka pour la reconnaître.

— Maman ! hurle-t-elle.

Cilka écarte brusquement les deux femmes et la saisit dans ses bras.

— Mon bébé, ma belle dievča *! s'écrie sa mère.*

Les autres sont trop désespérées, démunies, pour prêter vraiment attention à ces retrouvailles.

Cilka l'amène dans sa propre chambre et l'assoit sur son lit. Elles restent longtemps ainsi, enlacées, sans prononcer un mot.

Le bruit des casseroles qu'on frappe et les hurlements réveillent Cilka. Les rations du soir sont arrivées. Elle détache doucement ses bras qui enserraient sa mère et va à la rencontre de ceux qui apportent les pots de café délayé et les maigres rations de pain rassis.

Elle dit aux femmes de venir chercher à manger. Elle sait par expérience que celles qui en auront la force le feront. Les autres n'en sont depuis longtemps plus capables.

De retour dans sa chambre, elle pose la portion par terre et essaie de redresser sa mère contre le mur. N'y parvenant pas, elle place un petit bout de pain entre ses lèvres et l'encourage à ouvrir la bouche. Sa mère détourne la tête.

— Mange-le toi, ma chérie. Tu en as plus besoin que moi.

— Non, Maman, je peux en avoir davantage. Je t'en prie, il faut que tu reprennes des forces. Tu dois manger.

— Tes cheveux...

Ils sont toujours là, retenus derrière ses oreilles, ils tombent sur ses épaules. Sa mère lève la main et passe les doigts dedans, comme elle le faisait quand Cilka était petite.

Cilka pose la nourriture contre les lèvres de sa mère qui ouvre la bouche et se laisse nourrir, cette fois. Elle se redresse et boit le liquide immonde que sa fille lui donne.

Cilka l'allonge ensuite sur le lit.

— Je reviens tout de suite, reste ici et repose-toi.

— Où vas-tu ? Ne me quitte pas.

— Je t'en prie, Maman, je n'en aurai pas pour longtemps. Je dois trouver quelqu'un...

— Personne ne peut nous aider, reste avec moi, je t'en prie. Nous avons si peu de temps.

— C'est bien pour ça que je dois sortir, pour que nous puissions avoir davantage de temps. Je ne les laisserai pas t'emmener.

La jeune fille se dirige vers la porte.

— Cilka, non.

La voix est d'une fermeté inattendue.

Alors Cilka revient s'asseoir sur le lit et serre la tête de sa mère contre elle.

— Il y a quelqu'un qui peut nous aider, tu iras dans un autre dortoir où tu pourras te remettre et où nous pourrons nous voir, être toutes les deux. Je t'en prie, Maman, laisse-moi aller lui parler.

— Non, ma fille chérie. Reste ici avec moi maintenant. Il n'y a pas de certitudes dans cet endroit. Laisse-nous passer cette nuit ensemble. Je sais ce qui m'attend demain matin. Je n'ai pas peur.

— Je ne peux pas les laisser t'emmener, Maman. Toi et Magda, vous êtes tout ce qui me reste.

— Ma chère Magda ! Elle est en vie ?

— Oui, Maman.

— Oh... loué soit Hashem. Vous devez veiller l'une sur l'autre, du mieux que vous pouvez.

— Et toi, Maman. Je dois veiller sur toi.

Sa mère se débat pour se libérer de l'étreinte de sa fille.

— Regarde-moi, regarde-moi. Je suis malade, je suis mourante. Tu ne peux rien y faire.

Cilka caresse le visage de sa mère, l'embrasse encore. Leurs larmes se mêlent et tombent ensemble sur le lit.

— Et Papa, Maman ? Est-ce qu'il était avec toi ?

— Oh, ma chérie, nous avons été séparés. Il allait mal...

De puissantes vagues de tristesse et de désespoir menacent de submerger Cilka.

— Non, non, Maman.

— Allonge-toi ici avec moi, lui murmure sa mère, et demain matin, tu m'embrasseras pour me dire au revoir. Je veillerai sur toi.

— Je ne peux pas. Je ne peux pas te laisser partir, sanglote Cilka.

— Il le faut, tu ne peux rien y faire.

— Tiens-moi dans tes bras. Tiens-moi, Maman.

Sa mère serre Cilka dans ses bras de toutes ses forces et la fait tomber sur le lit. Les deux corps ne font plus qu'un.

— Un jour, si Hashem le veut, lui chuchote sa mère en caressant son visage, tu sauras ce qu'est l'amour d'un enfant. Tu sauras ce que je ressens pour toi.

Cilka enfonce son visage dans le cou de sa mère.

— Je t'aime, Maman.

*

* *

Le soleil s'est à peine levé quand Cilka, sa mère et les autres dans le Bloc 25 sont réveillées par les hurlements des SS et les aboiements des chiens.

— Dehors, dehors, tout le monde dehors.

La tête de Cilka est posée contre l'épaule de sa mère alors qu'elles quittent lentement la pièce et retrouvent les femmes qui se dirigent vers les camions qui attendent dehors.

Les cravaches s'abattent sur celles qui sont trop lentes ou refusent de parcourir ces derniers pas vers les véhicules. Cilka s'arrête. La cravache d'un garde se lève vers sa mère.

— Vous n'avez pas intérêt à la toucher, lui siffle-t-elle.

La cravache retombe. La mère de Cilka parcourt les derniers mètres, sa fille toujours agrippée à son bras.

— Maman, non, ne monte pas dans le camion !

Les gardes ne la quittent pas des yeux tandis qu'elle se détache de sa fille, l'embrasse sur les deux joues, sur la bouche et passe ses doigts dans ses cheveux. Une dernière fois. Puis elle accepte les mains qui se tendent du camion pour l'aider à monter. Cilka sent encore les lèvres de sa mère sur sa peau. Elle s'effondre au sol tandis que le véhicule démarre et s'éloigne. Un garde lui tend la main pour qu'elle puisse se relever mais elle refuse, lui signifie de s'en aller. Le camion disparaît.

Chapitre 13

— Toi, je sais plus ton nom.

Cilka se force à sourire avant de se tourner vers celle qui l'a interpellée. Elle ne répondra pas, la forcera à faire un effort.

— Viens ici.

Cilka s'avance vers le lit à côté duquel se tient l'infirmière. Tous sont occupés. Aujourd'hui, la jeune fille est plus utile que jamais. Elle sourit à la nouvelle maman qui tient son bébé né à peine quelques heures plus tôt.

— Nous avons besoin de ce lit. Et personne n'est encore venu pour l'emmener. Il faut que tu le fasses.

— Je vais chercher mon manteau, répond Cilka.

C'est le printemps mais la température est encore glaciale.

— Pas le temps. Emmène-les juste à côté.

— Mais où…

La maman tire sur la jupe de Cilka.

— Ne t'en fais pas, je sais où aller. Ce n'est pas la première fois.

La patiente est déjà habillée, son bébé emmailloté dans une couverture. Cilka l'aide à mettre son manteau, le bébé niché à l'intérieur. La jeune mère vérifie que l'infirmière n'est pas dans les parages. Elle attrape la couverture de son lit pour que Cilka s'en enveloppe. La patiente les conduit à la porte de derrière.

Le bâtiment n'est qu'à cinquante ou soixante mètres. Les pas font craqueler l'herbe givrée. Le bruit des nourrissons qui pleurent, babillent et crient s'entend bien avant qu'elles n'ouvrent la porte. Une fois à l'intérieur, Cilka découvre le chaos. Quelques berceaux entassés contre un mur, de petits matelas, plutôt des tapis de sol, éparpillés ici et là. Trois employées pour ce qui semble être une vingtaine de bébés et de tout-petits.

— Il faut que je m'enregistre ici. J'irai ensuite au fond de la pièce pour me rendre dans le dortoir où je dormirai.

— Et nous revoilà complets, constate une des employées en se dirigeant vers elles. Eh bien, bonjour, Anna Anatolyeva. Te revoilà.

— Votre visage charmant me manquait, c'est plus fort que moi. Comment allez-vous, Irina Igorevna ? Vous mangez toujours des nourrissons au petit déjeuner ?

— Oh, Anya, bien sûr ! Pourquoi es-tu de nouveau ici ?

Cilka remarque qu'elle emploie un diminutif. Ces femmes se connaissent bien.

— Un de ces affreux porcs m'a regardée et, hop, j'ai eu un autre bébé. Vous veillerez bien sur celui-là ou j'enverrai cet affreux porc qui est son père s'occuper de vous.

— Ouais, ouais, je connais la chanson. Et c'est quoi, cette fois ?

— Une autre fille. Une autre victime pour la cause.

— Tu lui as donné un nom à celle-là ?

— Vous avez fait du si bon boulot avec la dernière, je vous laisse lui trouver un nom. Qui soit fort. Elle en aura besoin pour survivre à cette maison des horreurs.

Cilka essaie de comprendre ce qu'elle voit. Deux autres employées bavardent, chacune avec un nourrisson sur la hanche qu'elles agitent de haut en bas pour le calmer. Elles semblent sourdes aux hurlements, aveugles aux petits qui se disputent une couverture miteuse. Plusieurs ne portent pas de couche ; l'odeur d'urine et d'excrément est insupportable.

La nouvelle mère tente de se débarrasser de son nourrisson.

— Occupe-t'en un peu toute seule, râle Irina Igorevna. Elle ne mordra pas, en tout cas pas avant d'avoir compris qui est sa mère.

Elle se tourne vers Cilka et la désigne du menton.

— Qui tu es ?

— Une des infirmières. On m'a demandé de les accompagner ici.

— C'est bon. Celle-là connaît la routine, tu peux t'en aller.

C'est impossible pour Cilka.

— Excusez-moi, mais vous avez combien de bébés ici ?

— Vingt au maximum. Nous n'avons que vingt lits à côté pour les mères.

— Combien de temps peuvent-ils rester ? Certains n'ont plus l'air d'être des bébés.

— T'es nouvelle, hein ? Très bien, *printsessa*, voilà comment ça marche. Quand Anya que tu vois ici produit un autre bâtard, elle obtient le droit de rester ici jusqu'à ce que son gosse ait deux ans, puis on la renvoie dans un baraquement quelconque où elle se fera de nouveau engrosser et ainsi de suite.

— Donc elle ne doit pas travailler ? Elle peut rester ici à s'occuper de son bébé ?

— Tu vois d'autres mères ici ? Hein ? Non. Anya ira à côté et s'occupera toute seule de sa bâtarde pendant quatre semaines puis elle la ramènera ici tous les matins. Ensuite, elle ira travailler comme le reste des autres pauvres loques.

— Vous n'êtes que trois pour vous occuper des bébés ?

— T'es éduquée, toi ? T'as fait le compte toute seule ?

— Désolée, je ne voulais pas vous offenser, dit Cilka qui ne veut pas se créer de nouveaux ennemis. Je voulais simplement comprendre le fonctionnement.

Le visage de la femme s'adoucit un peu.

— Est-ce qu'il y a d'autres crèches comme ça ? demande tout de même Cilka.

— La majorité des nouveau-nés vont avec leurs mères dans le grand bâtiment un peu plus loin, à Rechlag, explique Irina Igorevna. Tu es très curieuse.

— Est-ce que je peux visiter ?

— Je t'en prie. J'ai des trucs à faire, je n'ai pas le temps de bavarder. Anya, sors d'ici.

— Merci, dit celle-ci en s'éloignant. À une autre fois.

— Anna Anatolyeva, glisse Cilka d'une voix hésitante. Je pense que... Jozefína... Josie est un joli nom.

— Bien, comme tu veux, dit la femme en haussant les épaules. Je vais prendre la petite Josie et aller me coucher.

Un garçonnet a rampé jusqu'à Cilka, s'est accroché à un de ses pieds. Cilka se penche pour le prendre dans ses bras. Il essaie de toucher de ses petits doigts sa bouche, ses yeux et ses narines. Elle rit et le chatouille sur le ventre. Il ne réagit pas, mais essaie toujours d'enfoncer ses doigts dans son nez.

L'enfant calé sur une hanche, Cilka fait le tour de la pièce et observe les autres petits. Elle s'arrête devant un bébé couché par terre sur une couverture, les yeux rivés au plafond. Cilka bouge la tête pour attirer son attention. Ce n'est qu'à un infime mouvement qu'elle sait qu'il l'a vue. Elle pose le garçonnet par terre et touche le bébé. Il est brûlant dans une pièce qui aurait vraiment besoin d'être chauffée. Elle soulève un de ses bras et le lâche. Le bébé est incapable d'empêcher son bras de retomber par terre.

Cilka appelle les employées.

— Excusez-moi, cet enfant est malade. Il y a quelque chose qui ne va pas.

Une des employées s'approche.

— Ouais, ça fait deux jours qu'il est comme ça.

— Un docteur l'a vu ?

— Les médecins ne mettent pas les pieds ici, ma belle. Ces petits s'en sortent ou non. Apparemment, celui-là ne s'en sortira pas.

Cilka regarde de nouveau le petit corps, la grosse tête et les joues creuses, les côtes visibles sous la peau.

Elle en a assez vu.

— Merci, dit-elle sans s'adresser à personne en particulier, et elle s'en va.

*

* *

Quand Cilka retourne à la maternité, Petre l'accueille.

— Bonjour. Où étais-tu ?

— À côté, à la crèche. J'ai accompagné Anna Anatolyeva et son bébé.

Cilka ne donne pas d'autres explications. Elle veut s'éloigner de lui, des images qu'elle vient de voir, se plonger dans son travail de nettoyage pour oublier.

— Qu'est-ce que tu en as pensé ?

— Est-ce qu'il vous arrive d'y aller ?

— Non, mon travail est ici. J'accouche les bébés. Pourquoi me le demandes-tu ?

— Parce que certains de ceux qui naissent en bonne santé se retrouvent couchés à même le sol, malades et mourants.

— Et tu sais qu'ils sont mourants ?

— Je l'ai constaté. Les employées qui y travaillent, je ne sais pas comment vous les appelez, ce ne sont pas des infirmières, elles s'intéressent très peu aux bébés. Elles m'ont dit que seuls ceux qui sont forts survivent, mais ils sont peut-être juste malades. Ils vivraient avec les bons soins et un traitement.

— Très bien, très bien, Cilka, calme-toi. Et si nous en parlions un autre jour ?

— Quand ?

— Quand nous n'aurons pas autant de travail.

— Demain ?

— Quand nous n'aurons pas autant de travail, répète Petre. Tu ferais mieux de te remettre à la tâche.

*

* *

Plusieurs semaines passent. Le givre commence à fondre, les journées s'allongent. Petre semble éviter Cilka. Elle lutte contre l'envie d'intervenir, elle a compris la leçon. Elle ne doit pas se mêler des affaires médicales, donc elle ne mentionne plus le bâtiment voisin avec les bébés négligés. Mais savoir qu'on pourrait y remédier… Avant, elle avait été forcée d'accepter les circonstances, mais aujourd'hui ?

Un jour, Tatiana et elle n'ont qu'une patiente en travail. Petre vient examiner la femme. Il regarde Cilka ranger la zone administrative, empiler soigneusement les dossiers, vérifier qu'ils sont à jour. Ce sont les tâches à accomplir quand on n'est pas débordé. Il tire une chaise et s'adresse à Cilka :

— Parle-moi des bébés dans la pouponnière, tu veux bien ?

— Je… je n'aurais rien dû dire, je n'en ai pas le droit, répond-elle, dents serrées.

— C'est vrai. (Son visage, avec ses sourcils en broussaille et sa mâchoire carrée, ne révèle pas le fond de sa pensée.) Tu sais, j'ai parlé de toi à Yelena Georgiyevna. Elle me demande tout le temps de tes nouvelles.

— Vraiment ? Comment va-t-elle ?

La poitrine de Cilka se serre. Elle n'admet jamais que quelqu'un ou quelque chose lui manque jusqu'à ce que son corps le lui rappelle.

— Elle va bien. Occupée. Je lui ai répété ce que tu m'avais raconté à propos des bébés.

— Qu'est-ce qu'elle a dit ?

— Elle a ri en expliquant que ça te ressemblait bien d'essayer de tout réparer.

— C'est juste que, euh... vous vous occupez bien des mères, vous veillez à ce qu'elles accouchent de bébés en bonne santé et puis on les envoie dans cet endroit où plus personne ne s'en soucie.

— Leurs mères, si, j'en suis sûr.

— Oui, bien entendu, mais elles ne reviennent à la crèche que le soir. Comment obtenir qu'un médecin vienne examiner leur enfant ?

— Tu as parfaitement raison. Eh bien, l'État se soucie de ces bébés ou devrait le faire. Ce sont nos futurs travailleurs.

Pourtant, se dit Cilka, *il règne dans cet endroit une grande contradiction à ce sujet*. Par exemple, quand leur productivité diminue, les travailleurs ont moins à manger en guise de punition. Et pour remplacer ceux qui meurent, il y a toujours d'autres gens à arrêter. Des choses impossibles, bien sûr, à exprimer à voix haute.

— Que dirais-tu, comme c'est plutôt calme ici aujourd'hui, de venir avec moi à la pouponnière ? Comme ça, je pourrai examiner tous les bébés qui semblent en avoir besoin, selon toi.

— Je vais chercher mon manteau.

Petre rit, prend le sien et suit Cilka dehors.

Son sourire disparaît dès qu'il entre dans la crèche. Les trois employées sont assises en train de siroter des tasses de thé brûlant. Des bébés et des nourrissons sont couchés par terre. Certains rampent en cercle, comme sonnés. Il regarde la scène sans en croire ses yeux.

— Te revoilà ! s'écrie Irina Igorevna avant de se rendre compte que Cilka n'est pas seule.

Elle pose sa tasse et se dépêche de venir à leur rencontre.

— Je vous présente Petre Davitovich, le médecin de la maternité. Il est venu examiner les bébés, voir s'il y en a qui ont besoin d'attention médicale.

La femme s'essuie les paumes sur sa robe crasseuse avant de tendre une main à Petre.

— Irina Igorevna, la responsable de la crèche.

Petre ne saisit pas sa main.

— Merci de vous être présentée. Je vais voir ces bébés. Montrez-moi les dossiers avec leurs régimes alimentaires.

— Eh bien, y en a pas. Nous leur donnons à manger quand nous pouvons, ce que nous avons. On n'en a jamais assez donc nous ne nourrissons que les plus forts. Ceux qui font le plus de bruit, glousse-t-elle.

Petre se penche sur le bébé le plus proche, étendu inerte sur une couverture, les yeux enfoncés dans les orbites, une robe fine trop grande pour son petit corps. Le petit ne réagit pas quand le médecin le soulève. Sur la table autour de laquelle étaient assises les trois femmes, il repousse les tasses sur le côté et y dépose doucement le bébé pour l'examiner. Cilka se tient à côté de lui.

— Quel âge a ce nourrisson ?

Les trois femmes se regardent, aucune d'entre elles ne répond.

— Irina Igorevna, je vous ai demandé quel âge avait ce nourrisson ?

— Je ne sais pas. Nous nous occupons d'eux pendant la journée, quand leurs mères travaillent. Ils sont trop nombreux pour que nous arrivions à les connaître, nous ne sommes que trois, dit-elle en montrant ses collègues.

— Cet enfant meurt de faim. Quand l'avez-vous nourri pour la dernière fois ?

— Nous avons dû lui proposer quelque chose il y a quelques heures mais je pense qu'il ne voulait rien, explique Irina.

— Mets-le dans un petit lit, demande-t-il à Cilka qui s'exécute.

Petre prend un autre enfant dans ses bras et répète l'examen. Il ne pose plus de questions au personnel, passe les bébés à Cilka.

Après que tous ont été diagnostiqués, sept sont couchés tranquillement dans deux petits lits.

— Vous (Petre montre du doigt les collègues d'Irina), enfilez vos manteaux. Enveloppez deux bébés chacune et suivez-moi. Cilka, peux-tu en prendre deux, s'il te plaît ?

Il s'empare du dernier, le met contre lui sous son manteau et sort de la crèche, suivi de Cilka et des employées.

De retour à la maternité, trois bébés sont sur un lit, quatre sur l'autre. D'un geste de la main, il renvoie les deux femmes qui s'esquivent aussitôt.

Tatiana et Svetlana s'approchent des lits.

— Oh, mon Dieu, que leur est-il arrivé ? gémit Svetlana.

— L'une d'entre vous sait où on peut se procurer du lait ? demande Petre.

— Je vais en trouver. Occupez-vous d'eux, je reviens tout de suite, dit Tatiana en empoignant son manteau avant de sortir.

— Svetlana, va voir si tu trouves la doctoresse Yelena Georgiyevna et demande-lui si elle peut venir.

— Que puis-je faire ? demande Cilka.

— Eh bien, tu en as déjà assez fait, réplique-t-il en riant à moitié. Prends des dossiers et écris ce que je te dis à propos de ces pauvres petits malheureux. Nous ne connaissons pas leurs noms, il faudra donc que nous les appelions bébé numéro 1, bébé numéro 2 et ainsi de suite.

Alors que Cilka passe devant l'unique patiente du jour avec des dossiers et des stylos, la femme l'appelle à mi-voix :

— Que se passe-t-il ?

— Rien, juste quelques bébés malades. Ne vous en faites pas, nous allons nous en occuper.

Petre est en train d'emmailloter le premier nourrisson.

— Bébé numéro 1. Mâle. Malnutrition sévère, fièvre, couvert de piqûres d'insectes, peut-être sourd. Quatre à six mois. Difficile à préciser.

Cilka écrit vite ses commentaires sous le titre « Bébé numéro 1 ». Avec un stylo plus épais, elle écrit doucement un « 1 » sur le front du bébé, luttant pour ne pas penser à son propre numéro, marqué pour toujours sur sa peau.

Ils entendent la porte s'ouvrir, puis un :

— Oh, Cilka, qu'as-tu fait encore ?

C'est Yelena que Svetlana a ramenée. Tatiana les suit avec une boîte qui contient des biberons, chacun à moitié plein de lait maternel.

Petre met Yelena au courant de la situation. Elle se saisit aussitôt d'une petite fille, la déshabille pour l'examiner.

— Appelle-le numéro 3, Cilka, j'ai le numéro 2, indique Petre.

Tatiana et Svetlana chauffent les biberons en les plaçant dans une bassine d'eau bouillante. Yelena les prévient de ne pas laisser les bébés trop boire. Il faut leur donner de petites quantités pour qu'ils se remettent. La maman dont le nouveau-né dort profondément propose son aide. La voilà avec un bébé inconnu dans les bras.

À la fin de la journée, sept mères inquiètes apparaissent dans le service à la recherche de leurs petits. Petre et Yelena leur assurent qu'ils ne les blâment pas de l'état de leurs enfants. Elles passeront la nuit dans le service. On leur apportera à manger et on leur montrera comment nourrir leurs bébés toutes les heures, en petites quantités.

Quand les infirmières de nuit arrivent, Tatiana les renvoie, elle va rester travailler. Cilka, elle aussi, veut rester.

*

* *

Pendant les semaines qui suivent, la gestion de la crèche change. Les employées sont remplacées par d'autres recrues qui ont été approuvées par Petre et Tatiana. Un système de dossier individuel pour chaque bébé est mis en place. Petre charge Cilka de se rendre une fois par semaine à la crèche pour identifier tout bébé ou enfant qui aurait, selon elle, besoin d'être examiné par un médecin. Malgré la conviction de Petre que ces enfants sont importants pour le système en tant que futurs travailleurs, Cilka craint qu'ils ne soient aussi perçus, pour l'instant, comme une ponction sur les ressources. Elle se demande s'ils risquent d'être punis pour leur initiative. Mais elle sait aussi qu'elle se battra pour garder ces enfants en vie.

Couchée dans son lit une nuit, alors que le soleil est encore haut dans le ciel, Cilka se confie à Josie :

— Crois-tu que cela puisse être ma vocation ?

— Qu'est-ce que tu veux dire ?

Cilka a du mal à dévoiler ses pensées intimes. Ce qu'elle risque de révéler, ce qui pourrait lui échapper l'inquiète. Josie la regarde, en attente.

— Peut-être que je ne suis pas destinée à devenir maman, mais à devenir quelqu'un qui aidera les mères ?

Josie éclate en sanglots.

— Oh, Cilka, je pense que je suis enceinte.

Chapitre 14

Cilka sort de son lit tandis qu'autour ce ne sont que ronflements sonores. Elle passe doucement les mains sur le corps gonflé de Josie, caché sous des couches de vêtements. Elle rabat ensuite la couverture sur son amie.

— Quand t'en es-tu rendu compte ? lui demande-t-elle.

— Je ne sais pas, il y a un mois, peut-être. Qui peut encore garder la notion du temps dans cet endroit oublié de tous ?

— Josie, j'ai senti le bébé bouger. Ta grossesse est bien avancée. Pourquoi n'as-tu rien dit avant ?

Des sanglots agitent le corps de Josie qui mord la couverture.

— J'ai peur, Cilka, j'ai peur. Ne me crie pas dessus.

— Chut, parle moins fort. Ce n'est pas moi qui crie.

— Que vais-je faire ?

Cilka la voit jeter un coup d'œil vers le lit où dormait Natalya.

— Tu vas avoir un bébé et je serai à tes côtés. Il faut que nous prévenions Antonina demain.

Tu cours sûrement des risques à travailler entourée de gens malades.

— Et les autres ?

— Elles comprendront. Ne t'inquiète pas, nous serons toutes là pour t'aider.

Cilka essaie de la rassurer et de la réconforter.

— Tu vas être maman !

— Et Vadim ? Je le lui dis ? Comment il va réagir ?

— Je suis étonnée qu'il n'ait pas déjà compris. Il a quand même bien dû sentir que ton ventre s'était arrondi.

— Il m'a juste dit que j'avais grossi. Il est bête ce garçon ; ça ne lui est même pas venu à l'esprit.

— Tu as sans doute raison ; en tout cas, il faut que tu lui en parles. La prochaine fois qu'il viendra.

— Et s'il...

— Tu lui dis, point. On se souciera de sa réaction après. Tu sais qu'ils ne vous laisseront pas partir filer le parfait amour, n'est-ce pas ?

— Ça se pourrait...

— Ne rêve pas.

*

*   *

Le lendemain après l'appel, accompagnée de Josie, Cilka aborde Antonina.

— Elle est enceinte.

— Tiens donc ! On se demande comment c'est arrivé, dit Antonina avec dégoût.

Cilka s'abstient de répondre. Josie garde la tête baissée. Honteuse, mortifiée.

— De cinq mois, à mon avis, glisse Cilka.

— C'est à moi d'en juger, siffle la cheffe. Ouvre ton manteau.

Josie s'exécute, elle frissonne à cause du vent et de l'angoisse de cette humiliation publique. Des mains rudes appuient fortement sur son ventre proéminent, le palpent sans précaution, durement, de haut en bas.

— Arrêtez, s'écrie Josie, vous me faites mal.

— Je vérifie juste que ce sont pas des tissus bourrés. Tu serais pas la première.

Cilka écarte les mains de la cheffe.

— Ça suffit, convaincue ? ironise-t-elle.

— Toi, ouste, au travail. Et la traînée, elle peut y aller aussi, aucune raison pour pas continuer dans sa planque. Il faudra que j'en informe Klavdiya Arsenyevna ; elle va pas être contente.

Cilka et Josie se hâtent vers l'hôpital.

— Ça ne me fait rien de travailler ; il n'y a rien de pénible et puis, le jour, ça me distrait ; les nuits en revanche…

*

* *

Ce soir-là, les femmes sont aux petits soins pour Josie. Elles veulent sentir le bébé ; certaines sont récompensées de leurs efforts par un petit coup de pied.

— Tu le portes comme je portais mes garçons, déclare Olga, les yeux riants mais aussi embués de larmes.

Quelqu'un évoque Natalya. Seule autre grossesse dans le baraquement, à la fin tragique.

Olga perçoit l'effet qu'a cette évocation sur Josie et change très vite de sujet. Elle suggère que toutes s'impliquent et confectionnent des habits pour le bébé. On la choisit aussitôt comme créatrice en chef. On inspecte les draps pour voir qui peut se permettre d'en perdre quelques centimètres. À l'idée de devoir créer une chose utile à une nouvelle vie, les brodeuses sont excitées.

Hannah, assise à l'écart du groupe, observe cette activité avec dégoût.

— Comment pouvez-vous avoir assez d'énergie pour vous illusionner ?

— Hannah, réagit Olga d'un ton sec, voir un peu d'espoir dans cette noirceur n'est pas une faiblesse.

— Comme un beau manteau de fourrure, hein, Cilka ? glisse Hannah avec un hochement de tête entendu.

Les femmes regardent Cilka qui sent son visage s'embraser. De la bile lui monte à la gorge. Elle est incapable de répliquer ; nulle explication ni riposte ne lui vient à l'esprit. Elle tousse, se racle la gorge.

— Hannah a raison, pourtant, dit soudain Josie, qui repose le bout de drap qu'elle tient à la main. C'est stupide d'oublier où nous sommes.

— Je ne pense pas, rétorque Olga tout en défaisant des fils avec détermination. Je crois que ça nous aide à continuer.

*
* *

Plus d'une semaine s'écoule avant que Vadim ne réapparaisse. Dès qu'il commence à toucher et caresser Josie, celle-ci l'arrête.

— Il faut que je te dise quelque chose.

— Pas envie de parler, là maintenant.

— Je porte ton bébé, lâche-t-elle.

Cilka se détourne de Boris pour écouter l'échange.

— Qu'est-ce qu'il y a ? s'inquiète Boris.

— Rien, chut.

— Qu'est-ce que tu me racontes ? grogne Vadim.

— Je suis enceinte, c'est ton bébé.

— Je croyais que t'avais grossi.

— Non.

— Je veux pas d'un foutu moutard. C'est quoi ces conneries, avoir un bébé ?

— C'est toi qui m'as fait ça, je ne l'ai pas demandé.

— Et comment je sais que c'est le mien ?

Josie le repousse en hurlant.

— Parce que tu as fait de moi ta propriété, tu te rappelles ? Personne d'autre n'a le droit de me toucher, tu as oublié ? Sors d'ici, sors, sors !

Ses cris se transforment en gémissements.

Vadim sort du lit cahin-caha, sautillant à la recherche des vêtements qu'il vient de quitter. L'altercation perturbe tous les hommes de la chambrée qui se ruent sur leur pantalon et battent en retraite.

— Je ne te parlerai jamais comme ça, dit Boris à Cilka en repoussant une mèche de cheveux qui tombe sur ses yeux. En fait, je serais tellement heureux si tu étais enceinte de moi.

Ça n'arrivera pas, Boris, pense-t-elle en se contentant de lui rappeler qu'il est temps de partir. Elle n'a jamais été enceinte. Ses règles se sont longtemps arrêtées *là-bas*, comme pour les autres femmes. Elle ne les a maintenant que par intermittence. Une mauvaise alimentation, le traumatisme, elle ne sait pas bien. Il se peut que cela ne revienne jamais.

— D'accord, je pars, mais je penserai à toi.

Les femmes tâtonnent dans le noir jusqu'au lit de Josie, la réconfortent et la câlinent. Ce sens de l'humour légèrement tordu qu'elles ont développé ces dernières années leur est bien utile au moment de partager les histoires de toutes les failles de leurs visiteurs du soir et de leur incapacité à être pères. Josie a des rires entrecoupés de sanglots. Cilka sent s'épanouir en elle de l'affection pour elles toutes, avec leurs joues creuses et leur sourire édenté – sentiment qui n'est jamais apparu qu'à de brèves occasions dans un océan de malheur. Pour sa sœur. Pour Gita. Elle l'enfouit bien profondément en elle, là où rien ne peut venir l'abîmer.

*

* *

Les semaines suivantes, l'humeur de Josie varie terriblement. Le matin, elle se réveille, rejoint les autres au petit déjeuner et à l'appel, enjouée et impatiente d'aller au travail où médecins et infirmières lui demanderont comment elle se sent. À la fin de la journée, fatiguée, engourdie, elle parle à peine. Elle reste sur son lit et souvent ne va pas dîner. Au début, les petits habits que lui confectionnaient les détenues l'excitaient ; désormais, elle leur accorde à peine un regard.

Cilka et Elena lui parlent avec douceur pour savoir si c'est la peur de l'accouchement tout proche qui cause ses sautes d'humeur. Le seul indice qu'elle leur donne a trait à Vadim. Comment pourra-t-elle jamais parler à son bébé de son père ? Un peu moins d'un mois avant la date prévue de la naissance, Cilka se réveille au beau milieu de la nuit, étonnée d'entendre la porte du baraquement claquer. Elle regarde le lit de Josie. Il est vide. Elle a passé de nombreuses nuits à observer son amie en train de dormir, le visage tiré, agitée même dans son sommeil, son ventre de plus en plus rond et protubérant sous la couverture.

Inquiète, elle tend le bras pour vérifier si Josie est là. Ses mains touchent quelque chose de doux, un vêtement ! Dehors, la température est tombée bien en dessous de zéro. Cilka se redresse, attrape le manteau et plusieurs autres habits entassés.

Sans bruit, elle localise ses bottes et se déplace à tâtons le long des châlits jusqu'à atteindre celui d'Elena qu'elle secoue :

— Vite, habille-toi !

Elles s'enveloppent le visage, la tête et les mains du mieux qu'elles peuvent et sortent du baraquement.

Le froid est intense. Il tombe une petite neige. Un vent terrible transperce tous leurs vêtements et leur glace le sang et les os. Les projecteurs voisins diffusent une lumière fantomatique autour de leurs silhouettes qui se hâtent. Elles voient dans la neige des empreintes de pieds nus qui s'éloignent du bâtiment. Elles suivent la trace, entendant des bruits de succion et de crissement sous leurs pieds.

Derrière le réfectoire, enfin, elles trouvent Josie. Nue, inconsciente, respirant à peine, recroquevillée près du grillage. Cilka laisse échapper un cri : « Non ! » Puis elle sent le vide se refermer sur elle.

— Qu'est-ce qu'on fait ? chuchote Elena. Je crois qu'elle est morte.

Cilka se penche et enveloppe Josie dans le manteau qu'elle a apporté.

— Il faut qu'on la ramène au dortoir et qu'on la réchauffe. Oh, Josie, s'écrie Cilka, qu'as-tu fait ?

Elle la soulève sous les épaules tandis qu'Elena la prend par les jambes. Ensemble, elles rebroussent chemin tant bien que mal et regagnent le toit protecteur de leur baraquement.

Elles ne parviennent pas à ouvrir et fermer la porte sans bruit et bientôt les autres se réveillent ; toutes veulent savoir ce qui se passe. Elena leur résume la situation et les invite à les aider. Un moment, Cilka semble avoir perdu la parole. Les prisonnières font ce qu'elles peuvent pour se rendre utiles : deux d'entre elles se mettent à masser les pieds de Josie, deux autres lui frottent les mains. Cilka plaque son oreille contre le ventre de Josie, leur demande de se taire un instant et écoute.

Un boum boum sonore et puissant lui revient.

— Elle vit et le bébé aussi, s'exclame-t-elle.

— Une minute de plus là-bas et… (Elena hoche la tête.) C'est un coup de chance, Cilka, que tu aies remarqué qu'elle était partie.

— Allons, réchauffons-la, et vite.

Cilka prend une tasse d'eau chaude, ouvre la bouche de Josie et en verse un peu. On empile des couvertures sur elle.

Peu à peu, Josie se met à gémir, des gémissements bas et gutturaux. Elena la gifle gentiment.

— J'ai vu quelqu'un faire ça un jour à une personne qui s'était évanouie, explique-t-elle.

Dans l'obscurité, elles ne peuvent pas voir si Josie a ouvert les yeux. Cilka sent qu'elle revient à elle et lui parle d'une voix douce. Lui effleurant le visage, elle sent des larmes.

— Ça va, Josie, nous ne te laisserons pas tomber.

Cilka doit faire un effort pour garder son calme. Elle se sent très en colère, son impuissance est telle qu'elle en a le vertige. Elle a vu trop de corps nus couchés dans la neige, sans autre solution que d'abandonner. Mais Josie a le choix. Peut-être que Cilka ne l'en a pas assez persuadée pour qu'elle l'admette.

— Josie, tout ira bien. On te protégera.

Un concert de paroles réconfortantes multiplie les larmes de Josie.

— Je suis désolée, s'excuse-t-elle d'une voix étouffée par les larmes. Si désolée. Je ne peux pas.

— Si, tu peux, clame Cilka, tu peux. Tu dois.

— Mais oui, tu peux, reprend Elena, et les autres femmes répètent ces mots en chœur, les bras tendus pour toucher Josie.

— Ça va aller maintenant. Reprenez vos couvertures et essayez de dormir. Je vais passer la nuit avec elle, propose Cilka.

Elle va se pelotonner contre elle, malgré cette colère vertigineuse. Elle lui donnera ce dont elle a besoin. La tiendra dans ses bras. Lui fera voir qu'il y a de l'espoir.

— Merci à vous toutes, nous devons nous serrer les coudes. Nous ne pouvons compter sur personne d'autre que nous-mêmes.

Plusieurs femmes étreignent à la fois Josie et Cilka avant de regagner leur lit où le sommeil viendra, ou pas, pour le restant de la nuit. Cilka ne répond pas à leur affection, mais ressent tout au fond d'elle-même de la gratitude.

Poussant un peu Josie, elle se couche dans son lit et un bras sur le gros ventre de son amie, tête contre tête, lui murmure de douces paroles. Josie s'endort vite. Pas Cilka, encore éveillée au moment où le bruit de casserole résonne dans le noir, signalant l'heure du lever.

Après l'appel, Cilka prévient Antonina : Josie a des contractions et devrait, selon elle, aller à la maternité au cas où le bébé viendrait à naître. Antonina a l'air exaspéré de quelqu'un qui ne supporte plus les demandes de Cilka, mais ne répond rien, ce que la jeune femme interprète comme une autorisation. Il faudra qu'elle revienne avec du thé ou du pain en plus pour la cheffe, sinon, elle en paiera les conséquences.

Petre examine Josie.

— Le bébé va bien, son cœur bat fort, mais la naissance n'est pas encore pour tout de suite.

Josie, qui n'a pas pipé mot de la matinée et a gardé le bras passé dans celui de Cilka tout au long du chemin jusqu'à l'hôpital, déclare au médecin qu'elle veut juste que cette grossesse se termine. Petre sent qu'elle ne lui dit pas tout et lui accorde un lit pour qu'elle se repose.

Cilka lui en sait gré. Josie ne présente aucune gelure car elle a été vite retrouvée mais n'en a pas moins grelotté toute la nuit ; elle a maintenant besoin de repos et de chaleur. Prenant Cilka à part, Petre lui demande si autre chose est arrivé à Josie. Cilka étudie le visage aimable du docteur et se dit qu'elle peut prendre le risque de lui confier ce qui s'est passé la nuit dernière, insistant bien sur le fait que son amie n'est pas une tire-au-flanc, qu'en réalité elle ne va pas bien.

*

* *

Josie dort toute la journée. Lorsqu'il est l'heure de retourner au baraquement, Petre les informe qu'il est préférable de garder Josie sous surveillance, car le bébé pourrait naître d'un moment à l'autre. Il lui donne une note pour Antonina : Josie doit rester à l'hôpital en observation jusqu'à la naissance. Cilka glisse le papier dans sa poche avec le pain qu'elle n'a pas consommé au repas. Son estomac gargouille, elle n'a pas assez mangé et la fatigue aiguise sa faim, mais il lui faut contenter la cheffe.

Les trois semaines suivantes, Josie dort dans le service et participe en tenant les mains de jeunes femmes comme elle durant le travail et la naissance. Cilka se rend compte que se trouver à la maternité aide Josie, tout comme cela l'a aidée, elle. Bien qu'encore inquiète de ce qu'elle va vivre, Josie rassure Cilka : elle pense en être capable et se réjouit à la perspective de connaître son bébé, de le tenir dans les bras et d'éprouver ce sentiment qu'elle a vu sur le visage de nombreuses accouchées, émaciées, fatiguées et battues, lorsqu'elles posent leur premier regard sur leur enfant. Cilka retrouve un peu le sourire. Elle se rend compte combien les muscles de son cou et de ses épaules ont été contractés, non par le froid mais à cause de cette crainte physique que Josie ne trouve pas le moyen de s'en sortir. Elle-même ne sait pas comment elle y est toujours parvenue, où elle a puisé cette capacité de résilience. Malgré l'horreur, elle n'a jamais voulu mourir.

Josie est en travail le premier jour de Hanouka. Elle endure une naissance longue et douloureuse avec les encouragements de Cilka, Petre et Tatiana. En secret, Cilka se rappelle les bénédictions et les chansons de cette période de l'année, le réconfort et la joie qu'elles apportent. S'en souvenir dans ce nouvel univers, petit et clos, fait moins mal.

On lui accorde la permission de rester avec Josie à la fin de son service. Sur le coup de minuit, Josie donne naissance à une belle petite fille qui pousse de grands cris.

— As-tu songé à un prénom ? lui demande Cilka, une fois la mère et l'enfant lavées et le calme revenu dans le service.

— Oui, répond Josie, les yeux plantés dans ceux de son amie, je vais l'appeler Natia Cilka. Ça ne t'embête pas si son deuxième prénom est le tien ?

Josie passe la petite à Cilka.

— Bonjour, petite Natia, je suis honorée de savoir que tu porteras mon prénom.

Tant de pensées se pressent dans l'esprit de Cilka. Le chemin qui s'ouvre à ce tout petit être pourrait être si dangereux, si imprévisible.

— Natia, l'histoire de ta vie commence aujourd'hui. J'espère que tu seras capable de la vivre avec l'aide de ta maman et de tous ceux qui t'aimeront. Un monde meilleur existe. Je l'ai vu. Je m'en souviens.

Cilka se rend compte que l'existence du bébé lui a permis d'exprimer des choses à son amie qu'elle ne peut lui dire directement. Elle lui redonne la petite et se penche pour les embrasser toutes deux.

*

* *

Le lendemain matin, Petre examine Natia de la tête aux pieds ; il déclare que c'est le plus beau et le plus sain nouveau-né qu'il ait jamais vu, et il en a vu beaucoup. Josie rosit de plaisir.

Plus tard dans la journée, Cilka emmène Josie et Natia à la pouponnière voisine et les installe dans ce qui sera leur foyer pour les deux années à venir. Personne ne mentionne ce qui arrivera au bout de cette période. Josie aura bien le temps de le découvrir. Deux ans dans cet endroit, c'est long, et Cilka est bien décidée à trouver un moyen pour qu'elles restent ensemble.

Dans la soirée, après que Cilka a raconté aux autres femmes tous les détails du travail de Josie et de la naissance, elles commencent à ressentir douloureusement l'absence de leur amie. Une étrangère dormira bientôt dans son lit. Les petits habits faits avec tant d'amour sont empaquetés et confiés à Cilka pour qu'elle les lui donne. Elles continueront à fabriquer des vêtements pour Natia à mesure qu'elle grandira. Maintenant qu'elles savent qu'elles cousent pour une petite fille, elles ne mégoteront pas sur les broderies.

Sans Josie, Cilka s'accorde le droit de songer un peu à Alexandr, le messager. Voir son visage la réconforte, et elle se demande si elle aura encore l'occasion de lui parler. Elle espère que oui.

*

* *

À leur retour au baraquement, le lendemain, Cilka et les autres voient quelqu'un endormi dans le lit de Josie. Comme elle se redresse pour affronter le regard insistant des femmes, la nouvelle venue a un mouvement de recul.

— Je m'appelle Anastasia Orlovna, dit-elle d'une voix claire et forte.

Elena s'approche d'elle et la regarde de la tête aux pieds. Son visage couvert d'ecchymoses trahit des coups répétés. Les plus anciens sont d'un bleu violet, les plus récents encore noirs. Elle a l'œil droit tuméfié et à demi fermé.

— Quel âge as-tu ? lui demande Elena.

— Seize ans.

Les détenues s'attroupent autour du lit pour mieux voir la nouvelle ; celle-ci garde la tête haute, refusant de cacher ses blessures. Un air de défi se lit sur son visage et sur son corps qu'elle s'efforce péniblement de tenir droit.

Olga la repousse gentiment sur le lit.

— Qu'est-ce qui t'est arrivé ?

— Tu veux dire ce qui m'a amenée ici ou plus récemment ?

— Les deux, lui répond Olga.

— Nous avons été pris en train de voler à la boulangerie.

— Nous ? Combien ?

Anastasia se force à faire un petit sourire.

— Six. C'était bien tant que ça a duré.

— Qu'est-ce qui était bien ? s'enquiert Elena.

— Le plaisir de voler le pain dès qu'il sortait du four, à la barbe de ce porc qui le fabriquait.

— Pourquoi vous voliez ?

Elena s'interroge, car normalement on ne mettait pas les prisonniers politiques et les voleurs ensemble. Il semble désormais qu'à Vorkouta les règlements s'assouplissent. *On remplit juste les lits au hasard,* pense Cilka.

— Parce que même si on était tous censés avoir une part égale du gâteau dans la grande Union soviétique, eh bien les gosses mouraient de faim. Quelle autre raison ?

— Alors toi et tes amis...

— Oui, on était un gang de gamins plus âgés – à un ou deux, on détournait l'attention du boutiquier pendant que les autres entraient en douce et prenaient de la nourriture. Un jour, on a pris du caviar mais les petits n'ont pas aimé. Moi non plus.

— Quoi ! s'exclame Hannah qui laisse éclater sa frustration. Que ne donnerais-je pas...

— Et tes bleus, comment tu as eu ça ?

— Je pourrais dire que je suis tombée dans des escaliers.

— Tu pourrais, rétorque Elena. Tu te comportes comme si on était tes interrogateurs.

— Les espions sont partout, réplique Anastasia. Mais oui, tu as raison, je suis désolée. Je viens de sortir de prison, ils nous ont torturés, moi et Mikhail, les deux seuls à s'être fait prendre. La police savait que nous étions plus nombreux et voulait des noms. J'ai refusé de les donner.

— D'où les bleus, conclut Elena.

— Vous pouvez parler ! Vous avez l'air de personnes qui n'ont pas vu un morceau de pain depuis un an et un légume encore moins.

Elena se place exprès sous son nez de sorte qu'Anastasia sente son haleine de femme mal nourrie aux dents cariées.

— Crois-le ou non, ma petite, nous sommes les mieux loties.

La cloche du dîner retentit.

— Tu peux marcher ? lui demande Olga.

— Oui, lentement.

Olga lui prête main-forte, elle lui boutonne son manteau et remonte bien le col autour de son cou.

Anastasia enfonce son chapeau sur sa tête. Elles rejoignent la file qui se dirige vers le réfectoire.

Seize ans, songe Cilka. Encore une jeune femme rebelle qui va être broyée par la souffrance. Elena a raison, leur sort horrible est légèrement meilleur que celui des autres. Ce baraquement, les rations supplémentaires, le tissu, le fait qu'elles aient un pot dans lequel faire bouillir de l'eau ! Ce sera difficile d'aider Anastasia à accepter cette vie, surtout après sa première visite des hommes.

Chapitre 15

— Elle m'a souri !

Gaiement, Cilka rapporte aux femmes du baraquement sa visite à son homonyme.

— Elle a gazouillé, m'a regardée dans les yeux, puis a souri.

Cela m'a fendu le cœur.

— Est-ce qu'elle prend bien du poids ? Est-elle en bonne santé ? demande Elena.

— Oui, mais oui. Je crois qu'elle est devenue la chouchoute du personnel de la crèche ; il faudra tout de même que je vérifie qu'ils ne lui donnent pas le repas d'un autre bébé.

Cilka regarde le visage émacié des femmes, leurs lèvres gercées, les cernes sous les yeux, leurs clavicules qui saillent. Elle est heureuse de pouvoir leur offrir un répit – quelque chose de chaud qu'elles retourneront dans leur tête et garderont en elles durant ces longues journées pénibles, dehors dans la neige.

— Forcément, Cilka, tu sais de quoi on cause. Prendre le repas de quelqu'un d'autre, dit Hannah.

L'estomac de Cilka se noue.

— La ferme, Hannah, réplique Elena. Qui plus qu'elle ici t'a donné autant de son repas ?

— Elle peut se le permettre.

— Eh bien toi aussi, maintenant que ton « mari » t'a trouvé un boulot au réfectoire.

— Je ne laisserai pas une miette de mon repas, car j'ai combattu dans la Résistance contre ces salauds, et aussi contre les nazis. Contrairement à certaines personnes ici, conclut-elle en regardant Cilka avec insistance.

— Baisse d'un ton, Hannah, ordonne Elena. À attaquer la seule Juive ici présente, on croirait que t'es exactement comme les Allemands contre lesquels tu t'es battue.

Hannah a l'air indignée. Le cœur de Cilka s'affole. Le vide est en train de la submerger.

— Elle…

Hannah montre Cilka du doigt. Elle va en dire plus, mais laisse d'abord un sourire traverser son visage.

— Je pourrais vous raconter tout ce qu'elle a fait pour préserver sa pauvre petite vie.

— Aucune vie n'est pauvre, rétorque Elena.

Cilka a la nausée.

— Tu sais comment va Josie ? intervient Olga.

Sa question fait baisser la tension ; ses doigts véloces s'enfoncent et ressortent, envoûtants ; elle brode une autre robe.

— Je ne l'ai pas vue depuis un moment, lui répond Cilka qui a retrouvé sa voix. Pas depuis qu'ils l'ont renvoyée au travail quand Natia a eu un mois. Il paraît qu'elle va bien ; elle est employée à l'administration et nourrit son bébé elle-même. Apparemment, elle a plein de lait.

— C'est sans doute pour ça que Natia grossit.

— Je n'ai jamais prétendu qu'elle était grosse. Juste potelée, précise Cilka qui se force à sourire.

— Transmets-lui notre amitié, conclut Olga, comme tu le peux. Peut-être qu'une des filles de la crèche lui passera le message.

— Bien sûr, leur promet Cilka. Josie sait combien cela vous tient à cœur, à vous toutes, ajoute-t-elle avec un regard insistant à Hannah. Je demanderai de toute façon au personnel de le lui dire.

— Qu'est-ce qui va se passer quand..., chuchote Elena.

— N'y pense pas, lui conseille Cilka, deux ans c'est encore bien loin.

En vérité, elle a énormément de mal à envisager cette séparation. Elle sait trop combien arracher un enfant à sa mère est douloureux. Elle sait trop le sort de familles entières brisées, déshumanisées, assassinées. Elle ne veut pas imaginer ce qui pourrait arriver à Josie et Natia, ou ce qui pourrait arriver à Josie si on lui enlève Natia.

— Tu crois qu'il y aurait un moyen de la voir, elle et le bébé, les croiser juste une minute ? demande Olga.

— L'été peut-être, suggère Elena.

— Oui, ça, c'est une idée, quand il fera plus chaud et qu'on pourra toutes être dehors le dimanche. J'aime bien cette perspective, ça rend l'attente plus facile, se réjouit Olga.

— Il n'y a pas moyen de vous faire comprendre les choses, explose Hannah.

À l'idée de voir le bébé, des sourires naissent sur le visage des autres femmes. Cet air lointain que détecte Cilka dans leur regard lui prouve qu'elles rêvent de tenir un tout-petit dans leurs bras et s'imaginent la scène. Plusieurs d'entre elles ont des enfants qui les attendent, y compris Olga. Celle-ci n'a pas souvent l'occasion d'en parler mais quand elle reçoit des lettres, en nombre limité, elle les fait parfois circuler pour partager ce que font ses deux garçons, qu'une tante a recueillis. Plusieurs jours après, elle est souvent silencieuse, mais des émotions se lisent sur son visage alors que très certainement elle revit chaque petit détail rapporté par sa sœur.

*

*   *

Avant la disparition de la lune et des étoiles et le retour des nuits blanches, le camp est frappé par la typhoïde. La baraque la plus proche de l'hôpital est vidée de ses occupants pour créer un nouveau service. Le pavillon des contagieux.

Dans les toilettes, alors qu'elle se lave après un accouchement, Cilka voit arriver Petre. Elle ne l'a jamais vu auparavant dans cette pièce et aussitôt se prépare à entendre des nouvelles probablement déplaisantes. Il s'appuie contre la porte et la regarde.

— Allez, parlez, lui dit-elle brutalement.

— Nous...

— C'est qui « nous » ? l'interrompt-elle.

— Désolé, des docteurs avec lesquels vous avez travaillé ici et dans le service de médecine générale.

— Continuez.

— Nous savons que vous avez passé du temps dans une autre prison, dans un autre camp, et pensons que vous avez peut-être été exposée à la typhoïde.

Ses yeux fixent le sol.

— Vous voulez que je confirme ou que je nie ? demande-t-elle, à la fois terrifiée et épuisée.

— Vous l'avez été ?

— Exposée à la typhoïde ? Oui.

Auschwitz-Birkenau, hiver 1943

Depuis la mort de sa mère, Cilka s'isole de plus en plus. Elle a trop peur de voir les femmes dont l'état commence à se dégrader, celles qui seront bientôt envoyées à la mort. Celles qui bientôt viendront dans son bloc, celles qu'elle se forcera à traiter avec indifférence. Mais sa mère lui a demandé de veiller sur Magda et elle veut honorer sa parole.

Sa sœur, forte et gentille, est cela dit aussi vulnérable que les autres.

Il y a également le fait que les autres prisonnières, hormis ses amies, se sont mises à l'éviter. Celles qui osent cracher par terre à son passage la traitent de tous les noms les plus horribles qu'elles connaissent. La mort lui colle à la peau. Et les SS aussi.

Un dimanche après-midi, elle se force à sortir pour prendre des nouvelles de Magda. Elle reste assise avec Gita à côté de leur bloc, loin de la porte. Elle ne peut se résoudre encore à y rentrer ; Magda est restée couchée toute la journée, lui dit Gita qui avoue son inquiétude.

Gita raconte doucement ses derniers moments volés avec Lale alors qu'elle revenait du bâtiment administratif vers son bloc et qu'il avait marché à ses côtés. Ils ne s'étaient pas parlé mais avaient échangé des regards à la dérobée, regards qui valaient mille mots.

Le calme est soudain brisé par des cris hystériques, qui s'élèvent à l'intérieur du bloc et s'intensifient lorsqu'une fille sort en courant. Cilka et Gita lèvent les yeux ; toutes deux la reconnaissent et se lèvent d'un bond. Elles courent vers la fille qui se dirige vers la périphérie du camp des femmes, droit vers le danger.

— Dana, Dana, crient-elles en chœur.

Elles la rattrapent et la saisissent par le bras alors qu'elle s'effondre en pleurs.

— Non, Cilka, non...

Cilka sent son cœur qui flanche.

— Quoi, Dana ? Qu'y a-t-il ?

— Qu'est-ce qui s'est passé ? s'enquiert Gita.

Lentement, Dana lève ses yeux rougis vers Cilka. Des yeux emplis de regret.

— Elle était si faible, c'était la typhoïde... Elle l'a caché pour que tu ne doives pas... et puis c'est venu si vite.

— Non, Dana, non, pas Magda, supplie Cilka qui s'agrippe au bras de Dana. Pitié, pas ma sœur aussi.

Dana fait lentement oui de la tête.

— Je suis désolée, Cilka.

Une terrible douleur lui transperce tout le corps et lui monte à la tête. Elle se penche en avant, prise de haut-le-cœur, sent des bras qui l'entourent et, passant sous ses aisselles, la redressent. Gita pleure doucement à ses côtés.

— Cilka, lui dit Dana d'une voix étranglée de larmes, elle m'a dit ce matin combien elle t'aime. Comme tu es courageuse. Qu'elle est sûre que tu vas t'en sortir.

Cilka se laisse étreindre tout comme elle l'a fait pour elles lorsqu'elles ont perdu leur famille. C'est cela qu'elles partagent – des pertes insondables.

— Il faut que je la voie.

Ses amies l'accompagnent dans le bloc et l'aident à s'asseoir sur la couchette face au corps de Magda. Cilka veut pleurer et crier, mais c'est plus un hurlement qu'elle produit, une fureur. Puis aussitôt que c'est sorti, cela rentre en elle. Ses pleurs s'arrêtent. Elle a un regard fixe, tremble, mais se sent vide. Elle reste dans cet état un long moment que ses amies passent avec elle. Puis elle se lève, ferme les yeux de sa sœur, et serre fort les mains de ses amies, à tour de rôle, avant de quitter le bloc.

*
* *

— Avez-vous contracté la maladie ? Des symptômes ?

— Non et non, répond Cilka, l'esprit engourdi.

— Cela signifie que vous avez sans doute développé une immunité, et donc que vous pouvez être exposée sans subir les symptômes ou tomber malade. Vous comprenez ?

— Oui. Pourquoi avez-vous besoin de savoir ça ?

Le médecin se balance d'une jambe sur l'autre.

— On a besoin d'infirmières dans le service des contagieux qui désormais déborde de cas de typhoïdes ; besoin d'infirmières comme vous qui peuvent y travailler sans être contaminées.

— C'est tout ? demande-t-elle d'une voix où se mêlent étrangement à la fois la peur et le soulagement.

Petre a l'air étonné.

— Qu'est-ce que vous croyiez qu'on allait vous faire ?

— Je ne sais pas... M'injecter la maladie pour voir comment je réagirais ?

Petre ne peut cacher le choc qu'il ressent et détourne le regard, interdit.

— J'accepte, poursuit Cilka, je travaillerai dans ce service. Souvent, ici, on n'a pas vraiment besoin de moi. Et s'il vous faut me remplacer, s'il vous plaît... il y a beaucoup de femmes très capables dans mon baraquement.

Il opine du chef, mais ne l'écoute pas vraiment.

— Je pense que Yelena Georgiyevna a bien compris d'où vous venez.

— Je viens de Tchécoslovaquie.

Il soupire, sachant pertinemment que ce n'est pas la réponse complète.

— Croire qu'on ferait des expérimentations sur vous, ou sur n'importe qui d'autre, d'ailleurs, comme vous venez de l'affirmer...

— Cela n'a pas d'importance, ajoute-t-elle paniquée, je ne voulais pas dire ça. Quand voulez-vous que je commence ?

— Demain, très bien. Je vais les prévenir.

Cilka finit de se laver avant de se précipiter à la crèche. Natia se traîne par terre en essayant d'attraper une poupée en chiffon toute proche. Son petit visage s'illumine lorsqu'elle entend Cilka l'appeler. Cette dernière la soulève dans les airs, puis la serre très fort, elle déambule dans la salle, lui chuchote des mots d'amour en lui promettant de revenir dès que possible.

Elle espère que prononcer ces paroles les fera se réaliser.

*

* *

À son entrée dans le service des contagieux, on lui tend une blouse chirurgicale blanche, un masque et d'épais gants en caoutchouc. Comme on lui attache la blouse dans le dos, elle promène son regard dans la salle et essaie d'intégrer la scène. Il y a sur chaque lit un patient, parfois deux ; d'autres malades sont couchés par terre, sans matelas, avec pour seule protection un drap sale ou une couverture. Elle s'efforce de calmer sa respiration.

L'infirmière qui l'a aidée à passer la blouse se présente : Sonya Donatova.

— Il semble que nous allons être très occupées, note Cilka. S'il vous plaît, dites-moi ce que vous voulez que je fasse.

— Ravie de t'avoir, Cilka. Viens avec moi, on fait les visites. Je te présenterai aux autres plus tard.

— Ce n'est pas possible d'avoir plus de lits ici ? Aucun patient ne devrait dormir par terre.

— On déplace au sol ceux qui ne vont pas survivre ; plus facile à nettoyer qu'un matelas. Tu vas t'habituer.

Quelque chose lui remue les entrailles. Corps à même le sol, par terre, sans espoir de vivre un jour de plus. Voilà, de nouveau, elle revient à la case départ. Sa malédiction.

Deux infirmières soulèvent avec douceur un malade d'un lit et l'allongent par terre. L'une d'elles dit : « Il n'en a plus que pour une heure. » Une couverture est glissée sous son corps frêle pris de tremblements, puis une note est ajoutée à son dossier, placé près de ses pieds. Cilka soupire, elle ne sent plus son corps que le froid envahit, elle se sent glacée.

Elle suit Sonya jusqu'à un lit où une femme en proie au délire se débat bruyamment. Sonya trempe une petite serviette dans une bassine d'eau non loin et essaie d'en tamponner le visage de la malade. Mais celle-ci, de ses bras qui s'agitent dans tous les sens, la frappe au hasard.

— Aide-moi à faire baisser sa température. Prends-lui une main et tiens-la bien.

Cilka s'exécute, appuyant de tout son poids sur le corps de la femme. Sonya maintient l'autre bras et, de sa main libre, entreprend de placer la serviette humide sur le visage et la tête, avec un succès mitigé.

— Elle n'est arrivée qu'hier et comme elle est jeune et qu'elle a déliré très vite, elle a une chance de s'en tirer à condition qu'on fasse chuter la température.

— On ne pourrait pas juste apporter de la neige ou de la glace et lui appliquer sur la peau ?

— On pourrait, c'est un moyen de refroidir le corps mais qui risque d'aller trop vite et de nuire à son organisme. On doit réagir vite, mais pas de façon aussi radicale.

— Désolée, je ne savais pas.

— C'est une bonne suggestion, mais ce n'est pas celle qui convient. Personne ne s'attend à ce que tu saches tout faire immédiatement, à moins bien sûr que tu aies déjà travaillé ici.

Ce n'est pas le cas, mais Cilka a vu assez de fois les phases terminales de la fièvre typhoïde. Et ses conséquences.

— Je viens de la maternité. Cela répond à votre question ?

— Tu n'es absolument pas censée savoir comment traiter la typhoïde, conclut Sonya en riant, tout comme je prétendrais ne pas être infirmière si une femme en plein travail venait me voir

– deux personnes pour lesquelles se faire du souci, effrayant !

La serviette froide commence à faire effet ; la patiente se calme et les mouvements désordonnés dus à la fièvre diminuent. Magda était-elle comme ça aux dernières heures de sa vie ? Cilka se demande maintenant si Gita ne l'avait pas distraite avec ces histoires de trèfles à quatre feuilles pour lui épargner ces images horribles.

— Tu vas te débrouiller toute seule avec elle. Continue à bien mouiller la serviette et à la lui passer sur le visage, la tête, les bras et les jambes ; tu enlèves la sueur et ça aide à faire chuter la température. Je vais m'occuper d'un autre malade. Appelle si tu as besoin d'aide.

Sonya s'éloigne, Cilka rince la serviette dans la bassine. Elle remarque que l'eau est en fait très froide – de petits morceaux de glace flottent en surface. Elle prend le relais et parle à la femme d'une voix apaisante. Une voix qui semble venir naturellement à Cilka quand elle s'occupe des malades, quels que soient ses sentiments – ou son absence de sentiments. Une voix basse, un murmure presque qui raconte une histoire au-delà du point critique. Peut-être l'adopte-t-elle autant pour eux que pour elle.

Après un court instant, le corps de la femme passe d'une terrible suée à la chair de poule ; ses frissons changent de nature, elle essaie de se rouler en boule, visiblement transie. Instinctivement, Cilka attrape la couverture qui est par terre et la couvre bien avec. Elle cherche Sonya du regard.

— Sonya Donatova, elle tremble de froid maintenant. Je l'ai enveloppée dans la couverture. Que dois-je faire ensuite ?

— Laisse-la et trouve un autre patient qui a besoin d'être refroidi.

— Où puis-je me procurer d'autres serviettes ?

— Celle que tu as ne convient pas ?

— Non, mais c'est que... eh bien, je l'ai déjà utilisée.

— On ne peut pas s'offrir le luxe d'avoir de nouvelles serviettes pour chaque patient, Cilka, explique-t-elle d'un air navré. Prends celle-là et la bassine d'eau pour le patient suivant. S'il t'en faut davantage, va la remplir au lavabo au bout de la salle.

Alors que sa journée tire à sa fin, Cilka a assisté à la mort de six patients et à l'arrivée de quatorze malades. À deux reprises, des médecins avec de grosses blouses et des masques sont venus dans le service, en ont fait le tour et ont parlé aux infirmières de garde, les seules à tenir ce service, comme Cilka s'en rend compte. Les docteurs ne s'impliquent pas dans les soins et ne passent que pour les statistiques : combien de malades sont entrés, combien sont partis, soit en vie, soit pour la morgue.

Cilka rentre chaque soir à son baraquement, épuisée. Elle passe ses journées à rafraîchir et réchauffer des patients fébriles, à allonger des hommes et des femmes par terre quand on estime qu'ils ne survivront pas, à aider à transporter les défunts dehors où ils resteront avant d'être ramassés ni vu ni connu. Elle a des bleus causés par des patients délirants.

Elle apprend tout ce qu'il y a à apprendre sur la maladie, à en reconnaître les différentes étapes, à savoir quand poser le diagnostic de saignements internes plus sévères et de détresse respiratoire, qui probablement conduiront à la mort. Personne ne peut lui expliquer pourquoi le corps de certains patients se couvre d'horribles rougeurs, ni pourquoi ce symptôme n'indique pas forcément une issue fatale.

Avec la première poussée des fleurs du printemps et la fonte, en partie, de la neige, les malades sont moins nombreux. Cilka et les autres infirmières peuvent ainsi leur accorder les soins qu'elles auraient aimé prodiguer à tous ceux qui les ont précédés.

Un jour, Yelena se présente dans le service. Cilka est tellement heureuse de voir le visage familier de la doctoresse.

— Comment vas-tu ? demande Yelena avec chaleur.

Des mèches de cheveux blonds s'échappent de ses nattes et dessinent autour de son visage comme un halo.

— Fatiguée, très fatiguée et très contente de vous voir.

— Tes collègues et toi avez accompli un travail formidable. Vous avez sauvé de nombreuses vies et réconforté les mourants dans leurs derniers moments.

Cilka essaie d'intégrer tout cela ; elle a pourtant toujours l'impression qu'elle devrait aller plus vite, en faire plus.

— Je... Nous avons fait notre possible. Il nous aurait fallu plus de médicaments.

— Je sais, on n'en a jamais assez ici. On doit tout le temps décider qui en aura, ou non, et c'est dur.

— Je comprends, dit Cilka, prise d'un nouvel accès de culpabilité à propos des drogues qu'elle a volées.

— Donc, ma fille, la question est... que veux-tu faire maintenant ?

— Vous voulez dire que j'ai le choix ?

— Oui, c'est ça. Petre te reprendra à la maternité dès demain. Cependant, ton amie Olga aime bien aussi ce travail.

Cilka comprend le message : retrouver son poste peut faire perdre à Olga une meilleure place dans le camp.

— Aimerais-tu revenir travailler en médecine générale avec moi ?

— Mais...

— Gleb Vitalyevich est parti. On l'a transféré il y a quelques semaines. Les administrateurs ont fini par regarder ses taux de mortalité et décidé que, dans l'intérêt de la productivité, il serait mieux qu'il parte voir ailleurs.

Elle sourit.

— Où ? demande Cilka.

— Je ne sais pas, et je m'en fiche. Je suis simplement ravie qu'il ne soit plus là. Et cela signifie que tu peux revenir dans mon service. Si tu le veux, bien sûr.

— J'aime vraiment travailler avec Petre Davitovich et j'aime aider les bébés à naître.

Yelena hoche la tête, croyant deviner sa réponse.

— Cependant, j'aimerais retourner travailler avec vous et les autres médecins, là où je serai plus utile, si c'est d'accord.

Yelena prend Cilka dans ses bras, cette dernière réagit avec raideur ; elle avance une main dans le dos de Yelena mais la retire très vite.

— Bien sûr que c'est d'accord, c'est ce que je veux, et tu fais une vraie différence. Petre Davitovich va m'en vouloir sérieusement de t'embarquer.

— C'est un bon médecin. Vous lui direz combien j'apprécie ce qu'il a fait pour moi et ce qu'il m'a enseigné, n'est-ce pas ?

— Je le lui dirai, mais maintenant retourne au dortoir et je ne veux plus te voir pendant deux jours, insiste Yelena qui, prenant un stylo et une feuille de sa poche, rédige une note. Repose-toi. Avec tout ce que tu as fait ici ces derniers mois, tu dois être épuisée.

— Oui, c'est vrai. Merci.

Cilka regarde la lumière du jour et pense à l'arrivée du court été.

— Yelena Georgiyevna ?

— Oui ?

— Vous savez que Josie a eu une petite fille.

— Oui, je suis au courant, et je sais que mère et fille vont bien toutes les deux.

— J'aimerais voir la petite Natia. Étant donné le service où j'ai travaillé, puis-je lui rendre visite sans risque ?

— J'attendrais encore deux semaines avant de l'approcher ; c'est la période d'incubation de la fièvre typhoïde – disons trois semaines même, pour être sûres.

— Je peux attendre trois semaines, mais pas un jour de plus.

Chapitre 16

— Hé, Cilka, c'est comme si tu n'étais jamais partie ! Ravie de te revoir parmi nous, la salue Raisa à son retour en médecine générale.

— Il était temps que tu te pointes, lui crie Lyuba depuis l'autre bout de la salle. Enlève ton manteau et viens nous aider.

— On dirait que vous n'avez pas nettoyé ce lieu depuis mon départ ! Je jurerais que cette serviette sale traînait déjà par terre il y a plus d'un an, les taquine Cilka.

— Ça fait si longtemps ? s'étonne Raisa.

— Oui.

Les cris du patient dont s'occupe Lyuba détournent leur attention.

— Tout va bien ? s'inquiète Cilka.

— Allez, viens, on a plein de travail pour toi. Une explosion s'est produite hier dans un des tunnels à la mine, explique Raisa. Il y a eu pas mal de morts et plusieurs blessés graves. Certains ont été opérés et deux ont été amputés.

— Où a-t-on besoin de moi ?

— Va voir Lyuba. Un pauvre gars a été sérieusement brûlé, elle essaie de lui changer ses pansements. On lui a donné quelque chose contre la douleur mais ça fait à peine effet.

Cilka essaie de sourire à l'homme allongé dans le lit, les bras et toute la partie supérieure du corps couverts de pansements. Son visage est à vif à cause des brûlures, ses sanglots ne produisent aucune larme.

— Que puis-je faire ?

— Cilka, voici Jakub. Nous devons changer les pansements sur vos bras, n'est-ce pas Jakub ? On ne veut pas que ça s'infecte.

— Bonjour Jakub, c'est un prénom polonais, n'est-ce pas ?

L'homme hoche la tête, malgré la douleur que ce mouvement visiblement lui cause.

— Lyuba, c'est d'accord si je lui parle en polonais ?

— Oui, et peut-être que tu peux changer le pansement sur son autre bras pendant que vous vous remémorez le passé.

— Je suis originaire de Tchécoslovaquie, tout près de chez vous, mais je… je connais la Pologne. J'allais vous demander ce que vous faites ici, mais on pourra en discuter plus tard.

Cilka défait le pansement avec douceur, bavardant comme une amie retrouvée. Une fois la plaie à nu, l'étendue des blessures lui apparaît. Lyuba lui tend un nouveau pansement trempé dans une solution qui le rend comme visqueux.

— Comment se fait-il que sa brûlure au bras soit pire que celle de la main ? s'étonne Cilka. Ça n'a pas de sens.

— Les vêtements de Jakub ont pris feu et les brûlures qu'il a eues à travers ses habits sont plus graves car ils ont brûlé plus longtemps, jusqu'à ce qu'on soit arrivés à les lui enlever.

— Je vois. Eh bien, Jakub, puis-je vous conseiller quelque chose ? À l'avenir, allez travailler tout nu.

Cilka se rend soudain compte que sa remarque n'est pas de très bon goût. Elle s'excuse aussitôt, mais la main de Jakub serre la sienne ; il essaie de sourire, de rire même. Il a apprécié sa plaisanterie.

Lyuba les considère tous deux.

— Il faut l'excuser, Jakub. Cilka n'a pas toujours été dans ce service ; elle aidait à mettre au monde des bébés, alors elle a l'habitude de voir ses patients nus. En fait, s'il ne faisait pas si froid, je suis sûre qu'elle se promènerait à poil.

— Lyuba ! s'exclame Cilka, sur un ton indigné.

L'infirmière rit de bon cœur.

— Bon, j'ai fini les pansements, Jakub, alors je vous laisse. Appelle-moi, Cilka, si tu as besoin de quoi que ce soit.

Cilka finit de panser l'autre bras de Jakub et lui promet de revenir dans un petit moment. Elle retrouve Raisa et reprend tout naturellement le rythme, soignant les malades que lui affecte sa collègue. *Ça paraît tout naturel,* se dit-elle. Elle sait bien à quoi ressemble la situation inverse – quand un rôle dans lequel on vous a enfermé de force semble contre nature, comme si votre âme même avait été tordue.

Pendant une pause, Raisa, Lyuba et Cilka sirotent un thé chaud léger, mangent du pain et quelque chose qui évoque vaguement de la saucisse. Yelena les rejoint, repousse d'un geste leur invitation. Les médecins ont du thé de qualité dans leur salle de repos, c'est bien connu.

— Comment s'en tire-t-elle ? demande-t-elle à Raisa et Lyuba.

— Comme si elle n'était jamais partie ! Merci de l'avoir convaincue de revenir chez nous, explique Raisa.

— Elle ne m'a convaincue de rien, précise Cilka. Je suis contente d'être de retour, même si j'entends dire aux patients que je devrais me balader nue.

— Qui a prétendu ça ?

— C'était juste une plaisanterie. On distrayait un malade vilainement brûlé tandis qu'on lui changeait ses pansements.

— Tant que c'est efficace, approuve Yelena avec un sourire.

— Y a-t-il autre chose que je puisse faire ?

— Aimerais-tu m'assister demain en salle d'opération ? C'est le seul service dans lequel tu n'as pas encore travaillé. Je ferai des interventions relativement simples et j'ai pensé que ça pourrait enrichir ta formation.

— C'est une super idée, je crois qu'elle est prête, confirme Lyuba. Qu'en penses-tu, Cilka ?

— Je ne sais pas. Merci. Que dois-je faire ?

— Viens travailler demain comme d'habitude. Je passerai te prendre.

Cilka est impressionnée par ses incroyables capacités en tant que médecin et sa volonté de partager ses connaissances, en particulier avec quelqu'un qui n'a pas eu de formation universitaire.

— Étonnant qu'elle se soit portée volontaire pour venir ici, dit-elle aux autres.

— Oui, la plupart des médecins ont normalement été envoyés ici ; en général parce qu'ils se sont mal débrouillés dans leur hôpital d'origine, ou parce qu'ils se sont retrouvés du mauvais côté dans leur ville natale. Ou bien, comme nous, c'est leur première affectation à la sortie de la fac. Yelena Georgiyevna, elle, a choisi de travailler là où elle peut être le plus utile, explique Raisa.

— C'est un peu impoli de demander, mais elle a une famille ici ?

— Non, elle vit avec les autres doctoresses dans leurs appartements, mais il paraît qu'elle est très proche de l'un des médecins. On les a vus ensemble un soir en ville, chuchote Lyuba.

La ville de Vorkouta en dehors du camp a été entièrement construite par des prisonniers.

— Vraiment... *(L'amour à nouveau,* songe Cilka, *même dans un endroit comme ce camp.)* On sait qui c'est ? Quel docteur ?

— Celui de la maternité, c'est tout ce que je sais.

— Petre – elle et Petre Davitovich ?

— Tu le connais ?

— Bien sûr qu'elle le connaît, voyons, s'écrie Lyuba, c'est là où elle travaillait. Tu les as vus ensemble ?

— Non, enfin, si, juste la fois où elle me l'a présenté le premier jour, mais ça explique pourquoi il était prêt à me prendre quand j'ai été renvoyée d'ici. C'est fantastique, s'émerveille Cilka, car il est tout comme elle, excellent médecin et très humain.

— Séduisant ? s'enquiert Lyuba, les sourcils levés.

Cilka réfléchit un instant. C'est un bel homme, avec une épaisse moustache et des yeux qui sourient.

— Oui, ils sont parfaits l'un pour l'autre.

Ce n'est pas le plus bel homme qu'elle ait vu depuis son arrivée à Vorkouta, pense-t-elle toutefois. Maintenant qu'elle est de retour à l'hôpital, croisera-t-elle encore Alexandr, le coursier ?

— Je crois qu'on devrait se remettre à la tâche, ironise Raisa. Je sens que ça devient très chaud, les filles.

Oui, le travail, c'est ce dont a besoin Cilka. Elle ne s'autorisera pas à partir dans des élucubrations trop folles sur ce qui est impossible.

*

* *

À la perspective d'assister la doctoresse au bloc opératoire, Cilka se sent survoltée. Ce soir-là, elle ne trouve pas le sommeil. Des pensées tourbillonnent dans sa tête alors que défile tout ce qu'elle a vu et fait dans la journée.

Le lendemain matin, le ciel est chargé mais elle apprécie de marcher dans l'herbe jusqu'à l'hôpital, des petites fleurs frêles sous le pied. Yelena l'attend et ensemble elles se dirigent vers le bloc opératoire. Une assistante est là, avec une blouse, des gants et un masque. Cilka tend le bras.

— Non, l'arrête Yelena. Il faut d'abord te laver les mains très soigneusement. (Elle la conduit vers un lavabo.)Tu portes quelque chose sous ta chemise ?

— Juste ma combinaison.

— Bien, mais il faut enlever ta chemise. Tu ne peux rien garder qui risque de te gêner.

Cilka hésite.

— Ça va, Cilka, nous sommes entre femmes ici.

Elle déboutonne sa chemise, l'assistante la lui prend et lui tend un morceau de savon. Elle ouvre le robinet pour elle, puis s'en va préparer le bloc.

Yelena, à ses côtés, fait mousser le savon sur ses mains et ses bras jusqu'aux coudes, et frotte. Cilka l'imite.

Concentrée sur sa préparation, elle sursaute quand Yelena lui prend doucement le bras gauche. Elle le tourne vers elle et fixe les chiffres bleu-vert indistincts qui courent à l'intérieur de son avant-bras.

Elle s'apprête à dire quelque chose, mais se tait.

Cilka fixe l'eau qui coule, elle respire à fond puis regarde Yelena.

— Savez-vous où j'ai eu ça ?

— Oui, je l'avais deviné, mais je… je ne voulais pas vraiment le croire.

Cilka se sent à la fois glacée et brûlante.

— Tu devais être si jeune.

Elle lâche le bras de Cilka.

— Seize ans.

— Puis-je te demander… ta famille ?

Cilka fait non de la tête, se détourne pour fermer le robinet. Elle ne veut pas que cette conversation dure.

— Oh, Cilka…

Le visage de la doctoresse est empreint de compassion. *Bien sûr,* songe-t-elle, *tout le monde sait ce qu'était* là-bas. Mais ignore son rôle dans le camp.

— Docteur, je voudrais juste savoir une chose, questionne-t-elle avec détermination.

— Oui ?

— Ils les ont eus ?

Yelena marque une pause, puis comprend.

— Oui, Cilka. Les commandants, les gardes, les médecins. Il y a eu des procès. Leurs crimes sont révélés au monde entier. On les emprisonne ou on les exécute à cause de ce qu'ils ont fait.

Cilka hoche la tête. Elle a la mâchoire serrée. Elle pourrait crier, ou pleurer. Trop d'émotions affluent. Ce n'est encore pas assez. Cela a pris trop de temps.

— Je ne sais quoi dire, Cilka, juste que je suis désolée que tu aies dû subir tout ça, des choses inimaginables, et aussi, au bout du compte, que tu te retrouves ici. Quelle qu'en soit la raison... (Yelena bafouille.) Quand même, tu n'avais que seize ans.

Cilka opine du chef. Ses yeux la brûlent de larmes non versées. Elle avale sa salive, encore et encore, se racle la gorge, inspire profondément, ordonne à son cœur affolé de ralentir, et de nouveau regarde Yelena.

— Le malade nous attend.

— Oui, dit Yelena.

Alors qu'elles se sèchent les mains et se mettent en marche vers le bloc, où les attend l'assistante avec ses gants et sa tenue, Yelena se tourne vers Cilka.

— Si un jour, tu désires en parler à...

— Merci, l'interrompt aussitôt Cilka, incapable d'imaginer un jour où elle pourra enfin mettre ces souvenirs et ces images en mots.

Elle s'éclaircit de nouveau la gorge.

— Je vous suis reconnaissante, Yelena Georgiyevna.

— Sache que je suis là.

À proximité du bloc, Cilka refoule la conversation loin dans son esprit. Elle doit accomplir une tâche importante. Rien ne doit la déconcentrer. Une fois que blouse et gants sont enfilés, l'assistante lui rabat son masque jusqu'au menton et tient la porte qui ouvre sur une petite salle.

Un patient est allongé sur une table, un anesthésiste assis au bout du lit maintient un masque en caoutchouc sur le nez et la bouche du malade.

— Il est inconscient, fait-il remarquer d'un ton morne avant de fixer un point sur le mur du fond.

Cilka va se placer près de Yelena.

— Passe de l'autre côté, tu pourras mieux voir et plus facilement m'aider.

Cilka obéit, les mains en avant de peur de toucher quoi que ce soit.

— OK, on commence. Tu vois les instruments sur la table à côté de toi ? Eh bien, je vais nommer l'instrument dont j'ai besoin et te l'indiquer du doigt afin que tu saches lequel c'est. Tu comprendras très vite.

L'assistante qui les a suivies au bloc soulève le drap du corps de l'homme, révélant ainsi sa nudité.

— Il faut que je parvienne à son estomac pour ôter une chose qu'il a avalée et qui ne devrait pas y être. Malheureusement, certaines personnes vont très loin pour ne pas travailler dehors, n'hésitant pas à avaler des objets qui pourraient les tuer.

— Non, vous plaisantez.

— Je ne plaisante pas. Aller à l'hôpital et s'y faire ouvrir le ventre est parfois considéré comme une meilleure option que le travail, au moins pour un temps.

— Comment êtes-vous certaine qu'il a ingéré quelque chose ?

— Les douleurs qu'il ressentait quand on nous l'a amené étaient réelles ; lorsque au bout d'un moment on a été incapables de faire un diagnostic, il a fini par admettre ce qu'il avait fait.

— A-t-il révélé ce qu'il avait avalé ?

— C'est le plus drôle, il a refusé et nous a dit d'aller à la pêche et, comme ça, on saurait, ajoute Yelena avec un sourire en coin.

C'est un monde différent ici, songe Cilka. Toujours une prison comme l'indiquent ces actions si désespérées, mais *là-bas*, on n'avait surtout aucune envie d'attirer l'attention sur sa personne. Pendant une sélection, il valait mieux ne pas se faire remarquer des médecins.

— Cilka, passe-moi un scalpel.

Yelena le lui montre du doigt, Cilka le prend sur le plateau et le met dans sa main tendue.

— Pose-le avec force, que je le sente. Ces gants sont si épais que tant que tu ne m'as pas frappée avec, je ne le sens pas. Fais juste attention à ce que la pointe soit tournée vers toi et le manche vers moi.

Fascinée, Cilka regarde Yelena qui incise de façon rapide et experte l'abdomen du patient. Un peu de sang coule de l'entaille.

— Prends des tampons – ces compresses qui ressemblent à de gros carrés de pansements – et essuie le sang ; ça ne coulera pas longtemps.

Cilka apprend vite : passage d'instruments, explications de Yelena, questions de Cilka, cela dure jusqu'à ce que la doctoresse extirpe de l'abdomen de l'homme une cuillère en métal.

— Je me demande si son propriétaire la cherche, plaisante-t-elle. Voyons si cela a occasionné des blessures à son estomac.

Quand Cilka se penche pour regarder de plus près aussi, leurs têtes se heurtent.

— Désolée, je n'aurais pas dû...

— Au contraire, je suis contente que tu souhaites en voir davantage ; c'est comme ça que tu apprendras.

Yelena considère avec attention le ventre ouvert.

— Bien, je ne vois pas de lésion, on le recoud maintenant.

*

* *

Une fois le patient sorti du bloc sur un chariot, Cilka suit Yelena dans le vestiaire. L'assistante les y attend. Elle dénoue les liens de leur blouse, leur enlève masques et gants. Elle rend sa chemise à Cilka qui se demande si c'est aussi une détenue.

— Comme d'habitude, tu as appris très vite. Je serais ravie que tu m'assistes quand tu voudras. En fait, nous devrions faire plus d'opérations, afin que tu sois totalement à l'aise. Qu'en dis-tu ? s'enquiert Yelena.

Un instant, Cilka est circonspecte. Elle espère que Yelena ne lui propose pas tout cela à cause de ce qu'elle sait, par pitié. Le travail est gratifiant et stimulant, Cilka pense en être capable.

— Oui, merci.

— Va vite annoncer la nouvelle à Raisa et Lyuba. Elles n'auront pas trop de deux bras en plus cet après-midi, j'en suis sûre.

— Merci.

Les larmes lui montent de nouveau aux yeux. Pas de vide en elle cette fois pour les maîtriser – les cacher –, alors elle sort en hâte de la salle.

Elle s'arrête un instant dans le hall pour se reprendre, puis regagne le service où un chœur de « Alors comment ça s'est passé ? » l'accueille.

— Bien, très bien. (Elle regarde leurs visages ouverts, s'interroge soudain : savent-elles, elles aussi ?) Que voulez-vous que je fasse ? demande-t-elle très vite. J'ai encore une demi-journée de travail.

— Peux-tu vérifier les dossiers médicaux et aller chercher les médicaments à administrer ? propose Raisa.

Cilka se plonge dans sa tâche, soulagée de repousser toutes ces pensées.

Chapitre 17

Cilka a noté les noms de cinq patients et des médicaments qu'on leur a prescrits. Elle va d'un pas tranquille jusqu'à l'officine. Comme elle s'approche, elle entend des voix à l'intérieur, quelqu'un a haussé le ton. Prudemment, elle ouvre la porte. Yury Petrovich, le gentil docteur qu'elle reconnaît pour avoir déjà travaillé avec lui, se tient au milieu de la pièce, un couteau sous la gorge. À l'autre extrémité de ce couteau, un homme impressionnant, qui semble capable de lutter avec un ours et de remporter le combat. L'imposant individu se retourne pour faire face à Cilka.

— Bordel, qu'est-ce que tu viens foutre ici ? lui hurle-t-il.

Cilka est incapable de prononcer un mot.

— Rentre et ferme-moi cette porte.

Elle s'exécute, s'appuyant contre la porte close, aussi loin que possible de l'homme.

— Amène-toi près du docteur. Tout de suite, ou je l'égorge.

En trois pas, Cilka est aux côtés du médecin qui lui adresse un coup d'œil implorant.

— Que voulez-vous ? demande-t-elle avec un ton bravache.

— La ferme. T'as choisi le mauvais moment pour te pointer ; va falloir que je m'occupe aussi de toi.

Elle lui jette un regard noir. Elle en sait assez sur les hommes violents pour juger du désespoir de celui-là. Ses menaces ne sont qu'un moyen d'arriver à ses fins.

— Qu'est-ce que vous voulez ?

— J't'ai dit de la boucler ; c'est moi qui cause ici.

— Obéis, gémit le médecin.

— En voilà un bon conseil, on pourra tous partir d'ici contents, si t'écoutes le bon docteur et fais ce que j'te dis.

Alors qu'il appuie davantage le couteau sur le cou du médecin, le sang se met à couler et l'homme a un grand sourire édenté.

— Bon, maintenant tu me donnes les putains de médocs ; ceux de la fois dernière.

— D'accord, d'accord, mais d'abord, tu baisses le couteau.

En un éclair, l'arme se pose sur la gorge de la jeune femme.

— Au cas où t'aurais songé à te barrer, glousse-t-il.

Le médecin prend plusieurs boîtes de pilules sur les étagères. De sa main libre, l'individu ouvre une grande poche cousue à l'intérieur de son manteau dans laquelle le docteur les jette.

— Encore, continue, j'ai une autre poche de ce côté-là.

Il s'exécute.

— C'est tout, si je vous en donnais plus, il n'y en aurait pas assez pour les malades.

— J'm'en fous des malades ! C'est quand la prochaine livraison ?

— Je ne sais pas.

— Mauvaise réponse, et l'homme appuie le couteau contre la gorge de Cilka qui suffoque.

— Ne la blessez pas ! Dans deux semaines, pas avant.

— Bon, alors à dans deux semaines.

Il laisse Cilka s'éloigner tout en gardant le couteau pointé vers elle. Il la toise.

— J'te verrai p't'être, toi aussi. T'es pas mal.

— Tu devrais sortir d'ici avant qu'on te cherche, rétorque-t-elle bravement.

— Ouais, t'as raison. Il connaît la musique, dit-il, couteau dirigé vers le docteur. Ne partez pas avant de savoir que j'ai quitté le bâtiment.

Une fois le couteau rangé dans son manteau, la brute se dirige vers la porte, et la referme tranquillement derrière lui.

— Qui est-ce ? demande Cilka. Il faut appeler les gardes, il faut qu'on l'arrête.

Elle a envie de dire au médecin : « Comment avez-vous pu lui donner des médicaments comme ça ? », mais qui est-elle pour lui poser une telle question alors qu'elle-même en a volé ?

— Détends-toi, Cilka.

Elle lui laisse le temps de se reprendre et de retrouver son calme.

— C'est l'un des prisonniers privilégiés de droit commun, finit-il par lui expliquer. Une personne puissante du camp, avec beaucoup d'amis très forts. Ils m'ont coincé il y a quelques mois alors que je sortais de l'hôpital un soir, menaçant de me tuer si je ne les fournissais pas régulièrement en médicaments.

C'est peut-être comme ça que Hannah les obtient maintenant, songe-t-elle. *Par la bande.*

— Pourquoi n'avez-vous pas...

— Raconté l'affaire à quelqu'un ? Qui ? À ton avis, qui dirige cet endroit ? Ce ne sont pas les gardes, Cilka, ils sont en minorité. Tu devrais le savoir. Ce sont ces « éminences » et tant que le travail est fait, que les bagarres et les meurtres sont limités au minimum, personne ne va les défier.

Cilka se sent toute bête d'avoir passé tant de temps dans ce camp sans s'être rendu compte combien les prisonniers privilégiés étaient impliqués dans son organisation. Elle l'apprend par hasard – ce que l'on sait dépend simplement de l'endroit où l'on se trouve, des conversations que l'on peut surprendre et de ce que l'on arrive à découvrir. Il vaut mieux ne pas être trop proche du pouvoir, ne pas en savoir trop.

Elle n'en revient toujours pas des implications pour les patients, de la quantité de médicaments qui se volatilise.

— Je n'arrive pas à croire que ces types puissent tout bonnement entrer ici et exiger que vous leur donniez tout ce qu'ils veulent.

— J'ai bien peur que si, soupire le médecin, appuyé sur un banc tandis que son visage reprend des couleurs. Ils ont fait la même chose avec mon prédécesseur, je ne suis que le suivant sur leur liste de gens à menacer et intimider. Et ils me tueront, ça, je n'en doute absolument pas.

— Alors, je...

— Non, tu ne feras rien. Tu ne diras rien, tu m'entends. Pas un mot. Sinon, ce sera ton dernier. Ils savent que je vais me taire et si quelque chose arrive à ce salaud, ils sauront que c'est toi qui as parlé et ils t'attendront au tournant.

Cilka se taira elle aussi pour l'instant, mais elle a besoin d'y réfléchir.

— Promets-moi que tu garderas le secret…

— Ah, tu es là, s'exclame Raisa qui apparaît à la porte. Je me demandais pourquoi tu mettais tant de temps. J'interromps quelque chose ? demande-t-elle avec un regard en direction du médecin encore pâle.

— Non, non, répondent-ils tous deux en chœur.

— Désolé, Raisa, je n'aurais pas dû empiéter sur le travail de Cilka. Elle m'a juste aidé.

— Il faut que tu donnes leurs traitements aux patients tout de suite ; ils les réclament.

Cilka contemple la feuille de papier froissée qu'elle tient à la main. Totalement sortie de son esprit ! Elle la lisse, tente de lire ce dont elle a besoin, puis localise rapidement les médicaments et sort à la hâte de la pièce. Raisa garde un œil incrédule sur le médecin.

Alors que Cilka remet ses pilules à un patient, Raisa se glisse à ses côtés et lui chuchote :

— Ça va ? Il essayait de te draguer ou quoi ?

— Hein ? Non, non, ce n'est pas ça.

— OK, mais s'il y a quelque chose que je devrais savoir, tu me le diras, n'est-ce pas ?

— Oui, ne t'en fais pas.

Alors que Raisa s'éloigne, Cilka la rappelle.

— Tu as vu un type énorme, très laid, quitter le service il y a environ cinq minutes ?

— Je ne vois que ça ici, des types gros et moches qui s'en vont tous les jours. Quelqu'un en particulier ?

— Non, pas vraiment. Merci de t'être inquiétée.

À la fin de sa journée, Cilka contemple le ciel. Clair, bleu, le soleil brillant de mille feux. Les nuits blanches sont de retour.

— Toi, dit une voix bourrue derrière elle.

Six ou sept gars costauds avancent vers elle d'un même pas.

— Rentre bien, lui dit l'un d'eux.

— C'est ce que je fais, leur lance-t-elle sur un ton de défi.

— À demain, à la même heure.

La brute épaisse qui, quelques heures auparavant à peine, lui avait mis un couteau sous la gorge s'extrait du groupe. Il sort son arme d'une de ses poches, puis la passe, elle circule d'une main à l'autre.

Cilka s'éloigne lentement sans se retourner, cette fois.

Chapitre 18

— Tu as promis, Cilka, s'il te plaît, fais en sorte que ça soit possible, implore Elena un dimanche soir alors qu'elles se promènent dans le camp, saisissant cette occasion pour admirer l'éblouissant spectacle du soleil qui perce à travers les nuages.

— Je sais.

Cilka meurt d'envie de revoir Josie, mais n'a pas encore trouvé comment régler le problème de ces gros bras qui l'espionnent. Menaceraient-ils aussi toute personne proche d'elle ? Ils ne se montrent qu'à la fin de sa journée de travail. Elle ne les a jamais vus après être rentrée au Bloc 29.

— J'irai à la crèche demain et ferai passer un message à Josie ; il est temps que vous fassiez connaissance avec Natia.

Bien qu'Olga travaille à la maternité, elle n'a pas encore croisé Josie, elle a juste aperçu la petite Natia un jour où elle y conduisait une mère et son bébé. Au service administratif, Josie doit finir plus tard qu'elle.

— Je suis désolée de t'importuner, continue Elena, mais cela fait plusieurs semaines que tu as l'air préoccupée et on s'inquiète… peut-être que voir Josie et Natia, ça te fera du bien.

Effectivement, après les tâches du soir, Cilka file au lit sans beaucoup parler aux autres ; elle ne veut mettre personne en danger. Et puis, il n'y a pas que ces voyous qui l'inquiètent. Certains pourraient déjà savoir, comme les médecins, ce qui se passait *là-bas*. Ils savent aussi qu'elle est juive et qu'elle n'évoque jamais son arrestation. Cette angoisse a fait remonter des images, la rendant vide et insensible.

— Vous avez parlé de moi ?

— Tout le monde parle, dans le dos de tout le monde, bien sûr, dit Elena en souriant. Quelque chose te tracasse. Tu n'as pas à nous le raconter si tu n'en as pas envie, mais on pourrait peut-être t'aider. On ne sait jamais.

— C'est très gentil, Elena, mais tout va bien. (Cilka module sa voix afin qu'elle ne soit pas coupante.) Promis, je ferai passer le message à Josie demain. Moi aussi, j'ai envie de les voir.

Plusieurs détenues du Bloc 29 se joignent à elles et Elena leur annonce, tout excitée, que Josie et Natia leur rendront visite dimanche prochain. Cilka doit un peu rectifier le tir. Elle fera le nécessaire mais sans pouvoir affirmer quand Josie sera visible. On ne l'a pas vue les dimanches de nuits blanches, par choix, afin qu'elle et son enfant soient à l'aise, en sécurité, loin de Vadim, ou parce que son emploi du temps l'y oblige. La seule perspective de cette visite suffit aux femmes, pour l'instant.

— Cilka, parle-moi davantage de Josie, lui demande Anastasia qui s'est rapprochée. Pourquoi est-elle si spéciale ?

Le soleil apparaît et disparaît dans les nuages, projetant des ombres sur les traits enfantins d'Anastasia.

— Personne n'a dit qu'elle était spéciale.

— Mais regarde-les, l'air heureux qu'elles ont juste parce qu'elles entendent son nom.

Cilka réfléchit.

— On a subi beaucoup d'épreuves à notre arrivée ici. Josie était la plus jeune et on l'a en quelque sorte maternée. Puis elle est tombée enceinte. Un coup dur pour elle, et on l'a aidée à faire face pendant la grossesse. C'est tout. Tu comprends pourquoi elles veulent maintenant la revoir avec la petite. Pour elles, ce bébé nous appartient en partie. Elles lui ont fait des habits. Certaines ont dû quitter leur propre enfant, alors elles meurent d'envie de tenir ce bout de chou dans leurs bras.

— Je vois. J'ai hâte de la rencontrer.

Elles marchent un moment en silence.

— L'homme qui certaines nuits partage ton lit, tu l'aimes ?

La question abasourdit Cilka.

— Quoi ?

— L'aimes-tu ?

— Comment peux-tu poser une telle question ? Tu aimes les hommes qui abusent de toi ?

— C'est différent.

— En quoi ?

— J'entends ton homme te parler, il est amoureux. Je me suis juste demandé si tu l'aimais en retour. Je ne t'entends pas lui dire les mêmes choses.

Cilka tire Anastasia vers elle.

— Tu ne me reposeras plus cette question, lui ordonne-t-elle d'un ton ferme. Mes affaires ne te regardent pas. Tu es jeune et tu as encore beaucoup à apprendre au sujet de ce camp et de la place que tu y occupes. Tu comprends ?

— Ce n'est pas la peine de te mettre en colère contre moi, réplique-t-elle, l'air choquée. Je t'ai juste posé une question.

— Je ne suis pas en colère.

Pourtant, elle est en train d'agir comme par le passé. De l'indignation monte en elle, fissurant la surface lisse.

— J'ai besoin que tu connaisses tes limites. Je ferai tout mon possible pour t'aider, mais tu ne dois pas te mêler de mes affaires.

— Désolée, d'accord ? Désolée d'avoir dit ce qu'il ne fallait pas. Je pensais simplement que si tu l'aimais aussi, ce serait rudement bien.

Les questions posées par Anastasia ébranlent Cilka. Boris éprouve pour elle des sentiments qu'elle ne partage pas. Leur arrangement n'a jamais signifié plus à ses yeux que de lui fournir du bien-être et son corps. Une transaction. De l'amour ! Elle aime bien les femmes de son baraquement, et aussi Yelena, Raisa et Lyuba. Elle leur est attachée et ferait tout pour elles, mais quand elle essaie de relier ces émotions à Boris, elle n'y parvient absolument pas. S'il venait à disparaître demain, est-ce qu'il lui manquerait ? Non. Et s'il lui demandait de faire quelque chose qui pourrait lui attirer des ennuis, même réponse. Ce qu'il lui offre, c'est une protection contre le viol collectif. Elle sait ce que signifie être la propriété d'hommes puissants et connaît les avantages que cela peut offrir, elle n'a de toute façon jamais eu le choix. Non, elle est incapable de penser à l'amour.

— Hé toi, l'infirmière !

Cilka regarde vers la droite d'où est venue la voix, elle n'est pas sûre de savoir si c'est elle qu'on interpelle.

— Tu profites bien de ta balade ?

Elle se fige et instinctivement sa main repousse Anastasia pour ne pas l'exposer à une situation dangereuse, face à une menace qu'elle pressent imminente. Le voyou qui l'avait menacée de son couteau n'est qu'à quelques mètres, entouré de ses acolytes qui arborent tous des sourires narquois, certains jetant même des regards lubriques aux deux jeunes femmes. La brute tire son coutelas de sa poche et l'agite sous le nez de Cilka.

— Je rentre, lance-t-elle à Anastasia, va retrouver les autres, et attends-moi au dortoir.

— Mais...

— Vas-y, ne pose pas de questions.

La jeune femme s'éloigne lentement vers le groupe des détenues. *Le baraquement est sous le contrôle de Boris et d'« éminences » qui protègent « leur » femme,* se dit Cilka, *elles seront donc en sécurité là-bas.*

— Que me veux-tu ? demande-t-elle à l'homme dans l'espoir que cette question concentre son attention sur elle, permettant ainsi à ses camarades de s'échapper.

— On t'a vue, alors on pensait juste te faire un petit coucou, répond-il, l'air suffisant.

Elle continue à les interroger, sans les énerver, espère-t-elle, juste pour gagner du temps. Elle remarque Vadim au loin qui observe la scène.

— Je ne menace nullement vos... opérations.

Et, sur ces mots, elle s'éloigne, sentant les poils se hérisser sur sa nuque alors qu'elle leur tourne le dos. Comme ce serait facile pour ce malfrat de se jeter sur elle et de la poignarder !

Une fois de retour au dortoir, elle s'effondre sur sa couche et regarde le lit à côté du sien où dort Anastasia, la jeune fille qui, il y a quelques instants, s'est retrouvée en danger à cause d'elle, qui l'a interrogée sur l'amour. Une toute jeune fille en fait, juste seize ans, l'âge qu'elle avait à son arrivée *là-bas*. Est-ce pour cela que Cilka a été si contrariée ? Était-elle aussi naïve qu'Anastasia au même âge ? Avait-elle cru en l'éventualité de choses comme l'amour ? La réponse est oui.

Auschwitz-Birkenau, 1944

Cilka regarde des centaines de femmes nues défiler devant elle. La neige fait plusieurs centimètres d'épaisseur et continue de tomber. Elle tourbillonne dans le vent. Cilka ramène le col de son manteau sur sa bouche et son nez, son chapeau ne lui découvre que les yeux. Ces femmes qui passent devant elle, se dirigent vers un lieu inconnu où la mort est leur seule certitude. Elle est clouée sur place, incapable de bouger. Comme si elle devait être le témoin de l'horreur – il se pourrait qu'elle survive à cet enfer sur terre, et soit celle qui devra raconter à qui voudra bien écouter.

Une poignée de gardes SS marche de part et d'autre des rangs de femmes. D'autres détenus poursuivent leur chemin et se détournent. Le spectacle est trop insondable, trop douloureux.

Au passage du dernier garde, Cilka voit Anton Taube, le commandant d'Auschwitz, clore la marche. Son fouet lui bat la cuisse. C'est le supérieur de

Schwarzhuber. Elle le reconnaît, lui la remarque également et avant qu'elle ne puisse partir en courant, il la saisit par le bras et la force à avancer à ses côtés. Elle n'ose ni parler ni tenter de fuir. Taube est le plus détesté et le plus craint de tous les officiers supérieurs, plus que Schwarzhuber. Il est déjà venu dans sa chambre et lui a laissé entendre qu'il reviendrait la prendre quand bon lui semblerait.

Ils sortent par les portes du camp et rentrent dans un enclos voisin à quelques mètres de la route qui sépare Auschwitz de Birkenau.

On force les femmes à s'aligner ; les gardes les poussent et les bousculent jusqu'à ce qu'elles soient épaule contre épaule ; elles tremblent, glacées, et pleurent. Debout à côté de Taube, Cilka fixe le sol devant elle.

— Marche avec moi, lui ordonne-t-il.

Ils s'arrêtent devant la première femme. Taube lui soulève la poitrine du bout de son fouet puis le retire et le sein s'affaisse. Il dit alors au garde qui le précède de faire reculer la détenue d'un pas, en dehors du rang. Cilka regarde les deux femmes suivantes la rejoindre après que leurs seins se sont aussi affaissés. La quatrième femme reste, ses seins ont rebondi.

Il choisit celles qui vivront ou mourront selon la fermeté de leur poitrine.

Cilka en a vu assez. Elle avance en trébuchant à côté de Taube tout en gardant les yeux rivés au sol. Elle refuse de savoir si la femme suivante est toujours dans le rang ou a fait un pas en arrière.

Elle se détourne et envoie une gerbe de vomi sur la neige d'un blanc immaculé, soudain éclaboussée par son café et son pain du matin.

Taube rit.

Cilka se laisse agripper par un garde et à moitié traîner jusqu'à son bloc.

*

* *

— Tu peux faire une pause, lui suggère Raisa le lendemain. Détends-toi et mange un morceau ; il y a plein de restes. De nombreux patients sont trop mal pour manger aujourd'hui.

— Est-ce que je pourrais sortir juste un petit moment pour aller à la crèche ? Je voudrais voir Natia et laisser un message à Josie.

Raisa réfléchit.

— D'accord, mais pas trop longtemps.

*

* *

Cilka a fait exprès de programmer sa visite pour éviter de croiser les « éminences ». Depuis le seuil, elle observe Natia qui se traîne par terre, se met à quatre pattes et essaie de ramper avant de s'effondrer comme si une main géante l'avait poussée au sol. Elle salue le personnel et montre Natia. Elles approuvent sa visite d'un signe de tête.

Assise par terre, à quelques mètres de la petite, elle l'encourage à venir jusqu'à elle. Natia fait de gros efforts et se balance sur les mains et les genoux, bougeant lentement d'abord une main, puis la jambe opposée. Son exploit lui fait pousser un cri de joie. Cilka l'encourage de nouveau. L'autre main s'avance, elle oscille, une jambe, un, deux, trois déplacements de géant pour une petite fille ! Cilka la soulève dans ses bras et la serre si fort que l'enfant crie et se tortille pour qu'elle la relâche.

— Bon, eh bien, plus moyen de l'arrêter maintenant. Regarde ce que tu as fait ! Grâce à toi, en voilà une autre après laquelle il faudra courir, se plaint l'infirmière dont Cilka vient d'apprendre le nom, Bella Armenova.

Bella est-elle vraiment fâchée ou plaisante-t-elle ? Elle présente ses excuses.

— Ça devait arriver un jour ou l'autre. Je suis contente que ce soit une connaissance qui l'ait vue avancer à quatre pattes pour la première fois.

— Un moment spécial, n'est-ce pas ?

— On n'en dira rien à Josie et je suis prête à parier que lorsqu'elle la déposera demain, elle nous claironnera ses progrès !

— C'est gentil. Je me demandais si tu pouvais aussi lui passer un message de ma part.

— Si je la croise, bien sûr.

— Ses amies aimeraient la voir et faire la connaissance de la petite. Si possible, dimanche prochain après l'extinction des feux ?

— Qu'ils éteignent les feux ou non, ça ne compte guère à cette époque de l'année, mais je vois ce que tu veux dire. Où voulez-vous vous retrouver ?

Cilka ne souhaite pas que Josie ait trop à s'éloigner de sa zone de confort et de sécurité. En bande, avec Cilka cachée au milieu, il ne devrait pas y avoir de risques pour les femmes de son baraquement.

— On attendra à mi-chemin de la maternité et de la crèche.

*

* *

Anastasia se tient un peu plus loin de ses codétenues qui pleurent, s'étreignent et se bousculent pour toucher et Josie et le bébé accroché à sa mère. C'en est trop pour Natia qui fait comprendre à tout ce petit monde que tant d'attention de la part d'inconnues l'effraie. Josie tourne le dos au groupe et la berce doucement pour l'apaiser et la réconforter.

— Une ou deux à la fois, ce serait peut-être mieux, suggère la jeune maman qui se retourne vers elles avec un sourire. Elle ne vous connaît pas mais je veux qu'elle apprenne à le faire, car c'est grâce à vous qu'elle est là, en vie.

Elena pousse tout le monde.

— Moi, d'abord. Je peux la tenir ?

Josie caresse le visage d'Elena, s'assurant que Natia les observe, puis, lentement, elle lui tend sa fille. Ne sachant pas trop comment se comporter avec le bébé, Elena la tient à bout de bras. Lorsqu'elle sent que Natia se détend, sans toutefois quitter sa mère des yeux, Elena la serre davantage contre sa poitrine. Tant que la petite peut voir sa mère, comprennent-elles, elle se laissera volontiers câliner.

Cilka reste en arrière et regarde avec bonheur cette scène rare et douce qui se joue devant elle. Quand, pour la dernière fois, ont-elles ri de leurs sourires troués, riant et pleurant en même temps ? Elle ne s'en souvient pas. Elle s'émerveille du pouvoir qu'a une si petite chose de faire la différence. Dans un endroit comme celui-ci, toute occasion, si minime soit-elle, de les faire s'évader de cette horreur implacable et éprouvante, du rappel de ces longues années encore devant elles, doit être chérie. Dommage, vraiment, que Hannah ne se soit pas jointe à elles. Préférant rester allongée dans un état de stupeur sur son lit.

Lorsque Cilka est sûre que chacune, sauf Anastasia qui n'en montre aucune envie, a pu tenir Natia, elle s'avance. Natia la voit et lui tend aussitôt les bras, impatiente d'être avec elle. Les autres ronchonnent et se lamentent avec bonhomie. Cilka se dirige vers Anastasia avec le bébé qui ne se plaint plus de ne pas voir sa mère.

Cilka fait les présentations. La petite regarde la jeune femme avec étonnement, celle-ci ne faisant aucun effort pour la caresser. Natia tend la main et tire sur ses cheveux qui repoussent, des mèches échappées de son fichu. Elles rient toutes deux, mais Anastasia se contente de la regarder et refuse de la porter.

Les autres les rejoignent. Josie leur confie qu'après avoir été tant choyée Natia ne voudra sans doute pas dormir ce soir. On redonne à contrecœur l'enfant à sa mère et on se dit au revoir en se promettant de revenir dans sept jours. Même endroit.

Les femmes repartent lentement vers leur baraquement, commentant la soirée. Les brodeuses débattent entre elles de la taille de la future robe qu'elles feront pour Natia maintenant qu'elles la connaissent. Elles sont unanimes : c'est le plus beau bébé qu'elles aient jamais vu. Comme un rayon de soleil qui a percé à travers des nuages noirs, personne ne mentionne l'avenir incertain qui s'annonce pour Josie et l'enfant, ni l'environnement cruel dans lequel Natia est née. C'est une conversation que personne ne souhaite avoir.

*
* *

Les détenues voient Josie et Natia une deuxième et une troisième fois ; la troisième, alors que les deux jeunes femmes se trouvent hors de portée de voix des autres, Cilka lui demande si elle a rencontré un homme du nom d'Alexandr dans le bâtiment administratif où elle travaille.

— Le Tchèque ? demande Josie.

— Oui, il travaille comme coursier ; ou travaillait, aux dernières nouvelles.

— Je n'ai pas grand contact avec lui tous les jours, mais je le vois. Il est très gentil. Ce qui est assez rare ici.

— C'est vrai, approuve Cilka, j'imagine que c'est la raison pour laquelle il m'est resté en tête.

Josie considère Cilka.

— Je peux essayer de lui parler pour toi.

— Oh non, je me demandais simplement s'il était toujours là. Cela fait un moment que je ne l'ai pas croisé.

Josie acquiesce. Cilka voit bien qu'elle souhaite en dire plus, mais elle se retourne et appelle la petite Natia qui lui tend les bras.

La quatrième visite programmée n'a pas lieu car l'automne arrive tôt ; les températures chutent de façon spectaculaire. Pluie et neige fondue ne permettent à personne d'être dehors, sauf aux téméraires et à ceux qui sont forcés de travailler. Les gros bras ont cessé leur visite quotidienne à Cilka, pensant peut-être qu'elle a compris le message ou ayant trouvé quelqu'un d'autre à intimider. Les médicaments diminuent toujours et le médecin a l'air constamment secoué. Un sentiment de malaise poursuit Cilka, l'obscurité et le froid se referment sur elle.

Chapitre 19

Rien ne change dans la vie de Cilka, seule la ronde des patients continue. La tristesse d'un autre hiver à soixante-quinze kilomètres du cercle arctique s'abat sur elle et la submerge.

Elle n'a aucune envie de sortir de son lit dans le noir. Souvent, elle ne se rend pas au réfectoire pour le petit déjeuner. Elle ne bavarde plus avec les autres le soir. Elle ne les rejoint plus autour du poêle pour siroter du thé chaud, écouter leurs histoires et leurs récriminations. Les femmes s'éparpillent désormais dans différentes parties du camp pour travailler dans des conditions plus ou moins dures, à des températures qui varient, tout comme les quantités de nourriture. Elles sont plus nombreuses maintenant à pouvoir aider leurs camarades, la pression sur Cilka se relâche, elle n'est plus la seule à pouvoir apporter des rations supplémentaires ou du tissu. Mais se sentir moins utile n'est pas forcément un sentiment qu'elle parvient à apprécier.

Son lit devient son sanctuaire et elle s'y couche, le visage contre le mur.

À l'hôpital, Raisa et Lyuba remarquent le changement, font des commentaires, lui demandent ce qui ne va pas. Que peuvent-elles faire pour l'aider ? Un demi-sourire forcé sur les lèvres, elle leur assure que tout va bien, qu'il n'y a rien. Elle ne peut pas leur donner d'autre réponse, incapable de s'expliquer à elle-même, encore moins à quelqu'un d'autre, ce qu'elle ressent.

Pour la première fois depuis de nombreuses années, elle s'est laissé submerger par l'énormité de ce qu'elle a vu, entendu et fait – ou pas – elle-même. Par ce qu'elle a perdu et ne peut plus désirer. C'est comme une avalanche, il lui semble qu'il n'y a désormais plus moyen de s'en protéger. Elle ne comprend pas comment elle avait pu tout refouler jusque-là, mais soupçonne qu'avoir révélé tout haut à Yelena ce à quoi elle avait survécu *là-bas* en est la cause. Elle pense aussi constamment à Josie. Chaque jour qui passe rapproche le moment où la jeune maman sera séparée de son enfant.

Grâce aux nombreux malades et blessés qu'elle avait pu soigner, Cilka pensait que ce sentiment de désespoir lui avait été épargné. Elle sait maintenant qu'il la rattrapera toujours. Son poids l'écrase. Pourquoi continuer ?

— Va chercher les médicaments de midi, lui dit Raisa un jour, cherchant à sortir Cilka de sa mélancolie.

Sans même lui répondre, Cilka va d'un pas lourd dans le dispensaire et ferme la porte derrière elle.

Elle regarde longtemps les médicaments empilés sur les étagères, désorientée. Elle prend un flacon de comprimés, incapable de lire les lettres en cyrillique qui se brouillent devant ses yeux. Tous les prendre ramènerait le néant. Elle les verse dans sa main.

Les fait rouler dans sa paume.

Elle les reverse dans le flacon, tremblante, en laisse tomber quelques-uns par terre. Elle se met à genoux et commence à les ramasser. La porte s'ouvre et elle sursaute.

— Cilka, je te cherchais, dit Yelena en passant la tête. Tu as laissé tomber quelque chose ?

— Oui, répond Cilka sans lever les yeux. J'arrive tout de suite.

Une fois les tremblements passés, Cilka apporte les médicaments à Raisa et retrouve Yelena. La doctoresse la fixe un moment, comme si elle pouvait lire dans l'esprit de la jeune femme : sa danse avec la mort, l'oubli, la libération des affres de ce qu'elle a perdu, de la culpabilité et de la honte ; puis, au bord de l'abîme, le pas en arrière.

— Est-ce que tu es prête pour un nouveau défi ? demande Yelena.

— Pas vraiment.

— Je pense que si, affirme lentement la doctoresse en la contemplant. Tu pourrais tout au moins essayer, et si ça ne te plaît pas, eh bien, tu pourras toujours arrêter.

— Vous ouvrez un autre service ?

— Non, pas un service. Nous avons besoin d'une nouvelle infirmière dans l'ambulance. Qu'en dis-tu ?

— J'ai vu ce que ramène l'ambulance. Comment puis-je les aider ? J'ai besoin de vous, de Raisa et Lyuba pour me guider.

— Non. Ce n'est plus vrai, Cilka. Tu serais des plus utiles sur les lieux d'un accident. Ils ont besoin de quelqu'un qui réfléchit vite et bien, fait le nécessaire pour amener le patient ici avant que nous prenions la relève. Tu veux bien au moins essayer ?

Qu'est-ce que j'ai à perdre ? pense Cilka.

— Oui, d'accord.

— N'oublie pas, Cilka, je suis là. Je t'écouterai quand tu voudras.

Cilka vacille légèrement. Il lui arrive d'imaginer les mots dans sa tête. Mais peut-elle les formuler ?

— Il faut que je retourne travailler.

— En fin de journée ? insiste Yelena. Je veillerai à ce que tu aies quelque chose à manger si tu rates ton dîner.

Cilka a peur de laisser les souvenirs remonter à la surface. Mais elle n'a encore jamais essayé de parler à quelqu'un. Elle sent une lueur de quelque chose, ce mécanisme de survie ; un sentiment d'espoir. Peut-être qu'elle devrait. Elle acquiesce, imperceptiblement.

— Pas ici. Je ne veux pas que quiconque au travail me voie discuter avec vous.

— Je nous trouverai une pièce vide.

Pendant qu'elles parlent, un nouveau patient est arrivé. Le sang suinte entre les bandages sur sa poitrine nue. Il gémit doucement, le son rauque et douloureux que Cilka a appris à reconnaître. Celui émis par quelqu'un d'à peine conscient, incapable de hurler sa douleur. Le patient la distrait de sa propre souffrance.

— Vous avez besoin d'un coup de main ? crie-t-elle aux hommes qui le transfèrent sans ménagement d'une civière au lit.

— Il va pas s'en tirer, lui répond l'un d'eux.

Cilka se dirige vers le lit, prend le dossier de l'homme qui a été jeté sur les jambes de celui-ci.

Elle lit les brèves notes. Multiples coups de couteau à la poitrine et au ventre, perte de sang massive. Pas de traitement actif.

L'inconnu agrippe son tablier. Fort et décidé, il la tire vers son chevet, l'implore des yeux, de petits gémissements s'échappent de sa bouche ensanglantée.

— À l'aide.

À peine un murmure.

Cilka prend sa main et regarde l'homme blessé. Ce n'est qu'à ce moment qu'elle le reconnaît, c'est la brute qui l'a menacée au dispensaire, puis l'a suivie et provoquée.

— Toi, dit-il.

— Oui, moi.

— Les médicaments…

Cilka lit les regrets sur son visage.

— Je sais que c'est cet endroit qui t'a fait ça.

L'homme parvient à acquiescer, serre la main de la jeune femme.

Elle la tient entre les siennes jusqu'à ce que toute force la quitte. Elle la place sur le lit et lui ferme les yeux. Elle ne sait pas ce qu'il a fait dans sa vie ou ici, mais il ne fera plus de mal à personne désormais, et elle croit pouvoir lui offrir une pensée. Une prière.

Elle note l'heure de son décès sur le dossier qu'elle rapporte au bureau des infirmières où elle demande à Raisa ce qui est arrivé à l'homme qui vient de mourir.

— Il a perdu une bagarre. Ces brutes de la classe criminelle veulent toujours montrer qu'elles sont les plus fortes. C'est comme ça que ça se termine.

*
* *

À la fin de la journée, Cilka regarde rapidement autour d'elle, mais ne voit pas Yelena. Elle prend son manteau et sort du service en essayant de ne pas s'avouer son soulagement. Mais quand elle entre dans la salle d'attente, elle y trouve la doctoresse qui lui fait signe de la suivre dans une petite pièce sur le côté, meublée d'une table et de deux chaises. La doctoresse les place l'une en face de l'autre.

Elle attend que Cilka commence. La jeune femme prend le temps de bien plier son manteau et de le poser soigneusement à ses pieds.

Elle regarde Yelena bien en face.

— J'avais juste seize ans quand je suis allée *là-bas*. Mais j'ai vite grandi.

Yelena ne dit rien.

— Ils ont annoncé qu'ils voulaient que les gens viennent travailler pour eux.

Yelena acquiesce.

— Les Allemands, les nazis. Je suis restée debout dans un wagon à bestiaux pendant des jours à uriner là où j'étais, maintenue par les gens qui m'entouraient et m'écrasaient.

— Et ce train t'a amenée à un camp qui s'appelle Auschwitz.

— Oui, murmure Cilka. Et ma sœur aussi.

— Combien de temps y es-tu restée ?

— Trois ans.

— Mais c'est...

— Très long *là-bas*, oui. Pendant trois ans, j'ai vécu en enfer. Au fond d'un gouffre. Même si ça fait aussi longtemps que je suis ici maintenant.

— Parle-moi du numéro sur ton bras.

— Ça a été notre initiation à Auschwitz. Ils ont pris mon petit sac avec mes affaires. Ils ont pris mes vêtements. Ils ont pris ma jeunesse, mon identité, ils ont pris mon nom et m'ont donné un numéro.

— Comment… comment est-ce que… ?

— J'ai survécu ? (Cilka commence à trembler.) Dans un endroit qui n'avait été créé qu'à une seule fin, nous exterminer ? Je ne suis pas sûre de pouvoir vous le dire.

Elle serre les bras autour de son corps.

— Cilka, ne t'en fais pas. Tu n'es pas obligée de me livrer quoi que ce soit si tu n'en as pas envie.

— Merci, Yelena Georgiyevna, déclare Cilka avant de se forcer à lui poser une question. Savez-vous pourquoi je suis ici ?

— Non. Je ne sais pas pourquoi les gens sont ici et je n'éprouve pas le besoin de demander. Je suis désolée si cela fait de moi une lâche à tes yeux.

Cilka s'éclaircit la gorge.

— Je suis ici parce que j'ai couché avec l'ennemi ou, du moins, c'est de quoi l'on m'accuse. Coucher avec l'ennemi. Collaborer avec l'ennemi. Moi, je ne dormais pas. Lui, eux, ils venaient dans mon lit et parfois ils y dormaient après m'avoir…

— Violée ?

— Est-ce un viol si on ne résiste pas ? Si on ne dit pas non ?

— Est-ce que tu voulais avoir des rapports sexuels avec eux ?

— Non, bien sûr que non.

— Alors c'est du viol. Je suppose que ces hommes exerçaient un certain pouvoir ou contrôle sur toi ?

Cilka rit. Elle se lève et arpente la pièce.

— C'étaient des gradés.

— Oh, je vois. Ça se passait à Auschwitz ?

— Oui et non. C'était un autre camp, juste à côté mais qui en faisait partie. Birkenau.

— Et... pendant trois ans ?

— Deux et demi. Oui... Et je n'ai jamais refusé, jamais résisté.

— Comment aurais-tu pu lutter contre un homme ? Je suis sûre qu'ils étaient beaucoup plus forts que toi.

— En effet. L'un d'eux, je ne lui arrivais même pas au menton et il y avait, il y avait...

— Quoi ?

— Les chambres à gaz où tout le monde allait. Ils entraient vivants et sortaient par la cheminée. Je... je les voyais tous les jours, tous les jours. C'était ce qui m'attendait si je ne faisais pas...

— Donc, tu as passé deux ans et demi à te faire violer par des responsables du camp où tu étais prisonnière et c'est pour ça que tu te retrouves ici ?

Cilka se rassied sur la chaise. Penchée vers elle, elle observe Yelena.

— J'ai cédé.

La doctoresse secoue la tête.

Ce n'est pas tout, pense Cilka. Peut-elle lui dire ? Tout lui raconter ? Ce qu'elle vient de lui avouer l'a épuisée.

Yelena tend les mains pour prendre celles de Cilka dans les siennes.

— La toute première fois que je t'ai vue, j'ai senti que tu avais quelque chose, une force, une assurance que je vois rarement. Et maintenant, avec le peu que tu m'as raconté, je ne sais pas quoi te dire d'autre que tu es très courageuse. Je ne peux rien faire pour te sortir d'ici, mais je peux veiller sur toi de mon mieux et essayer de te protéger. Tu m'as montré à quel point tu étais une battante. Mon Dieu, comment as-tu fait ?

— Je veux juste vivre. J'ai besoin de la douleur que je ressens au réveil chaque matin, sachant que je suis en vie mais pas ma famille. Cette douleur est ma punition pour avoir survécu et j'ai besoin de l'éprouver, de vivre avec.

— Cilka, accroche-toi à la vie. Réveille-toi chaque matin et respire. Tu contribues énormément au bien des patients ici et, si tu accompagnes les ambulanciers, tu aideras à garder des patients en vie. Je suis convaincue que tu vas t'épanouir dans ce rôle.

— D'accord, j'accepte. C'est vous qui me donnez du courage. Vous êtes la plus courageuse de tous. Je ne vous l'ai encore jamais dit, mais c'est ce que vous m'inspirez. Vous êtes si brave, d'être ici sans y être obligée.

— Oui, j'ai choisi d'être ici. Je suis médecin ; j'ai toujours voulu aider les gens et, ici, eh bien... ici, il y a beaucoup de gens que je peux secourir. Mais nous ne sommes pas là pour parler de moi.

Cilka sourit à Yelena.

— Eh bien, j'apprécie beaucoup, Yelena Georgiyevna, merci.

Cilka se met debout, pense au réconfort de son lit, couchée le visage contre le mur.

Elle est reconnaissante de ne pas lire de pitié dans ses yeux.

— À demain, Cilka.

— Oui, à demain.

Elle sort et jette un coup d'œil vers le bâtiment de l'administration. Et aujourd'hui, il est là. Alexandr. Debout sous le projecteur, dans la neige. Il lève une cigarette à ses lèvres, yeux clos. Remue ses épaules de haut en bas pour se réchauffer. Elle garde cette image vive dans son esprit et s'éloigne.

Chapitre 20

Toute la journée du lendemain, Cilka, les nerfs à vif, a du mal à se concentrer. Elle s'adresse à un patient et se trompe de nom, s'embrouille dans les médicaments. Elle ne cesse de jeter des regards vers la porte, s'attendant à ce qu'à tout moment une tête apparaisse pour annoncer qu'une ambulance part.

Rien. Elle rentre au dortoir, déçue. Son état mélancolique devrait s'améliorer maintenant qu'elle s'est un peu déchargée de son fardeau et qu'une nouvelle activité se présente pour lui occuper l'esprit. Elle veut une solution immédiate à un problème qu'elle ne peut décrire.

Pour empirer les choses, Hannah l'a de nouveau coincée : sa source d'approvisionnement a été coupée et elle compte de nouveau sur Cilka pour lui procurer ses drogues. Ce devait être la brute qui vient de mourir qui s'en chargeait. Malgré sa conversation avec Yelena, quand Cilka regarde les femmes autour d'elle dans la chambrée, elle pense toujours ne pas pouvoir affronter le moment où leurs visages tourneront à l'horreur, la pitié, la peur ou même peut-être la haine.

*
* *

Le lendemain matin, elle doit se concentrer pour bien accomplir son travail. Quand l'appel arrive, « Ambulance ! », Cilka ne l'entend pas.

— Cilka, on a besoin de toi, appelle Raisa.

Cilka lève les yeux vers Raisa, regarde la porte, et voit l'homme qui attend.

Elle attrape son manteau, son chapeau, son écharpe et ses gants et le suit dans les tourbillons de neige et l'obscurité permanente de l'hiver arctique.

— Grouille-toi, y a des gens qui meurent pendant que tu prends le temps de mettre tes foutus vêtements, hurle le conducteur en faisant vrombir le moteur avec impatience.

L'homme que Cilka a suivi ouvre la porte à l'arrière du camion aménagé et lui fait signe de monter. L'ambulance démarre sans attendre et l'envoie valser. Le passager à l'avant se retourne en souriant tandis que Cilka essaie de se caler contre la paroi pour se préparer à une conduite encore plus violente.

— T'es nouvelle ? Comment tu t'appelles ?

Les mains bien appuyées sur le plancher du camion, les jambes écartées pour tenir en équilibre, Cilka l'observe. Son sourire amical révèle quelques grandes dents de travers. Il est maigre, la peau olivâtre, des sourcils en broussaille encadrant des yeux brillants.

— Cilka. C'est ma première fois.

— Eh, Pavel, c'est sa première fois, dit le conducteur ronchon. (Il est plus costaud et trapu que son collègue.) À ce que j'ai vu d'elle, ce sera probablement aussi la dernière. Non mais t'as vu sa taille ?

— Elle va peut-être te prouver que tu te trompes, Kirill Grigorovich.

Les deux hommes rigolent. Kirill baisse sa vitre alors qu'ils s'approchent des grilles fermées éclairées par les projecteurs du camp. Il passe la tête par la fenêtre et hurle à la sentinelle vers laquelle il fonce.

— Ouvre les grilles, espèce d'imbécile ! Tu vois pas qu'on est pressés ?

Les grilles sont à peine ouvertes que l'ambulance file sous un torrent d'injures de la sentinelle.

Kirill passe brutalement les vitesses et remonte sa vitre tout en secouant la neige de son chapeau.

— Excusez-moi, intervient Cilka d'une voix forte pour se faire entendre malgré les vrombissements du moteur.

— Va voir ce qu'elle veut, dit Kirill.

Pavel se penche par-dessus son siège vers Cilka.

— Pavel... c'est ça ? Où allons-nous ? De quelle sorte d'accident s'agit-il ?

— Oui, je m'appelle Pavel Sergeyevich. Et on le saura quand on arrivera sur place.

— Mais vous devez quand même savoir s'il y a plus d'un blessé ?

Kirill éclate de rire, ses larges épaules secouées de haut en bas dans son grossier caban. *Sans doute des prisonniers avec des privilèges spéciaux, qui ont décroché un bon travail et qui foncent partout dans leur ambulance, des pauses-cigarette entre les urgences,* pense Cilka.

— Oh ça, tu peux en être sûre, ma jolie, quand une partie de la mine s'effondre, y a plus d'un blessé.

— Donc vous savez ce qui s'est passé. Pourquoi vous ne pouviez pas m'en faire part ?

— Ben dis donc, qu'est-ce qu'on a là, Pavel ? Une infirmière qui monte sur ses grands chevaux. Écoute, *printsessa*, toi, tu fais ton boulot quand on arrive sur les lieux, nous, on transporte les blessés.

Cilka inspecte l'arrière de l'ambulance. Deux brancards sont accrochés au côté du camion et deux boîtes glissent par terre. L'une d'elles s'immobilise contre la jambe de Cilka.

Cilka soulève le couvercle et en examine le contenu. Un assortiment d'instruments qui s'entrechoquent. Des rouleaux de bandages, des flacons de médicaments. Cilka les soulève un par un pour identifier exactement ce dont elle dispose. Elle traîne l'autre boîte jusqu'à elle et y trouve l'équipement pour suspendre une perfusion et deux bouteilles de solution saline.

La route est pleine d'ornières ; l'ambulance fait des embardées pour éviter des rochers, tape contre des tas de neige empilés tout le long, éclairés par les phares.

— C'est le moment d'agir, ma chérie, on est arrivés.

L'ambulance freine brutalement, jetant Cilka contre le siège de devant.

Avant même qu'elle puisse se redresser, les portes s'ouvrent à la volée, des mains se tendent pour attraper les civières et pour l'aider à descendre. Cilka remarque les numéros grossièrement cousus sur leurs vestes.

Elle prend un instant pour observer autour d'elle. Au début, elle ne voit rien dans la pénombre et la pluie glacée. Puis elle distingue des silhouettes : des hommes qui errent, comme perdus, certains qui crient des ordres. Cilka, Pavel et Kirill s'avancent vers l'entrée de la mine : une structure en forme d'échelle surmontée d'une roue. Un garde vient à grands pas à leur rencontre.

— Un tunnel supérieur s'est effondré ; nous ne savons pas quand on pourra descendre en sécurité.

La roue au-dessus d'eux grince, s'arrête, et une cage d'ascenseur remplie d'hommes noirs de suie arrive. Les ouvriers s'en déversent.

— Il y a encore des blessés en bas, annonce l'un d'eux, son chapeau à la main.

— Il faut que nous allions les chercher, crie Cilka.

— C'est qui ? demande le surveillant à Pavel.

— L'infirmière qu'ils ont envoyée avec nous.

— Une demi-portion, répond-il en toisant Cilka qui roule des yeux.

— Laissez-moi descendre et voir si je peux aider.

— Tu m'as entendu, petite ? Le tunnel s'écroule encore. T'as envie de mourir ?

— Non.

Cilka hausse le menton.

Elle s'avance vers la cage d'ascenseur maintenant vide et se retourne vers les hommes.

— Vas-y si tu veux, mais je ne viens pas avec toi, avertit le surveillant.

— Je ne peux pas y aller seule. Je ne sais pas comment marche cet ascenseur ni où descendre.

— Je viens, dit Pavel sans conviction.

— Je peux vous emmener, propose le mineur avec son chapeau dans la main.

Ses dents s'entrechoquent. *De froid ou à cause du choc ?* se demande Cilka.

Elle entoure sa bouche et son nez de son écharpe et entre dans la cage. Pavel la suit avec l'équipement.

Le mineur se racle la gorge puis pousse un levier et l'ascenseur commence à descendre lentement par à-coups dans l'obscurité poussiéreuse. Cilka inspecte la lampe que Pavel lui a tendue au départ.

Ils s'enfoncent de plus en plus. Cilka essaie de calmer sa respiration.

L'ascenseur s'arrête à l'entrée d'un tunnel. Cilka s'éclaircit la gorge. Elle défait le loquet et pousse la porte de la cage.

— C'est pas tout près, précise le mineur en indiquant qu'il restera là où il est. Gardez juste votre gauche.

C'est ce que font Cilka et Pavel.

— Nous venons vous aider, crie Cilka. (Elle inspire des débris et se met à tousser.) Appelez pour que nous sachions où vous êtes.

« Ici, par ici », finit-elle par entendre, quelque part devant elle. La voix est faible, effrayée.

— J'arrive, tenez bon. Continuez à parler.

— Je suis là ! Avancez !

À la lumière de sa lampe, Cilka voit une main qui s'agite vers elle. Elle examine les lieux : trois autres hommes, immobiles. Elle se précipite auprès de celui qui a crié.

— Je m'appelle Cilka Klein. (Elle s'agenouille et pose doucement une main sur son épaule.) Tu es coincé ?

— Mes jambes. Je ne peux pas les bouger.

Le bas de ses jambes est écrasé par un gros rocher. Elle le force gentiment à s'allonger sur le dos et prend son pouls dans son cou au moment où Pavel la rejoint et ouvre la boîte.

— Comment t'appelles-tu ? demande-t-elle au blessé.

— Mikhail Alexandrovich.

— Tes jambes sont sous un bloc, mais je crois que nous pourrons le bouger. Il n'est pas si gros. Tu as une sale entaille à la tête qu'on peut bander pour que le saignement cesse. Mikhail Alexandrovich, il faut que j'aille voir les autres. Sais-tu combien vous étiez quand l'effondrement a commencé ?

— Quatre. Les autres étaient montés faire une pause. Nous chargions le dernier wagon.

— J'en vois trois autres, dit-elle en agitant sa lampe.

— Je bougerai pas, pour sûr. Va voir comment vont les autres. Je les ai appelés par leur nom, mais personne ne m'a répondu.

Prudemment, Cilka enjambe les débris qui couvrent le sol du tunnel. Elle s'approche du premier homme et cherche son pouls. Il bat. Elle tire sur une paupière, tient la lampe au-dessus de ses yeux, un œil réagit. Elle éclaire tout son corps, il n'est pas coincé, il a juste perdu connaissance.

— Pavel Sergeyevich, retourne convaincre ce mineur de venir nous aider. Emmène d'abord celui-là. Il est inconscient, mais tu peux le déplacer.

— Je reviens de suite, indique Pavel en repartant vers l'ascenseur.

Cilka trouve le deuxième homme. Il est pris au piège sous un rocher qui est tombé. Elle ne trouve pas de pouls.

Le troisième grogne quand elle lève la lampe au-dessus de son visage.

— Je m'appelle Cilka Klein, je suis là pour vous aider. Peux-tu me dire où tu as mal ?

L'homme grogne à nouveau.

— Ça ira. Je vais chercher où tu es blessé.

Elle identifie vite un bras méchamment cassé, tordu dans une position anormale. Un gros rocher le presse sur un côté. Tout doucement, Cilka appuie sur la poitrine de l'homme, de droite à gauche, puis plus bas, sur son abdomen. Il crie de douleur. Elle tire avec difficulté sur ses vêtements, défait son manteau. Lui ôter sa chemise et ses sous-vêtements lui cause une douleur intense. Cilka voit la blessure due à l'écrasement sous sa cage thoracique.

Des pas résonnent dans le tunnel, c'est Pavel qui revient avec le mineur, chacun transportant une civière. Elle se précipite auprès de l'homme inconscient.

— Sortez-le d'ici. Il y en a un autre qui peut être évacué, mais il faudra y aller avec précaution. C'est un blessé grave et il souffre atrocement. Emmenez-les tous les deux, je les verrai dans l'ambulance.

Alors qu'ils s'occupent des deux hommes, Cilka retourne auprès du premier, celui qui a les jambes coincées.

— Je suis désolée. L'un de tes amis est mort.

— Les autres ?

— Ils sont en vie et nous les évacuons. Maintenant il va falloir trouver un moyen d'enlever ce rocher de tes jambes.

Elle se lève, regarde autour d'elle dans la pénombre, se sentant impuissante.

— Ne pars pas, je t'en prie.

— T'en fais pas, je reste avec toi. Mais je ne peux pas bouger ce bloc, il est bien trop lourd pour moi et je ne veux pas le faire rouler. Le soulever pour qu'il ne fasse pas davantage de dégâts serait le mieux. Tiens le coup, Mikhail Alexandrovich, je vais aller chercher quelque chose pour tes douleurs.

Elle fouille dans la boîte que Pavel a posée dans le tunnel et trouve l'analgésique.

— Mikhail Alexandrovich, je vais te faire une piqûre pour soulager la douleur. Ensuite, quand les hommes reviendront, nous allons soulever ce rocher de tes jambes et te mettre sur une civière. L'ambulance est devant la mine et nous t'emmènerons à l'hôpital.

Mikhail lève péniblement une main et en effleure le visage de Cilka. Elle lui adresse un sourire rassurant. Elle prend les ciseaux et découpe son manteau et sa chemise pour dénuder son bras. Après une lente injection, il se détend au fur et à mesure que la douleur s'atténue.

Cilka attend assise dans le tunnel silencieux et sinistre, en toussant régulièrement. Pavel et le mineur sont enfin de retour.

— Très bien, glissez les mains sous les extrémités de ce rocher et quand vous aurez une bonne prise, soulevez-le d'un coup. Ne le faites pas rouler ni retomber sur lui.

Elle les éclaire et retient son souffle.

Les hommes hissent le rocher, vacillent un peu, puis le laissent tomber sur le côté, essoufflés par l'effort. Cilka regarde les jambes de Mikhail : l'os a percé la peau du bas de sa jambe droite.

Pavel et le mineur placent Mikhail sur le brancard et tous se précipitent le long du tunnel jusqu'à l'ascenseur, remontent et sortent de la mine. Il faudra attendre que le tunnel soit consolidé pour évacuer le mort.

Une fois Mikhail dans l'ambulance avec les deux autres blessés, il n'y a plus de place à l'arrière pour Cilka.

— Il faudra que tu montes devant avec nous, lui dit Kirill avec un regard lubrique. Monte.

Serrée entre les deux hommes, Cilka doit tout le temps enlever la grosse main poilue de Kirill qui essaie de remonter le long de sa cuisse. Elle grimace en entendant les cris des blessés ballottés à l'arrière, le chauffeur ne montrant ni soin ni compassion pour leurs blessures. Elle leur adresse des mots de réconfort, leur explique qu'ils sont presque arrivés à l'hôpital où des médecins et des infirmières s'occuperont d'eux.

Le trajet paraît interminable à Cilka.

Chapitre 21

Cilka se précipite pour ouvrir la porte du passager avant Pavel. Il se retrouve poussé hors de l'ambulance, Cilka sur les talons. Deux aides-infirmiers sont déjà devant les portes à l'arrière.

— Emmenez celui-là en premier. (Elle montre Mikhail.) Puis rapportez la civière pour lui, ajoute-t-elle en désignant l'homme inconscient étendu à même le sol.

— Donne-moi un coup de main, crie Pavel à Kirill qui extirpe l'autre brancard de l'ambulance.

Cilka suit le premier patient en courant. Elle déboutonne son manteau puis le jette en entrant dans le service. Yelena, un autre médecin et d'autres infirmières apparaissent.

— Mikhail Alexandrovich – petite blessure à la tête, les jambes écrasées par un gros rocher.

— Je croyais qu'il était petit, chuchote Mikhail, dents serrées.

— Je m'en occupe, intervient Yelena assistée de deux infirmières.

— Ici, mettez-le sur ce lit, crie l'autre médecin à Pavel et Kirill.

— Il y en a un autre qui arrive. Inconscient, mais son pouls est fort. Visiblement, une blessure à la tête.

— Merci, Cilka. Nous nous en occupons, affirme Yelena.

Le patient inconscient est amené et déposé sur un lit. Kirill sort immédiatement, mais Pavel va trouver Cilka.

— Tu as fait un boulot super, stupide et dangereux.

— Merci, toi aussi. J'ai perdu trop de temps à m'énerver contre Kirill Grigorovich au lieu d'aider les blessés.

— Kirill se croit tout permis.

— Mauvaise conduite au volant et dans la vie.

— Tu as tout intérêt à t'entendre avec lui. Il peut t'empoisonner l'existence.

Encore, pense Cilka. Mais elle ne peut s'empêcher de pouffer. Il est loin d'être le personnage le plus intimidant qu'elle ait rencontré.

Pavel la fixe, surpris.

— Disons que j'ai déjà vu pire, glisse Cilka.

Autour d'elle, on s'agite pour réconforter et traiter ces trois blessés qui ne faisaient qu'accomplir leur travail, sans mesures de sécurité de base. Elle a trop souvent vu ce type de blessures. Les prisonniers sont ici pour leur productivité, ils font partie d'un contingent, ils sont faciles à sacrifier et à remplacer.

— Merci de l'avertissement, Pavel. Je garderai mes distances avec Kirill.

— Cilka, tu peux venir ?

Pavel suit la jeune femme des yeux alors qu'elle s'approche de Mikhail. Elle nettoie et refait le bandage de sa blessure à la tête pendant que Yelena examine ses jambes. Cilka lance des coups d'œil à la doctoresse. À son expression, elle comprend que la situation est critique.

— Trouve-moi une salle d'opération, demande Yelena à l'infirmière qui la seconde. Il faut que nous l'y amenions tout de suite.

— Que se passe-t-il ? C'est grave, halète Mikhail en tendant la main vers Cilka et se saisissant de son avant-bras, envahi par la panique.

Il tente de lever la tête pour voir ses jambes.

— Je suis désolée, lui répond Yelena d'une voix douce. Je ne peux pas sauver ta jambe droite ; la gauche n'est pas en aussi mauvais état et on devrait réussir à la garder.

— Comment ça, en garder une mais pas l'autre ?

— Oui, il faudra t'amputer la jambe droite sous le genou, elle a été trop gravement écrasée.

— Non, non, vous ne pouvez pas me couper la jambe ! Je ne vous laisserai pas faire !

— Si on ne le fait pas, tu mourras, dit Yelena sans hausser le ton. La jambe est morte. Le sang n'y circule plus ; si nous n'amputons pas, elle t'empoisonnera et tu mourras. Tu comprends ?

— Mais comment je ferai pour… Cilka Klein, ne les laisse pas, je t'en prie, implore Mikhail.

Cilka desserre sa main de son bras et la prend dans la sienne. Elle se penche tout près de lui.

— Mikhail, si la doctoresse te dit qu'elle doit t'amputer la jambe, alors c'est qu'elle n'a pas le choix. On t'aidera à t'en sortir, on t'aidera à te remettre. Je suis désolée de ne pas avoir pu faire davantage.

— La jambe a été pulvérisée quand le rocher lui est tombé dessus, Cilka, tu n'aurais rien pu de plus. Je vais aller me préparer. Tu veux bien t'occuper de lui ? On se retrouve en salle d'opération.

Ce soir-là, Cilka ne va pas dîner au réfectoire. Épuisée, elle s'effondre sur son lit et s'endort aussitôt.

*
* *

Des hommes et des femmes en blouses blanches valsent autour d'elle. Ils rient, certains tiennent des membres amputés, se les jettent les uns aux autres. De petits enfants en pyjamas à rayures bleues et blanches déambulent entre eux, mains tendues. Qu'est-ce qu'ils quémandent ? De la nourriture, de l'attention, de l'amour ?

Une porte s'ouvre, le soleil inonde la pièce. Un homme entre, entouré d'une auréole arc-en-ciel. Il porte un complet d'un blanc immaculé, sa blouse médicale déboutonnée, un stéthoscope autour du cou. Il tend les bras. Les adultes baissent respectueusement la tête, les enfants courent vers lui, excités en criant :

— Papa, Papa !

Cilka se réveille de son cauchemar, mais le souvenir qu'il a suscité est tout aussi horrifiant.

*
* *

Auschwitz-Birkenau, 1943

— Papa, Papa, crient les enfants.

Des garçons et des filles courent vers l'homme qui descend de voiture. Il leur sourit chaleureusement, les mains tendues pleines de bonbons. Pour les enfants, c'est un père chéri. Certains l'appellent « tonton ».

Cilka a entendu les histoires. Tous les adultes à Auschwitz-Birkenau ont entendu les histoires de ce qui arrive aux enfants quand ils quittent le camp dans sa voiture.

Cilka observe la scène de loin, examine l'homme fluet, parfaitement coiffé : sa tunique vert foncé impeccable, sans un pli, couvre en partie sa blouse blanche qui montre qu'il est médecin ; son visage rasé de près ; ses dents d'un blanc éclatant révélées par son grand sourire ; ses yeux brillants ; sa casquette de SS penchée d'un côté.

L'Ange de la Mort, voilà comme on l'appelle. Deux fois, avant d'être envoyée au Bloc 25 qui lui confère une certaine protection, elle avait dû défiler devant lui. Elle avait à peine osé jeter un regard à cet homme qui sifflotait en pointant d'un geste sec à droite ou à gauche. Elle avait échappé les deux fois à la sélection.

Les enfants l'entourent en criant :

— Moi ! Moi ! Moi !

Il donne une petite tape sur la tête de quatre fillettes et leur tend des bonbons. Elles montent en voiture avec lui. Les autres enfants retournent jouer. Cilka baisse les yeux et adresse une prière silencieuse pour les quatre âmes qui sont emportées.

*
* *

Cilka pousse un cri, s'assoit d'un coup dans son lit, tremblante, les traits déformés par la terreur.

Ses camarades de chambrée sont tournées vers elle. Certaines depuis leurs lits, d'autres debout autour du poêle.

— Ça va ? demande Olga, inquiète.

Leurs visages sont à peine visibles à la lueur de la lune. Cilka se reprend et s'assoit au bord de son lit.

— Oui, ça va. Juste un cauchemar.

— Tout dans cet endroit est un cauchemar, dit Elena.

Elles sont gentilles, Cilka le sait. Ce n'est pas la première fois qu'elle les a réveillées par ses cris. Anastasia lui a révélé qu'il lui arrive de gémir et parfois de siffler comme si elle était en colère contre quelqu'un.

Cilka avance à petits pas vers le poêle. Un bras entoure ses épaules pour la réconforter. Elena. Elle tend les mains vers la source de chaleur. Un coup d'œil au lit de Hannah ne lui permet pas de voir si elle est réveillée et l'observe ou non. Elle seule pourrait savoir de quoi sont faits ces cauchemars. Mais elle dort probablement plus profondément que toutes les autres, ayant récupéré sa marchandise de la poche de Cilka quand les femmes étaient rentrées.

Cilka ressent différents degrés de douleur. Josie et Natia lui manquent aussi. Il a été impossible de les voir de tout l'hiver. Natia a dû tellement grandir, il se pourrait même qu'elle marche déjà.

— Rappelle-toi les moments heureux pour en rêver, dit Olga de son lit. C'est ce que je fais. Tous les soirs avant de m'endormir, je me souviens de mon enfance, sur la plage de Sotchi. C'était une époque heureuse.

Quand Cilka referme les yeux ce soir-là, elle décide de se rappeler un moment heureux. Elle n'en manque pas, bien au contraire, sa vie, jusqu'au jour où on l'avait chargée dans le wagon à bestiaux avait été merveilleusement heureuse.

C'est peut-être pour cela que s'en souvenir est si douloureux. Mais elle essayera quand même.

Bardejov, Tchécoslovaquie, 1941

— Pousse-toi, Papa, c'est mon anniversaire. Je veux conduire.

La journée est fraîche et le soleil brille. Un jour de printemps, plein de promesses. Cilka a mis son chapeau et son bonnet, passé les lunettes de conduite de son père sur sa tête, décidée à conduire la voiture ne serait-ce que jusqu'au bout de la rue. Papa a baissé la capote du véhicule qui fait sa fierté : un coupé à deux portes aux sièges en cuir brun et un klaxon qui s'entend à des kilomètres.

— Tu ne sais pas conduire, sois raisonnable, Cilka.

— Mais si, je parie que je suis capable de la conduire. Maman, dis-lui que je peux.

— Laisse-la, intervient sa mère, pleine d'amour.

— Maintenant c'est toi qui racontes n'importe quoi. Tu gâtes tout le temps cette enfant, répond son père, même si tout le monde sait que c'est lui qui est fou de sa fille.

De ses deux filles.

— Je ne suis pas une enfant, proteste Cilka.

— Si, ma diet'a, *ça ne changera jamais.*

— J'ai quinze ans. Je suis une femme maintenant, se vante Cilka. Regarde, voilà oncle Moshe avec son appareil photo. Viens, mon oncle ! Je veux qu'il me prenne en photo au volant de la voiture.

Oncle Moshe vient embrasser sur les deux joues Cilka, sa mère et sa sœur. Il serre la main de son père et lui donne une bourrade virile sur l'épaule.

— Tu vas la laisser conduire ? demande-t-il.

— Est-ce qu'on n'a jamais pu lui résister ? Personne n'y arrive. Cilka veut gouverner le monde et elle y arrivera probablement. Installe ton appareil photo.

Cilka se met sur la pointe des pieds et entoure de ses bras le cou de son père.

— Merci, Papa. Maintenant, montez tous en voiture.

Pendant qu'oncle Moshe installe son appareil photo sur son trépied, Cilka dispose les membres de sa famille là où elle les veut pour la photo. Elle autorise son père à s'asseoir devant, à côté d'elle, et place sa mère et sa sœur à l'arrière. Les mains appuyées avec assurance sur le volant, elle pose.

Avec une détonation et un flash, l'appareil photo saisit le moment.

— Où sont les clefs ? Je vous emmène tous faire un tour.

— On va passer un accord, dit son père à Cilka. Je te promets de t'apprendre à conduire mais pas aujourd'hui. Aujourd'hui, c'est ton anniversaire et nous allons passer une belle journée, puis le fêter ce soir. Pour l'instant, nous changeons de place.

À regret, Cilka concède la défaite – une des rares fois dans sa courte vie où elle s'est avouée vaincue – et avec une moue, passe sur le siège passager à l'avant.

Son écharpe flotte au vent tandis que son père les emmène faire un tour dans sa ville natale de Bardejov…

Cilka, à Vorkouta, finit par se rendormir.

Chapitre 22

— Il s'en est tiré.

Ces mots accueillent Cilka à son arrivée à l'hôpital.

— Mikhail Alexandrovich ? Où est-il ?

— Lit numéro 1. Nous avons pensé que tu aimerais qu'on le mette le plus près possible du bureau des infirmières. Tu pourras écrire tes notes et le garder sous surveillance.

— Je vais lui dire bonjour.

Mikhail dort. Cilka le regarde pendant plusieurs minutes. Ses yeux vont de son visage au bout du lit où elle sait qu'il ne reste qu'une seule jambe, cachée sous les couvertures. Elle a assisté à l'amputation de sa jambe droite. Elle touche son front, enveloppé de bandages propres. Le devoir l'emporte, elle prend son dossier et cherche des informations sur la nuit qu'il a passée. Rien d'inquiétant ne lui saute aux yeux.

Quand elle retourne au bureau, Raisa est en train de discuter avec d'autres malades, elles se partagent le travail : laver, changer les pansements, administrer des médicaments. Deux femmes ont été hospitalisées pendant la nuit à la suite d'une bagarre où elles se sont infligé de sérieuses blessures. Raisa et Cilka se mettent d'accord pour en soigner une chacune et éviter d'être impliquées dans leur dispute.

Cilka commence à peine quand résonne l'appel, « Ambulance ! ».

— Vas-y ! Je m'occupe de ta patiente, lui crie Lyuba.

L'ambulance attend devant l'entrée.

— Tu veux monter devant ? demande Pavel.

— Oui, dit Cilka, la main sur la porte. Après toi. Kirill Grigorovich peut jouer avec ta jambe aujourd'hui.

Pavel grimpe à contrecœur et se serre contre Kirill.

— Qu'est-ce que tu fous ? grogne ce dernier.

— Allons-y, lance Cilka une fois installée.

L'ambulance démarre dans un grand grincement de vitesses.

— Si nous devons travailler ensemble, pouvons-nous essayer de nous entendre ? demande Cilka en se penchant par-dessus Pavel, les yeux sur Kirill.

Il change de vitesse, refuse de répondre.

— Est-ce que vous savez où nous allons aujourd'hui ? questionne Cilka.

— Une grue s'est effondrée et le conducteur est coincé à l'intérieur, répond Pavel.

— Juste un blessé ?

— Je crois, mais on ne sait jamais. Il nous est arrivé de nous rendre sur les lieux d'un accident comme ça et de découvrir que le foutu engin avait atterri sur dix personnes, explique Pavel.

— Qui vient à son secours ?

— Ça dépend, intervient Kirill.

— Ça dépend de quoi ?

— Putain, on t'a jamais expliqué que tu posais trop de questions ?

— Plein de gens ! Probablement tous ceux qui m'ont déjà rencontrée.

Le camion fait une embardée sur un rocher, Cilka grimace quand son épaule cogne contre la vitre.

— Donc tu vas pas la fermer ? C'est ça que tu me dis ?

— Eh non, je ne vais pas la fermer, Kirill Grigorovich, donc tu ferais mieux de t'y habituer. Tu veux me répondre ? Ou Pavel ?

— Eh bien..., commence Pavel.

— Ta gueule. J'vais expliquer à Cilka Je-dois-tout-savoir Klein. Ça dépend du danger. Si c'est risqué, les surveillants refileront le sale travail aux prisonniers. Sinon, ce sont les gardes qui voudront passer pour des héros.

— Merci. Nous saurons dès que nous arriverons à quel point c'est dangereux. Je sais que tu n'aimes pas me parler, Kirill Grigorovich, mais ça m'aide si j'ai ne serait-ce qu'un minimum d'informations.

— Ouais, eh bien, savoir tout ce qu'il y avait à savoir ne t'a pas empêchée de te retrouver ici.

Cilka rit.

— Je n'ai jamais prétendu que je savais tout. Juste que j'aime savoir dans quoi je m'engage.

Une fois sur place, ils ne peuvent agir immédiatement. Des gardes gradés et des surveillants font des apparitions et hurlent des ordres pendant que des prisonniers essaient de démêler le tas de ferraille qui avait été le long bras de la grue, maintenant entortillé autour de la cabine du conducteur. Aucune gloire dans ce sauvetage.

Cilka, Pavel et Kirill passent les deux heures suivantes debout dans le froid, à piétiner et à se frotter les mains. Ils retournent à l'ambulance pour échapper au vent. Cilka escalade plusieurs fois la structure métallique enchevêtrée de la grue effondrée pour se faufiler dans la cabine et vérifier que le conducteur est toujours en vie. Elle remarque qu'à chaque fois son pouls faiblit davantage. Le sang ne coule plus de sa blessure à la tête, le bandage qu'elle lui a mis en est imbibé.

Après son dernier voyage, Cilka revient à l'ambulance pour dire à Kirill qu'ils rentrent à l'hôpital. Sur le chemin du retour, Cilka voit les premières fleurs du printemps qui ont réussi à se frayer un passage à travers le givre qui recouvre le sol. Le vent les fouette et pourtant leurs tiges se relèvent et restent enracinées dans la terre gelée. Cilka a accompli presque un tiers de sa peine. Il lui est insupportable de penser au nombre d'années qu'il lui reste à faire. À la place, en regardant les fleurs, elle rêve de la lumière et de la chaleur qu'elles annoncent, et de revoir Josie et Natia.

*

* *

De retour à l'hôpital, on lui annonce que Mikhail s'est réveillé et l'a réclamée.

— Comment te sens-tu ? lui demande-t-elle en lui souriant, rassurante.

— Ma jambe, elle est plus là ? Mais je peux toujours la sentir. Elle me fait mal.

— Je vais aller chercher quelque chose pour la douleur, mais oui, Mikhail Alexandrovich, la doctoresse a dû t'amputer la jambe droite, mais elle a fait un travail remarquable sur la gauche qui guérira avec le temps.

— Et je pourrai marcher ? Comment ? Comment, Cilka Klein ? Comment je pourrai vivre avec une seule jambe ?

— On fabrique maintenant d'excellentes prothèses. Tu verras, tu pourras apprendre à marcher avec.

— Vraiment ? Tu penses que quelqu'un va gaspiller de l'argent sur une prothèse pour un prisonnier ?

Il se met en colère, élève la voix.

— Je ne vais pas te mentir, Mikhail Alexandrovich. Je ne sais pas si on te donnera un autre travail, ou si on te renverra chez toi, mais tu ne pourras plus être employé à la mine.

— Et c'est censé me remonter le moral ? La possibilité qu'on me renvoie à Moscou où je n'ai plus de maison, plus de famille, pour devenir un clochard unijambiste ?

— Je ne sais pas, Mikhail Alexandrovich. Laisse-moi aller te chercher quelque chose pour la douleur, répète Cilka.

Elle se détourne, ne veut pas que Mikhail voie à quel point leur conversation l'a bouleversée. Yelena l'a observée et la suit au dispensaire, refermant la porte derrière elle.

— Cilka, ça va ?

— Oui.

— Non, ce n'est pas vrai, la reprend gentiment Yelena. Mais c'est normal. Tu sais à quelle vitesse les choses peuvent changer ici, tu l'as déjà vu.

— Oui, mais…

— Est-ce que j'ai fait une erreur en t'assignant à l'ambulance ?

Cilka cesse de regarder le flacon de médicament qu'elle tient pour se tourner vers Yelena.

— Non, ça n'a rien à voir. Ce n'est pas ça.

— Alors quoi ?

— Vous savez à combien d'années on m'a condamnée ?

— Je ne dispose pas de ce type d'information.

— Quinze ans. Quinze ans. Cela me semble impossiblement long. Et puis je ne me souviens même pas à quoi ressemble la vie hors d'un endroit pareil.

— Je ne sais pas quoi ajouter.

— Dites-moi qu'un jour je partirai d'ici, implore-t-elle. Que j'aurai la chance de vivre une vie comme celle d'autres jeunes femmes. Que j'aurai des amis qui ne disparaîtront pas de ma vie. Que je découvrirai que l'amour existe pour moi aussi. Que j'aurai peut-être à mon tour un enfant. Pouvez-vous me l'affirmer ?

— Ce que je peux t'affirmer, l'assure Yelena, c'est que je ferai tout mon possible pour que cela se réalise.

Cilka acquiesce, reconnaissante, se retourne vers l'étagère, cherche un autre flacon.

— Promets-moi de me parler si tu te sens encore plus triste que ce soir.

— Vous savez, mon père m'a toujours dit que j'étais la personne la plus forte qu'il ait jamais rencontrée, poursuit Cilka.

— Pas facile d'être à la hauteur d'une telle déclaration.

— Oui, effectivement. Mais j'ai toujours voulu être à la hauteur de ses attentes, ne pas le décevoir, rester forte quoi qu'il arrive. Je ne sais même pas s'il est encore en vie. (Elle hausse les épaules.) Ça m'étonnerait.

— Une malédiction et une bénédiction de ton père. J'étais très jeune quand mon père est mort. Je donnerais n'importe quoi pour avoir tes souvenirs.

— Je suis désolée.

— Un patient t'attend. Allez, je vais l'examiner pendant que tu lui donnes son médicament.

— Qu'est-ce qui va lui arriver maintenant qu'il n'a qu'une seule jambe ?

— Nous allons le stabiliser, puis le transférer dans un hôpital d'une plus grande ville où ils pourront lui réapprendre à marcher et, j'espère, lui donner une bonne prothèse.

— Et ensuite ?

— Aux yeux de l'État, il reste un contre-révolutionnaire, Cilka, affirme Yelena, les yeux baissés. Je ne peux pas y faire grand-chose.

Cilka prend le médicament et tente à nouveau de refouler l'inquiétude, la tristesse et la douleur.

Chapitre 23

Les nuits blanches sont de retour.

Les femmes se délectent à nouveau de passer leur dimanche soir à se promener dans le camp. Elles essaient de ressentir, ne serait-ce que pour deux heures, un petit peu de liberté. Elles savent où se rendre sans prendre de risques et où éviter les gangs d'hommes prêts à leur tomber dessus.

L'apparition de Josie et Natia rend certaines de ces soirées encore plus heureuses. Natia est si fière de montrer comment elle marche. Ses efforts pour parler les amusent. Elles jouent avec ses mèches fines, se disputent pour savoir qui elle préfère.

Les nuits les plus chaudes, les femmes emmènent Josie et Natia de la crèche à leur dortoir et les raccompagnent pour pouvoir passer le plus de temps possible ensemble à l'abri des regards jaloux et laisser Natia courir en liberté. Elles mettent à tour de rôle la fillette dans leur lit, la câlinent comme si elle était leur propre enfant. Elles l'embrassent et touchent ses petites menottes, essaient de lui enseigner leur nom.

Josie laisse Natia tisser des liens, un petit signe de tête et un sourire suffisent si la fillette a besoin d'être rassurée. Les deux amies s'assoient sur le lit de Cilka qui la serre dans ses bras, le visage enfoui dans ses cheveux. Josie prend la main de Cilka. Elles communiquent ainsi au lieu de dire tout haut ce qu'elles craignent, ce qu'elles savent imminent.

*
* *

La lumière baisse vite cet été-là. Plusieurs femmes cessent de s'aventurer au-dehors. Par une nuit chaude, dernière bouffée estivale peut-être, les femmes escortent Josie au dortoir, Natia pelotonnée contre sa mère. Anastasia s'est attachée à la petite et tend les bras pour la prendre.

— Tu veux bien la garder un peu, s'il te plaît, Nastya ? dit Josie en utilisant le diminutif affectueux pour Anastasia. J'aimerais parler avec Cilka.

Cilka se lève de son lit, prend son manteau et sort avec Josie.

Elles ne s'éloignent pas trop ; beaucoup de gens déambulent et le vent commence à souffler. Elles se réfugient derrière le baraquement et s'appuient contre le mur.

— Cilka, qu'est-ce que je vais faire ?

Le moment d'en parler enfin tout haut est arrivé, se dit Cilka. Mis à part l'unique et brève conversation de l'été précédent où Josie lui avait rapporté les propos d'une des mères qui avait eu plusieurs enfants : au moment de leur deuxième anniversaire, on les envoie dans un orphelinat. Jusque-là, elles n'avaient jamais posé de mots sur leur peur. La mère avait été brisée, lui avait raconté Josie. Totalement atone, elle jetait à peine un coup d'œil à son enfant.

Cilka détourne la tête. Elle n'a pas de réponse.

— Est-ce que tu peux m'aider, Cilka ? Ils ne peuvent pas me la prendre. C'est mon enfant.

Cilka étreint Josie, la laisse sangloter sur son épaule.

— Je ne te promets rien, mais j'essaierai. J'en parlerai à Yelena Georgiyevna, je ferai tout mon possible, promis.

— Merci. Je sais que tu interviendras, tu as toujours pu, dit Josie en se dégageant pour la regarder, si remplie d'espoir que Cilka en a la nausée. (Josie semble si jeune, une enfant.) Je t'en prie, ne les laisse pas me voler mon bébé.

Cilka la reprend dans ses bras, la serre longtemps contre elle. *Je vous en prie, faites qu'elle ne me soit pas enlevée.*

— Allez, dit-elle. Il faut que tu ramènes Natia à ton baraquement. Le vent a forci et elle ne doit pas tomber malade.

*
* *

Cilka parle à Yelena le lendemain. Celle-ci compatit, mais craint fort de n'avoir aucun pouvoir auprès de l'administration. Il y a peu de chances qu'elles puissent aider Josie et Natia à rester ensemble lorsque la petite aura deux ans. Josie sera obligée de retourner dans un dortoir quelconque sans y retrouver le petit corps chaud de sa fillette après une journée de labeur.

Cilka se dit que Josie en mourra. Elle ne survivra pas à une telle douleur. Il lui faut trouver une solution.

— Ambulance !

— J'arrive.

Cilka jette le dossier qu'elle tient à Lyuba, attrape son manteau et sort en courant.

Pavel tient la porte du passager ouverte, ses grandes dents de guingois sur sa lèvre inférieure. Quand il la voit arriver en courant, il monte dans le camion. Rien n'a changé depuis leur deuxième jour ensemble et Pavel doit donc toujours s'asseoir au milieu.

— Quelque chose de différent aujourd'hui, Cilka, lui annonce Kirill.

— Ah oui ! C'est toi qui parles en premier, Kirill, s'esclaffe Cilka.

— Pas vraiment, dit Pavel. C'est grave.

— Comme toujours, non ? Depuis quand avons-nous décidé qu'un accident était plus grave qu'un autre avant même d'être sur place ?

— Ce n'est pas un accident, explique Pavel. Nous allons chez le commandant Alexeï Demyanovich. Un de ses enfants est malade et nous devons l'amener à l'hôpital.

— Un enfant ! Un garçon ? Quel âge, tu sais ?

— Je ne sais pas si c'est un garçon, mais c'est l'un des enfants du commandant.

Pour la première fois depuis son arrivée à Vorkouta, Cilka roule dans une rue hors du camp et loin de la mine. Sur une route construite par des prisonniers. Elle regarde les maisons où vivent des familles. Des femmes suivies de petits enfants marchent vite, chargées de sacs. Ils doublent plusieurs voitures. Elle n'en a vu que rarement, quand quelqu'un d'important visite le camp.

Un garde leur fait signe de s'arrêter.

Ils se précipitent hors du camion, Cilka en tête avec le garde, pendant que Pavel et Kirill vont chercher les boîtes à l'arrière. La porte d'entrée est ouverte, le garde la fait entrer et la conduit dans une chambre où une petite fille s'agite et hurle sur un lit. Sa mère est assise à son chevet. Elle essaie de poser une compresse humide sur son front et de la calmer par des mots réconfortants. Cilka la reconnaît.

— Excusez-moi, est-ce que je peux l'ausculter ? demande Cilka en enlevant son manteau qu'elle laisse tomber par terre.

La femme du commandant, Maria, se lève, se tourne vers elle.

— Bonjour, tu es… ?

— Cilka Klein. Nous nous sommes déjà rencontrées. Qu'est-ce qui arrive à Katya cette fois ?

— Cilka Klein, oui. Je t'en prie, peux-tu l'aider ? Elle souffre tant.

S'approchant du lit, elle essaie d'examiner la fillette qui se débat en tous sens.

— Que pouvez-vous me dire ? demande-t-elle à la mère.

— Elle n'a rien mangé hier soir et elle se plaint de maux de ventre. Mon mari lui a donné quelque chose pour la calmer…

— Est-ce que vous savez quoi ?

— Non. Elle n'est pas descendue pour le petit déjeuner. Elle m'a dit qu'elle avait de nouveau mal et voulait dormir. Je l'ai laissée mais quand je suis revenue il y a peu, elle était dans cet état, elle ne veut pas parler. Je t'en prie, qu'est-ce qui lui arrive ?

Les bracelets de Maria s'entrechoquent à son poignet à chaque geste emphatique.

Cilka essaie d'immobiliser les bras de Katya qui s'agitent en tous sens.

— Katya, c'est Cilka. Je suis là pour t'aider, lui dit-elle d'une voix apaisante. Est-ce que tu peux te calmer et me montrer où tu as mal ? C'est bien. Je veux regarder ton ventre.

Cilka jette un coup d'œil à la porte où le garde, Pavel et Kirill sont en train de l'observer.

— Sortez, vous trois. Je vous appellerai quand j'aurai besoin de vous.

Quand la porte se referme, elle félicite Katya :

— Tu es très courageuse. Je le sais car nous nous sommes déjà rencontrées quand tu es tombée du toit.

Katya se calme un peu, et Cilka peut soulever sa chemise de nuit pour regarder son ventre. Il est gonflé.

— Katya, je vais t'ausculter. Quand je touche l'endroit qui te fait le plus mal, tu me le dis.

Cilka pose les doigts sous la cage thoracique, appuie doucement. Ses mains se déplacent vite, effleurent quelques centimètres à la fois. Quand elle atteint le bas du ventre, Katya pousse un cri.

— Qu'est-ce qu'elle a ? Que lui arrive-t-il ? s'agite Maria.

Son parfum capiteux emplit la chambre et irrite le nez de Cilka.

— Je suis désolée, je ne sais pas exactement. Si nous l'amenons jusqu'à l'hôpital, les médecins pourront établir un diagnostic et la traiter. Je vais lui faire une piqûre pour atténuer la douleur, puis nous la transporterons dans l'ambulance.

Les genoux de Cilka s'enfoncent dans le tapis doux et moelleux. Comme il serait agréable de s'allonger ici. D'être choyée par une mère attentionnée dans ce lit couvert de coussins.

— J'ai envoyé quelqu'un prévenir mon mari. Il devrait arriver d'un moment à l'autre. Nous devrions peut-être l'attendre et l'emmener dans sa voiture.

— Plus vite nous l'amenons à l'hôpital, mieux ce sera, si cela ne vous dérange pas. Je monterai derrière, je serai à côté d'elle.

— D'accord. Je vous ai déjà fait confiance par le passé. Je vous ferai à nouveau confiance. Et j'aimerais qu'elle soit soignée par le docteur Yelena Georgiyevna aussi.

— Pavel ! appelle Cilka.

La porte s'ouvre sur Pavel et Kirill qui attendent sur le seuil.

— Apporte-moi les médicaments.

Kirill se précipite, pose la boîte par terre et arrache le couvercle.

Cilka trouve vite ce qu'elle cherche ; elle remplit une seringue et injecte le liquide avec précaution dans le bras de Katya. Elle le tient le temps que la drogue fasse son effet et que Katya se détende.

— Vite, le brancard, et rapportez les boîtes avec vous.

Une fois les deux hommes revenus avec le brancard, Cilka et Maria soulèvent Katya et l'y étendent doucement puis la couvrent avec des couvertures prises sur son lit.

— Allons-y, dit-elle à Pavel et Kirill. (Se tournant ensuite vers Maria :) Vous voulez venir avec nous dans l'ambulance ou en voiture avec le garde ?

— Avec vous.

Ils font le trajet vers l'hôpital en silence. Le parfum de Maria remplit le camion.

Yelena a été prévenue que la fille du commandant arrivait. Elle les attend.

Après un examen rapide, elle indique à Maria qu'elle va devoir immédiatement opérer Katya. Elle est presque certaine qu'elle a une appendicite, mais n'en sera pas sûre tant qu'elle n'aura pas incisé. Si elle a raison, Katya sera rétablie en une quinzaine de jours.

— Est-ce que je peux vous accompagner ? demande Maria.

— Euh, non, pas vraiment, Maria Danilovna. Cilka va rester ici avec vous ; elle vous expliquera ce que nous faisons.

— Non, je n'ai pas besoin d'elle pendant que j'attends mon mari. Je préfère qu'elle soit avec vous.

— Allez, Cilka, va te préparer. (Elle s'adresse aux aides-soignantes qui attendent ses ordres :) Emmenez la patiente dans la salle d'opération, s'il vous plaît. Nous vous y retrouverons.

Alors que Yelena s'éloigne, Cilka se penche vite vers Maria :

— Tout ira bien. Nous vous réunirons toutes les deux aussi vite que possible.

Au moment où Cilka sort de la pièce, elle entend la voix de stentor du commandant. Elle s'arrête un instant : il prend sa femme dans ses bras tandis qu'elle lui dit, la voix brisée par l'émotion, ce qu'elle sait. Homme, femme, enfant, le luxe de n'avoir à se préoccuper que d'eux-mêmes.

*

* *

Yelena dit à Cilka qu'elle peut aller chercher Maria et le commandant pour les amener auprès de Katya qui dort encore, délestée de son appendice. Cilka patiente au fond de la pièce pendant que Yelena explique en quoi a consisté l'opération, le temps de convalescence et propose de passer la nuit avec elle.

Maria la remercie. Est-il possible que ce soit plutôt Cilka qui passe la nuit avec Katya et elle ? Elle ne partira pas de toute façon. Le commandant préfère que sa fille rentre à la maison, mais il accepte néanmoins qu'elle passe une nuit dans une chambre ici, à l'écart des prisonniers. On apporte des chaises dans la salle d'opération pour Cilka et Maria. Il n'y aura plus d'intervention aujourd'hui.

Chapitre 24

Katya se réveille plusieurs fois dans la nuit. Cilka veille sur elle et lui fait d'autres piqûres analgésiques tandis que Maria tranquillise sa fille : oui, elle sera bientôt à la maison.

Après avoir encore une fois apaisé la fillette, Cilka se rassied, consciente que Maria l'observe.

— Il y a quelque chose qui vous préoccupe ? demande-t-elle à la femme du commandant dont elle est la prisonnière.

— Je ne sais pas comment te remercier de ta gentillesse, de tes soins. Te voir avec Katya m'émeut profondément. Je ne sais pas pourquoi tu es ici, je ne veux pas le savoir, mais tu veux bien que je demande à mon mari de t'aider ?

Cilka ne sait pas où poser son regard.

— Vous le pensez vraiment ?

— Oui, nous te devons tant. Si cela ne tenait qu'à moi, tu ne passerais pas une nuit de plus ici. Katya compte beaucoup pour Alexeï Demyanovich. Ne le dis à personne, surtout pas à ses fils, mais à mon avis, cette petite fille étendue dans ce lit est son enfant préféré.

Cilka contemple Katya : blonde, jolie, prête à bientôt se transformer en jeune fille. Elle écarte une mèche de son visage.

— Je n'ai pas eu d'enfant, avoue Cilka, se sentant à l'abri dans cette pièce calme et silencieuse. Mais je suis une fille. Je connais l'amour d'une mère et d'un père.

— Un jour cela t'arrivera, Cilka, tu es jeune.

— Peut-être.

Ce serait trop que de révéler à Maria, cette femme bien nourrie, choyée, qu'elle pense ne jamais connaître la maternité. Ses organes ne doivent plus fonctionner, sinon elle aurait déjà été enceinte.

— Si tu me laisses t'aider à quitter cet endroit, ça pourrait t'arriver plus vite. Ce n'est qu'un poste temporaire pour mon mari. Nous serons peut-être bientôt de retour à Moscou. Voilà peut-être ta seule chance.

Cilka s'assoit, tourne un peu sa chaise pour faire face à Maria.

— Puis-je faire bénéficier quelqu'un d'autre de votre proposition ?

— Pourquoi ferais-tu une chose pareille ? demande Maria, visiblement interloquée.

— Parce qu'il y a une mère ici, dans ce camp, à qui je suis très attachée. Sa petite fille, Natia, aura deux ans dans quelques semaines. C'est l'âge auquel on les emmène, Josie ne la reverra plus jamais. Si vous pouviez empêcher cela, je vous serais si reconnaissante.

Maria détourne les yeux, bouleversée. Elle regarde sa fille et pose une main sur son ventre. *Elle sait sûrement ce qui se passe,* pense Cilka, *mais n'a jamais voulu imaginer ce que peuvent éprouver les prisonnières, ni songer à leur souffrance.*

Maria acquiesce. Elle tend les mains et prend celles de Cilka.

— Comment s'appelle-t-elle ? Natia et sa mère ne seront pas séparées, si je peux l'empêcher.

— Jozefína Kotecka, dit Cilka.

La porte de la chambre s'ouvre sur Alexeï Demyanovich qui entre, entouré de gardes du corps. Cilka se lève d'un bond.

— Merci d'avoir veillé sur ma fille et ma femme.

Katya se réveille au son des lourdes bottes sur le parquet. Quand elle voit son père, elle appelle :

— Papa, Papa.

Avec un clin d'œil à sa femme, Alexeï s'assoit sur le lit de Katya et la réconforte.

Yelena apparaît à son tour et examine l'enfant.

Tout le monde dans la pièce sourit. Cilka se retrouve au milieu d'une réunion de famille heureuse et ne sait pas comment réagir. Alors qu'on place Katya dans une chaise roulante pour l'amener jusqu'à la voiture de son père qui la reconduira à la maison, Maria serre longuement Cilka dans ses bras et lui chuchote qu'elle s'occupera de Natia et sa mère.

Une fois qu'ils sont partis, Cilka referme la porte derrière eux, s'assoit sur le lit de Katya.

— L'amour d'une mère, murmure-t-elle.

Chapitre 25

Yelena attend Cilka quand elle arrive au travail.

— Viens avec moi. N'enlève pas ton manteau.

— Où allons-nous ?

— Viens juste avec moi.

Yelena sort à pas vifs de l'hôpital et se dirige vers le bâtiment administratif voisin, une maison de trois étages en pierre, à proximité de deux autres bâtisses qui lui ressemblent. Elles font le tour et passent par une entrée plus discrète à l'arrière. Un garde posté devant leur ouvre la porte sans poser de questions. Elles entrent dans une petite réception. Cilka regarde vite autour d'elle, à l'affût de menaces, de quiconque pourrait lui faire du mal. Elle se rapproche de Yelena, cherche la sécurité auprès de cette femme à qui elle fait désormais totalement confiance. Et soudain, il est là. Alexandr se lève de derrière son bureau. Cela faisait si longtemps qu'elle ne l'avait pas vu de près. Il est mince, comme tous les prisonniers, mais calme, posé. Ses cheveux sont bien coupés, sa peau claire, ses yeux bruns ont une expression ouverte et chaleureuse.

— Attends-moi un instant, dit Yelena à Cilka.

Elle fait signe à Alexandr, s'éloigne dans un couloir et disparaît derrière une porte.

— Pas de raison de t'inquiéter, Cilka, souffle Alexandr, conscient de son malaise et lui montrant qu'il se souvient d'elle.

Il sourit, le coin de ses yeux se plisse. Le cœur de Cilka bat fort.

Josie lui a parlé de lui plusieurs fois et elle est toujours heureuse de savoir qu'il se porte bien. Il écrit des poèmes sur des bouts de papier avant de les déchirer, lui a confié Josie.

Cilka s'approche du bureau. Elle réussit à parler.

— J'espère bien, Alexandr.

Elle baisse les yeux et aperçoit effectivement des mots griffonnés d'une écriture expressive. Elle relève les yeux et ne peut s'empêcher de regarder ses lèvres.

— Je...

Un bruit de porte attire l'attention de Cilka. Josie ! Son amie court vers elle, apparemment bouleversée.

— Cilka, que se passe-t-il ?

Yelena revient dans la pièce après Josie.

— Je ne sais pas, répond Cilka, son cœur battant la chamade. Yelena Georgiyevna, que se passe-t-il ?

— Je l'ignore. Attendez un instant. On m'a demandé de vous amener ici.

Maria Danilovna entre dans la pièce, Natia dans ses bras.

Josie pousse un cri et court vers sa fille, se retenant à la dernière minute de l'arracher aux bras de cette inconnue bien habillée. Maria tend Natia à sa mère. La fillette est visiblement heureuse et calme.

— Elle est magnifique, Jozefína, dit Maria. Viens.

Elle leur fait signe de la suivre dans le couloir. Cilka jette un coup d'œil à Alexandr qui incline la tête vers elle avant de se rasseoir à son bureau. Elles entrent dans une pièce gris terne et une fois la porte close, Maria se tourne vers Cilka :

— J'ai tenu ma promesse.

— Que se passe-t-il ? demande Josie, serrant Natia dans ses bras, terrorisée.

Cilka caresse le visage de Natia, puis celui de Josie.

— Josie, je te présente Maria Danilovna, la femme du commandant Alexeï Demyanovich. Tu n'as rien à craindre d'elle.

— Comment ?

— Jozefína, j'ai proposé à Cilka Klein de faire quelque chose pour elle après qu'elle a sauvé la vie de ma fille, non pas une fois, mais deux...

— Euh, je n'y étais pas pour grand...

— C'est moi qui raconte l'histoire, Cilka ! s'écrie Maria. Elle a sauvé deux fois la vie de ma fille. Je lui ai demandé ce que je pouvais faire pour lui être utile, par gratitude pour ses soins. Elle ne voulait rien pour elle-même ; elle m'a parlé d'une faveur pour toi et ta fille.

— Je ne comprends pas, vous lui avez proposé votre aide et c'est à moi que vous l'apportez à la place ?

— Oui, une voiture attend dehors. Elle vous amènera, Natia et toi, à la gare et de là, à Moscou. Une amie, Stepanida Fabiyanovna, t'attendra à Moscou et t'emmènera chez elle. J'espère que tu profiteras bien de cette chance : tu vivras avec elle et tu toucheras un petit salaire pour les tâches que tu accompliras pour elle.

Josie, Natia dans ses bras, s'effondre par terre en sanglotant, bouleversée. Cilka s'agenouille à ses côtés et les prend toutes les deux dans ses bras. Les larmes coulent sur les visages de Yelena et de Maria. Natia tend les bras pour serrer ses petites mains autour du cou de Cilka qui l'étreint, tout contre son cœur. Elle couvre ses joues de baisers jusqu'à ce que la petite se tortille pour lui échapper, ce qui fait rire Josie et Cilka à travers leurs larmes. Lentement, elles se lèvent.

— Mumma, crie de joie Natia en tendant les bras vers sa mère.

Maria sourit chaleureusement, les yeux embués.

— Je vous laisse afin que vous puissiez bien vous dire au revoir. Transmettez mes meilleurs sentiments à Stepanida Fabiyanovna. Dites-lui que je lui écrirai bientôt.

Alors que Maria Danilovna ouvre la porte, Cilka lui court après et la serre impulsivement dans ses bras. Elle se reprend et recule d'un pas.

— Comment pourrai-je jamais vous remercier ?

— Tu l'as déjà fait. Veille bien sur toi, Cilka. Je prendrai de tes nouvelles de temps à autre.

Elle leur adresse un dernier signe de tête et sort.

La porte s'ouvre à nouveau sur un garde.

— C'est l'heure de partir. La voiture attend, le train, lui, n'attendra pas. (Il tient un petit sac.) La femme du commandant m'a demandé de vous donner ça ; ce sont des vêtements pour la petite. Je vais le porter dans la voiture.

Elles retournent à la réception. Josie court vite saluer Alexandr.

— Bonne chance, Josie, dit-il en posant ses mains sur celles de la jeune femme, l'enfant entre eux.

Alors que Josie rejoint le groupe, les regards d'Alexandr et Cilka se croisent. Elle se détourne, passe un bras autour de Josie et Natia, et les accompagne dehors.

Non loin de la voiture, les yeux de Josie passent de Yelena à Cilka.

— Je ne veux pas partir. Je ne veux pas vous quitter.

Cilka rit. Les mots de Josie sont les plus beaux et les plus absurdes qu'elle ait entendus depuis longtemps. Elle continue à sourire, luttant pour retenir ses larmes.

— Pars. Trouve tes frères. Je te souhaite une bonne vie – pour moi, pour nous toutes – et veille à ce que celle de cette petite fille le soit aussi. Je penserai toujours à toi et ce ne seront que des pensées heureuses.

Elle la serre une dernière fois dans ses bras, Natia entre elles.

La portière claque, la voiture disparaît. Ni Yelena ni Cilka n'ont envie de bouger.

— De tout ce que j'ai vu depuis que je suis ici, c'est le souvenir auquel je m'accrocherai quand les ténèbres de cet endroit menaceront de me submerger. Je ne sais pas comment le commandant et sa femme y sont arrivés. Quelqu'un de haut placé lui devait sûrement une faveur. Maintenant, au travail, il y a d'autres âmes à sauver, murmure Yelena.

Le soleil transperce un instant les nuages épais. Quelque chose en Cilka cède. « *Leich l'shalom* », chuchote-t-elle silencieusement pour Josie. *Va vers la paix.*

*

* *

Ce soir-là, Cilka raconte aux autres le départ de Josie et Natia, sans insister sur son rôle. Des larmes sont versées. Des souvenirs revisités. Autant de joie que de tristesse.

La conversation débouche, comme c'est désormais souvent le cas, sur leurs vies avant Vorkouta.

Les raisons de leur présence sont aussi diverses que leurs personnalités. En plus d'avoir été membre de l'Armée clandestine polonaise, Elena a aussi été accusée d'espionnage. Elle se met à leur parler anglais, ce qui impressionne tout le monde.

— Je le savais, bien sûr, dit Hannah avec suffisance.

Elles ont passé cinq ans avec quelqu'un qui maîtrisait cette langue. Certaines demandent à Elena si elle veut bien leur apprendre un peu d'anglais, juste un peu. Un acte secret de résistance.

D'autres Polonaises ont aussi été accusées d'avoir aidé l'ennemi de différentes façons. Aucune ne mentionne la prostitution. Olga raconte à nouveau comment elle s'est retrouvée du mauvais côté parce qu'elle avait confectionné des vêtements pour la femme d'un riche général. Quand celui-ci avait déplu à Staline qui l'avait fait exécuter, Olga avait été arrêtée et déportée.

Margarethe commence à sangloter.

— Je meurs chaque jour un peu plus de ne pas savoir ce qui est arrivé à mon mari.

— Il a été arrêté avec toi, non ? demande Olga comme pour résoudre l'énigme tout haut.

— Nous avons été arrêtés ensemble, mais envoyés dans deux prisons différentes. Je ne l'ai jamais revu. Je ne sais pas s'il est en vie, mais mon cœur me dit qu'il est mort.

— Qu'est-ce qu'il a fait ? demande Anastasia qui ne connaît pas encore l'histoire.

— Il est tombé amoureux de moi.

— C'est tout ? Non, il a dû faire autre chose.

— Il vient de Prague. Il est tchèque. Je l'appelle mon mari, mais c'est bien là qu'est le problème. Nous avons osé essayer de nous marier. Je viens de Moscou et nous n'avons pas le droit d'épouser des étrangers.

Le cœur de Cilka bat la chamade pendant toute cette conversation. Cela fait cinq ans qu'elle est là et les femmes savent qu'elle est juive et slovaque, mais ne connaissent pas les circonstances de son arrestation. Josie avait glané des informations à force de lui poser des questions, mais elle s'était abstenue d'entrer dans les détails. Elle lui avait parlé de ses amis, comme Gita et Lale, s'était demandé tout haut avec elle où ils étaient, s'ils étaient en sécurité. Elle avait parlé à Josie de la mort de sa mère et de sa sœur, mais sans développer davantage. Elle a honte de ne pas lui avoir tout dit. Mais si Josie s'était détournée d'elle, cela l'aurait complètement brisée.

Un silence contemplatif envahit le dortoir.

— C'est le moment de suivre mon conseil, dit Olga au groupe. Un souvenir heureux. Forcez-le à entrer dans votre tête et dans votre cœur.

Bardejov, Tchécoslovaquie, 1939

— Cilka, Magda, venez vite ! appelle leur mère.

Magda laisse tomber le livre qu'elle est en train de lire et se précipite dans la cuisine.

— Cilka, viens.

— Une minute, laisse-moi finir ce chapitre, grommelle Cilka.

— C'est quelque chose de merveilleux, Cilka, viens, insiste leur mère.

— Bon, ça va, j'arrive.

Tenant le livre ouvert à la bonne page, Cilka entre d'un pas lourd dans la cuisine. Sa mère, assise à la table, est en train de parcourir une lettre. Elle agite la feuille quand les filles sont là.

— Qu'est-ce qu'elle dit ? demande Magda avant de pousser un petit cri de joie.

Cilka reste sur le pas de la porte, faisant semblant de lire, attendant en réalité la suite.

— Pose ce livre, Cilka, ordonne cette fois sa mère. Viens t'asseoir.

Cilka pose le livre ouvert sur la table et s'installe à côté de Magda, en face de sa mère.

— Alors ? insiste Cilka.

— Tante Hélène se marie.

— Oh ! C'est une merveilleuse nouvelle, Maman, dit Magda. J'aime toutes tes sœurs mais surtout tante Hélène. Je suis si heureuse pour elle.

— Ça change quoi pour nous ? s'enquiert Cilka d'un air nonchalant.

— Eh bien, mes deux beautés, elle veut que vous soyez ses demoiselles d'honneur, que vous fassiez partie du mariage. Est-ce que ce n'est pas formidable ?

— Nous allons porter de belles robes avec des fleurs dans nos cheveux ? s'informe Magda, tout excitée.

— Oui, vous aurez de belles robes et je suis sûre que tante Hélène aimerait beaucoup que vous ayez des fleurs dans les cheveux. Qu'en penses-tu, Cilka ? Est-ce que tu as envie d'être demoiselle d'honneur, que tout le monde t'admire et te complimente sur ta beauté ?

Cilka regarde sa mère et sa sœur, essaie de retenir son excitation sans y parvenir. Elle se dresse d'un bond en faisant tomber sa chaise, virevolte dans la cuisine, tire sur sa robe droite pour l'étirer en corolle.

— Je vais être une princesse avec des fleurs dans mes cheveux. Est-ce que je peux avoir une robe rouge ? J'aimerais vraiment une robe rouge.

— C'est tante Hélène qui décidera, mais tu peux toujours le lui suggérer. Elle acceptera peut-être, mais vous devrez porter la même couleur.

— Je vais aller l'annoncer à Papa.

Cilka sort de la cuisine en courant, à la recherche de son père.

— Papa, Papa, tante Hélène se marie. Elle est amoureuse.

Un jour, *se dit Cilka,* ce sera mon tour.

Chapitre 26

L'hiver 1950-1951 est particulièrement rigoureux. L'hôpital est submergé de cas sévères de gelures et autres affections liées au froid. Les amputations des membres inférieurs se banalisent et les survivants sont aussitôt expédiés on ne sait où pour libérer des lits. La pneumonie fait des ravages ; les poumons affaiblis par l'inhalation constante de poussière de charbon ne résistent pas aux infections qui s'étendent dans le camp. C'est tout juste si la pellagre est traitée à l'hôpital – les malades cadavériques avec leur peau qui pèle sont allongés par terre sur des couvertures près de la porte, prêts à être embarqués dans un camion dès leur décès.

Les mains gelées ne parviennent plus à tenir fermement les outils et l'augmentation des blessures est alarmante ; des détenus affaiblis réagissent trop lentement aux dangers que représentent les gros engins ou les chutes de pierre, et sont plus nombreux à se faire écraser.

Si les médecins soupçonnent un cas d'automutilation, ils mènent l'enquête, interrogeant les blessés qui supplient d'être gardés à l'hôpital ou du moins d'être déchargés du travail en extérieur. Certaines de ces blessures auto-infligées sont terribles, parmi les pires qu'ait jamais vues Cilka.

Les ambulances ont bien du mal à amener les malades et les blessés ; nombreux sont ceux qui arrivent à l'arrière de camions ou sont transportés par d'autres prisonniers.

Le temps lugubre, le départ de Josie et le manque d'espoir plongent de nouveau Cilka dans les ténèbres. Elle refuse toute pause entre deux sorties de l'ambulance qui emporte, dépose et repart aussitôt. Sans relâche, elle s'occupe des malades, des blessés et des mourants. On ne la voit plus dans le service.

Les responsables de la mine louent son courage : jamais elle ne refuse de descendre malgré le danger. Ils disent que sa petite taille et ses compétences font d'elle la personne la mieux adaptée aux secours des victimes. À nouveau, ce mot « courage » que Cilka ne pense pourtant pas encore mériter.

— Ambulance !

— J'arrive.

Kirill, Pavel et Cilka se précipitent vers la mine.

— Tu demandes pas ce qu'on va se payer aujourd'hui, Cilka ?

— Est-ce que c'est important ?

— Mauvaise journée ? riposte-t-il.

— Lâche-lui la grappe, Kirill, intervient Pavel.

— OK, c'est une explosion, donc brûlures et fractures au menu, conclut-il.

Ni Pavel ni Cilka ne répondent.

Kirill hausse les épaules.

— Comme tu voudras.

*
* *

Lorsqu'ils approchent de la mine, le chaos est évident. Comme d'habitude, des prisonniers contemplent le spectacle en sautillant d'un pied sur l'autre pour tenter de se réchauffer.

Cilka est sortie de l'ambulance avant même l'arrêt du moteur.

— Cilka, par ici.

Elle rejoint un groupe de gardes. Un contremaître apparaît.

— Cilka, content de te voir. On a quelque chose de méchant cette fois. On emportait des explosifs dans la galerie centrale pour continuer à avancer et l'un d'eux est parti de manière imprévue. On a au moins six détenus coincés et environ autant de gardes. Et aussi notre expert en explosifs qui allait actionner la dynamite. C'est le meilleur ici. S'il lui est arrivé quelque chose, on est dans la merde.

Cilka se dirige aussitôt vers l'entrée de la mine.

— Pavel, crie-t-elle, apporte la boîte. Allez, dépêche-toi.

Le responsable lui court après.

— Non, Cilka, impossible, c'est trop tôt. On n'a pas levé l'interdiction.

Elle connaît la chanson !

— Et qui va décider que c'est sans risque si on reste plantés ici ?

N'obtenant pas de réponse, elle se tourne vers Pavel.

— Je ne peux pas te forcer, mais j'aimerais bien que tu viennes avec moi.

— Cilka, t'as entendu le gars ; les parois pourraient s'effondrer autour de nous.

— Il y a des hommes au fond, on doit essayer.

— Et risquer de se faire tuer peut-être ? Non merci.

— Bien, j'irai toute seule. Passe-moi la boîte.

Pavel la lui tend. Il hésite, puis la ramène contre lui.

— Je vais le regretter, hein ?

— Sans doute, dit-elle avec un petit sourire.

— Absolument ! les prévient le contremaître. Écoutez, je ne peux pas vous l'interdire, seulement vous le déconseiller.

— Allez, Pavel, viens.

— Attendez, prenez la grosse lampe.

À mesure que l'ascenseur descend, sa lumière parvient tout juste à pénétrer la poussière qui s'élève et tourbillonne autour d'eux. Ils sortent dans le noir et pendant plusieurs minutes avancent à tout petits pas avant de commencer leurs appels.

— Hé, quelqu'un m'entend ? crie Cilka. Hurlez si vous m'entendez pour qu'on puisse vous repérer. Y a quelqu'un ?

Silence. Ils progressent et s'approchent du lieu de l'explosion. Sous leurs pas, le sol, jonché de pierres et de rochers, devient un parcours d'obstacles. La voie se rétrécit.

Pavel trébuche et glisse sur un caillou tranchant. Il hurle autant de peur que sous le coup de la douleur.

— Ça va ?

Son chapelet de jurons se répercute sur les parois. Comme l'écho diminue, ils entendent un cri.

— Par ici, par ici.

— Continuez à parler, on vient, s'exclame Pavel qui, suivi de Cilka, se précipite dans la direction de la voix.

Leurs deux lampes éclairent un groupe d'hommes qui font des signes et s'époumonent. Quand ils les rejoignent, Pavel demande qui est le responsable. Un garde assis à côté d'un homme inconscient se présente.

— Dites-moi combien vous êtes et ce que vous savez, réclame Cilka.

Ils sont six, trois gardes, deux prisonniers et l'artificier, inconscient. Le souffle de l'explosion a fait valser leurs casques et éteint toutes les lumières en même temps. Impossible dans le noir de se rendre compte de la gravité de leurs blessures.

— Est-ce que certains peuvent se mettre debout et sortir par eux-mêmes ? s'informe Cilka.

Bien que sérieusement blessés, deux s'en sentent capables. Bras cassé pour l'un d'eux, l'os a transpercé sa chemise et sa veste. À l'aide de leur lampe, Cilka et Pavel procèdent à un examen rapide des mineurs. La respiration de l'expert est hachée et il a une blessure à la tête. Elle demande à Pavel de vérifier l'état d'un autre homme inconscient. Il le déclare mort en quelques instants. C'était l'un des gardes.

Cilka se concentre sur le spécialiste. Il semble qu'il ait aussi été atteint au thorax ; sa poitrine enfoncée montre qu'il a plusieurs côtes cassées. On l'allonge sur le sol, puis Cilka lui pose une perfusion et un pansement grossier autour de la tête.

— Et les autres ? demande-t-elle au garde. On nous a indiqué que vous étiez une douzaine.

L'homme lui dit d'éclairer plus en avant. La lumière ne montre qu'un amas de rocs qui bloquent le passage.

— Ils sont à coup sûr de l'autre côté, explique-t-il.

— Vous avez essayé de crier pour savoir s'ils répondent ?

— Ce sera une perte de temps. Ils étaient devant nous à environ cent mètres et avançaient avec la dynamite quand ça a explosé. Ils l'auront prise de plein fouet. Les autres étaient juste derrière. Aucune chance de s'en tirer.

— Bon, vous n'aurez qu'à expliquer tout ça une fois dehors. Maintenant, voyons qui peut aider les blessés graves à sortir d'ici. J'ai besoin au moins d'une personne pour aider Pavel à porter notre expert.

— Moi, déclare un garde.

— Moi aussi, ajoute l'un des détenus d'une voix rauque en toussant.

— Merci.

Elle se tourne vers l'autre prisonnier et, d'un mouvement de tête, désigne le blessé.

— Vous pouvez garder un œil sur lui ? Il a une vilaine fracture au bras.

— D'accord, répond-il.

Cilka lève sa lampe en direction de la sortie et, tant bien que mal, les hommes, grimaçants de douleur, avancent. Derrière elle, Pavel passe les bras sous les épaules de l'homme inconscient et le maintient fermement par la poitrine pendant que les autres lui attrapent les jambes. Cilka reprend la trousse de soins, pose la bouteille de produit à perfusion par-dessus et suit les ouvriers dans la longue galerie confinée. Enfin, ils entrent dans la cage d'ascenseur.

En jetant un regard derrière elle, dans la lumière trouble et tourbillonnante, elle constate que Pavel avance difficilement à cause du poids de l'homme.

Elle perçoit un grondement. *Non !* Des rochers fragilisés se détachent et roulent dans des nuées de poussière. Elle entend Pavel crier.

Des hurlements retentissent, la manette de l'ascenseur fait un bruit sec, la porte claque en se refermant. Cilka tousse et tousse encore, ses oreilles bourdonnent. Elle s'effondre, sa tête heurte la dure paroi métallique de l'ascenseur, tout son corps vibre tandis que, lentement, ils entament la remontée.

*
* *

— Cilka, Cilka, serre-moi la main.

La voix apaisante de Yelena lui parvient dans une demi-conscience.

Main, sentir la main, serrer, se dit-elle. À ce seul petit effort, des ondes de douleur lui traversent le corps et elle perd à nouveau connaissance.

*
* *

C'est un cri qui réveille Cilka. Sans ouvrir les yeux, elle écoute les bruits familiers que font les médecins et les infirmières qui vaquent à leurs occupations, les patients qui appellent pour être réconfortés ou parce qu'ils souffrent. Elle aussi en ressent le besoin pour ces deux raisons.

— Cilka, tu nous entends ?

C'est Raisa qui chuchote. Elle sent son souffle sur sa joue, elle doit être penchée sur elle.

— Il est temps de te réveiller. Allez, ouvre les yeux.

Lentement, Cilka les ouvre. Le monde est brouillé.

— Je ne vois rien, murmure-t-elle.

— Il est possible que ta vision soit affectée, Cilka, pas de panique, ça va s'arranger. Tu vois ma main ?

Un éclair passe devant Cilka, un mouvement. Ce pourrait être une main. Elle clignote plusieurs fois des yeux et chaque fois sa vision se précise davantage, jusqu'à ce qu'elle reconnaisse des doigts ; oui, c'est une main.

— Je la vois, je vois ta main, marmonne-t-elle faiblement.

— Bravo ! Maintenant écoute-moi pendant que je t'explique ce que tu as, ensuite tu pourras me dire comment tu te sens. D'accord ?

— Oui.

— Tu as reçu un méchant coup à l'arrière de la tête et il a fallu des points, vingt points. Je n'en reviens pas que tu aies pu te sortir de ce tunnel alors qu'il s'effondrait. En quoi es-tu faite ?

— Je suis plus solide que tu ne le croyais !

— On a dû te couper un peu de cheveux, je le crains, mais ça repoussera. Forcément, tu auras des maux de tête, et on ne veut pas que tu parles, sous aucun prétexte.

Cilka ouvre la bouche. Pavel. Elle se rappelle les derniers moments dans la mine. Elle gargouille son nom, angoissée.

— Calme-toi, répète Raisa.

— Pavel...

— Désolée, Cilka. Il n'a pas survécu.

Et c'est ma faute, songe-t-elle. *Je l'ai forcé à venir.*

Elle ferme les yeux.

Je suis maudite. Autour de moi, tout le monde meurt ou disparaît. C'est dangereux de m'approcher.

— Cilka, tu as des écorchures et des ecchymoses dans le haut du dos, là où le rocher est tombé, tu devais être pliée en deux quand c'est arrivé. Rien de sérieux, tout ça guérit bien.

La jeune femme essaie de respirer. Elle, elle ne compte pas.

— Et le reste des hommes ?

— Oh, Cilka ! Je te reconnais bien là, demander des nouvelles des autres avant de s'inquiéter de ton état. Merci, dans l'ensemble les ouvriers qui sont sortis avant toi vont bien.

Cilka est soulagée, ils ne sont pas tous morts, mais Pavel... Elle aurait dû être plus prudente.

— Maintenant, continue Raisa, voici comment tu vas être soignée et promets-moi de nous obéir. Je ne veux pas que tu te mêles de quoi que ce soit, même si tu crois en savoir plus que nous toutes réunies !

Cilka ne répond rien.

— J'ai dit : promets.

— Promis, marmonne-t-elle.

— Promis quoi ?

— D'obéir, de ne pas m'interposer ni de m'imaginer que je peux guérir toute seule.

— J'ai bien entendu, souligne Yelena qui s'est approchée furtivement. Comment va notre malade ?

— Je...

— C'est moi qui parle, tu viens juste d'accepter de te taire, plaisante Raisa.

— Jamais de la vie.

— Bon, j'ai la réponse à ma question. Cilka, comment te sens-tu ? Où as-tu mal ?

— Nulle part.

— Écoute, se fâche Yelena, tu vas rester allongée pendant encore vingt-quatre heures. Et tu devras bouger le moins possible. Ton corps, ta tête en particulier, doit récupérer. Tu as été sévèrement commotionnée et seul le repos améliorera ton état.

— Merci, parvient à articuler Cilka.

— J'ai fait prévenir les filles de ton dortoir que tu étais blessée mais que ça va aller ; je sais combien tu es proche d'elles et je me suis dit qu'elles pourraient s'inquiéter.

Hannah, sans aucun doute. La dernière boîte qu'elle lui a rapportée fera encore un bout de temps.

Les pensées de Cilka se tournent à nouveau vers Pavel ; une larme lui échappe et coule le long de sa joue.

*

* *

Le lendemain, lorsque Cilka ouvre les yeux, un inconnu est penché sur elle. Aussitôt, l'homme s'empare d'une de ses mains et la couvre de baisers.

— Merci, merci de m'avoir sauvé la vie. Vous êtes un ange. Je vous regardais dormir dans l'espoir que vous vous réveilleriez afin de pouvoir vous remercier.

Cilka reconnaît l'expert en explosifs de la mine.

Lyuba apparaît à ses côtés.

— Allez, retournez à votre lit. Je vous ai déjà dit que vous ne pouvez pas venir sans arrêt ici. Cilka a besoin de repos.

— Mais...

— Lyuba, ça va. Laisse-le rester un moment, dit-elle d'une voix rauque.

— À nouveau, merci.

— Comment allez-vous ? Vous n'aviez pas l'air bien en forme la dernière fois qu'on s'est vus.

— C'est ce qu'on m'a expliqué, mais je vais bien mieux. Je retourne à mon baraquement demain, alors ça doit être vrai.

Cilka parvient à lui sourire.

— Je suis contente de vous avoir revu. Faites attention à vous.

Comme il s'éloigne, Lyuba revient au chevet de Cilka.

— Ta rapidité de réaction et de décision l'a sauvé, lui et les autres mineurs. Il est intarissable à ce sujet.

— Peut-être, Lyuba, mais j'ai convaincu Pavel de m'accompagner et il en est mort.

— Tu avais besoin d'aide et il a choisi de venir.

— Il est venu parce qu'il tenait à moi. C'est maintenant que je m'en rends compte.

— Eh bien, il serait heureux que tu t'en sois sortie.

— Je peux la voir ?

Kirill a surgi derrière Lyuba qui s'écarte.

— Comment vas-tu ?

Son inquiétude est réelle.

— Je suis désolée, Kirill. Tellement désolée, lui dit-elle au bord des larmes.

— C'est pas ta faute, ce qui est arrivé à Pavel.

— Mais il m'a aidée seulement parce que je le lui ai demandé.

— Il serait venu quand même. C'est sur moi que tu devras compter désormais.

— Je ne pense pas vouloir continuer, avec toi, sans Pavel.

— Ne dis pas ça. Bien sûr que tu reviendras. Faut juste que tu te remettes.

— Je ne crois pas pouvoir être celle qui risque la vie des autres, soupire-t-elle.

— Cilka Klein, la plupart du temps, tu n'exiges rien des autres et c'est bien pour ça qu'ils risquent leur vie. C'est pour ça qu'ils veulent t'aider. T'as pas encore pigé ?

Cilka regarde Kirill et le voit différemment. L'air bravache qu'il adoptait avec elle, et même son mépris, tout ça n'existe plus.

Il lui caresse rapidement la main de sa grosse pogne poilue.

— Récupère bien. Je viendrai voir comment tu vas dans quelques jours. Et puis, ajoute-t-il, Pavel n'était pas le seul à tenir à toi.

Avant que Cilka puisse répondre, il s'éloigne.

*

* *

Cilka ne tient pas sa promesse. Les dix jours suivants, pendant sa convalescence, on la gronde, lui hurle dessus et menace même de l'attacher. C'est surtout la nuit, quand les équipes sont réduites, qu'elle est la plus active. Elle entreprend plusieurs fois de réanimer des patients qui lui semblent avoir des problèmes respiratoires, mais surtout elle passe voir d'autres malades et les réconforte.

Ses blessures guérissent, ses maux de tête diminuent, on lui retire les points. Elle cache les douleurs continues qu'elle ressent dans le dos, car elle ne souhaite pas prolonger son séjour dans le service. Elle demande à Yelena de la faire sortir plus vite afin de pouvoir rentrer au dortoir. Elle ne devrait pas occuper l'un de ces précieux lits.

— Oui, bientôt, la rassure Yelena, tu pourras partir bientôt.

*

* *

Quelques jours plus tard, alors que Cilka et l'équipe médicale sortent de la salle d'opération – sa première depuis qu'elle est à nouveau sur pied – et que les lumières sont depuis longtemps éteintes dans le camp, plusieurs haut gradés viennent à leur rencontre. Les officiers s'inquiètent du sort de l'expert et sont soulagés d'apprendre qu'il va bien. Après encore quelques jours de soins, il pourra reprendre ses missions. Cilka essaie de s'éclipser discrètement, mais au moment de quitter la pièce, l'un des officiers la hèle.

— Infirmière, restez s'il vous plaît.

Cilka ne fait plus un geste. Quand le commandant d'un camp vous adresse directement la parole, cela n'annonce rien de bon. Une fois le rapport du médecin terminé, le commandant s'approche. Grand, mince, la casquette penchée de côté, il ressemble à quelqu'un qu'elle a connu, autrefois, un individu qui l'a utilisée. Alors que les souvenirs qu'elle essaie difficilement d'enfouir la submergent de nouveau, elle se met à trembler.

— C'est toi l'infirmière qui est descendue dans la mine et a sauvé les blessés ?

Elle est incapable de répondre. Il répète sa question.

— Oui, finit-elle par bredouiller. J'y suis allée, mais ce sont les médecins qui les ont sauvés.

— Ce n'est pas ce que j'ai entendu. Ton courage a sauvé beaucoup d'hommes. Je veux que tu saches que nous te sommes reconnaissants.

— Merci, je n'ai fait que mon travail.

— Comment t'appelles-tu ?

— Cilka Klein, monsieur.

— Tu es infirmière diplômée ici ?

Avant qu'elle ne puisse répondre, Yelena intervient :

— Cilka a été formée ici par des médecins confirmés et d'autres infirmières expérimentées. Elle a des compétences exceptionnelles, nous sommes heureux de l'avoir.

Le commandant prend note de ces commentaires.

— Néanmoins, tu es détenue ici.

— Oui, murmure Cilka, tête baissée.

— Tu loges dans les chambres des infirmières ?

— Je vis dans le Bloc 29.

Il se tourne vers la doctoresse.

— Je l'autorise à s'installer chez les infirmières.

Sur ces mots, il s'en va, sa garde rapprochée derrière lui.

Cilka se laisse glisser le long du mur contre lequel elle se tenait, frissonnante.

Yelena la relève.

— Tu dois être épuisée. Tu as traversé beaucoup de choses, ces jours-ci. On va te trouver un lit pour passer la nuit ici. Tu ne regagnes pas ton dortoir ce soir. Demain, on parlera du déménagement.

Cilka se laisse emmener.

Chapitre 27

À son réveil, Cilka voit le ciel bleu et clair par la fenêtre. L'aube avance à petits pas et la lumière du jour qui vient lui rappelle encore plus ses camarades de dortoir.

Lorsque Yelena arrive, Cilka lui confie tout de suite le fond de ses pensées.

— Je suis reconnaissante qu'on me propose de dormir chez les infirmières, mais je vais décliner cette offre.

Yelena la regarde, abasourdie.

— Je voudrais rester avec mes amies, insiste Cilka.

— Où tu n'es pas en sécurité…

Yelena sait ce qui se passe dans le camp la nuit, elle en a constaté les dégâts. Cilka devine que sa décision lui paraît incompréhensible.

— C'est là où sont mes amies, répète-t-elle. Olga, Elena, Margarethe, Anastasia.

Et si Hannah leur a raconté, alors, il faudra que j'assume, songe-t-elle avec crainte.

— Je ne m'attends pas à ce que vous compreniez.

Yelena respire à fond.

— C'est ta décision et je la respecterai. Si tu viens à changer d'avis...

— Vous serez la première prévenue.

Il faut qu'elle retourne là-bas. Ces femmes qui partagent le baraquement avec elle sont devenues sa famille. Certes, elles ne sont pas toujours d'accord. Il y a eu de nombreux heurts, elles en sont même venues aux mains, mais c'est ce que surmontent les grandes familles compliquées. Elle se rappelle à l'adolescence les disputes et les bagarres avec sa sœur, mais la coopération et le partage comptaient davantage que le conflit. Des femmes étaient arrivées et parties, mais leur groupe d'origine était resté soudé et cet ours mal léché d'Antonina Karpovna en faisait aussi partie.

*

* *

Quand Cilka entre dans le dortoir, les femmes la regardent d'un air triste. *Elles savent,* pense-t-elle aussitôt. Elle pourrait ressortir immédiatement mais se force à rester, à leur faire face.

— Oh, Cilka, Olga est partie, déplore Margarethe.

— Partie ? Comment ça ?

Elle s'oblige à respirer profondément.

— Ils l'ont emmenée ce matin quand on allait travailler. Elle avait effectué sa peine.

— Mais je n'ai pas pu lui dire au revoir, s'exclame Cilka.

Une nouvelle perte, insupportable, s'ajoute à tant d'autres.

— Elle a demandé de te saluer. Sois heureuse pour elle, Cilka, elle va retrouver ses enfants.

Anastasia entre et se joint à elles.

— Cilka ! Elles t'ont raconté ?

— Oui, elle va me manquer.

Anastasia enlace Cilka.

— Tu nous as manqué aussi.

*

* *

Le dortoir est exceptionnellement calme cette nuit-là. Le lit vide d'Olga rappelle qu'elle est partie, et qu'elles sont encore là.

Plusieurs hommes arrivent après l'extinction des feux, Boris inclus. Il est sombre. Cilka est allongée à ses côtés, silencieuse.

— Tu n'as jamais envie de parler de nous ? finit-il par lui demander.

— Je ne sais pas ce que tu entends par « nous ».

— Toi et moi, ce que nous signifions l'un pour l'autre. Tu ne me dis jamais ce que tu ressens.

— En quoi ça t'importe ? Tu veux juste mon corps.

Boris s'appuie sur le coude et malgré l'obscurité, il essaie de voir le visage de Cilka, d'en déchiffrer l'expression.

— Que penserais-tu si je te disais que je suis amoureux de toi.

Cilka reste quelques instants sans réagir. Il attend.

— C'est gentil.

— J'y ai vraiment réfléchi quand tu étais à l'hôpital. Et toi, tu ressens quoi pour moi ?

Rien, songe-t-elle. *Je t'ai simplement toléré.* Lui vient alors à l'esprit, et ce n'est pas la première fois, le visage aimable, attirant, d'Alexandr. Elle ne devrait pourtant pas attiser cette petite flamme.

— Boris, tu es un homme très bien, il n'y a personne d'autre dans le camp avec qui je préférerais coucher.

Dans la pénombre, elle distingue son nez rougeaud, ses lèvres humides. Elle fixe de nouveau le plafond.

— Mais m'aimes-tu ?

— Je ne sais pas ce que cela signifie. Si je pouvais me permettre de tomber amoureuse de quelqu'un, il faudrait que je croie en l'avenir. Or il n'y en a pas.

Pourtant, elle peut éprouver de l'attirance, ce sentiment dont parlent les gens, mais elle en mesure le danger dans un endroit si cruel.

— Comment en es-tu sûre ? Nous pourrions avoir un avenir ensemble, nous ne passerons pas le reste de notre vie ici.

Mieux vaut ne rien sentir, songe-t-elle.

— Tu vois ce lit vide là-bas ?

Boris scrute l'obscurité.

— Non.

— Eh bien, il y a un lit vide. Olga a dormi là chaque nuit depuis notre arrivée ici.

— Oui..., fait-il, hésitant.

— Sais-tu pourquoi elle était là ?

La voix de Cilka s'élève, suscitant un « tais-toi ! » dans le noir.

— Comment le saurais-je alors que je ne sais même pas pourquoi tu es ici ?

— Elle est russe. Elle est tombée amoureuse d'un Tchèque de Prague. C'est contre vos lois. Ils ont été embarqués. Elle s'est retrouvée ici, elle n'a aucune idée de ce qui lui est arrivé à lui, elle imagine qu'il est mort.

— En quoi ça nous regarde ?

— Je viens de Tchécoslovaquie et tu es russe.

— Les choses peuvent changer, objecte-t-il d'un ton plaintif.

— Possible, mais pour l'instant, c'est notre réalité.

Boris se blottit contre Cilka, son excitation envolée. Il cherche du réconfort. Elle le tolère.

*

* *

L'affection de Boris et l'abus sexuel, une constante ; les blessés et les malades, une constante ; dans le dortoir, les amitiés continuent à s'exprimer tranquillement : elles partagent leurs ressources, se consolent de leurs conditions, se réconfortent de leurs pertes. Margarethe, Anastasia, Elena et Hannah sont toujours là, mais Cilka ne se sent pas aussi proche d'elles qu'elle l'était de Josie. Chaque fois que c'est possible, Hannah lui rappelle qu'elle pourrait briser la paix du baraquement, qu'elle pourrait tout révéler. Cilka n'est pas encore prête à affronter cela. Elle demeure liée à Yelena même si ce lien reste essentiellement inexprimé – formulé par des regards et des gestes au chevet d'un patient, dans le service. Et bien qu'elle refuse d'admettre ses sentiments, elle cherche la silhouette d'Alexandr en train de fumer, les yeux clos en un instant de plaisir, près du bâtiment de l'administration. Dans la neige, sous la pluie, un bref rayon de soleil –, le visage tourné vers la lumière. Lorsqu'elle le voit, son cœur bondit et pourtant elle se hâte, persuadée qu'ouvrir la porte à de tels désirs n'apportera rien de bon.

Tout cela perdure, alors que changent les saisons, que la nuit cède la place à la lumière, les nuits blanches aux longues nuits d'hiver obscures. Les cauchemars la réveillent souvent : corps émaciés, docteurs qui sifflotent, bottes noires cirées du commandant. Elle veut saisir les bons souvenirs mais ceux-ci reculent de plus en plus loin. Elle fantasme sur les vies de Josie et Natia, de Lale et Gita. Elle les imagine au chaud, en sécurité, qui s'étreignent. Elle continue d'exister.

Chapitre 28

Goulag de Vorkouta, Sibérie, juin 1953

Les nuits blanches reviennent. Durant les premières soirées dominicales, s'aventurer dehors « à la nuit » ne suscite plus l'enthousiasme et la joie des étés passés. C'est leur huitième fois, huit années de leur vie qu'on leur a volées.

Partout dans le camp, on entend gronder l'agitation. Au pic de l'été, Cilka surprend par hasard dans le service une conversation à propos d'une grève. Dans un secteur du camp, des hommes refusent de travailler. Ce soir-là, elle raconte aux autres les bruits qui courent.

La rumeur fait grimper d'un cran le niveau d'excitation dans le dortoir. Elena, qui travaille maintenant à l'atelier de couture grâce aux leçons d'Olga, n'a eu aucun écho de cette grève. On lui confie, ainsi qu'à Cilka, la mission d'engranger toutes les informations possibles.

Le lendemain, Cilka demande à Raisa ce qu'elle sait. D'une voix étouffée, Raisa l'informe que d'autres ouvriers se sont mis en grève.

Cilka, de sortie avec l'ambulance ce jour-là, tâche dont elle s'acquitte toujours mais moins souvent, voit des dizaines d'hommes assis par terre devant l'un des bâtiments administratifs.

Kirill ralentit pour observer cette scène extraordinaire : des hommes assis en pleine journée et plusieurs gardes, non loin, qui les observent.

— Eh bien c'est du jamais vu, fait remarquer Fyodor, le nouvel ambulancier avec lequel Cilka travaille souvent.

— Tu n'es pas au courant ? Ils refusent de travailler.

— On devrait peut-être se joindre à eux, suggère Kirill, je fais demi-tour ?

— Pas question, réplique Cilka, ton travail à toi n'est pas celui d'un forçat !

— J'adore quand tu te montres fougueuse, je m'étonne que tu ne sois pas l'une des meneuses de la grève.

— Tu me connais si mal.

— Oh, je crois que là, c'est toi qui te trompes.

— Excusez-moi, je suis là, intervient Fyodor.

*

* *

De retour dans le service, tous ne parlent que de la grève et se demandent comment les autorités vont régler la crise. Les options possibles pour trouver une issue au conflit semblent limitées. Il est probable que tout ça se termine en un surcroît de travail pour l'hôpital. Personne ne sait si les protestataires ont un but spécifique ou si de nouveaux détenus – des hommes qui ont encore l'énergie de lutter contre la façon dont ils sont traités – influencent les prisonniers plus anciens.

Ce soir-là, Elena partage les informations qu'elle a glanées. Les grévistes réclament de meilleures conditions de vie. Les femmes regardent leur dortoir qu'elles ont rendu le plus accueillant possible, un ersatz de maison. Sur une table proche, il y a une vieille cruche contenant quelques fleurs, des broderies sont punaisées aux murs et chacune a un lit, ce qui est un luxe.

— Quoi d'autre ? demande l'une d'elles.

— Ils veulent qu'on retire les barbelés autour du camp et les numéros de nos uniformes ; ils disent que c'est dégradant.

En apprenant cette dernière exigence, Cilka frotte sa main droite sur la manche de son bras gauche. Elle pense au numéro imprimé pour toujours sur sa peau.

— Oh, et puis, on devrait avoir le droit d'écrire à nos familles une fois par mois.

— Et quoi d'autre ? s'enquiert Margarethe.

— J'ai aussi entendu quelque chose à propos du statut de prisonnier politique, intervient Anastasia, mais je n'y ai guère prêté beaucoup d'attention.

— Pourquoi ? Ça nous affecte aussi, riposte Margarethe.

— Nous ne sommes pas toutes des prisonnières politiques, fait remarquer Anastasia.

— Nous sommes toutes victimes d'un dictateur injuste et cruel, déclare Elena.

— Elena, ne dis pas ça, même pas ici, murmure Margarethe avec fermeté.

— Elle peut dire ce qu'elle veut, la contrecarre Hannah fièrement.

— Je ne m'intéresse pas à la politique ; je n'ai jamais voté, ni défilé, ni manifesté, poursuit Anastasia, mais j'ai volé du pain pour que d'autres puissent manger.

— On peut arrêter de parler comme ça ? Ça ne va nous attirer que des ennuis, prévient Margarethe.

Cilka opine du chef.

— Pas de parole ou d'acte qui puisse nous mettre encore plus dans le pétrin que maintenant, nous qui sommes déjà enfermées dans ce camp.

— C'est ta façon préférée de réagir, hein, Cilka ? T'écraser sans résister, la provoque Hannah.

Elena lui lance un regard noir.

— C'est bon, Elena, la colère n'est que l'expression de notre impuissance, déclare Cilka.

Hannah sort comme une furie de son lit, crache aux pieds de Cilka, avant de quitter le baraquement en trombe. Elena, les poings serrés, veut la suivre.

— Non, laisse-la tranquille, suggère Cilka.

*

* *

Les jours suivants, l'agitation grandit. Les détenus en grève se comptent désormais par milliers. Les appels pour l'ambulance cessent à la mine, faute de prisonniers au travail. Les machines s'arrêtent. Des milliers de détenus sont assis dans l'enceinte, personne ne menace de s'échapper. Juste une occupation des lieux, non violente et paisible.

Un aide-soignant amuse Cilka, Raisa et Lyuba avec sa version d'un discours prononcé par un des chefs du soulèvement.

— « Quelle que soit notre nationalité, notre origine, aujourd'hui, notre sort est scellé. Très vite, camarades, nous saurons quand nous allons pouvoir retrouver nos familles. »

Raisa et Lyuba l'écoutent avant de quitter le groupe en hâte, inquiètes qu'on les pense d'accord.

— Qu'est-ce qu'il a dit d'autre ? demande Cilka, excitée.

Elle n'a peut-être pas de famille à rejoindre, mais elle pourrait rechercher Josie, Gita. Ose-t-elle nourrir de l'espoir ?

— Pas grand-chose. Il a demandé à tout le monde de rester assis et de ne pas causer d'ennuis, surtout de ne pas donner de bonnes raisons à ces porcs de nous attaquer.

— Nous ? Tu étais avec eux ?

L'aide-soignant a l'air penaud.

— Un moment seulement. Je suis avec eux, je les soutiens, mais mon travail ici est important.

— C'est bien, le félicite Cilka.

Les rumeurs vont bon train. Cilka absorbe autant d'informations que possible, et chaque soir les relaie. Elena agit de même. Depuis la mort de Staline en mars 1953, des groupes clandestins se sont formés. La communication entre les différents camps a augmenté, et des projets de grève générale se sont répandus à travers tous les goulags de Sibérie. Un mois plus tôt, des grèves avaient eu lieu à Berlin-Est, ce qui avait convaincu les organisateurs à Vorkouta de mener une action pour améliorer leurs conditions de vie et de travail. Discrètement, Hannah se mit à assister à ces réunions.

Les médecins qui travaillent avec Cilka commentent la nature non violente de cette action, heureux qu'un bain de sang ait été évité. Pour l'instant.

*
* *

— Ils ont pris d'assaut la prison ! crie un aide-soignant qui arrive en trombe dans le service.

Le personnel s'attroupe autour de lui. Il n'a pas beaucoup de précisions. Des centaines d'hommes ont pris d'assaut la zone où sont enfermés les détenus de haute sécurité et en ont fait sortir un certain nombre qui se sont joints aux autres. La manifestation assise a repris.

Cinq jours plus tard, les gardes déplacent les détenus. On conseille à Cilka de ne pas quitter l'hôpital. Des barricades ont été érigées et la situation devient plus inquiétante : les gardes et les autorités du camp envisagent peut-être des représailles.

Cilka a très peur pour ses amies, pourvu qu'elles soient en sécurité. Elle se fait aussi du souci pour Alexandr.

Le lendemain, c'est la fin de l'impasse.

— Préparez-vous à recevoir des blessés, les prévient Yelena.

Des coups de feu retentissent dans le camp. En l'espace de quelques minutes, Cilka et ses collègues croulent sous le nombre des prisonniers qui leur amènent des hommes, ainsi que quelques femmes, blessés. Le service est inondé de sang. L'un des docteurs organise le chaos initial comme une opération militaire. Personne ne dépasse la zone de soins à l'entrée du service sans avoir été auparavant examiné par le personnel médical. Cilka travaille sans relâche.

C'est un flot constant. Beaucoup sont déjà morts et vite emportés par ceux qui les avaient amenés. Les hommes aux blessures potentiellement mortelles sont aussitôt dirigés vers les salles de soins, les autres reçoivent l'ordre de patienter à l'accueil.

À l'instar de tous les médecins et soignants, Cilka reçoit des menaces verbales. Elle se fait bousculer par des hommes paniqués qui exigent qu'elle traite leur camarade en premier. Personne n'assure leur sécurité, alors ses collègues et elles se défendent, cherchant un soutien auprès des prisonniers les plus proches, et l'obtiennent.

Sans l'aide de la lumière extérieure, Cilka ne sait pas quand le jour devient nuit et la nuit devient jour.

— Soufflez un peu, mangez quelque chose, conseille Yelena, éclaboussée de sang, à Raisa et Cilka qui pansent toutes deux un homme bien abîmé.

— Il y a encore trop à faire, répond Raisa.

— Prenez une pause puis venez nous relever, Lyuba et moi. (C'est la première fois que Cilka l'entend ainsi hausser le ton.) C'est le seul moyen de s'en sortir. Nous devons nous ménager.

Cilka et Raisa se trouvent une tasse de thé et un morceau de pain qu'elles emportent dans le service. Elles s'assoient auprès des blessés légers en attente de soins. Personne ne parle. Cilka s'assoupit.

Elle se réveille en sursaut. Plusieurs hommes en uniforme ont fait irruption dans le service, des gardes courant derrière eux.

— Qui dirige ici ? hurle l'un d'eux.

— Moi, répond Yelena qui s'est approchée.

— Je veux le nom de chaque *zek*. Donne-moi la liste.

— Désolée, je n'en ai pas. On a été trop occupés à les soigner et à sauver leurs vies pour leur demander leur nom.

Yelena reçoit une énorme gifle qui l'envoie valser.

— Je reviens dans une heure, je veux le nom de chaque détenu.

Cilka rampe jusqu'à Yelena tandis que les brutes quittent le service.

— Ça va ? Le salaud ! Comment a-t-il osé vous frapper ? dit-elle en l'aidant à se relever.

— Je ne l'ai pas vue venir, celle-là, avoue Yelena avec un sourire courageux.

— Que puis-je faire ?

— Prends une feuille et un crayon et note les noms, s'il te plaît.

— Mais… et s'ils sont inconscients ?

— Tu les inventes.

Le soulèvement est écrasé. Deux semaines d'une confrontation sans une goutte de sang s'achèvent par des dizaines de morts et des centaines de blessés.

Tandis que Cilka obtient le nom des détenus conscients et invente celui de ceux qui ne le sont pas, un flot d'émotions contraires l'envahit. S'adressant avec calme aux hommes capables de lui répondre, elle puise de la force dans leur défiance et leurs efforts pour résister. De nombreux blessés sont fiers des blessures obtenues en luttant pour ce qui, à leurs yeux, est une cause juste : de meilleures conditions de vie et de travail.

Lorsqu'elle considère les blessés graves – qui pour beaucoup, elle le sait, ne survivront sans doute pas –, le chagrin la taraude, chagrin pour l'échec de leur insurrection ; chagrin de la perte de Pavel ; chagrin pour le départ de ses amies, Josie et Olga. Elle n'espère qu'une chose, qu'elles soient en sécurité quelque part. Elle espère que médecins et infirmières sauveront certaines de ces vies qui ne tiennent qu'à un fil. Elle espère qu'un jour un autre soulèvement aura une issue meilleure et qu'ils pourront tous rentrer à la maison.

Elle se dirige vers l'un des lits les plus éloignés et, à la vue d'un visage familier, s'effondre.

— Hannah !

Hannah regarde Cilka à travers ses yeux mi-clos. Le médecin non loin jette un coup d'œil.

— Blessures par balles, Cilka, lui annonce-t-il avec un regard triste.

— Aide-moi, Cilka ! supplie Hannah d'une voix rauque.

Ses blessures à l'épaule et à la poitrine saignent beaucoup.

— Je reviens, promet-elle.

Cilka court au dispensaire, revient avec un garrot en caoutchouc et de la gaze. Elle soulève le bras couvert de sang, Hannah hurle alors qu'elle serre le garrot. Puis de son bras gauche, avec les pansements en gaze, elle exerce une forte pression sur la blessure à la poitrine. Quand Hannah a-t-elle été blessée, elle l'ignore, mais elle comprend pourquoi le médecin a préféré passer à d'autres patients offrant de meilleures chances de survie.

Cilka repousse les cheveux du front baigné de sueurs froides de la jeune femme.

Elles se regardent intensément. Malgré tout, à cet instant, Cilka souhaite que Hannah vive. Elle sait pourquoi ce lieu l'a rendue brutale, pourquoi elle n'a pas lutté contre son addiction. Maintenant qu'elle est allongée devant elle, Cilka ne voit que son courage, son humanité.

— Hannah...

— J'pouvais pas rester à rien faire, Cilka, et laisser les gars s'amuser, murmure-t-elle après une inspiration douloureuse entre ses dents rouges de sang.

— Tu es si forte, Hannah.

Autour d'elles, ce ne sont que cris et gémissements.

Hannah respire par petites saccades douloureuses. De son bras indemne, elle saisit un pan de la blouse de Cilka.

— Cilka, toi aussi, tu es forte, lui dit-elle d'une voix étouffée par un flot de sang.

Des larmes montent aux yeux de Cilka. Elle enroule ses doigts autour de ceux de Hannah, sans cesser de presser sur la plaie, dans une vaine tentative d'arrêter l'hémorragie.

Hannah lui serre aussi la main.

— Continue à faire en sorte, murmure-t-elle en suffoquant, qu'ils ne te brisent pas.

Obstinée jusqu'au bout, elle se force à souffler ces derniers mots :

— S'il te plaît... dis au revoir à Elena de ma part.

— Hannah... (Les larmes coulent maintenant sur ses joues, ses lèvres.) On a besoin de toi.

— Je n'ai pas peur, murmure Hannah, et elle ferme les yeux.

Cilka reste à ses côtés alors que sa respiration se fait de plus en plus irrégulière, puis s'arrête. Elle pleure la perte d'une personne si forte, si intègre. Hannah n'avait certes pas aimé Cilka et s'était montrée incapable de comprendre ce que signifiait la vie *là-bas*, mais Cilka la respectait. Chacun réagit différemment à la guerre, la captivité ou l'oppression – ceux qui ne les ont pas connues essaient de deviner comment ils agiraient ou réagiraient dans les mêmes circonstances, mais ils ne le savent pas vraiment.

Une fois qu'elle s'est calmée et a nettoyé le sang de ses mains, Cilka reprend la liste et achève son travail.

— J'espère que ça conviendra, dit-elle à Yelena en lui tendant la feuille.

Elle doit annoncer la nouvelle à ses amies.

— Ah, l'espoir ! C'est un mot que nous devrions employer plus souvent ici, réplique Yelena dont le regard passe de la liste à Cilka. Ça va ? lui demande-t-elle, sourcils froncés.

Cilka hoche la tête. Ce serait trop difficile à expliquer.

— Il faut juste que je rentre au dortoir.

— Vas-y.

*

* *

À l'hôpital et dans le camp, la vie reprend lentement son cours. Malgré les nuits blanches, personne ne s'aventure dehors le soir en raison de la présence accrue de gardes le long de l'enceinte. Ceux-ci sont toujours très nerveux.

Dans le baraquement, les femmes pleurent Hannah. Même si elle avait l'art d'horripiler ses compagnes, on l'admirait, en particulier maintenant qu'elles comprennent ce qu'elle faisait pour elles toutes. C'est Elena qui souffre le plus, elle bat sa coulpe de ne pas avoir connu ses projets et de ne pas avoir été à ses côtés.

Les prisonniers qui ont survécu au soulèvement, apprend Cilka, ne seront pas punis. Ils retournent à leur baraquement, à leur travail, et leur vie reprend un cours normal. Selon les rumeurs, certains ont enlevé le bout de tissu sur lequel est inscrit leur numéro. Personne ne leur en fait la remarque, personne ne les oblige à le recoudre.

Un jour, alors que Cilka arrive à l'hôpital, elle voit avec soulagement dans la cour la silhouette familière d'Alexandr, haute, assurée ; il ferme les yeux et rejette la fumée de sa cigarette dans l'air glacé.

Elle se met au travail, longtemps nourrie de cette vision comme s'il s'agissait d'aliments.

Chapitre 29

La nuit revient.

La tempête fait rage dehors et un seul courageux entre dans le Bloc 29. Boris. Désemparé. Il vient d'apprendre qu'on le libère dans quelques jours. Il essaie de faire jouer ses relations pour que Cilka soit libérée elle aussi, afin qu'ils puissent démarrer une nouvelle vie ensemble.

Tandis qu'il lui expose ses projets : le retour dans sa maison, auprès des siens, le travail qu'il trouvera pour subvenir aux besoins de Cilka et de la famille qu'il veut fonder avec elle, elle ne réagit pas. Elle a comme la nausée. Il faut qu'elle trouve quelque chose.

Elle lui passe la main dans les cheveux tandis qu'il se pelotonne tout contre elle.

Il lui dit qu'il l'aime.

Cilka est renvoyée à un autre lieu, à une autre époque.

Auschwitz-Birkenau, 1944

— Tu sais que je tiens à toi, n'est-ce pas ?

— Oui, commandant Schwarzhuber, répond-elle d'une voix docile.

— Si je le pouvais, j'essaierais de dominer mes sentiments, tu le sais, n'est-ce pas ?

— Oui, monsieur.

— Ne me donne pas du monsieur au lit. Appelle-moi par mon prénom, Cilka.

— Johann.

— C'est si beau dans ta bouche. Tu m'aimes bien, n'est-ce pas ?

Cilka force sa voix à paraître amoureuse. Il ne voit pas les larmes qu'elle essuie tandis qu'elle prononce cet énorme mensonge. Un mensonge qui lui permettra de rester en vie.

— Bien sûr, Johann.

Avec hésitation, elle lui caresse les cheveux. Il ronronne comme un chaton et se blottit contre elle.

— Johann ?

— Oui, petite.

— Je ne vous ai jamais rien demandé depuis que nous sommes ensemble, n'est-ce pas ?

— Hum, non, je ne crois pas, pourquoi ?

— Pourrais-je vous demander juste une chose ?

— J'imagine que oui. Oui, si je peux te l'accorder. Que veux-tu ?

— Ce n'est pas pour moi.

— Pour qui, alors ?

— Pour mon amie Gita. Elle apprécie cet homme tout comme je vous apprécie, et ce serait bien s'il pouvait retrouver son ancien travail.

— Que faisait-il ?

— Tatoueur, c'était le Tätowierer.

— Hum, j'ai entendu parler de lui. Tu sais où il est ?

— Oui.

— Alors pourquoi ne pas aller le voir demain ?

— Merci, Johann, merci beaucoup.

Elle s'éclaircit la gorge et refoule ses larmes. Les pleurs n'ont pas droit de cité dans ce lieu.

*
* *

Consciente que Boris lui caresse le visage, que ses mains glissent vers son cou, Cilka se force à retrouver cette voix.

— Oh ! Boris, je ne sais quoi dire. Je tiens beaucoup à toi ; tu as été si important dans ma vie ici.

— Mais m'aimes-tu, Cilka ?

— Bien sûr, affirme-t-elle, d'une voix claire. Tu as été mon sauveur.

Elle s'étonne de l'incapacité de Boris, comme toujours, à interpréter les inflexions de sa voix, à lire son langage corporel, toutes ces choses qui ne mentent pas. Elle ne croit pas aux miracles, ne croit pas à l'amour.

— Il faut que je t'emmène. Je veux que tu sois avec moi. Je ne supporte pas l'idée que l'un de ces animaux te touche. Ils me disent qu'ils font la queue pour te prendre dès que je serai parti.

Ces mots sont comme un coup de poignard et elle s'agrippe à sa poitrine. Avec un gémissement que Boris interprète comme l'expression de sa tristesse à le voir partir. Il la tient serrée, lui murmure avec douceur qu'il l'aime et veillera sur elle.

*

* *

Le lendemain matin, au réfectoire, Cilka, Elena et Anastasia sont penchées sur leur assiette de gruau.

— J'ai tout entendu hier, dit Anastasia.

— Ne te fais pas de souci pour ça, Anastasia.

Cilka veut résoudre le problème seule.

— Entendu quoi ? demande Elena.

— Boris est relâché.

Elena s'arrête de manger.

— Cilka, il faut désormais que tu dormes dans les chambres des infirmières.

— On va trouver une solution, je ne peux pas vous abandonner.

— Ne sois pas stupide ! s'écrie Elena, en lui donnant un coup de cuillère. On a toutes un mari, ou un protecteur, poursuit-elle d'un ton qui envoie un message subtil à Antonina de l'autre côté de la salle. Tu seras dévorée toute crue. Ni Antonina ni Madame ta doctoresse ne seront capables de te sauver.

La bouche d'Anastasia tremble.

— Tu vas tellement me manquer, mais Elena a raison. On essaiera de te rendre visite lors des nuits blanches, comme Josie, tu t'en souviens ?

Cilka fixe son gruau. Et réfléchit.

*

* *

Après l'appel, Cilka, pataugeant dans la neige jusqu'aux genoux, se dirige vers l'hôpital pour trouver Yelena.

— On peut se parler ?

— Bien sûr, Cilka. On t'a fait du tort ?

— Pas encore, mais ça pourrait arriver si je reste où je suis. Je vous en prie.

Cilka se sent horriblement coupable de quitter ses amies, mais il est vrai qu'elles sont toutes désormais protégées. Sa présence ne changera rien. Elles n'ont plus besoin d'elle pour les rations supplémentaires puisque la plupart ont de meilleurs emplois.

— Calme-toi. Bien sûr que nous allons t'aider. Tu t'installeras chez les infirmières avec Lyuba dès la fin de ton service cet après-midi. Tu veux me raconter ce qui s'est passé ? Je croyais que tes compagnes tenaient à toi.

— Oui, ce n'est pas à cause d'elles, mais de Boris.

— Le porc qui abuse de toi ?

— Oui, il m'a dit hier qu'il était libéré et que d'autres gars étaient sur les rangs pour m'avoir.

— Assez ! Personne ne posera la main sur toi, Cilka. Personne ne te fera du mal tant que je pourrai l'éviter.

Chapitre 30

La vie quotidienne de Cilka, installée dans sa nouvelle chambrée, avec un lit, une petite commode et de nouveaux habits, est bien plus facile. L'accès à une douche ouvre les vannes, elle s'effondre en pleurs, recroquevillée sous le jet d'eau. C'est là que la retrouve Raisa, qui la berce, la sèche, l'habille et la recouche.

Chaque soir, Cilka regagne le dortoir qu'elle partage avec douze autres infirmières. Quand elle voit un lit qui n'a pas été fait, elle s'en occupe aussitôt. Le sol est balayé, parfois plusieurs fois par jour, les souvenirs et photos appartenant à chaque infirmière sont dépoussiérés et arrangés sur leur commode. S'occuper ainsi lui permet d'oublier un temps l'absence cruelle de ses amies du Bloc 29 et lui donne le sentiment de participer un peu à la vie de ses nouvelles compagnes.

Cela fait huit ans qu'elle est à Vorkouta. Onze se sont écoulés depuis qu'elle a quitté sa ville natale de Bardejov pour Auschwitz, elle était encore dans l'innocence de l'enfance.

Son père, son cher papa, occupe une large place dans ses pensées. Savoir que sa mère et sa sœur sont mortes lui a permis de faire son deuil, de se souvenir d'elles. En revanche, ne pas savoir si son père est en vie ou non la tourmente. *Pourquoi suis-je incapable de ressentir son absence, de pleurer sa mort ? Pourquoi ne puis-je me réjouir non plus, en me disant qu'il est vivant et qu'il attend mon retour à la maison ?* Elle ne fait sienne aucune de ces émotions. Il n'y a que l'inconnu.

Dans la semaine suivant sa nouvelle prise de poste, Yelena s'assied à ses côtés lors d'une pause. Elle lui parle d'une malade présentant une brûlure au bras qu'elle a soignée quelques jours auparavant.

La patiente lui a avoué qu'elle s'était infligé cette blessure volontairement pour se présenter à l'hôpital. Elle s'appelle Elena, et lui a confié un message pour Cilka.

Boris était venu chercher Cilka pour l'enlever. Lorsque Elena lui a dit que Cilka, très malade, était à l'hôpital et qu'il était peu probable qu'elle survive, Boris était entré dans une rage folle. Il avait démoli son lit vide. Le bois leur avait bien servi de chauffage cette nuit-là, précisait Elena. Ces informations se doublaient toutefois d'un avertissement : il fallait absolument que Cilka reste à l'écart du Bloc 29. D'autres hommes étaient passés pour elle, de sales types…

Qu'Elena ait dû s'infliger cela pour lui transmettre ces nouvelles l'horrifie.

— Il y a autre chose ? Elles vont bien ?

— Oui, elle a dit de ne pas se faire de souci ; elles vont toutes bien.

— Suis-je vraiment en sécurité ? Ils ne peuvent pas me trouver ici ?

— Tu es à l'abri. Aucun de ces gars n'oserait s'aventurer près des quartiers du personnel. Durant toutes mes années ici, je n'ai jamais vu personne causer de problèmes. Nous bénéficions de notre propre protection.

Cilka commence à assimiler ces nouvelles. Même pendant les nuits blanches, il se peut qu'elle ne puisse pas voir Elena et les autres. Peut-être plus jamais, même. Elle est en sécurité certes, les filles du dortoir aussi d'une certaine façon, mais de nouveau la voici séparée de ses amies proches. Non qu'elles aient tout su d'elle, mais une fois encore, les relations durables semblent impossibles dans la vie de Cilka.

— Puis-je vous demander comment va Petre Davitovich ?

Au moins, elle saura que, dans ce camp, d'autres ont la possibilité d'avoir ce qui lui est interdit. Pas question de se permettre de rêver à Alexandr, à sa stature et à ses yeux bruns.

— Oh, il est merveilleux, il est... (Yelena se contient.) Que sais-tu de Petre Davitovich et moi ?

— Juste ce que tout le monde sait ici : que vous vous voyez. Nous sommes tellement heureuses pour vous.

— Tout le monde est au courant ?

— Bien sûr, répond Cilka en riant. De quoi d'autre pouvons-nous papoter ici ?

— Fin de la pause. Allez, au travail !

*

* *

Durant tout l'hiver, lors de ses sorties avec l'ambulance, Cilka note que le nombre de détenus travaillant à la mine semble diminuer. D'après Fyodor, de nombreux prisonniers ont été libérés ces dernières semaines et peu de nouveaux arrivent. Ils débattent de la signification de tout cela : ce pourrait être aussi leur tour. On leur a parlé d'hommes relâchés avant la fin de leur peine. Cilka a du mal à intégrer cette pensée, cet espoir.

Bien vite, c'est le printemps ; les jours rallongent. Cilka remarque qu'il y a plus de fleurs que d'habitude. Celles-ci pointent au-dessus de la neige et de la glace et s'agitent dans le vent. La routine de sa vie, le passage du temps, la fraîcheur du printemps, tout cela lui apporte un calme relatif, malgré cette douleur aiguë qu'elle ressent toujours lorsqu'elle pense à ses deuils et aux amies qui lui manquent tant. Et à son désir secret. La douleur fait partie de sa vie quotidienne au même titre que la dureté des éléments, du pain et des « Ambulance ! ».

Un jour, ils s'arrêtent devant un groupe de bâtiments qui comporte le stockage de nourriture et la lingerie. On vient à leur rencontre et on leur fait signe de se diriger dans un secteur que Cilka ne connaît pas. Elle l'identifie bien vite comme l'atelier de couture. Il est constitué de longues tables, et entre elles, il y a à peine assez d'espace pour une personne assise devant les machines.

Cilka y promène son regard et voit une main qui s'agite dans leur direction.

— Par ici.

Cilka s'approche et sursaute lorsque quelqu'un lui tape gentiment à l'épaule.

— Hello ! Tu te souviens encore de nous ? la salue une Elena rayonnante.

— Elena !

Les deux femmes s'étreignent. Elena ne peut répondre aux questions de Cilka tant elle les enchaîne : comment va Anastasia ? Comment va Margarethe ?

— Hé, moins vite, laisse-moi te regarder d'abord.

— Mais…

— Anastasia va bien, Margarethe aussi. Tu nous manques tellement, mais nous savons que tu n'es en sécurité que loin de nous. Tu as l'air en forme.

— Vous me manquez tant aussi. J'aimerais…

— Cilka, nous avons un malade, tu veux bien l'examiner ?

Fyodor et Kirill sont en train de s'occuper de l'homme allongé par terre qui gémit, les mains crispées sur sa poitrine.

— Qu'est-ce qu'il a ? demande-t-elle, s'approchant sans avoir lâché la main d'Elena qu'elle entraîne avec elle afin de rester le plus longtemps possible en sa compagnie.

— Douleur à la poitrine, répond Fyodor.

Elena à ses côtés, Cilka s'accroupit, se présente au malade et lui pose des questions générales. D'après ses réponses, il est évident qu'il faut le conduire le plus vite possible à l'hôpital où l'examineront les médecins.

— Chargez-le, ordonne-t-elle à ses collègues.

Elle s'attarde encore un instant pour une dernière étreinte avec Elena, puis suit le brancard et saute à l'arrière de l'ambulance. Après un dernier coup d'œil à son amie, elle s'intéresse pleinement au patient, en lui posant les questions nécessaires au diagnostic des médecins.

Cet après-midi-là, sur le chemin vers sa chambrée, elle s'arrête et cueille autant de fleurs qu'elle peut en porter. Placées dans des pots, des carafes et une tasse, elles accueillent les infirmières à leur retour.

*

* *

Les nuits blanches sont de retour. Le soir, Cilka et les autres infirmières se promènent dehors. Parfois, Cilka songe à s'aventurer dans le camp pour voir ses amies, flâner entre les baraques, partager les rires qui ne fusent qu'à cette époque de l'année. Pourrait-elle enfin trouver les mots ? Quelque chose se referme en elle à cette idée. Elle sait que des détenus, jeunes ou vieux, la reconnaîtront ; il y a toujours des risques, alors elle garde ses distances. Ces soirs-là, elle ne voit pas Alexandr – ses horaires sont peut-être décalés –, mais elle jette souvent un coup d'œil au bâtiment administratif, au cas où.

Lorsque reviennent les bourrasques en même temps que le soleil décline, elle est presque soulagée : ses envies tentatrices ne sont plus une menace. L'hiver, hélas, fait un retour en force. Lors du soulèvement fatal de l'année passée qui s'était soldé par des dizaines de morts, des concessions ont été faites : on n'oblige plus les détenus à travailler dans le froid aigu, avec des températures bien en dessous de zéro et une nuit constante. Les prisonniers ne peuvent quitter leur baraque durant plusieurs jours, la neige s'amoncelle partout, même se rendre au réfectoire est impossible. La route entre le camp et la mine est bloquée. Il devient difficile, par camion ou par train, de collecter le charbon dont l'Union soviétique a besoin.

Des prisonniers déblaient la neige autour de leur dortoir à coups de pelle pour aller jusqu'au réfectoire. Certains y parviennent mais beaucoup abandonnent, car la neige revient plus vite qu'ils ne peuvent la dégager.

Des chemins sont ouverts entre les logements des médecins, des infirmières et l'hôpital.

Les cas à traiter sont désormais souvent causés par de brutales altercations. Les hommes et les femmes, contraints de rester enfermés tels des animaux en cage, privés d'espoir, se défoulent physiquement en s'en prenant les uns aux autres. Certaines bagarres sont si violentes qu'elles se terminent par la mort d'un des adversaires, apprend Cilka. L'optimisme qui doucement s'épanouissait en elle s'évapore peu à peu. *C'est toujours ainsi*, songe-t-elle, *que les gens se comportent.*

Comme les détenus répugnent à s'aventurer dehors pour leurs besoins les plus élémentaires, les conditions d'hygiène empirent, entraînant des maladies qui remplissent le service de patients. Les médecins se plaignent souvent de perdre leur temps à soigner des individus qui reviennent bien trop vite avec les mêmes symptômes. Et puis, le temps s'améliore, les températures augmentent de quelques degrés, assez pour renvoyer les détenus de nouveau dehors, au travail.

*
* *

— Ambulance ! appelle Fyodor.

— J'arrive, lui répond Cilka qui attrape son manteau et la nouvelle écharpe plus douce que Raisa lui a donnée récemment.

— Où allons-nous ? demande-t-elle alors que l'ambulance s'éloigne du portail d'entrée.

— Pas loin, de l'autre côté du bâtiment administratif, lui dit Kirill.

— Une autre crise cardiaque ? Un des commandants s'est envoyé quelqu'un qu'il n'aurait pas dû ? plaisante-t-elle.

Fyodor et Kirill la dévisagent, interloqués.

Plusieurs gars se tiennent autour du blessé, leur bloquant la vue. Comme Cilka s'avance, elle remarque un bout de madrier laissé par terre couvert de sang.

— Dégagez, ordonne Kirill.

Un homme gît au sol, inerte ; le sang qui coule de ses plaies rougit la neige blanche tout autour de lui d'un rouge affreux. Tandis que Fyodor et Kirill continuent à s'avancer, Cilka se fige, hypnotisée par la neige souillée de sang.

Auschwitz-Birkenau, 1944

Les coups violents frappés à la porte du Bloc 25 réveillent Cilka. Désorientée, elle promène son regard dans la chambre. Elle rêvait et il lui faut un moment pour se rappeler où elle est. Elle sort de son lit, s'empare du manteau qui lui sert de couverture supplémentaire et l'enfile. Elle glisse ensuite ses pieds dans les bottes qui l'attendent près de sa couchette et met ses gants épais.

Lorsqu'elle ouvre la porte qui donne dans la vaste pièce où des douzaines de femmes viennent de passer leur dernière nuit sur terre, elle crie en direction de la porte : « J'arrive, on arrive. »

Elle avance entre deux rangées de couchettes et crie aux femmes : « Debout, debout et sortez d'ici ! »

Elle secoue durement chacun des corps encore endormis et du regard leur adresse un dernier message plus doux. Entre ses cris, assez forts pour que les SS les entendent, elle marmonne doucement et murmure – des prières, une excuse, une sorte de grondement frustré. Sans qu'elles lui tirent des larmes. Sans les regarder dans les yeux. Elle en est désormais incapable. Les femmes du Bloc 25 connaissent leur sort. Personne ne parle ni ne résiste ; un calme surnaturel les enveloppe tandis qu'elles avancent en rangs au milieu de la pièce.

Quand Cilka ouvre la porte, la lumière aveuglante du soleil se réfléchit sur la neige poudreuse qui entoure le bâtiment. Elle entend le bruit du moteur qui tourne juste de l'autre côté de la clôture.

Les femmes attendent derrière elle, la gardienne du bloc de la mort.

— Sortez ! hurle-t-elle. Allez, tas de fainéantes, remuez-vous, plus vite que ça !

Elle tient la porte ouverte tandis qu'une à une les femmes quittent le bloc et avancent entre des officiers SS qui les guident jusqu'à l'arrière du camion. La dernière femme a du mal à marcher ; un vide s'est formé entre elle et la prisonnière qui la précède. Cilka voit l'officier SS le plus proche tirer sa badine de son étui accroché à son ceinturon. Il s'approche mais Cilka arrive la première, elle crie sur elle tout en passant le bras autour de ses épaules et, tantôt la soutenant, tantôt la traînant, elle avance vers le camion. Le SS range son bâton. Elle ne se tait que lorsque la femme est montée dans le camion dont les portes claquent. Le camion s'en va. Les officiers SS s'éloignent.

Cilka regarde le véhicule partir. Elle est vidée, de la bile lui monte à la gorge. Elle ne voit la détenue que lorsqu'elle est à quelques mètres.

— Assassin, lui siffle la femme.

— Qu'est-ce que tu as dit ?

— Tu m'as entendue, salope, assassin. Tu as autant de sang sur les mains qu'eux, l'accuse-t-elle d'une voix tremblante, le doigt pointé dans la direction du camion.

La femme s'éloigne, se retourne, la foudroie du regard.

Les yeux de Cilka passent du camion qui contourne une bâtisse et disparaît à ses mains.

Elle tire violemment sur ses gants, les arrache avec ses dents et les jette par terre avant de se laisser tomber aussi. Elle enfouit ses doigts dans la neige, la prend à pleines poignées et frotte chaque paume avec acharnement, avec l'énergie du désespoir, les larmes ruisselant sur son visage.

— Cilka, Cilka, une voix paniquée l'appelle.

Ses amies Gita et Dana courent vers elle. Arrivées à son niveau, elles tentent de la relever mais elle les repousse.

— Qu'est-ce qui ne va pas, Cilka ? Dis-nous, l'implore Dana.

— Aidez-moi à les laver, à le faire partir.

— Cilka, viens...

Elle tient ses mains en l'air, rougies par le froid et ce brutal étrillage.

— Je n'arrive pas à les laver, gémit-elle.

Dana prend l'une de ses mains qu'elle sèche et réchauffe avec son manteau avant de lui remettre un des gants abandonnés.

— Cilka, on est là, ça va.

Gita la relève.

— *Viens, on te ramène dans ta chambre.*
— *Le sang, vous ne voyez donc pas le sang ?*
— *Allez, rentrons avant que tu gèles sur place.*

*
* *

— Cilka, quelque chose ne va pas ? On a bien besoin d'un coup de main, s'inquiète Kirill.

— Tout ce sang, dit-elle les yeux rivés au sol.

— Cilka.

Fyodor lui caresse gentiment le bras. Elle tressaille. Puis le bruit, la lumière et l'air lui reviennent ; elle déglutit et respire mieux.

Concentrée sur l'homme à ses pieds, et bien que son visage soit couvert de sang, elle pense le reconnaître.

Non, non, pas lui. Faites que non.

— Apporte le brancard, Kirill, je ne vois pas ses blessures, parvient-elle à articuler. On va le charger et je verrai mieux dans l'ambulance.

Une fois l'homme allongé sur la civière, elle l'accompagne vers l'ambulance. Un prisonnier les rejoint.

— Il va s'en sortir ? demande-t-il.

— Je ne sais pas encore. Vous connaissez son nom ?

— Petrik, Alexandr Petrik, dit l'homme en s'éloignant.

Chapitre 31

— Contrôle le lit 13 et note l'heure du décès, déclare Yury Petrovich lorsqu'il entame ses visites le lendemain matin.

Il ignore que surveiller ce malade est ce que Cilka a fait toute la nuit.

— Je suis étonné qu'il soit encore vivant. Je m'attendais à ce qu'il ne survive pas, déclare Yury.

— Bien, dit Cilka d'une voix dont elle essaie de chasser l'émotion.

Après tout, elle ne connaît pas vraiment Alexandr, c'est à peine si elle lui a parlé.

Elle relit son dossier tout en repartant vers le lit 13. Elle baisse les yeux vers l'homme inconscient au visage tuméfié. Le nez et la pommette gauche sont fracturés. Elle lui soulève délicatement la paupière droite, note que ses pupilles ne sont pas dilatées et sont humides.

C'est étrange de le toucher après tout ce temps et dans de telles circonstances.

— Oh, Alexandr, qu'as-tu fait pour mériter une telle raclée ?

Elle soulève la couverture et lui palpe le torse. Des ecchymoses violet foncé lui couvrent tout l'abdomen. Elle passe une main douce sur ses côtes, aucune ne semble cassée. Elle examine ses jambes. De multiples contusions et un genou gauche très enflé et tordu. Pas de fracture visible.

— Pourquoi le patient du lit 13 n'est-il pas activement traité ? demande-t-elle à Lyuba. Je vois plein de contusions, de gonflements, des fractures à son visage même si aucun os important n'est cassé.

— Je ne suis pas sûre, murmure Lyuba, mais je crois qu'il a été pris à passer des écrits en fraude hors du camp. On pense que ça fait un bon moment.

— Qui a dit ça ?

— Un officier qui est venu poser des questions à son sujet ce matin. Il est reparti quand on lui a signifié qu'il ne survivrait pas.

Cilka se rappelle les gribouillis qui couvraient les bords de la feuille sur son bureau dans le bâtiment administratif. Le docteur lui a-t-il confié cet homme car il savait qu'elle l'empêcherait de rendre son dernier souffle ? A-t-il deviné que la version officielle suggérerait que le malade était perdu ?

— Je vais voir si je trouve une blessure au crâne.

— C'est ton patient, Cilka. Simplement, sois prudente.

Quand Cilka revient vers Alexandr, elle lui manifeste une attention discrète. Tout en nettoyant le sang séché et en ôtant des éclats de bois de son cuir chevelu, elle lui parle avec douceur. Elle continue de lui laver la poitrine et l'examine de plus près. Redressant sa jambe droite, elle pense sentir un tremblement de résistance, un réflexe à la douleur comme celui d'une personne consciente.

Elle sort avec une bassine et revient avec de la neige compacte tombée après une bourrasque printanière. Elle place une serviette sous le genou, la recouvre de neige tassée et maintient le tout avec une autre serviette. Elle note ses constantes vitales, rien n'indique qu'il est en train de perdre la bataille de la vie.

Toute la journée, elle surveille l'état d'Alexandr. Elle remplace la neige glacée lorsqu'elle a fondu, observe que le gonflement a un peu diminué.

Ce soir-là, elle le laisse aux bons soins de l'infirmière de nuit qui, jetant un œil à son dossier, lui demande des comptes. *Pas de traitement actif pour ce patient.* Cilka rétorque qu'elle a juste prodigué des soins de base, elle n'a administré aucun médicament, elle a agi ainsi qu'on le lui a appris.

— Ne t'attends pas à ce que je fasse comme toi.

— Bien sûr.

Cilka sait qu'elle doit se montrer prudente.

Quitter l'hôpital lui est pénible. Elle reviendra le lendemain matin, le plus tôt possible.

Les quatre jours suivants, Alexandr demeure inconscient. Pendant la journée, Cilka le lave, lui parle, met de la neige autour de son genou blessé et vérifie ses réflexes. Il n'y en a pas. La nuit, on l'ignore.

— Combien de temps encore vas-tu continuer à t'occuper du lit 13 ? l'interroge Yelena le cinquième jour.

— Jusqu'à ce qu'il se réveille ou meure.

— On n'était pas sûrs qu'il vivrait si longtemps ; quel est ton secret ?

— Aucun, je le nettoie et je lui parle, c'est tout. Le gonflement au visage et à la tête diminue, et, sous les hématomes, il y a ces traits si doux. Je l'ai déjà rencontré, poursuit-elle, sachant qu'elle peut être franche avec Yelena, et il a un je-ne-sais-quoi qui me plaît.

— Cilka, combien de fois t'avons-nous expliqué de ne pas t'attacher à tes patients ? la réprimande Yelena.

— Je veux juste l'aider à vivre. N'est-ce pas notre mission ici ?

— Seulement quand il y a de l'espoir. Tu le sais. Tu ne dois même pas savoir le nombre de patients que tu as soignés en vain.

— Quel que soit le chiffre, je ne souhaite pas en ajouter un nouveau, réplique-t-elle, d'un ton un peu trop irrité.

— D'accord. Tu me diras si tu veux que je l'examine ou si sa situation évolue.

Cilka retourne vers le lit 13.

— Eh bien, Alexandr, tu me causes des ennuis. Désormais, j'ai besoin que tu choisisses : réveille-toi ou... Non. En fait, réveille-toi. Je veux de nouveau entendre le son de ta voix.

— Ambulance !

Cilka rentre avec deux accidentés – un camion a dérapé dans la boue et s'est renversé. Elle est occupée tout le reste de la journée. Elle quitte le service, épuisée. L'état d'Alexandr n'a pas changé.

Le lendemain, alors qu'elle commence son rituel du matin et lui lave le visage, Alexandr lui dit d'une voix tranquille :

— J'ai cru que tu avais abandonné tout espoir.

Cilka bondit avec un cri de surprise.

— Yelena Georgiyevna !

Yelena arrive sur-le-champ.

— Qu'est-ce qui se passe ?

— Il est réveillé, il m'a parlé.

La doctoresse se penche vers Alexandr. Elle passe une allumette enflammée devant ses yeux. Il bat des paupières à plusieurs reprises. La seule personne qu'ait connue Cilka avec des yeux d'un brun si foncé qu'ils semblent presque noirs était son amie Gita. Gita dont le visage passe en un éclair devant elle.

Cilka se penche vers Alexandr.

— Je suis contente que tu sois revenu parmi nous.

— Cilka, je crois que nous nous sommes déjà rencontrés.

— Acceptes-tu de continuer à t'occuper de ce patient ? lui demande Yelena en l'observant avec un demi-sourire. Tu as l'air de savoir quoi faire.

— Merci, Yelena Georgiyevna. Je vous appellerai si j'ai besoin de vous.

— Tu as une belle voix, Cilka, j'ai apprécié nos conversations.

— Quelles conversations ? s'étonne-t-elle d'un ton taquin. J'étais la seule à parler.

— J'ai répondu. Tu n'as pas réussi à lire mes pensées ?

Cilka rougit.

— Je ne me rappelle même pas ce que je t'ai dit.

— Veux-tu que je te le répète ?

— Non. Maintenant ne bouge plus et laisse-moi t'examiner.

Les six jours suivants, les blessures d'Alexandr guérissent peu à peu. En revanche, lorsqu'il tente de se lever pour marcher, l'articulation de son genou refuse de se plier sans douleur.

Quand Cilka a un moment de libre, elle l'aide à se mettre debout. Une fois qu'il a passé son bras autour de sa taille, elle le soutient pendant qu'il s'adapte à la prise d'appui et fait quelques pas avec difficulté.

Deux semaines plus tard, Alexandr est toujours dans le service.

Ayant passé la plus grande partie de sa journée sur le lieu d'un accident à la mine puis au bloc opératoire, Cilka ne le voit qu'au changement d'équipe.

— Tu peux rester, qu'on bavarde ? lui demande-t-il lorsqu'elle lui souhaite une bonne nuit.

— J'imagine que je peux m'attarder un peu.

Après avoir adossé Alexandr à une incroyable quantité d'oreillers, Cilka s'assied sur une chaise qu'elle a approchée de son lit. Ils parlent. Ils rient en sourdine.

— Cilka, intervient une infirmière.

— Oui ?

— Le patient a besoin de repos et toi aussi. C'est l'heure de partir.

— Désolée, je dois y aller.

— À demain, Cilka. Fais de beaux rêves.

Le lendemain, Cilka souhaite discuter avec Yelena en privé.

— Allons dans le dispensaire, propose celle-ci.

Yelena referme la porte derrière elles et s'appuie contre le battant.

— C'est au sujet des sorties avec l'ambulance..., ose timidement Cilka.

— Oui ?

— Est-il possible que je fasse une pause et que je travaille dans le service pendant un temps ?

— Cilka, il va devoir en partir, tôt ou tard.

— Bien sûr. Je le sais, son état s'améliore de jour en jour.

— Tu veux arrêter les sorties tant qu'il n'est pas autorisé à partir ?

— Ce n'est pas à cause de sa présence ici.

— Je vois. C'est toi qui n'as plus envie de risquer ta vie. Je crois que je comprends.

— Ai-je fait assez de sorties, assez longtemps ?

— Tu as pris plus de risques, sans qu'ils soient tous calculés, que toute autre personne de ma connaissance. Considère que c'est terminé.

— Peut-être encore une sortie, que je puisse dire au revoir à Fyodor et Kirill. Je me suis attachée à eux.

— Comme à des frères.

— Oui.

— Et Alexandr ? Tu l'aimes, n'est-ce pas ?

Cilka ne répond pas.

— Ne t'en fais pas, tu as le droit d'avoir des sentiments pour un homme. Cela me rend heureuse de voir que tu songes à un avenir.

— Est-ce vraiment possible tant que je suis enfermée ici ?

— Je crois que c'est ce que tu fais. Retourne travailler. Une dernière sortie avec l'ambulance.

Alors que Cilka s'apprête à quitter la pièce, Yelena la prend dans ses bras. « Je suis heureuse pour toi », lui chuchote-t-elle à l'oreille.

*

* *

Cilka n'attend pas bien longtemps sa dernière sortie. Cet après-midi-là, elle se rend avec Fyodor et Kirill à la mine : encore un effondrement. Cette fois, elle est prudente. Elle demande au responsable de confirmer la sécurisation du tunnel avant de s'y aventurer. Les deux mineurs pris sous les décombres ne peuvent être ranimés ; on les laisse, en attendant le camion qui emportera leurs corps à la morgue.

Sur le chemin du retour vers l'hôpital, Cilka leur annonce qu'elle ne les accompagnera plus. Les autres infirmières assureront cette tâche à tour de rôle.

Kirill s'enferme dans un silence buté. Fyodor, plus chaleureux, dit à Cilka combien il a apprécié sa compagnie et sa diligence.

À l'arrivée à l'hôpital, Fyodor l'étreint fraternellement et l'embrasse sur la joue. Cilka se tourne vers Kirill, qui se tient à distance, le nez baissé.

— Kirill, je suis désolée que tu n'apprécies pas ma décision d'arrêter les sorties. Mais tu veux bien me parler ?

— Y a-t-il quoi que ce soit que je puisse dire pour te faire changer d'avis ?

— Non. Non, rien. J'ai pris ma décision.

— Et moi ? As-tu songé à ce que je pourrais vouloir ?

— Kirill, qu'est-ce que tu me racontes ? Quel rapport avec toi ?

— Aucun, visiblement, crache-t-il avec une fureur à peine dissimulée. À un de ces quatre, Cilka Klein.

— Kirill, attends ! On ne peut pas au moins être amis ? Kirill, s'il te plaît, ne pars pas comme ça.

Sans un regard en arrière, Kirill s'éloigne, laissant Cilka abasourdie. *Qu'est-ce qu'il voulait dire ? Qu'est-ce qu'il sous-entendait ?*

Chapitre 32

— Deux jours de plus, je ne peux pas vous garder davantage, j'en ai peur, explique Yelena à Alexandr et Cilka.

— Merci, on les utilisera au mieux, n'est-ce pas, Cilka ?

Elle rougit.

— J'ai du travail, bredouille-t-elle en partant à la hâte.

— Elle va revenir, dit Yelena à Alexandr avec un clin d'œil.

Au bureau des infirmières, Cilka repère Kirill.

— Bonjour, Kirill, contente de te revoir.

— Qu'est-ce qui se passe ici ? lance-t-il d'une voix rageuse.

Perplexe, Cilka regarde dans la direction de son doigt pointé derrière elle, vers Alexandr.

— Que veux-tu dire ?

Kirill sait-il quelque chose au sujet des agresseurs d'Alexandr ? se demande-t-elle. *Si c'est le cas, y a-t-il un risque qu'il les prévienne qu'Alexandr est en vie ?* Son cœur s'affole. Non, Kirill est son ami, il ne ferait pas ça.

— Entre toi et lui, qu'est-ce qu'il y a ?

Ah, songe-t-elle. Il s'agit d'autre chose.

— Je crois que tu devrais partir maintenant, Kirill, j'ai du travail.

*

* *

À la fin de son service, Cilka prend la chaise, témoin de leur amitié croissante, et s'installe au chevet d'Alexandr.

Il lui a raconté tout bas son passé, son arrestation. Il était traducteur pour l'administration soviétique mais transmettait des informations aux résistants. On l'a arrêté, puis torturé avec sauvagerie. On l'a obligé à rester assis sur un tabouret des jours durant jusqu'à ce qu'il soit totalement engourdi, affamé et souillé. Il n'a pas donné de noms.

Il écrivait de la poésie dans sa tête. Après avoir passé du temps dans un autre camp, aux travaux forcés, il a obtenu un emploi dans les bureaux. Il n'a pu s'empêcher de transcrire certains poèmes. Parfois, il dissimulait des bribes de ses textes dans des paragraphes de propagande. Puis il a compris qu'il pouvait en faire autant avec des renseignements. Jusqu'au jour où, imagine-t-il, un officier du contre-espionnage futé a flairé quelque chose. Tous les écrits qui quittaient le camp étaient systématiquement vérifiés.

— Et me voilà. Mais mes poèmes n'ont jamais traité de choses heureuses, confie-t-il à Cilka. Maintenant que je t'ai rencontrée, ça va changer. Et j'ai hâte de les partager avec toi.

Elle aussi espère que quelque chose va changer.

— Je dois te confier autre chose, poursuit-il avec sérieux.

Elle le fixe. Attend la suite.

— Je suis tombé amoureux de toi.

Cilka se lève, fait tomber la chaise. Ces quelques mots sont si énormes, si étourdissants.

— S'il te plaît, Cilka, reste et parle-moi.

— Je suis désolée, Alexandr, j'ai besoin de réfléchir. Besoin de partir.

— Non, reste, ne t'en va pas, lui crie-t-il.

— Désolée, il le faut. (Elle se force à le regarder à nouveau.) Je te verrai demain matin.

— Tu penseras à ce que je t'ai dit ?

Elle marque un temps d'arrêt et plonge ses yeux dans les siens, d'un brun si foncé.

— Je ne penserai à rien d'autre.

*

* *

Cilka frappe à la porte de la chambre de Raisa. Les infirmières professionnelles sont logées dans des chambres qu'elles partagent à plusieurs alors que les détenues, elles, occupent un plus grand dortoir dans le même bâtiment.

— Entre, lui répond une Raisa à la voix endormie.

Cilka, pliée en deux, se tient à l'entrée.

— Ça va ?

— Non, pas très bien, je pense que je ne devrais pas aller dans le service.

— Tu veux que je t'examine ? lui propose Raisa en s'asseyant au bord de son lit.

— Non, merci. Je veux juste dormir.

— Retourne t'allonger. Je me lève et je prends ton service. Je suis certaine que les autres te remplaceront aussi.

— Tu peux dire à Yelena Georgiyevna qu'il vaudrait mieux, à mon avis, que je ne vienne pas deux ou trois jours ? Je ne veux pas transmettre quoi que ce soit aux patients.

— Tu as sans doute raison. Recouche-toi. Je te ferai apporter à manger dans quelques heures et on fera le point.

Cilka retourne dans son lit.

Auschwitz-Birkenau, 1944

Des bruits de pas dans le bloc, puis un coup frappé à sa porte réveillent Cilka en sursaut. Elle ne se lève pas. Nouveau coup à la porte.

— Entrez, dit-elle.

Sa voix est à peine un murmure.

La porte s'ouvre lentement. Une tête apparaît dans l'embrasure.

— Lale ! Qu'est-ce que tu fais là ? Tu ne devrais pas venir.

— Puis-je entrer ?

— Bien sûr, dépêche-toi, referme la porte.

Lale s'exécute et contemple Cilka qui, désormais sur son séant, lui rend son regard.

— Il fallait que je te voie. Il fallait que je te remercie en personne, et pas par l'intermédiaire de Gita.

— C'est dangereux, Lale, tu ne devrais pas te trouver ici. L'un d'eux peut arriver.

— Je prends le risque. Tu en as pris un bien plus grand pour moi, pour que je retrouve mon emploi. Je te le dois.

— Je suis heureuse que ça ait marché, soupire Cilka. J'avais le cœur brisé de voir Gita si malheureuse, ignorant si tu étais vivant, puis à nouveau effondrée quand elle a appris où tu travaillais.

— N'en dis pas plus, je ne supporte pas de penser à ce qu'elle a dû subir. C'est ma bêtise qui m'a mis dans ce pétrin. Je me demande parfois si j'apprendrai un jour.

Il secoue la tête.

— Elle t'aime, tu le sais.

— Elle ne me l'a jamais dit. Tu ne peux pas imaginer ce que ça me fait de le savoir.

— C'est vrai.

— Cilka, s'il y a quoi que ce soit que je puisse faire pour toi, dans la limite de mes capacités, maintenant… il te suffit de me faire passer un message.

— Merci, Lale, mais je n'ai besoin de personne.

Elle le voit grimacer comme s'il essayait de trouver les mots justes.

— Ce que tu fais, Cilka, est ta seule forme de résistance : rester en vie. Tu es la personne la plus courageuse qu'il m'ait été donné de connaître. J'espère que tu le sais.

— Tu n'as pas à me dire ça, réplique-t-elle, submergée par la honte.

— Si. À nouveau, merci.

Elle acquiesce, il quitte la pièce, sort du Bloc 25.

Chapitre 33

— Cilka, Cilka, réveille-toi !

Yelena secoue doucement Cilka, l'extirpant d'un sommeil sans rêves. La jeune femme, désorientée, essaie de tirer la couverture jusqu'à son menton, tente de se cacher, d'échapper à la menace qu'elle sent imminente.

— Cilka, c'est moi, Yelena. Tout va bien. Réveille-toi. Je dois te parler.

Cilka reconnaît sa voix. Se réveille à grand-peine.

— Yelena Georgiyevna, quelle heure est-il ? Que se passe-t-il ?

Cilka fait de la place sur le lit, afin que Yelena puisse s'asseoir à côté d'elle.

— Il est très tôt mais il faut que je te parle. Il est arrivé quelque chose à Alexandr.

Cilka fixe Yelena, incapable de prononcer un seul mot.

— Pendant la nuit, quelqu'un est entré dans le service et l'a roué de coups. Nous ne savons pas comment. On vient juste de le retrouver inconscient.

— Mais, mais… ! Comment est-ce possible ? (Cilka se redresse dans son lit, totalement réveillée.) Où étaient les infirmières ? Tout le monde ? Comment quelqu'un peut-il être agressé dans l'hôpital ?

— Calme-toi. Je n'ai pas toutes les réponses. Il n'y avait qu'une infirmière de garde qui avait un travail monstre. Elle a juste fait une courte pause. Quelqu'un a dû en profiter pour entrer.

— Mais aucun autre patient n'a vu ce qui se passait, donné l'alerte ?

— Nous essayons de comprendre. L'infirmière est venue me chercher et j'ai accouru pour te mettre au courant. On a amené Alexandr au bloc. Habille-toi et viens.

À peine les blouses enfilées sur leurs vêtements et les masques sur la bouche, Cilka et Yelena entrent dans la salle d'opération. Elles s'approchent de la table où est étendu le corps meurtri d'Alexandr. Raisa se tient à côté de lui. Elle lance à Cilka un regard triste et compatissant. Cilka effleure l'épaule d'Alexandr. Elle trouve insupportable de le voir aussi vulnérable. Yelena tente de la réconforter.

— Que peux-tu nous dire, Raisa ? demande Yelena.

— Ils ont dû faire ça à deux. L'un d'eux devait l'étouffer avec quelque chose, peut-être un oreiller, pendant que l'autre le frappait avec un morceau de bois, à en juger par les échardes que j'ai trouvées sur son corps.

— Et personne n'a rien entendu ? Et les patients à côté de lui ? s'écrie Cilka.

— Je ne peux pas te donner de réponse, Cilka. Il faudra mener une enquête, mais nous devons élaborer un plan, aussi...

Yelena détaille ses explications.

— Il est évident qu'on veut sa mort. Pas moyen de savoir si c'est quelqu'un… (elle baisse la voix et chuchote) dans le camp ou même connecté aux autorités.

— Vous pensez que c'est la même personne que la première fois ?

— S'ils ont découvert qu'il était encore en vie, c'est très possible.

— Mais comment…

Elle s'arrête, craignant de connaître la réponse.

— Là, maintenant, intervient Raisa, il faut que nous aidions Alexandr. Nous aurons peut-être plus de réponses à te donner plus tard.

— Quelles sont ses blessures ? redemande Yelena.

— Il a été frappé à la tête mais je pense que c'est la suffocation qui lui a fait perdre connaissance. Rien de cassé, heureusement. Oh, Cilka, ça me fend le cœur. Tu ferais peut-être mieux de nous laisser et nous t'appellerons quand nous aurons fini ?

— Je ne bougerai pas d'ici ! s'exclame Cilka, furieuse.

— Très bien, dit Raisa.

Yelena écarte tout de même Cilka d'un pas ou deux de la table.

— Il faut que nous trouvions un moyen de le protéger, conclut la jeune femme.

*
* *

Quelques heures plus tard, Cilka raccompagne Alexandr du bloc au fond du service où des paravents entourent son lit. On lui apporte une chaise, elle insiste pour s'occuper personnellement de lui. Ni Yelena ni Raisa ne discutent. On lui donne de la nourriture qu'elle touche à peine, mais elle boit avec avidité le thé brûlant qui la calme.

Yelena passe les voir régulièrement. En fin de journée, la doctoresse indique qu'elle a parlé à l'homme qui se trouvait dans le lit voisin de celui d'Alexandr. Elle a obtenu d'autres informations.

Il a raconté que le bruit des coups l'avait réveillé, mais que les deux hommes l'avaient menacé et frappé d'un coup de poing dans la figure pour l'intimider. Ils lui avaient ordonné de ne surtout pas alerter l'infirmière après leur départ si Alexandr n'était pas encore mort. L'homme était très choqué et contrarié. Les inconnus qui avaient agressé Alexandr avaient dû soit attendre dans la réception déserte la nuit, soit soudoyer ou menacer les gardes devant l'hôpital. Yelena préfère ne pas interroger ces derniers de peur d'attirer l'attention sur Alexandr.

La doctoresse confirme à voix basse le plan qu'elles ont concocté pendant la nuit.

— Nous avons changé son dossier pour le déclarer mort et utilisé celui d'un patient récemment décédé que nous avons déclaré guéri. En ce qui concerne l'administration de l'hôpital, Alexandr a succombé à ses blessures. Nous garderons les paravents autour de son lit le temps de décider de la suite. Nous avons dit à son voisin qu'il était contagieux et de ne pas s'en approcher.

— Merci, dit Cilka, les idées se bousculant dans sa tête. Cela nous fait gagner un peu de temps, mais ensuite ?

— C'est ce que nous pouvons faire de mieux pour l'instant, Cilka.

Quand Yelena s'en va, Cilka pose la tête sur l'oreiller à côté de celle d'Alexandr.

*
* *

Le lendemain, à son réveil, Cilka s'aperçoit qu'Alexandr la regarde. Les yeux dans les yeux, ils se disent sans mots tout ce qu'ils ressentent l'un pour l'autre. Raisa interrompt leur tête-à-tête.

— Je vois que vous êtes tous les deux réveillés. Lequel des deux dois-je examiner en premier ?

— Lui, bien sûr, répond Cilka avec un sourire.

Raisa détaille à Alexandr ses blessures et comment elles vont être traitées. Cilka intervient sans cesse pour rassurer Alexandr qui se contente de hocher la tête, l'air reconnaissant mais inquiet, faisant écho aux véritables pensées de Cilka.

*
* *

Les jours passent et Alexandr se remet lentement derrière les paravents. Ses bleus s'estompent mais chacun de ses mouvements est douloureux. Quand Cilka croise à la réception Kirill qui va et vient, elle essaie de se montrer amicale et naturelle. Elle décline poliment ses avances afin de ne pas attirer une attention inutile sur la zone dissimulée par les paravents. Elle le soupçonne d'avoir été soit l'assaillant d'Alexandr, soit celui qui a prévenu son premier agresseur qu'il était encore en vie. Elle ne dispose hélas d'aucune preuve.

Alexandr accepte avec bonheur de souffrir pour se lever de son lit. Soutenu par Cilka, il fait quelques pas. On leur dit que leur différence de taille ne fait pas de la jeune femme la meilleure infirmière, et qu'elle retarde plutôt sa guérison qu'autre chose. Ils ignorent cet avis, ainsi que tous les autres. Cilka passe chaque nuit effondrée sur sa chaise, la tête sur l'oreiller d'Alexandr, profondément endormie. Elle l'a à peine quitté depuis le passage à tabac.

Le nombre de patients à l'hôpital a commencé à diminuer ; le bruit court que le nombre de prisonniers des goulags s'amenuise considérablement. Ils sont libérés en avance sur les ordres du secrétaire général Khrouchtchev, qui a succédé à Staline, en geste d'apaisement envers l'Occident. Le système du Goulag entache la réputation de son empire et il lui faut poursuivre les discussions avec les pays non communistes.

Alexandr arrive désormais à marcher seul. Les paravents attirent trop l'attention, et les questions des patients et du personnel sur la gravité de « l'infection » à limiter hâtent la prochaine étape.

— Cilka, est-ce que tu aurais un moment ? appelle Yelena un matin.

— Je reviens tout de suite, dit Cilka à Alexandr.

Yelena conduit la jeune femme au dispensaire.

— Il ne s'est jamais rien passé de bon dans cette pièce. Qu'y a-t-il ? demande Cilka, préoccupée.

— Est-ce que tu me fais confiance ? répond Yelena.

— Plus qu'à quiconque, en dehors de ma famille.

— Alors c'est le moment de me le prouver. Alexandr devra quitter l'hôpital dans deux jours…

— Non, c'est impossible. Vous m'aviez promis, s'écrie Cilka.

— Écoute-moi. Il ne va pas retourner parmi les prisonniers où quelqu'un remarquerait qu'il n'est pas celui dont il porte maintenant le nom et le numéro. Il ira dans un baraquement voisin où il sera en sécurité. Je veux que tu me fasses confiance. Je fais tout ce qui est en mon pouvoir pour vous aider.

Cilka est sans voix. C'est une bonne chose. Il sera à l'abri. Mais, une fois encore, on lui enlève un être cher. Elle tente de sourire.

— Vous êtes si bonne, Yelena Georgiyevna. Je vous suis reconnaissante. Il le sera aussi.

Yelena semble troublée. Cilka ne l'a encore jamais vue ainsi. Elle qui est toujours si stoïque, efficace et positive.

— Cilka, il y a autre chose.

Le cœur de la jeune femme se serre.

— J'ai fait une demande de transfert à Sotchi où un nouvel hôpital vient d'être construit.

Elle tend une main vers Cilka qui recule, interdite. Yelena mérite d'être dans un endroit plus agréable après toutes les années qu'elle a consacrées à ce camp abominable. Mais que deviendra-t-elle sans la doctoresse ?

— Cilka ?

La jeune femme n'arrive pas à croiser son regard. Elle fait un effort pour se reprendre. Elle n'a jamais eu le moindre choix. Tout lui a été imposé. Elle a beau le vouloir, elle ne réussit pas à retenir les gens. Elle est seule. Absolument seule au monde.

— Cilka, il faut que tu me croies. Je fais tout mon possible aussi pour toi.

Cilka refoule ses sentiments au plus profond d'elle-même et contemple enfin Yelena.

— Je vous remercie, Yelena Georgiyevna, pour toute votre aide.

Yelena aussi la regarde droit dans les yeux. Cela ressemble à un adieu.

*

* *

Les femmes du Bloc 29 sont tout ce qui lui reste. Cilka repense tout le temps à Lale, à Birkenau, qui l'avait tant félicitée pour son courage, puis bien d'autres après lui. Mais Alexandr a ouvert une brèche en elle. Il ne s'agit plus seulement de rester en vie, mais de vivre.

Encore une fois, elle va devoir être courageuse. Elle discute avec des gros bras qui protègent les quartiers des infirmières en leur donnant la nourriture qu'elle avait mise de côté. Ils acceptent de l'escorter ce soir-là – un dimanche – au bloc. Elle doit parler aux femmes.

Ils traversent le camp sous les regards lubriques des hommes au loin, mais ils ne s'approchent pas. Ouvrant la porte du bloc, elle demande à ses protecteurs de l'attendre dehors.

— Cilka ! (Margarethe se précipite vers elle et la prend dans ses bras.) Qu'est-ce que tu fais ici ? C'est dangereux.

Cilka commence à trembler.

— Il faut que je vous parle.

À part une ou deux nouvelles, elle connaît toutes les femmes du dortoir. Parmi elles, ses plus anciennes camarades, Elena et Margarethe.

— Je vous en prie, asseyez-vous.

— Ça va ? s'inquiète Elena.

— Oui. J'ai enfin rencontré quelqu'un et j'éprouve quelque chose pour lui. Il se peut que je le perde, j'ignorais que je pouvais de nouveau ressentir une chose pareille pour un homme après tout ce que j'ai vécu.

Les femmes l'écoutent poliment. Elena encourage Cilka du regard.

— Vous avez toutes partagé vos passés avec moi, vos secrets, mais moi, j'avais trop peur. J'aurais dû vous rendre la pareille. Je vous le dois.

Elle respire à fond.

— J'étais à Auschwitz. (Margarethe se redresse soudain.) Le camp de concentration.

Elle déglutit.

— J'ai survécu parce qu'on m'a donné une position privilégiée dans le camp de Birkenau, réservé aux femmes. Un peu comme Antonina. Mais…

— Continue, Cilka, la prie Elena.

— J'avais ma propre chambre dans le bloc. Celui où ils envoyaient… (elle lutte pour prononcer les mots) les femmes malades ou mourantes avant de les amener aux chambres à gaz pour les assassiner.

Les femmes ont la main sur la bouche, sidérées.

— Les officiers SS m'ont mise là, dans ce bloc, parce qu'il n'y avait pas de témoins.

Silence. Un silence total.

Cilka déglutit à nouveau, la tête lui tourne, elle est prise de vertige.

Anastasia commence à pleurer. Tout le monde entend ses sanglots.

— Je connais ce bruit, Anastasia, je le connais si bien. Au début, je me mettais en colère. Je ne sais pas pourquoi. Mais elles étaient toutes si passives. J'étais incapable de pleurer. Je n'avais pas de larmes. Et c'est pour cela que je n'ai jamais pu vous le raconter. J'avais un lit, à manger. Elles étaient nues et mourantes.

— Combien… combien de temps as-tu passé là ? demande Elena.

— Trois ans.

Margarethe vient s'asseoir à côté de Cilka et lui tend la main.

— Aucune d'entre nous ne sait ce qu'elle aurait fait à ta place. Est-ce que ces salauds ont tué ta famille ?

— J'ai fait monter moi-même ma mère dans le camion qui l'emportait vers la mort.

Margarethe s'empare des doigts de Cilka.

— Ces souvenirs te mettent en état de choc. Je l'entends à ta voix. Tu trembles. Elena, fais-lui une tasse de thé.

Elena se lève d'un bond pour aller vers le poêle.

Le reste des femmes se tait. Mais Cilka se sent désormais trop engourdie pour penser à la façon dont ses mots sont reçus. L'épuisement la submerge.

Si peu de temps pour faire ces révélations qui lui ont tant coûté.

— Hannah savait, n'est-ce pas ? lui demande Elena en revenant avec le thé.

Cilka acquiesce.

— J'espère ne pas te choquer davantage, Cilka, reprend Margarethe, mais beaucoup d'entre nous avaient deviné que tu avais été *là-bas*. Le fait que tu sois juive, que tu ne parles pas de ton arrestation.

— Vraiment ? demande Cilka en tremblant à nouveau.

— Oui, et des choses que tu disais ici et là.

— Oh…

— Tu y as survécu, la réconforte Elena. Et tu survivras ici aussi.

Anastasia, la plus jeune, a toujours une main sur la bouche et des larmes coulent sur ses joues. Mais aucune d'entre elles n'a réagi comme se l'était imaginé Cilka, comme elle l'avait toujours craint. Aucune ne l'a rejetée.

Elle peut peut-être tout raconter à Alexandr. Peut-être que, même en sachant tout d'elle, il l'aimera quand même.

— Je ferais mieux d'y aller, annonce Cilka.

Elena se lève avec elle.

— Reviens, si tu peux.

Cilka la laisse la prendre dans ses bras, Margarethe aussi la serre dans ses bras. Anastasia, elle, semble encore trop choquée.

Cilka sort dans la nuit, tremblante, la tête lui tourne.

*

* *

— Bonjour !

Cilka salue la réceptionniste en entrant dans le service. Il ne lui reste qu'une journée avec Alexandr. Comment réussira-t-elle à lui dire au revoir ? Lui promettra-t-elle qu'elle essaiera de le retrouver, dans quelques longues années, dehors ? Ou devrait-elle simplement accepter son destin, sa malédiction ?

Mais bien qu'elle le perde, lui, ainsi que Yelena, et bien qu'elle ait perdu tous ceux qui lui étaient chers, Alexandr a ravivé une flamme en elle.

Ce n'est plus de la colère, mais quelque chose qui ressemble à de l'espoir.

Ce miracle est bel et bien arrivé.

— Cilka, l'appelle la réceptionniste. On t'attend au bâtiment principal de l'administration. Ils veulent te voir.

— Maintenant ? s'enquiert Cilka qui s'apprête à aller voir Alexandr.

Elle pourrait d'abord lui dire bonjour. Non, elle va d'abord se débarrasser de son rendez-vous. Ensuite, elle passera la journée avec lui avant qu'il ne quitte l'hôpital. Elle racontera tout, pour ne plus jamais avoir à en reparler.

*

*   *

Dans le bâtiment de l'administration, il y a déjà plusieurs autres prisonniers, tous des hommes, qui attendent en se plaignant. Elle se dirige droit vers l'officielle assise derrière un bureau.

— On m'a demandé de me présenter ici, dit-elle avec une assurance de façade.

— Nom ?

— Cecilia Klein.

— Numéro ?

— 1-B494

La réceptionniste fouille dans une pile d'enveloppes sur son bureau. Elle en prend une, regarde le numéro inscrit dessus. 1-B494.

— Tiens, voilà une petite somme d'argent. Et une lettre à présenter au garde quand tu sors.

Cilka ne saisit pas l'enveloppe tendue.

— Prends-la et file, aboie la réceptionniste.

— Pour aller où ?

— D'abord à Moscou d'où tu seras rapatriée dans ton pays d'origine. Tu rentres chez toi.

Chez moi ?

— Je dois aller à la gare ?

— Oui. Maintenant, dehors. Suivant !

L'ampoule au plafond clignote. Une autre feuille de papier. Un autre moment où on décide de sa vie pour elle.

— Mais je ne peux pas partir comme ça. J'ai des gens à voir.

Alexandr ? Sera-t-il libéré ? Sous le nom du mort ? Comment le retrouvera-t-elle ?

Elle a mal à la poitrine, comme si sa cage thoracique se comprimait.

Yelena, Raisa, Lyuba, Elena, Anastasia et Margarethe – si elle pouvait leur rendre visite... Elle doit leur dire au revoir !

Klavdiya Arsenyevna est sur les lieux aussi. Elle supervise la libération des prisonniers. Cilka l'a peu vue depuis qu'elle a déménagé dans les quartiers des infirmières. La garde s'avance vers elle.

— Tu as de la chance, Cilka Klein, mais ne mets pas ma patience à l'épreuve. Tu dois partir immédiatement. Pas question d'aller te balader dans le camp. File ! À moins que tu ne préfères que j'appelle un garde pour qu'il te traîne au trou ?

Cilka prend l'enveloppe, tremblante. Les hommes derrière elle se sont tous tus.

— Suivant, appelle la réceptionniste.

*

* *

Cilka tend la lettre au garde posté à l'entrée qui, après à peine un coup d'œil, lui fait signe de sortir. Elle s'éloigne lentement, à l'affût de quelqu'un qui chercherait à l'arrêter, lui signifier qu'il y a eu erreur. Les quelques gardes qu'elle croise l'ignorent.

Elle avance le long de l'unique route devant elle. Seule.

Des nuages lourds s'amassent. Cilka prie pour qu'il ne se mette pas à neiger aujourd'hui.

Elle voit au loin de petits bâtiments, probablement des maisons. Elle marche toujours, le cœur serré par la tristesse. L'étrangeté de cette liberté lui donne le vertige. La route devant elle. Un pas après l'autre. Que font les gens de cette liberté ?

Dans une rue bordée de maisons et de quelques magasins, elle regarde par les fenêtres : des femmes avec des enfants, qui font le ménage, jouent, cuisinent, mangent, lui jettent des coups d'œil méfiants. Elle sent des odeurs riches de ragoût et de pain en train de cuire.

Elle entend un bruit familier, celui d'un train qui entre lentement en gare derrière les bâtiments. Elle hâte le pas. Le temps qu'elle rejoigne la ligne de chemin de fer, le train disparaît déjà. Elle suit les rails jusqu'à une petite gare. Un homme est en train de fermer la porte d'un bureau exigu.

— S'il vous plaît ?

L'homme s'arrête, sa clef dans la serrure, et la toise.

— Qu'est-ce que tu veux ?

— Où allait ce train ?

— Moscou, après beaucoup d'autres arrêts.

— Est-ce que parmi les prisonniers libérés vous auriez vu un homme… grand, le visage un peu meurtri…

L'homme l'interrompt.

— Des hommes, y en avait beaucoup, le train était plein. Désolé, je ne peux pas te renseigner.

Cilka sort l'enveloppe qu'elle a rangée dans la poche de son manteau. Elle en retire l'argent.

— Pourrais-je avoir un billet pour le prochain, s'il vous plaît ?

Josie et Natia sont à Moscou. Si tous les trains vont là-bas, alors une fois arrivée, elle pourra les chercher et, aussi, un jour, Alexandr. Si seulement elle pouvait se souvenir du nom de l'amie de Maria Danilovna. Elle sera très difficile à retrouver. Mais elle peut essayer. Elle le fera.

— Y aura plus de train aujourd'hui. Tout ce qu'il te faudra, c'est ton papier de libération et ton ordre de transfert.

— Le prochain est à quelle heure ?

— Demain, reviens demain.

Cilka se sent totalement vidée, épuisée, désespérée.

— Où est-ce que je vais passer la nuit ? demande-t-elle au bord des larmes.

— Écoute, je peux pas t'aider. Faudra juste que tu fasses comme tous les autres, que tu te trouves un endroit chaud où te cacher et revenir demain.

— Est-ce que je peux rester par ici ?

— Non, et attention à la police. Des patrouilles circulent jour et nuit à la recherche de gens comme toi, des prisonniers. Y en a qui ont causé des ennuis en volant dans les magasins ou les maisons en attendant le train.

Effondrée, Cilka fait demi-tour, elle repart vers la ville.

*

* *

D'autres prisonniers libérés errent dans les rues, se battent avec les habitants. Le sang coule. Cilka ne propose pas son aide, elle préfère rester à l'écart.

Elle ne croit pas encore à sa liberté. Le monde n'est peut-être qu'une plus vaste prison où elle n'a ni famille, ni amis, ni maison. Elle a – avait – Alexandr. Va-t-elle passer sa vie à se demander ce qui lui est arrivé ? Comme elle le fait pour son père, Gita ou Josie ? Au moins, Yelena sera saine et sauve. Mais elle n'a pas eu le temps de la serrer dans ses bras, de la remercier. Elle se sent déchirée. Elle passe la nuit derrière un magasin, recroquevillée sur le pas d'une porte pour s'abriter du vent glacial.

*

* *

Elle entend les cris de douzaines de personnes avant même le bruit du train. Le brouillard dans sa tête se dégage : la nuit a laissé la place au jour. Le train qui l'emmènera loin de Vorkouta entre en gare.

Elle rejoint les autres qui courent sur le quai. Poussée, bousculée et renversée à terre plusieurs fois, elle se relève et reprend son avancée. La file d'attente devant les portes est interminable. Le chef de gare a quitté son bureau et vérifie les papiers des passagers qui se pressent. On ne leur remet aucun billet. Cilka tend sa feuille au chef de gare pour qu'il la valide.

— Merci, lui dit-elle.

Une main posée sur la sienne, il lui sourit et lui adresse un signe d'encouragement.

— Bonne chance dans le grand monde, ma toute petite. Maintenant, monte dans ce train.

Cilka se précipite vers la porte ouverte. Alors qu'elle s'apprête à monter, elle est violemment heurtée par deux hommes qui veulent la devancer. Le compartiment a l'air bondé. Elle tend les bras dans la mêlée, essaie désespérément de se saisir des portières pour se hisser à l'intérieur. Le train siffle, les avertissant qu'il faut monter. Il y a des cris, une bousculade, un homme retombe, repoussé des marches du wagon. Il s'effondre à terre à côté d'elle, ses membres emmêlés. Elle lâche la portière pour se pencher vers lui.

— Ça va ?

On s'agglutine autour d'eux, et sous le chapeau, des yeux bruns étonnés se lèvent vers elle. Alexandr !

— Cilka !

Elle le prend sous les aisselles pour qu'il se relève, le cœur battant follement dans sa poitrine.

— Oh, Alexandr ! Ça va ? répète-t-elle, la voix étouffée par les larmes.

Il se redresse en grimaçant. Le flot de gens derrière eux s'amenuise.

Le train siffle à nouveau. Une petite brèche s'est ouverte dans la foule.

— Allons-y ! dit-elle en lui prenant la main, et ils montent dans le train ensemble, le pied d'Alexandr quittant le quai juste au moment où le train s'ébranle.

Une fois dans le wagon, Alexandr prend Cilka dans ses bras.

Elle sanglote contre sa poitrine.

— Je n'arrive pas à y croire !

— Moi si, répond-il en caressant ses cheveux et en essuyant les larmes qui coulent sur ses joues.

Elle lit dans ses yeux doux et bons tout ce qu'il a vécu et y voit le reflet des siens et de tout ce qu'elle a vécu.

— Il est temps de vivre maintenant, Cilka. Sans peur et avec le miracle de l'amour.

— Est-ce que c'est un poème ? lui demande-t-elle en souriant à travers ses larmes.

— C'est le début d'un poème.

Épilogue

Košice, Tchécoslovaquie, janvier 1961

La porte du café s'ouvre en tintant, et une femme hâlée et élégante entre. Elle a un visage en cœur, du rouge à lèvres et de grands yeux marron.

Une autre femme, cheveux bouclés, vêtue d'une pimpante robe à fleurs qui souligne ses formes, se lève pour l'accueillir.

Gita s'avance vers Cilka. Les deux femmes qui ne se sont pas vues depuis près de vingt ans s'étreignent. Elles sont aujourd'hui si différentes de ce qu'elles étaient *là-bas* : en bonne santé, elles ne souffrent plus du froid. C'est un moment d'une grande intensité. Elles s'écartent. Cilka contemple les boucles brunes et éclatantes de Gita, ses joues rebondies, ses yeux brillants.

— Gita ! Tu as l'air incroyable.

— Cilka, tu es belle, plus belle que jamais.

Elles passent un long moment à juste se regarder, se caresser les cheveux, à se sourire à travers les larmes.

Pourront-elles parler de *là-bas* ? De ce temps-là ?

La serveuse s'approche. Elles doivent offrir un drôle de spectacle à se toucher ainsi, leurs pleurs et leurs rires mêlés. Elles s'assoient et commandent du café et des gâteaux, ravies de savoir que ce sont des choses qui leur étaient interdites, que leur survie reste un miracle quotidien. Ces simples plaisirs auront plus de goût pour elles que pour quiconque dans ce café.

Cilka demande d'abord des nouvelles de Lale. Elle est ravie d'entendre comment Gita et lui se sont retrouvés à Bratislava après la guerre, ce qu'ils ont vécu ensuite et comment ils se sont installés en Australie. Gita ne cesse de sourire que lorsqu'elle raconte qu'ils ont longtemps essayé d'avoir un bébé, sans succès. À ces mots, elle touche instinctivement son ventre sous la table.

— Alexandr et moi, nous n'avons pas réussi non plus, répond Cilka en prenant la main de son amie.

Puis, remontant en arrière, Gita demande, à voix basse, en se rapprochant de Cilka, si elle voudrait lui parler du goulag.

— C'est là que j'ai rencontré Alexandr et que je me suis fait d'autres amies.

Il est trop difficile de raconter le froid incessant qui pénétrait jusqu'aux os, le flux ininterrompu de malades, de blessés et de morts, les viols répétés, l'humiliation et la souffrance d'un nouvel emprisonnement après *là-bas*.

— Cilka, je ne sais pas comment tu as pu supporter ça après tout ce que tu avais déjà subi.

Cilka laisse les larmes couler sur ses joues. C'est un sujet qu'elle n'aborde jamais. Personne autour d'elle, mis à part Alexandr, ne sait qu'elle était à Auschwitz, sauf son seul voisin juif qui, petit garçon, a été caché pendant toute la Shoah. Peu de gens sont au courant qu'elle était en Sibérie. Elle a fait de son mieux pour laisser le passé derrière elle, se créer une nouvelle vie.

— Je connais les gens qui sont arrivés après nous à Birkenau. Ils n'ont tout simplement pas compris ce que nous avions subi, pendant tout ce temps, poursuit Gita la main dans celle de Cilka. Tu avais seize ans et tu avais tout perdu.

— Nous devions faire face à des choix impossibles.

Le soleil brille à travers la vitrine du café. Elles voient le passé à travers une lumière grise tamisée, froide, et jamais aussi loin qu'elles l'aimeraient. Elles perçoivent encore les images et les odeurs à fleur de peau. Chaque moment de souffrance.

Mais elles offrent leurs visages à la chaleur du soleil.

Gita ramène la conversation à Lale, aux affaires dans lesquelles ils se sont lancés et à la Gold Coast australienne où ils passent leurs vacances. Elle ferme les yeux de plaisir à chaque cuillerée de gâteau, comme le fait encore Alexandr quand il fume ou mange. Et Cilka se joint à elle et parle, elle aussi, de sa vie actuelle.

Elles lèvent leurs verres et trinquent : « *L'Chaim !* »

Note de Heather Morris

— Est-ce que je t'ai parlé de Cilka ?

— Non, Lale, jamais. Qui est-ce ?

— La personne la plus courageuse que j'aie jamais rencontrée. Pas juste la fille la plus courageuse, mais bien l'être humain.

— Et ?

— Elle m'a sauvé la vie. Elle était belle, toute menue, et elle m'a sauvé la vie.

Une conversation brève, quelques mots lancés alors que Lale me racontait sa vie à Auschwitz-Birkenau en tant que tatoueur.

Nous avons souvent reparlé de Cilka. Je lui tenais la main pendant qu'il m'expliquait comment elle lui avait sauvé la vie grâce à la position qu'elle occupait. Le souvenir l'avait bouleversé, j'étais sous le choc. C'était une fille de seize ans. Juste seize ans. J'étais fascinée par Cilka, incapable de comprendre ou d'assimiler la force qu'il avait fallu à une adolescente pour survivre. Et pourquoi avait-elle dû être punie si durement pour avoir choisi de vivre ?

J'ai écouté Gita parler dans sa cassette sur la Shoah de Cilka (bien qu'elle ne la nomme pas), des rôles qu'elle avait eus dans le camp, entre autres dans le Bloc 25, et son sentiment qu'elle avait été jugée injustement. « Je connaissais la fille qui était l'*älteste* du bloc. Elle vit aujourd'hui à Košice. Tout le monde dit qu'elle était ceci ou cela, mais elle devait juste obéir aux SS. Si Mengele lui disait que cette personne devait aller au Bloc 25, elle devait l'accepter, vous savez ? Elle ne pouvait pas affronter tant de gens. Ceux qui n'étaient pas *là-bas* ne peuvent pas comprendre. Et ils n'ont pas vécu de telles épreuves. Donc ils disent, celle-là était bonne, l'autre mauvaise, mais je vous l'ai répété : on en sauve un et l'autre continue à souffrir. Personne ne pouvait sortir du Bloc 25. » Elle a aussi évoqué sa visite à Košice, ce que Lale m'a confirmé.

J'ai recherché d'autres témoignages de survivants sur Cilka. Je les ai trouvés. Est-ce qu'ils m'ont réconfortée ? Non, pas du tout. J'ai trouvé des commentaires qui se contredisaient tels que : elle a fait des choses affreuses pour survivre ; elle m'a donné des rations supplémentaires parce que je venais de la même ville qu'elle ; elle criait et insultait les femmes condamnées ; elle m'a apporté de la nourriture en cachette alors que j'étais persuadée que j'allais mourir de faim.

Le tableau d'une très jeune femme qui avait survécu dans un camp de la mort en se soumettant aux avances sexuelles de non pas un, mais deux officiers SS hauts gradés, émergeait. Une histoire de courage, de compassion et d'amitié ; une histoire, comme celle de Lale, où l'on faisait ce qu'il fallait pour en réchapper. Sauf que les conséquences pour Cilka furent dix ans de prison de plus, à l'endroit le plus froid de la planète, le goulag de Vorkouta, sur le cercle arctique, en Sibérie.

Avec la parution du *Tatoueur d'Auschwitz*, des flots de mails, de messages, me sont arrivés du monde entier. La vaste majorité me demandait ce qui était arrivé à Cilka.

Avec le soutien de mes éditeurs, j'ai commencé les recherches qui me conduiraient à découvrir l'histoire qui a inspiré ce roman.

J'ai embauché un professionnel à Moscou pour mener une enquête sur la vie à Vorkouta, le goulag où Cilka a passé dix ans.

Je me suis rendue à Košice et, sur l'invitation des propriétaires de l'appartement où Cilka et son mari ont vécu pendant cinquante ans, j'ai passé du temps entre les quatre murs de ce qu'elle appelait sa maison. La propriétaire me dit qu'elle avait senti la présence de Cilka dans l'appartement pendant de nombreux mois après son installation.

J'ai consacré du temps à parler à ses voisins, M. et Mme Samuely, qui avaient tous les deux plus de quatre-vingt-dix ans. Ils m'ont raconté des anecdotes de leur vie passée pendant de nombreuses décennies à côté de Cilka et son mari.

J'ai rencontré un autre voisin qui s'appelait lui aussi Klein. Il m'a dit que Cilka et lui étaient les seuls Juifs de l'immeuble. Ils se parlaient à mi-voix les jours de grandes fêtes juives. Ils partageaient l'espoir de pouvoir un jour se rendre en Israël. En fin de compte, ni l'un ni l'autre n'y sera jamais allé.

Au cimetière de la ville, je me suis rendue sur les tombes de Cilka et son mari, et j'ai salué leur mémoire, déposé des fleurs et allumé une bougie.

Avec des traducteurs et l'un de mes éditeurs, je me suis rendue à Sabinov, à une heure de voiture de Košice, où nous avons pu voir les certificats de naissance de Cilka et ses sœurs (voir les informations complémentaires pour plus de détails, p. 425).

On nous a montré le certificat de mariage de ses parents et nous avons appris les noms de ses grands-parents.

À Bardejov, la ville où habitaient les Klein et d'où ils avaient été déportés, nous avons consulté les bulletins scolaires de Cilka et ses sœurs. Elles avaient toutes deux d'excellentes notes de conduite. Cilka brillait en mathématiques et en sport.

Je me suis promenée dans les rues de la vieille ville. Je me suis tenue devant la maison où, jadis, Cilka avait vécu ; j'ai passé la main sur les restes des murailles de la ville qui avaient protégé les habitants pendant des centaines d'années des envahisseurs, mais n'avaient pas pu protéger Cilka des nazis. Un si bel endroit, si paisible en 2019.

J'ai été réconfortée de savoir que Cilka avait passé presque cinquante ans avec l'homme qu'elle aimait et, selon ses amis et voisins, avait eu une vie heureuse. Mme Samuely m'a raconté comment Cilka parlait avec ses amies de l'amour qu'elle éprouvait pour son mari. Elle se faisait taquiner par les autres femmes qui ne partageaient pas des sentiments aussi passionnés pour les leurs.

Quand j'ai voulu parler du viol – non, il n'y a pas d'autre mot pour ce qui s'est passé, à Auschwitz-Birkenau –, j'ai trouvé bien peu de références dans les témoignages filmés. Elles n'apparaissent que dans des articles écrits récemment par des chercheuses qui avaient interviewé des survivantes à ce sujet. Elles avaient découvert la honte profonde éprouvée pendant des décennies par ces femmes qui n'avaient jamais parlé des abus sexuels subis, auxquelles on avait omis de demander : « Avez-vous jamais été sexuellement abusées par les nazis ? » C'est nous qui devons avoir honte, pas elles. Elles ont vécu pendant des dizaines d'années avec la vérité et la réalité de ce qui leur était arrivé profondément enfouies.

C'est fini. Il est temps que ces crimes de viol et d'abus sexuel soient dénoncés en tant que tels. Des crimes souvent niés parce qu'ils ne faisaient pas partie de la « politique officielle des nazis ». J'ai trouvé une mention spécifique de Schwarzhuber comme d'un « pervers ricanant » (d'après une prisonnière médecin) et j'ai lu dans un témoignage : « la rumeur courait que [Cilka] recevait [le SS Unterscharführer Taube] ». Alors que des millions d'hommes, de femmes et d'enfants juifs ont péri, beaucoup ont vécu avec le poids de leur souffrance, trop honteux pour la mentionner à leurs familles ou leurs partenaires. Nier ce qui est arrivé revient à s'enfoncer la tête dans le sable. Le viol est une arme de guerre et d'oppression ancienne. Pourquoi le nazisme, un des régimes les plus vicieux que le monde ait jamais connus, renoncerait-il à cette forme particulière de cruauté ?

Avoir Lale Sokolov dans ma vie pendant trois ans et écouter directement son histoire a été une expérience bouleversante. Je n'ai pas eu cette chance avec Cilka. Décidée à raconter son histoire, à lui rendre honneur, j'ai trouvé un moyen de mêler les faits et le récit de ce qu'elle a vécu à Auschwitz-Birkenau, ainsi qu'au goulag de Vorkouta, avec les témoignages, essentiellement ceux des femmes.

Combiner la fiction et la réalité m'a imposé de créer un roman peuplé de personnages basés sur mes découvertes à travers mes lectures et mes recherches sur la vie dans ces camps. Certains sont inspirés de gens qui ont réellement existé, parfois plus qu'un seul individu à la fois, d'autres totalement imaginaires. Les personnages basés sur des gens ayant réellement existé sont plus nombreux dans les sections situées à Auschwitz-Birkenau et dont Lale m'a parlé.

L'histoire ne révèle jamais facilement ses secrets. Cela fait quinze ans que je découvre des vies incroyables de gens ordinaires soumis aux circonstances les plus inimaginables. C'est un voyage qui m'a emmenée d'une banlieue de Melbourne, Australie, aux rues d'Israël, des petites villes des collines de Slovaquie aux rails d'Auschwitz-Birkenau et ses baraquements. J'ai parlé à des gens qui ont vécu ces époques abominables, à leurs familles et leurs amis. J'ai vu des rapports méticuleux de Yad Vashem et de la Fondation pour la Shoah et des documents manuscrits dans des archives civiles qui dataient du dix-neuvième siècle. Ils composent un tableau parfois confus et dont les détails ne s'accordent pas toujours. Le défi du travail historique est de trouver la vérité dans le cœur et l'esprit de ceux qui l'ont vécue.

Quelques jours avant que *Le Voyage de Cilka* parte chez l'imprimeur, de nouveaux faits ont été découverts à propos de ses parents. Ils n'avaient pas de rapport avec son expérience des camps nazi ou soviétique, mais éclairaient d'un jour nouveau cette femme remarquable et ses origines. C'était un rappel que l'histoire du *Voyage de Cilka* reste incomplète, même dans le livre que vous tenez entre vos mains.

Des histoires comme celle de Cilka méritent d'être racontées et je suis émue et honorée de vous l'offrir. C'était juste une jeune fille, qui est devenue une femme, la personne la plus courageuse que Lale Sokolov ait jamais rencontrée.

Informations complémentaires

Cecilia « Cilka » Klein est née à Sabinov, à l'est de la Slovaquie, le 17 mars 1926, la cadette de Fany Kleinova, née Blechova le 10 mai 1903, et de Miklaus Klein (né le 13 janvier 1895). Son père a eu une première fille, Olga (née le 28 décembre 1921) de Cecilia Blechova, née le 19 septembre 1897 mais décédée le 26 mars 1922. Miklaus se remarie alors avec sa belle-sœur, Fany. Ils ont ensuite deux filles : Magdalena, « Magda », née le 23 août 1924, puis Cecilia, « Cilka » en souvenir de sa tante. Fany a élevé Olga comme sa propre fille. Olga était à la fois la cousine de Cilka et de Magda et leur demi-sœur. Dans le roman, les sœurs de Cilka sont représentées sous les traits d'un seul personnage, Magda.

Sur le registre des naissances pour chaque fille, Miklaus apparaît comme « non domicilié », ce qui signifie qu'il était hongrois. La Tchécoslovaquie fut créée à la fin de la Première Guerre mondiale au moment où disparaissait l'Empire austro-hongrois ; la Slovaquie orientale se trouvait à la frontière de ce nouvel État et de la Hongrie. Miklaus Klein est né à Szikszó, dans le nord de la Hongrie, à 160 kilomètres environ au sud de Sabinov. Durant toute sa vie, Miklaus ne fut jamais considéré comme citoyen tchécoslovaque.

À une date inconnue mais avant 1931, la famille déménage à Bardejov où les filles fréquentent l'école locale. On sait que la famille a vécu rue Kláštorská et rue Halusova. Sur les certificats de naissance et les bulletins scolaires de ses filles, les métiers de Miklaus varient énormément : il est négociant, artisan, employé d'une entreprise industrielle et plus tard chauffeur. Il semble qu'il ait occupé cet emploi à Bardejov pour un certain M. Rozner.

Lorsque la Seconde Guerre mondiale éclate, l'Allemagne annexe ce qui correspond maintenant à la République tchèque. La Hongrie se range du côté des Allemands et ce qui est aujourd'hui la Slovaquie capitule. Si à l'époque, dans un contexte officiel, les gens s'identifiaient comme Tchécoslovaques, le pays n'en était pas moins divisé en deux et la Hongrie avait aussi pris le contrôle d'une zone sud-est. Ceci signifie que le sort des Juifs de Tchécoslovaquie variait selon la partie du pays dans laquelle ils vivaient. Les Juifs de Hongrie furent envoyés dans les camps en 1944.

Dans les récits des survivants, on voit que les gens du coin se désignent comme « Slovaques », et, dans le récit, j'ai donc utilisé aussi bien *Tchécoslovaquie* que *Slovaquie* selon le contexte, officiel ou personnel. De la même manière, les gens de la région « tchèque » se reconnaissent comme « Tchèques ». Le slovaque et le tchèque étaient, et sont, des langues distinctes mais très ressemblantes. Ce sont toutes deux des langues slaves occidentales, liées étroitement au polonais. Lorsque j'ai visité Bardejov, la ville natale de Cilka, j'ai appris que Cilka comprenait sans doute aussi le russe pour avoir été au contact du dialecte rusyn.

En 1942, les nazis commencent à rafler les Juifs de Slovaquie. Tous les habitants juifs de Bardejov reçoivent l'ordre de se rendre à Poprad d'où, embarqués dans des wagons à bestiaux, ils partent pour Auschwitz. Miklaus et ses trois filles arrivent dans le camp le 23 avril 1942 ; le numéro 5907 est attribué à Cilka. On ne trouve pas trace de la présence de Fany Kleinova à Auschwitz, mais selon des témoins oculaires et Lale Sokolov, Cilka a vu sa mère emmenée sur le chariot de la mort à Birkenau. En réalité, les membres de la famille sont très probablement tous partis de Bardejov à la même date et ont attendu les trains à Poprad. À son arrivée au camp, Cilka est inscrite comme « tailleur » et ses aînées comme « femmes au foyer ». Dans le roman, j'ai imaginé que les filles partent à Auschwitz plus tôt que leurs parents car cela arrivait fréquemment : chaque famille juive devait envoyer des jeunes gens robustes (de plus de seize ans) capables de travailler.

Toute la famille, sauf Cilka et sa mère, apparaît dans les archives de Yad Vashem comme victimes de la Shoah. Nous ne savons pas quand Miklaus, Fany, Magda et Olga ont été assassinés, mais nous savons avec certitude que seule Cilka a survécu à Auschwitz. (Dans un registre, j'ai lu que Cilka avait été tuée à Auschwitz ; idem pour Lale Sokolov, or nous savons que tous deux ont survécu et sont revenus en Tchécoslovaquie.)

À la fin de la guerre, les Russes libèrent Auschwitz-Birkenau et c'est à ce moment, semble-t-il, que Cilka est transférée à la prison de Montelupich à Cracovie, après être probablement passée par un centre d'interrogation/de filtrage du NKVD où elle est condamnée pour collaboration (ceci, dans le roman, a été simplifié) à cause de son rôle au Bloc 25 et parce qu'on l'accusait d'avoir « couché avec l'ennemi ». C'est ce que Lale a compris de son histoire.

De là, elle part pour ce long et difficile voyage jusqu'à Vorkouta sur le cercle arctique. J'ai puisé dans divers récits des éléments sur ses années de détention là-bas : son travail à l'hôpital, le fait qu'elle ait été prise sous l'aile d'une doctoresse, les missions avec l'ambulance. Alexeï Kukhtikov et sa femme sont, dans les grandes lignes, inspirés de personnes réelles. Kukhtikov dirigeait les deux camps de prisonniers de Vorkouta, Vorkoutlag et Rechlag, et pendant les années qu'il y passa, il ordonna la construction d'un hôpital pour enfants (bâti par les prisonniers, bien sûr).

Lorsque Cilka est libérée, elle est envoyée, je crois, soit à la prison Pankràc, soit à celle de Ruzyně, toutes deux à Prague. Sur son certificat de naissance délivré en 1959 est mentionné le fait qu'on lui a accordé la citoyenneté tchécoslovaque. Cilka était revenue chez elle, et la vie avec un homme rencontré au goulag – et qu'elle aimait – pouvait commencer. Alexandr est un personnage entièrement fictif. Je n'ai pas donné le nom de l'homme qu'elle a rencontré à Vorkouta et, par la suite, épousé pour protéger la vie privée de ses descendants. Cilka et son mari se sont installés à Košice ; Cilka y a vécu jusqu'à sa mort le 24 juillet 2004. Ils n'ont jamais eu d'enfants ; les gens de leurs connaissances que j'ai rencontrés ont mentionné le grand amour qu'ils se portaient.

Heather Morris, octobre 2019

Postface d'Owen Matthews

Vorkouta, l'enfer blanc

La dernière vision qu'a eue Cilka du camp de la mort d'Auschwitz-Birkenau a dû être le panneau en fer forgé érigé au-dessus des portes : « *Arbeit macht frei* » « Le travail rend libre ». La première chose vue à son arrivée dans le goulag soviétique de Vorkouta était un autre panneau : « Le travail en Union soviétique est affaire d'honneur et de gloire ». Sur un autre on lisait : « Avec une main de fer, nous mènerons l'humanité au bonheur ». Un penchant pour une ironie sadique n'était qu'un des traits partagés par l'Allemagne nazie et l'URSS de Staline.

Les camps de concentration d'Hitler et le Goulag soviétique ont existé pour les mêmes raisons : purger la société de ses ennemis et obtenir d'eux autant de travail que possible avant qu'ils ne meurent. Les seules vraies différences sont des différences d'échelle – le Goulag de Staline a été bien plus vaste que tout ce qu'avait pu concevoir Hitler – et d'efficacité. Staline avait certainement en commun avec Hitler des tendances génocidaires, condamnant des groupes ethniques entiers, tels que les Tchétchènes, les Tatars de Crimée et les

Allemands de la Volga, à la déportation de masse, aux marches de la mort et aux travaux forcés. Mais quand les Allemands utilisaient le Zyklon B, Staline préférait laisser le froid, la faim et les travaux forcés faire leur œuvre de mort.

Plus de 18 millions de personnes sont passées par le Goulag de 1929 à la mort de Staline, en 1953, selon les registres tenus méticuleusement par l'État soviétique. Selon les estimations des chercheurs contemporains, sur ces 18 millions, 6 millions sont morts soit en prison, soit peu de temps après leur libération. Comme les camps de concentration de Hitler, le Goulag de Staline enfermait à la fois les prisonniers politiques et les criminels de droit commun – ainsi que des gens condamnés pour leur appartenance à des « nations » politiquement « peu fiables », telles que les Polonais, les Juifs, les Ukrainiens, ou à la « mauvaise » classe sociale, que ce soient des paysans riches ou des aristocrates prérévolutionnaires. Vers la fin de la Seconde Guerre mondiale, à la population du Goulag s'ajoutent des criminels et prisonniers de guerre allemands, ainsi que des centaines de milliers de soldats soviétiques qui avaient choisi de se rendre au lieu de mourir les armes à la main, donc collaborateurs présumés. Lorsque Cilka était à Vorkouta y étaient aussi détenus Anton Kaindl, commandant du camp de concentration de Sachsenhausen ; des écrivains yiddish, français et estoniens célèbres ; des spécialistes de l'art et des peintres russes ; des prêtres catholiques d'origine polonaise ou lettone, et même un Britannique membre des Waffen-SS British Free Corps. Les intellectuels et les criminels de guerre côtoyaient une énorme population de meurtriers, de violeurs et même de cannibales reconnus.

Le Prix Nobel de littérature Aleksandr Soljenitsyne, la victime la plus célèbre du Goulag et son chroniqueur le plus méticuleux, a nommé le système des camps de travaux forcés de Staline « l'archipel du Goulag ». Cette expression est appropriée car les camps s'étalaient sur les onze fuseaux horaires de l'Union soviétique et formaient comme un chapelet d'îles interconnectées. Il y avait des goulags dans les plus grandes villes de Russie ; dans certains, des prisonniers de guerre allemands servaient d'ouvriers esclaves, et dans d'autres, des détenus ingénieurs et chercheurs travaillaient dur dans des laboratoires sophistiqués. La plupart des goulags étaient situés dans les coins les plus reculés du nord de la Sibérie et très à l'est – en vérité, des portions entières de l'URSS étaient colonisées par des prisonniers d'État qui édifiaient des dizaines de villes nouvelles, de routes, de chemins de fer, de barrages et d'usines là où il n'y avait eu autrefois que des friches désolées.

Vorkouta était l'une de ces colonies, à la fois au sens de centre de détention et de petit îlot de vie dans un environnement inexploré et hostile. À la fin des années 1920, des géologues soviétiques avaient identifié de vastes gisements de charbon dans les étendues sauvages et gelées de la toundra, endroit trop froid pour que des arbres y poussent et où le fleuve Petchora se jette dans l'océan Arctique. Cette région se trouve à quelque 1 900 kilomètres au nord de Moscou et à 160 kilomètres au-dessus du cercle polaire. La police secrète soviétique eut tôt fait d'arrêter un géologue de renom, Nikolai Tikhonovich, et de le forcer à organiser une expédition pour creuser la première mine de la zone.

Au début de l'été 1931, une équipe de 23 hommes partit en bateau vers le nord depuis Oukhta. Des détenus géologues montraient la voie et des prisonniers ordinaires maniaient les rames ; un petit contingent de la police secrète les dirigeait. Après avoir pagayé et marché au milieu des essaims d'insectes qui, les mois d'été, colonisent la toundra, le groupe construisit un camp de fortune. « Le cœur se serre à la vue de ce paysage sauvage et désert, se souvient l'un des prisonniers spécialistes, un géographe du nom de Kulevsky. Avec un mirador noir et solitaire, totalement démesuré, deux pauvres baraquements, la toundra et la boue. » Mal en point, le groupe réussit tout de même à survivre à leur premier hiver ; les températures tombaient souvent jusqu'à –40 °C et pendant la nuit polaire qui durait quatre mois, le soleil ne se levait pas au-dessus de l'horizon. À Vorkouta, au printemps 1932, ils creusèrent la première mine au seul moyen de pics, pelles et chariots en bois.

Les purges de Staline – arrestations massives de membres du Parti suspects et de paysans enrichis, les koulaks, jugés politiquement peu fiables – commencèrent en 1934. Elles fournirent la masse d'ouvriers esclaves nécessaire pour transformer ce site désolé en un centre industriel majeur. Dès 1938, il y avait 15 000 prisonniers dans ce nouveau camp et la production de charbon s'élevait à 188 206 tonnes. Vorkouta était devenu le centre général de Vorkoutlag, vaste réseau constitué de 132 camps de travail distincts qui couvraient une superficie de 90 000 kilomètres carrés – une zone plus grande que l'Irlande. Dès 1946, lorsque Cilka y arriva, il y avait à Vorkoutlag 62 700 détenus, ce qui faisait de ce centre, réputé être l'un des plus durs de tout le Goulag, l'un des plus immenses. On estime que, entre 1931 et 1957, deux millions de prisonniers passèrent par les camps de Vorkouta – et l'on estime à 200 000 le nombre de ceux qui y périrent de maladies, d'excès de travail et de malnutrition dans des conditions arctiques.

Dans les années 1940, Vorkouta avait été relié au reste de la Russie par un chemin de fer construit par les prisonniers. Aucune route, même aujourd'hui, n'y mène. Une ville nouvelle avait été édifiée sur le permafrost instable, cette épaisse couche de sol qui ne dégèle jamais même au pic de l'été. La ville s'enorgueillissait d'un institut géologique, d'une université, de salles de spectacle, de théâtres de marionnettes, de piscines et de pouponnières. Les gardes et les administrateurs menaient une vie relativement luxueuse. « On vivait mieux que partout ailleurs en Russie, se souvient Andrei Cheburkin, contremaître au goulag voisin de Norilsk où l'on extrayait du nickel. Tous les chefs avaient des bonnes (des prisonnières). Et puis on mangeait étonnamment bien. Il y avait toutes sortes de poissons. On pouvait aller les pêcher dans les lacs. Et si dans le reste de l'Union soviétique, il y avait des cartes de rationnement, ici on vivait quasiment sans. Viande. Beurre. Si vous vouliez du champagne, il fallait prendre un crabe avec, il y en avait tant. Du caviar... des tonneaux remplis traînaient partout. »

Cependant les conditions de vie des prisonniers étaient outrageusement différentes. La plupart vivaient dans de pauvres baraques en bois ; les fentes dans les murs non crépis étaient bouchées par de la boue. Il y avait à l'intérieur des rangées de lits superposés faits de bric et de broc, quelques tables et bancs grossiers et un seul poêle en tôle. Sur une photo d'un dortoir de femmes, on voit des lits simples et des broderies accrochées aux murs, comme dans ce récit. Sur les clichés de Vorkouta pris lors de l'hiver 1945, les baraquements se distinguent à peine – leurs toits très pentus touchent presque le sol de sorte que la neige qui s'accumulait autour les protégeait du froid arctique.

Presque tous les survivants évoquent la « puanteur terrible » qui envahissait les baraques. Peu de goulags disposaient de lingeries, de sorte que les vêtements sales et moisis séchaient sur le bord des lits, les tables et toute surface possible. La nuit, les détenus utilisaient un *parasha* – un seau pour tous – au lieu de toilettes. Un prisonnier écrivit que le matin « il était impossible de soulever le *parasha* et [qu']on le traînait sur le sol glissant. Invariablement, une partie du contenu se répandait. » La puanteur était telle qu'il était « presque impossible de respirer ».

Au centre des camps de Vorkoutlag – une bonne centaine –, il y avait une grande esplanade où les détenus se tenaient au garde-à-vous deux fois par jour pour être comptés. Non loin, dans le réfectoire, une soupe faite de « choux et de pommes de terre gâtés » leur était servie chaque jour, avec « parfois des morceaux de lard, parfois des têtes de harengs » ou « du poisson ou du mou d'animaux et quelques patates ». Une double rangée de barbelés délimitait la zone des détenus, surveillée par des chiens-loups et entourée de miradors. Au-delà des barbelés, il y avait les baraques des gardes et les maisons des administrateurs.

Qui étaient les gardiens de cet univers cauchemardesque ? « Au sein de notre propre peuple, d'où est sortie cette tribu de loups ? » s'est demandé Aleksandr Soljenitsyne. « Est-ce qu'elle vient vraiment de nos propres racines ? De notre sang ? Elle est nôtre. » Au Goulag, certains gardes étaient eux-mêmes d'anciens prisonniers. Nombre d'autres faisaient fonction de *druzhinniki* – des détenus privilégiés mieux nourris et qui, en retour, maintenaient l'ordre et dénonçaient les fauteurs de troubles potentiels.

Cela dit, la plupart des gardes s'étaient engagés. Les hommes attirés par le service dans les rangs de la police secrète soviétique pouvaient être, selon la phrase célèbre de son fondateur, Feliks Dzerjinski, des « saints ou des crapules ». De toute évidence, cette institution attirait plus qu'un bon lot de sadiques et de psychopathes, comme le prouvent les Mémoires de l'officier Ivan Tchistiakov, qui parlait de ses subordonnés soûlographes comme d'une « bande de désaxés ». Pour lui, le Goulag était une « maison de fous » et il rêvait souvent de révéler l'illettrisme et les méfaits de ses collègues officiers. L'analyse psychologique peut-être la plus glaçante qu'offre le journal de Tchistiakov est le portrait de quelqu'un d'humain qui se plie à un système inhumain. « Je commence à voir imprimé sur mon visage le sceau de la bêtise, de l'étroitesse d'esprit, une sorte d'expression imbécile, écrivit-il. Mon cœur est désolé et cela m'inquiète. » Son journal est aussi une chronique de l'égoïsme essentiel de la souffrance humaine : Tchistiakov pleure sur son sort, mais rarement sur celui des détenus qu'il décrit comme paresseux et malhonnêtes. « Aujourd'hui [...] j'ai dû mettre une femme sous les verrous à cause de quelque embrouille au sujet d'une évasion, d'un conflit avec le chef d'une phalange et d'une bagarre au couteau. Au diable tous ces gens ! » Pourtant ce sont eux, et non lui, qui sont affamés et travaillent jusqu'à la mort.

« Pour commettre le mal, l'être humain doit avant tout croire que ce qu'il fait est bien, écrivit Soljenitsyne. Ou bien qu'il s'agit d'un acte bien réfléchi en conformité avec la loi naturelle. » Tchistiakov n'offre jamais de justification pour ce système d'esclavage qu'il aide à perpétuer – seulement un aperçu de la banalité du mal. Lui et des centaines de milliers d'officiers ne faisaient que suivre les ordres, et le système inhumain dont ils faisaient partie devait leur sembler aussi inexorable et invincible que les gelées terribles et le bourdonnement des mouches l'été.

Dans l'enfer glacé de Vorkouta, les prisonniers étaient censés faire des journées de douze heures de travail, ramenées à dix en mars 1944, car trop d'accidents commençaient à mettre en danger la productivité – au fond de mines de charbon construites à la va-vite et terriblement dangereuses. En 1945, on enregistra 7 124 accidents graves rien que dans les puits de Vorkouta. Les inspecteurs accusèrent la pénurie de lampes de mineurs, les pannes d'électricité et l'inexpérience des ouvriers.

La vie dans ces camps était tout aussi difficile pour les dizaines de milliers de femmes emprisonnées à Vorkouta. Si elles échappaient à la mine, elles devaient toutefois accomplir de lourdes tâches physiques : charrier le charbon et l'eau, creuser des fossés, travailler dans des briqueteries, transporter des fournitures et construire des baraquements. Les quartiers des femmes étaient séparés de ceux des hommes par des murs de barbelés – mais les prisonniers se mêlaient librement durant la journée. De nombreux gardes et aussi les détenus privilégiés les plus puissants faisaient de certaines détenues leur servante ou leur maîtresse. On les dénommait souvent « maris » ou « épouses » du camp. Le viol par les autres prisonniers et les gardes était monnaie courante. Selon un rapport de 1955, « les maladies vénériennes, les avortements et les grossesses étaient banals... On envoyait les femmes enceintes dans un camp spécial où la charge de travail était allégée. Une mère avait le droit de rester avec son enfant pendant deux ans, au terme desquels le petit était placé dans une maison des enfants et la mère retournait à son camp d'origine. Elle recevait des photographies et des rapports sur le développement de son enfant et avait parfois la permission de le voir. » Dans le même rapport, on lit que sur 1 000 prisonnières à la briqueterie n° 2 de Vorkouta, 200 souffraient de tuberculose.

Face à ces terribles conditions de détention, les prisonniers se regroupaient en tribus pour survivre. Polonais, Baltes, Ukrainiens, Géorgiens, Arméniens et Tchétchènes, tous avaient leur propre brigade, leur baraquement et célébraient leurs fêtes nationales. Adam Galinski, combattant dans les rangs de l'Armée clandestine polonaise écrivit : « Nous prenions un soin tout particulier des jeunes [...] pour qu'ils gardent le moral au plus haut dans l'atmosphère de déclin moral qui régnait au sein des différents groupes nationaux enfermés à Vorkouta. » Les Juifs étaient toutefois un cas à part – faute de langue commune et d'identité nationale, il leur était impossible de se regrouper. De nombreux Juifs comme le célèbre écrivain yiddish Der Nister, mort à Vorkouta en 1950, avaient été emprisonnés parce qu'ils célébraient leur identité juive. Ils se retrouvaient raillés et persécutés pour leur association ethnique avec des bolcheviques juifs comme Guenrikh Iagoda, qui avait créé le système du Goulag.

Dix mois par an, le froid intense était un compagnon mortel sans cesse présent dans la vie de Vorkouta. « Toucher d'une main nue un outil en métal pouvait déchirer la peau », se rappelait un prisonnier. « Aller aux toilettes était extrêmement dangereux. Une attaque de diarrhée pouvait vous laisser couché dans la neige à jamais. » Les prisonniers étaient de plus horriblement mal équipés pour lutter contre ce climat brutal. Selon les registres de Vorkouta, 25 à 30 pour cent seulement des détenus possédaient des sous-vêtements et seulement 48 pour cent avaient des bottes chaudes. Les autres devaient se débrouiller avec des chaussures de fortune fabriquées avec des pneus et des haillons.

L'été arctique, lorsque fleurissaient les épilobes écarlates sur les broussailles et que les terres basses se transformaient en vaste marécage, était à peine plus supportable. Moustiques et moucherons apparaissaient en d'immenses nuages gris et faisaient un bruit assourdissant. « Les moustiques s'infiltraient dans nos manches et sous nos pantalons. Nous avions le visage boursouflé de piqûres », se rappelait un détenu de Vorkouta. « Sur le chantier, on nous apportait à déjeuner et tandis qu'on mangeait notre soupe, les moustiques remplissaient l'écuelle comme un porridge de gruau. Ils envahissaient les yeux, le nez et la gorge et avaient un goût douceâtre semblable à celui du sang. »

S'évader était inenvisageable. Les camps les plus éloignés n'avaient pas de barbelés, tant il était irréaliste que des prisonniers parviennent à couvrir des centaines de kilomètres d'étendues sauvages vers la liberté. Ceux qui tentaient tout de même de se faire la belle partaient à trois – le troisième détenu était embarqué comme une « vache », nourriture pour les deux autres au cas où ils ne trouveraient rien à manger.

D'anciens prisonniers du Goulag se souviennent du temps passé là-bas comme d'une saison dans un autre monde, un monde avec son propre climat, ses règles, ses valeurs et même sa langue. Comme l'écrivit Soljenitsyne, le « Goulag était un univers » avec son langage et ses codes propres. Pour les administrateurs du camp, les femmes enceintes étaient des « livres », les femmes avec enfants des « reçus », les hommes des « comptes », les détenus libérés qui restaient en exil des « merdes », les prisonniers sous le coup d'une enquête des « enveloppes », une division dans le camp une « usine ». *Tufta* traduisait l'art de faire semblant de travailler, *mastyrka* celui de faire semblant d'être malade. Il existait pour les prisonniers politiques, les drogués, les violeurs, les homosexuels et les meurtriers une riche sous-culture de tatouages. L'argot du Goulag se répandit bien vite dans la culture populaire et dans toute l'Union soviétique ; le langage obscène russe – et il est très riche – s'est essentiellement développé dans les camps.

Il est arrivé que les travailleurs esclavagisés du Goulag se dressent contre leurs maîtres. Le soulèvement de Vorkouta en juillet-août 1953 fut l'un des plus courageux et des plus tragiques de tous. Peu après la mort de Staline en mars 1953, le chef de sa police, Lavrenti Beria, est arrêté, à la suite d'une lutte d'influence au Politburo. Par une chaude journée de juillet, les prisonniers d'un des camps de Vorkouta débrayent et exigent que les détenus aient accès à un procureur et qu'on leur rende justice. Les prisonniers des camps voisins, voyant que les roues du puits principal ont cessé de tourner dans le camp rebelle, se joignent à la grève. Des huiles de Moscou sont envoyées : le ministre de la Justice d'URSS et le commandant des troupes de l'Intérieur essayent de négocier avec les grévistes. Le 26 juillet, des détenus prennent d'assaut le quartier de haute sécurité et libèrent 77 personnes enfermées à l'isolement, ce qui en hiver signifiait la mort. Quelques jours plus tard, les autorités finissent par agir et massent des troupes armées qui ouvrent le feu sur les rebelles. Bilan : 66 morts et 135 blessés.

Le soulèvement de Vorkouta ne changea rien, mais à Moscou le climat politique bougeait. Nikita Khrouchtchev, sorti victorieux de la lutte pour succéder à Staline, ordonna la libération de centaines de milliers de prisonniers politiques. Plus tard, lors d'une réunion secrète du parti communiste, il dénoncerait les crimes de Staline et exigerait que soient revues la plupart des affaires politiques de la Grande Terreur. Dès la fin de 1956, plus de 600 000 victimes de la Terreur seraient officiellement – et de façon posthume – graciées.

Les prisonniers libérés recevaient une petite somme d'argent et des assignations de voyage vers d'autres parties de l'URSS. L'immense majorité demeurait *limitchiki*, interdits de vivre dans un rayon de 101 kilomètres de toute grande ville, afin essentiellement de limiter les retombées politiques de leurs histoires sur les citadins et les empêcher d'ébranler la foi communiste. Les détenus étrangers encore dans le pays, surtout des prisonniers de guerre allemands, finirent par recevoir l'autorisation de rentrer chez eux. Quelques-uns se retrouvèrent aux États-Unis et témoignèrent devant le Congrès des horreurs du Goulag.

Aujourd'hui, environ 40 000 personnes vivent encore à Vorkouta. Pour beaucoup, ce sont des descendants de détenus ou de gardes, plus quelques nonagénaires emprisonnés là et qui n'en sont jamais repartis. À l'ère soviétique, les mineurs et les résidents bénéficièrent de subsides généreux pour compenser ces conditions si dures. Ces aides se terminèrent avec le communisme mais la plupart des habitants restèrent tout de même. Dans les années 2000, un gazoduc fut construit, amenant une nouvelle prospérité et une nouvelle génération de travailleurs. Chaque année, le 31 octobre, les résidents se retrouvent devant un monument aux victimes – petit espace rempli d'une masse de barbelés rouillés à l'endroit où le chercheur géologue Georgy Chernov planta sa tente en 1931, fondant de fait la ville.

Le monument aux victimes du Goulag le plus durable reste les témoignages des survivants : les récits de leur existence, de leur combat non pas juste contre la mort, mais pour conserver leur humanité. Lire une simple litanie d'horreurs devient vite dénué de sens. Comme l'a écrit Boris Pasternak au sujet de la famine provoquée par le régime et qui a tué des millions de personnes en Ukraine au début des années 1930 : « La misère était si inhumaine, si inimaginable, le désastre si terrible que tout cela commençait par paraître presque abstrait et refusait de s'insérer dans les limites de la conscience. » Lire des écrits sur le Goulag, c'est un peu comme lire l'histoire d'une autre planète, trop lointaine pour qu'on la comprenne.

Un ouvrage contemporain écrit par Anne Applebaum, intitulé *Goulag : une histoire* (Grasset, 2005, traduit par Pierre-Emmanuel Dauzat), offre un travail de recherche hors pair sur le système du Goulag.

Mais écoutez la voix de Varlam Chalamov, écrivain qui a survécu à dix-sept années passées dans l'Extrême-Orient soviétique et a défini ce que signifiait, au Goulag, se sentir totalement humain. « Je crois qu'une personne pouvait s'y considérer comme un être humain tant qu'elle se sentait prête à se suicider », dit un personnage dans l'un de ses *Récits de la Kolyma*. « C'était cette conscience qui donnait la volonté de vivre. Je m'analysais – fréquemment – et sentais que j'avais la force de mourir, et donc je restais en vie. » Lui et Cilka ont survécu. Et ce fut leur victoire.

Les derniers mots doivent revenir à Aleksandr Soljenitsyne. « Je dédie ce récit à tous ceux qui n'ont pas assez vécu pour raconter cela, écrivit-il dans la préface de son étude classique, *L'Archipel du Goulag*. Qu'ils me pardonnent si je n'ai pas tout vu, si je ne me suis pas souvenu de tout, si je n'ai pas tout deviné. »

Remerciements

Lale Sokolov, vous m'avez fait don de votre belle histoire et vous avez partagé avec moi ce que vous saviez de Cilka Klein. Je vous adresse mes remerciements les plus sincères car vous êtes celui qui a inspiré le récit du *Voyage de Cilka*.

Angela Meyer, alors que nous étions dans la ville natale de Lale, à Krompachy, tu as passé du temps avec moi, jusque très tard dans la nuit, à boire de la Slivovitz, assises sur le rebord de la fenêtre, et à résoudre les problèmes du monde. Tu m'as encouragée à faire de l'histoire de Cilka mon prochain projet littéraire. Tu m'as accompagnée à chaque étape en tant qu'amie et éditrice. Tu es tout simplement brillante, drôle et attachée à bien raconter des histoires. Du fond du cœur, merci.

Kate Parkin, directrice générale de la maison Adult Trade Publishing, Bonnier Books UK. Combien d'auteurs peuvent-ils dire de leur éditrice que c'est une amie ? Tes conseils, ta sagesse et ton soutien, hier, aujourd'hui et demain, ne me quittent pas. Un immense merci.

Margaret Stead (Maverick), Kiwi comme moi et voyageuse comme moi, directrice d'édition chez Zaffre et Bonnier Books UK : *Mauruuru*. (« Merci » en tahitien.) Quel talent ! Quelle chance de t'avoir dans mon équipe !

Ruth Logan, directrice des droits chez Bonnier Books UK. Merci d'avoir propulsé l'histoire de Cilka aux quatre coins du monde, assistée de manière compétente par l'étonnante Ilaria Tarasconi.

Jennie Rothwell, assistante d'édition chez Zaffre, Bonnier Books UK, ton attention sans défaut pour produire un texte de la plus haute qualité a amélioré mon écriture. Toute ma gratitude.

Francesca Russell, directrice marketing chez Zaffre, et Clare Kelly, cheffe de publicité chez Zaffre, merci d'avoir bien rempli mon temps et fait en sorte que je puisse raconter ces histoires pour la publication desquelles toute l'équipe de Zaffre travaille si dur.

Je dois aussi remercier d'autres personnes de Zaffre pour leur remarquable travail en art, marketing et ventes : Nick Stearn, Stephen Dumughn et son équipe, Nico Poilblanc et son équipe. Un grand merci à tous. À moi d'offrir la tournée de Slivovtiz.

Il y a également chez St Martin's Press, aux États-Unis, tout un tas de gens merveilleux qui ont été impliqués dans le développement de l'histoire et l'impression. Il faut que j'en mentionne quelques-uns ici, des remerciements complets paraîtront dans l'édition américaine.

Une femme qui m'a accueillie à un ascenseur à New York avec le plus large sourire qui soit et les bras ouverts pour me donner l'accolade : Sally Richardson, présidente et éditrice de St Martin Press. Merci. Merci. Cet accueil fut bien vite aussi celui de Jennifer Enderlin, éditrice d'exception. Mes remerciements sincères. Aux autres membres de l'équipe : acceptez, s'il vous plaît, mes remerciements ; votre nom, votre rôle apparaîtront dans l'édition américaine.

Benny Agius (Thelma), directrice générale d'Echo Publishing, guide bouillonnante et brillante qui, à de nombreuses reprises, m'a évité de craquer. Une personne avec laquelle je peux rire, partager des soucis lorsque ma vie va à hue et à dia. Merci de votre présence.

Dakujem (« merci ») à Lenka Pustay. Vous vous êtes laissée prendre au piège des recherches sur Cilka. Le temps que vous y avez consacré, vos efforts et votre obstination à ne rien négliger dans la quête de ces informations ont été un plaisir pour moi qui en fus la destinataire.

Anna Pustay, *dakujem*. Vous m'avez lancée dans mon voyage à Krompachy. Vous avez épousé l'histoire de Lale et vous vous êtes de la même manière attachée à l'histoire de Cilka. Vous êtes une belle personne.

Les gens de Košice qui ont connu Cilka m'ont invitée chez eux et ont raconté les histoires de Cilka et de son mari. M. et Mme Samuely ; Valeria Feketova ; Michael Klein, à vous, *dakujem*.

À mes amis de Krompachy auxquels je suis devenue si attachée, qui m'ont aidée de nombreuses façons à écrire *Le Voyage de Cilka* : Mme la Mairesse Iveta Rusinova ; Darius Dubinak, Stanislav Barbus et le chauffeur toujours souriant qui m'a amenée saine et sauve à tant de destinations dans la campagne, Peter Lacko : *dakujem*.

Merci à Svetlana Chervonnaya, chercheuse à Moscou, pour ses recherches remarquables sur la vie dans les goulags, en particulier à Vorkouta.

Merci à Owen Matthews pour sa postface sur le système soviétique du Goulag. Vous avez su condenser une recherche universitaire en une description de cette époque et de ce lieu agréable à lire et facile à comprendre.

Amis et famille qui m'ont soutenue tout au long de l'écriture du *Voyage de Cilka* et que je suis si heureuse d'avoir dans ma vie : je vous aime tous énormément. Mon grand frère John Williamson qui, hélas, est mort avant la sortie du roman et que je considère comme un écrivain bien supérieur à moi. Je lui suis éternellement reconnaissante de m'avoir encouragée à écrire et soutenue. Ian Williamson, Peggi Shea, Bruce Williamson, Stuart Williamson, Katie Fong Yoneda, Pamela Wallace, Denny Yoneda, Gloria Winstone, Ian Winstone.

À ceux qui comptent le plus pour moi, mais qui sont parfois perdants alors que je consacre du temps à la recherche à l'écriture et aux voyages : mes enfants et petits-enfants. Ahren et Bronwyn, Jared et Rebecca, Azure Dea et Evan, et ces beaux bouts de chou pour qui je suis simplement Mamie : Henry, Nathan, Jack, Rachel et Ashton. Vous êtes ma vie, mon univers.

Merci à Alyth et Alan Townsend de m'avoir hébergée dans ma ville préférée, Christchurch, Nouvelle-Zélande, pour écrire *Le Voyage de Cilka*. Nous avons une longue histoire.

Merci tout particulièrement à Steve, l'homme qui partage ma vie depuis quarante-six ans et qui, ces derniers temps, semble être le plus mal loti dans cette folle entreprise. Merci pour ton amour, ta compréhension, ton soutien inconditionnel, et oui, je le sais, tu es mon plus grand fan.

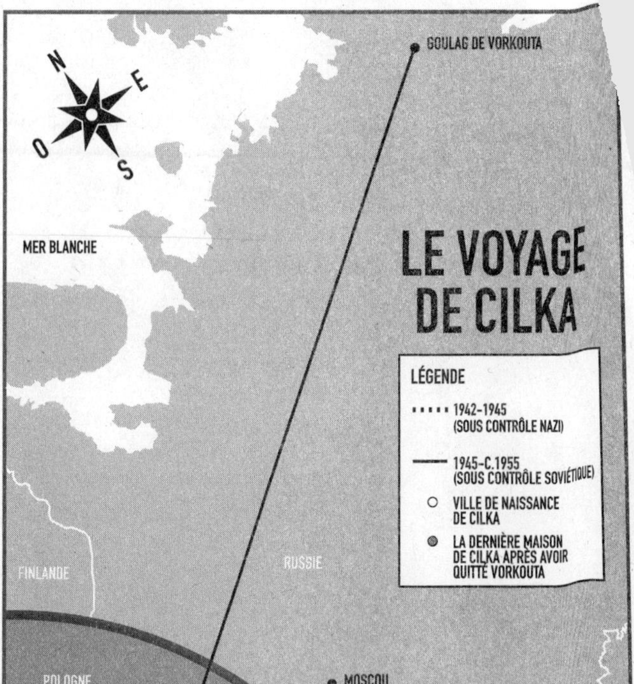

Cette carte n'est pas à l'échelle.

13396

Composition
NORD COMPO

Achevé d'imprimer à Barcelone
par CPI Black Print
le 8 mars 2022.

Dépôt légal : janvier 2022
EAN 9782290361276
OTP L21EPLN003138A002

ÉDITIONS J'AI LU
87, quai Panhard-et-Levassor, 75013 Paris

Diffusion France et étranger : Flammarion